Hunsrück Blues

Carsten Neß, Jahrgang 1964, studierte in Trier Geografie/Geowissenschaften. Heute arbeitet er in Bernkastel-Kues als Landespfleger. Mit seinem Debütroman gewann er den Krimiwettbewerb von Emons Verlag und Trierischem Volksfreund.

CARSTEN NEẞ

Hunsrück Blues

Der dritte Fall für Christian Buhle

KRIMINALROMAN

emons:

Bibliografische Information der Deutschen Nationalbibliothek
Die Deutsche Nationalbibliothek verzeichnet diese Publikation in der Deutschen Nationalbibliografie; detaillierte bibliografische Daten sind im Internet über http://dnb.d-nb.de abrufbar.

MIX
Papier aus verantwortungsvollen Quellen
FSC® C083411
FSC
www.fsc.org

Umschlagmotiv: © Brigitte Merz/LOOK-foto
Umschlaggestaltung: Tobias Doetsch
Gestaltung Innenteil: César Satz & Grafik GmbH, Köln
Lektorat: Hilla Czinczoll
Druck und Bindung: CPI – Clausen & Bosse, Leck
Printed in Germany 2016
ISBN 978-3-95451-799-2
Originalausgabe

Für meine liebe Schwester Carmen

Gib deine Hand, du schön und zart Gebild!
Bin Freund, und komme nicht, zu strafen.
Sei gutes Muts! Ich bin nicht wild,
Sollst sanft in meinen Armen schlafen.

aus: »Der Tod und das Mädchen«
von Matthias Claudius (1740–1815),
vertont von Franz Schubert (1797–1828)

Prolog

Peine, 14. März, zweiundzwanzig Jahre zuvor

Sie hatte drei Briefe geschrieben. Einer war ihr wirklich wichtig. Der andere gab ihr eine letzte Zuversicht. Der dritte war ihr jetzt schon gleichgültig. Sie hatte die Briefe an zwei unterschiedliche Stellen gelegt und hoffte, dass sie so ihre jeweiligen Adressaten erreichen würden. Sie hatte versucht, die Worte mit Bedacht zu wählen. Zum Schluss war sie sich unsicher gewesen, ob es ihr gelungen war, ihr überhaupt gelingen konnte. Aber nun hatte sie keine Zeit mehr, darüber nachzudenken.

In dem fahlen Mondlicht fiel es ihr leicht, sich zu orientieren. Sie hatte auch nicht daran gezweifelt, dass sie den Weg finden würde. Diesmal nicht. Sie war ihn bereits zwischen Weihnachten und Neujahr einmal abgegangen; gleich nachdem sie ihre Entscheidung getroffen hatte. Und danach hatte sie ihn sich wieder und wieder eingeprägt, wenn sie allein in der Sitzecke des Foyers saß, um sich der unerträglichen Glückseligkeit der beiden Frauen in ihrem Zimmer zu entziehen.

Sie wusste, dass sie nun die kleine Landstraße überqueren musste, die vor ihr lag. Es würden nur noch wenige hundert Meter sein.

Der Wind blies schwach, aber eisig von Osten. Sie hatte lediglich ihre Jacke über das Nachthemd gezogen. Ihre Füße steckten barfuß in den gefütterten Winterschuhen. Sie spürte die Kälte, ihre zunehmend unbeweglichen Hände, die kribbelnde Gänsehaut an ihren Beinen, die gestraffte Haut über Stirn und Wangenknochen. Es machte ihr nichts aus. Sie ging den Feldweg entlang des Kanals weiter, immer weiter.

Sie war der Kälte sogar dankbar. Sie lenkte ab, vertrieb die Gedanken an ihre Tochter und somit die letzten Zweifel, vor denen sie sich gefürchtet hatte. So klar wie die Luft, so klar und eindeutig war ihre Entscheidung. Nun, da sich die gewaltige

Stahlkonstruktion hinter den Bäumen langsam abzuzeichnen begann, wusste sie sich am Ziel.

Als sie vom Gras auf den losen Schotter trat, verlor sie kurz das Gleichgewicht. Sie riss die Arme auseinander und fing sich gerade noch ab. Ihre Jacke öffnete sich über dem halb aufgeknöpften Ausschnitt des Nachthemdes, aber es war kein Wärmepolster mehr darunter zu spüren gewesen. So balancierte sie mit ausgestreckten Armen weiter über die unebene Fläche, bis sie auf der gegenüberliegenden Seite der Brücke angelangt war. Dort hockte sie sich mit dem Rücken an einen der Stahlträger. Mehr instinktiv zog sie jetzt ihre Jacke wieder vor sich zusammen und spürte selbst durch den dicken Stoff, wie sich ihre prall gefüllten Brüste gegen den Druck der verschränkten Arme stemmten.

Sie hatte sich schon vorher gefragt, ob sie ihn zuerst hören oder spüren würde. Es war das erste, kaum wahrnehmbare Vibrieren des Metalls unter ihr, das ihn ankündigte, kurz bevor ein leises Sirren zu ihr hinaufstieg. Es war wie in dem Lied von Franz Schubert. Ruhig, fast sanft kündigte er sich an. Und sie war nun endlich bereit, sich in seine Arme zu begeben.

1

Hunolstein, Donnerstag, 25. Juli

Chris Mayer ging ein letztes Mal durch die engen Räume der alten Mathysmühle. Die Strahlen der Abendsonne gelangten nicht mehr ganz in das enge Dhrontal hinein, und durch die kleinen Fenster fiel nur noch dämmriges Licht. Mayer benötigte nicht mehr. Er hatte hier jahrelang gelebt und seit seinem Einzug mit der notwendigen Einrichtung kaum noch etwas verändert. Er hätte sich auch in völliger Dunkelheit sicher durch sein Haus bewegen können.

Nachdem er wiederholt alles geprüft und über alles nachgedacht hatte, griff er zum Telefon. Die Nummer, die er wählte, las er von einer Liste ab, die mit einem Magneten an den Kühlschrank gepinnt war. Das Gespräch war kurz, doch er stellte zufrieden fest, dass er die erwünschte Wirkung erzielt hatte. Manche Menschen waren einfach leicht berechenbar. Als er das schnurlose Handgerät wieder zurück in die Station stellte, wurde ihm endgültig bewusst, dass es nun bald vorbei sein würde.

Langsam ging er zurück in die kleine Stube und überlegte, ob es sich noch lohnte, sich in den Ledersessel zu setzen. Er ließ es und schaute stattdessen zwischen den Sprossen des Fensters hindurch in die langsam einsetzende Dämmerung. Es war jetzt alles ruhig. Der letzte Wanderer hatte schon vor Stunden den nahe gelegenen Waldweg passiert. Man wusste nie, ob nicht doch einer von ihnen ans Haus herantreten würde, um einen Blick in das Mühlengebäude zu riskieren. Mayer hatte sich von jeher mehr gewundert als geärgert, wie unverschämt einige Leute seine Privatsphäre missachteten. Er wusste von den Bewohnern der benachbarten Reinhardsmühle und Schülersmühle, dass es dort noch viel schlimmer war. Und gerade heute konnte er keine neugierigen Blicke gebrauchen.

Seit dem Telefonat waren keine zehn Minuten vergangen.

Mayer vermutete, dass es nicht viel länger dauerte, den Weg hierher zurückzulegen. Er nahm sein neues Handy und ging noch einmal zum Kühlschrank. Er konnte die Ziffern nun kaum noch erkennen, doch eigentlich kannte er die Nummer schon auswendig.

Nach drei weiteren Minuten, in denen er einfach nur still dastand, war es endlich so weit. Das unrhythmische Brummen eines Autos kündigte den erwarteten Besucher an. Chris Mayer atmete tief durch, saugte die leicht modrige Luft ein, die sich in den Jahrhunderten hier für immer festgesetzt zu haben schien. Er mochte sie, sie war für ihn Teil seines Zuhauses geworden.

Mit einem schleifenden Bremsgeräusch blieb der Wagen stehen. Mayer wusste, dass der Regen der vergangenen Tage den Schotter vor seinem Zufahrtstor rutschig gemacht hatte. Es hätte ihn aber auch nicht gewundert, das Krachen von zerberstendem Holz zu hören. Das Fahrzeug hätte sicher kein Problem mit der morschen Konstruktion des Tors gehabt. Schwere Schritte näherten sich. Mayer überlegte, ob er wohl bewaffnet wäre; wahrscheinlich war es so. Doch die dunkle Stimme, die durch die nächtliche Stille polterte, vertrieb diesen Gedanken.

»Wo bist du, Dreckskerl? Hast du dich jetzt in deiner Hütte verschanzt oder was? Komm raus und wiederhol, was du gesagt hast, du elender Schweinehund.«

Für einen Moment waren wieder nur die Schritte zu hören, jetzt ganz nah, bis heftige Faustschläge an die Haustür donnerten.

»Mach auf, oder ich hau dir die Tür ein.«

Wieder hieben die Pranken auf das Holz ein, um kurz danach kräftig an der Türklinke zu rütteln. Es folgte eine kurze Pause. Anschließend wurde das Hämmern an der Tür noch lauter. Mayer vermutete, dass jetzt der Gewehrkolben zu Hilfe genommen wurde. Doch er wusste, dass er sich auf die massive Ausfertigung seiner alten Haustür verlassen konnte. Sie hatte schon mehrere Kriege überstanden.

Ruhig nahm er das Handy und wählte. Nach wenigen Sekunden hörten die Schläge abrupt auf, und das leicht metallische Röhren eines Hirsches drang von draußen zu ihm vor. Verdutzt starrte Mayer auf die Innenseite seiner Tür. Doch als die darauffolgenden Kraftausdrücke nun auch ungefiltert durch sein Handy zu hören waren, fasste er sich sofort wieder. Denn von diesem letzten Telefonat hing nun alles Weitere ab.

2

Hunolstein, Montag, 29. Juli

Mailin Wend war schon am vergangenen Freitagabend zur Mathysmühle gefahren. Es war fast dunkel gewesen, und der Regen hatte für einen Moment aufgehört. Nachdem die Tür verschlossen war und Chris auch nicht auf ihr Klopfen und Rufen reagiert hatte, war sie davon ausgegangen, dass er doch wieder weggefahren war. Der Streit am Mittwochabend zuvor war so eskaliert, dass sie gar nicht mehr wusste, wie er geendet hatte. Als sie wieder zu sich gekommen war, hatte sie zu Hause auf ihrem Sofa gelegen und einen großen dunklen Fleck auf den Bezug geheult. Während sie an dem Abend noch grenzenlose Wut übermannt hatte, war sie am Freitag nur enttäuscht gewesen, enttäuscht und zunehmend desillusioniert.

Das ganze Wochenende war sie mit Führungen und Museumsdiensten total ausgebucht gewesen und hatte sich über Chris' Abwesenheit keine weiteren Gedanken gemacht. Sonntagabend hatte sie wiederholt versucht, ihn auf seinem Handy zu erreichen, vergebens. Auch das war nicht weiter verwunderlich, weil er es unterwegs meistens ausgeschaltet ließ, um nicht gestört zu werden. Für Mailin war das bislang kein Problem gewesen, doch hatte sein Wunsch nach Ungestörtheit nun eine ganz andere Bedeutung erhalten.

Trotzdem hatte sie beschlossen, es heute nach der Arbeit noch einmal direkt in der Mathysmühle zu versuchen. Er musste jetzt eigentlich da sein. In den letzten Jahren war er nie länger als drei Tage fort gewesen, ohne sie zu bitten, auf dem Grundstück nach dem Rechten zu sehen. Das hatte sich auch zuletzt nicht geändert, trotz allem.

Es war seit Langem wieder ein warmer Abend im Hunsrück. Mailin hatte schon von ihrem Büroschreibtisch aus dauernd nach draußen in den blauen Himmel geschaut und sich gefragt, warum das bescheuerte schöne Wetter nicht schon zwei Tage früher gekommen war. Sie hatte tags zuvor die geplante Führung durch die Hölzbachklamm abbrechen müssen, weil die Schlucht wegen des Regens nicht gefahrlos begehbar gewesen war. Jetzt war es windstill und sommerlich.

Mailin öffnete mit einer Hand die Pforte und schob ihr Mountainbike durch die schmale Öffnung. Alles sah unverändert aus. Sie stellte das Fahrrad an der Hauswand ab und rief laut nach Chris. Es rührte sich nichts. Sie versuchte vergebens, die Haustür zu öffnen, ging ums Haus und schaute kurz durch die Fenster ins Innere. Irgendwie kam ihr alles etwas zu ordentlich vor. Als ob Chris aufgeräumt hätte. Das tat er für gewöhnlich aber nur selten oder vor Reisen. Wenn er geplant hatte, länger unterwegs zu sein, warum hatte er ihr nichts gesagt?

Sie blieb hinter dem Haus stehen, und ihre Augen suchten das Gelände ab. Eigentlich war nichts Auffälliges zu sehen, dennoch hatte sie das ungute Gefühl, dass etwas nicht stimmte. Sie ging auf die alte Scheune schräg hinter dem Hauptgebäude, etwas weiter vom Mühlenbach entfernt, zu, die Chris als Garage und Werkstatt nutzte. Vorsichtig öffnete sie eines der alten Rundbogentore. Chris' Auto stand an seinem Platz. War er doch schon wieder zurück und im Moment nur zu Fuß im Wald unterwegs?

Es war die einzige sinnvolle Erklärung, und doch schien sie Mailin bloß wie ein herbeigeredeter Hoffnungsschimmer. Sie ahnte, dass es so nicht war. Sie schloss das Tor wieder, nahm ihr Mobiltelefon und versuchte erneut, Chris zu erreichen: nichts. Hier ging er selten ohne sein Handy weg.

Es war so ruhig. Nur ein verhaltenes Plätschern streute sich von der Dhron über die Talwiesen. Normalerweise genoss Mailin diese Stimmung, allein im Tal, das vor Idylle nur so überzulaufen schien. Jetzt fühlte sie nur Beklemmung. Ihre Hand tastete nach dem flachen Schlüsselbund in ihrer Hosentasche. Sie hatte ihn morgens bereits vorsorglich eingesteckt.

Mailin gab sich einen Ruck und ging jetzt zügig zur Haustür zurück. Auch wenn Chris sie nicht darum gebeten hatte, würde sie nachschauen, ob alles in Ordnung war. Vor allem aber erhoffte sie sich einen Hinweis, der Chris' Abwesenheit erklären würde.

Das neue Sicherheitsschloss ließ sich leicht drehen. Die schwere Haustür klemmte allerdings noch immer. Mit den Schultern stemmte sie sich dagegen. Als die Tür nachgab, stolperte Mailin zwei Schritte in die Stube hinein und blieb abrupt stehen. Sie brauchte einige Momente, um zu begreifen, was sie sah. Dann stürzte sie hinaus, griff sich ihr Fahrrad und raste Richtung Reinhardsmühle.

***

Kriminalhauptkommissar Christian Buhle war äußerst erstaunt gewesen, als kurz vor Feierabend die Aufforderung zum Einsatz in Hunolstein kam. Bis vor einer Woche hatte er nicht einmal gewusst, wo er diesen Ort im Hunsrück hätte suchen sollen. Bis Marie Steyn ihm vorgeschlagen hatte, zusammen eine Traumschleife zu erwandern, die an einem Bauernhofcafé vor den Toren ebendieses kleinen Dorfes begann.

Am gestrigen Sonntag waren sie trotz des regnerischen Wetters gestartet, und Buhle hatte seitdem kaum einen anderen Gedanken fassen können. Das lag allerdings weniger an der idyllischen Landschaft um das wildromantische Tal der Hölzbachklamm oder dem abenteuerlich rutschigen Pfad. Auch nicht an Omas leckerem Nusskuchen, den sie sich bei heißem Milchkaffee im Hunolsteiner Hof gegönnt hatten, um sich, durchnässt von einem heftigen Regenschauer, wieder aufzuwärmen. Der Grund war das lange Gespräch, das sie auf der Wanderung geführt hatten.

Eigentlich hatte vor allem Marie geredet. In ihrer unnachahmlich treffenden Art hatte sie, die Psychologin, ihm die Entwicklung ihrer Beziehung, die mit den Ermittlungen zu einem Mordfall in ihrem Haus so dramatisch begonnen hatte, dargelegt. Er solle zunächst einmal für sich Klarheit darüber gewinnen, was er eigentlich empfand, hatte sie ihn aufgefordert. Wie sie dazu stand, hatte sie offengelassen.

Buhle grübelte seitdem, und sein emotionales Durcheinander hatte sich noch nicht gelegt, als sie nun im Dhrontal eintrafen. Seinem Kollegen Michael Reuter gegenüber hatte er die Wanderung mit Marie erwähnt und es gleich wieder bereut. Reuter war bekannt für seine direkte, man könnte auch sagen, zu direkte Art, Dinge zu hinterfragen. »Und, seid ihr jetzt endlich zusammen?« – Mit dieser kurzen Frage hatte er bei Buhle einen emotionalen Erdrutsch hervorgerufen. Buhle hatte es vorgezogen zu schweigen.

Reuters Verblüffung hatte sich offenbar auch während der gut halbstündigen Fahrt von Trier in den Hunsrück noch nicht gelegt. Bei ihrer Ankunft an der Mathysmühle fragte er bereits zum dritten Mal: »Ihr seid gestern tatsächlich hier vorbeigelaufen?«

»Mehr gewandert, würde ich sagen«, antwortete Buhle genervt.

»Egal. Hast du irgendetwas Auffälliges bemerkt, oder warst du zu beschäftigt?«

Buhle hatte keine Lust, auf die Sticheleien seines Mitarbeiters einzugehen. Stattdessen strafte er ihn mit einem vorwurfsvollen Seitenblick.

Reuter schien das nicht zu beeindrucken. »Und?«

»Hätte ich es dir nicht vielleicht gesagt, wenn ich etwas bemerkt hätte?« Buhle bückte sich unter dem rot-weißen Flatterband hindurch, das ihm ein Kollege in Uniform hilfsbereit hochhielt.

»Gut, dass ihr so schnell kommen konntet. Ich bin der Leiter der Polizeiinspektion Morbach.« Der ernst dreinblickende Mann Ende fünfzig hielt Buhle seine Hand hin. »Hans Herrmann. Herrmann ist der Nachname«, beantwortete er den fragenden Blick unaufgefordert. »Wir haben das Haus noch nicht betreten. Aber die Blutspuren und die Aussage von Mailin, also Mailin Wend, der Zeugin, die als Erste hier war, lassen darauf schließen, dass eine Straftat verübt wurde.«

»Was sind das für Spuren?«, fragte Buhle nach.

»Schleifspuren, die von einer Blutlache im Haus nach draußen führen. Sie enden direkt an der Haustür, soweit wir das erkennen konnten. Doch, wie gesagt, wir haben uns das nicht genauer anschauen können, ohne Gefahr zu laufen, Spuren zu zerstören.«

»Aber es ist klar, dass die Spuren vom Haus nach draußen führen?«

»Ja, es sieht ganz so aus.«

Sie waren fünf Meter vom Haus entfernt auf der nur geschotterten Zuwegung stehen geblieben. Hier warteten bereits weitere drei Polizisten, die etwas unschlüssig in Richtung ihrer Trierer Kollegen geschaut hatten und jetzt zur Seite traten.

Herrmann fuhr fort: »An der Türschwelle können Sie noch eingetrocknetes Blut sehen. Wahrscheinlich gab es auch Reste davon auf dem Weg. Aber es hat seit einer Woche fast nur geregnet. Im Haus sind die Spuren wesentlich deutlicher.«

Buhle schaute zur offenen Haustür und konnte dahinter auf den dunklen Holzdielen nur mühsam die beschriebenen Spuren erahnen. »Stand die Tür offen, als ihr ankamt?«

»Ja, aber nur, weil Mailin sie offen gelassen hat. Davor war sie verschlossen gewesen.«

»Verschlossen oder abgeschlossen?«

»Abgeschlossen. Mailin hat einen Schlüssel.«

»Wohnt diese Mailin hier?«, hakte Buhle nach.

»Nein, sie ist eine Freundin von Chris Mayer, einem Engländer, der vor einigen Jahren die Mühle gekauft hat und seitdem hier lebt.«

»Und dieser Mayer ist verschwunden?«

»Offenbar seit mindestens Freitag. Da war Mailin das letzte Mal hier und Mayer bereits weg. Jedenfalls hatte er ihr nicht aufgemacht.«

»Und warum ist sie jetzt rein und nicht schon am Freitag?«

»Am Freitag hatte sie noch gedacht, er sei nur fürs Wochenende weggefahren. Heute hat sie sich dann Sorgen gemacht.« Herrmann beantwortete jede Frage ruhig und ohne zu zögern. Er schien bereits ausführlicher mit der Zeugin gesprochen und die richtigen Fragen gestellt zu haben.

»Wo ist diese Mailin Wend jetzt?«

»Noch in der Reinhardsmühle. Eine Kollegin kümmert sich

um sie. Aber, nur damit da keine Missverständnisse auftreten: Mailin ist nicht die Partnerin von Mayer. Eher so etwas wie seine beste Freundin.«

»Sicher?«, hakte Buhle nach. Doch Herrmann blieb zum ersten Mal eine Antwort schuldig.

»Sie kennen Frau Wend?«, fuhr Buhle betont sachlich fort. Ihm war sofort aufgefallen, dass der Morbacher Polizist mit ihrem Namen recht vertraut schien.

Jetzt antwortete Herrmann umgehend: »Jeder hier kennt Mailin. Sie ist bekannt wie ein … bunter Hund. Im wahrsten Sinne des Wortes.« Auf Buhles fragenden Blick hin fuhr er fort: »Mailin ist anders als andere Hunsrücker Mädchen. Sie ist … zum Beispiel sehr bunt angezogen, jedenfalls meistens. Sie ist durchaus intelligent und engagiert sich, und sie ist vertrauenswürdig. Ich glaube nicht, dass sie schon jemals jemandem die Unwahrheit gesagt hat.«

Buhle überlegte, ob das eine objektive Einschätzung der Zeugin war oder ob der örtliche Kommissar hier persönliche Verbindungen einfließen ließ. Er beließ es im Moment dabei. Sie würden sich gleich ein eigenes Bild machen können. »Und welche Infos gibt es über Chris Mayer?«, fragte er.

»Tja, wie man an der Aussprache schon hört: Mayer ist Engländer. Er dürfte wohl vor sieben, vielleicht auch acht Jahren hergekommen sein. Er lebt zurückgezogen hier im Tal, aber das ist eigentlich auch normal.«

»Warum?« Es war das erste Mal, dass sich Michael Reuter in das Gespräch einschaltete.

»Weil sich nur Leute in den alten Mühlen einnisten, die ihre Ruhe haben wollen. Ich meine, warum kauft man sonst auch Häuser, die so einsam liegen, oder?«

»Ist es auch normal, dass es sich dabei um Ausländer handelt?«, wollte Reuter wissen.

»Nein, eher nicht.« Es schien, als ob Herrmann zum ersten Mal ein wenig unsicher wirkte. »Mayer ist wohl durch Zufall auf die leer stehende Mühle gestoßen.«

»Und womit verdient er sein Geld?«

»Es heißt, er macht irgendetwas im Bereich Musik; schreibt Liedtexte oder so. Er arbeitet wohl auch in der Werbebranche. Viel Kontakt hat er eigentlich nicht mit den Leuten. Er ist durchaus umgänglich, scheint aber eben die Einsamkeit vorzuziehen. Die Einzige, die mit ihm befreundet ist, ist Mailin.«

»Dann lass uns jetzt mit unserer Zeugin sprechen. Kann die jemand holen?«, fragte Buhle.

»Tja«, Herrmann kratzte sich die wenigen Haare, die auf dem fast kahlen Schädel noch verblieben waren, »wir wollten ja auch schon, dass sie herkommt. Aber sie hat sich geweigert.«

Buhle und Reuter wechselten einen erstaunten Blick, und Reuter wandte sich wieder Herrmann zu. »Ich werde mein Glück versuchen. Vielleicht gelingt es mir ja, die ehrliche, bunte und allseits bekannte Mailin hierherzubringen. Wo finde ich diese Mühle, wo sie sich jetzt aufhält?«

Herrmann zeigte bachaufwärts. »Etwa einen Kilometer in diese Richtung. Direkt an der Brücke, die über die Dhron nach Weiperath führt. Nicht zu verfehlen, und lassen Sie sich nicht von den eigenartigen Gemälden an der Hausfassade irritieren. Die sind noch von den Vorbesitzern und kommen bald weg.« Als er den skeptischen Blick Reuters sah, wandte Herrmann sich einem der drei Kollegen zu. »Guido, am besten begleitest du den Kollegen.«

Nachdem die beiden Polizisten gegangen waren, nahm Buhle das Gespräch wieder auf.

»Von meiner Seite ist es übrigens in Ordnung, wenn wir uns duzen. Ich bin Christian.« Nachdem Hans Herrmann erfreut zugestimmt hatte, fragte Buhle: »Du hältst es für wahrscheinlich, dass das Blut von Mayer stammt und jemand ihn danach weggeschafft hat?«

»Ich weiß natürlich nicht, ob das Blut tatsächlich von Mayer stammt. Vielleicht ist er auch gar nicht das Opfer. Aber …«, Herrmann machte eine kurze Pause, »… in dem Fall wäre er möglicherweise der Täter. Vermisst wird hier allerdings niemand.«

Buhle überlegte kurz. Für ihn war es noch viel zu früh, darüber zu spekulieren. »Okay, ich hatte meinem Kollegen Grehler vom K7 bereits angedroht, dass wir ihn heute noch brauchen könnten. Ich rufe ihn an. Er wird in einer Dreiviertelstunde hier sein und die Hütte auf den Kopf stellen. So lange sollten wir uns alle da fernhalten. Regeln das deine Leute?«

Hans Herrmann nickte und ging, um entsprechende Anweisungen zu geben.

Als er wiederkam, klingelte Buhles Mobiltelefon. Das kurze Gespräch beendete er mit verständnislosem Kopfschütteln.

»Offenbar hat auch Kollege Reuter es nicht geschafft, Mailin Wend zum Herkommen zu bewegen. Dann lass uns zusammen in diese andere Mühle fahren und sie dort befragen. Ich bin gespannt.«

Die Sonne stand schon länger so tief, dass das Dhrontal vollständig im Schatten lag. Buhle betrachtete aus dem Fenster des Dienstwagens heraus die vorbeieilenden Bäume, Sträucher und Talwiesen. Gestern war er hier mit Marie vorbeigegangen, und doch kam es ihm so vor, als ob er das erste Mal hier wäre. Außer Maries Vortrag hatte er nichts um sich herum wahrgenommen.

Herrmann stellte das Polizeiauto an das Ende der Reihe, die sich zwischenzeitlich am Holzzaun vor der Reinhardsmühle gebildet hatte. Buhle war verblüfft, dass er sich auch nicht wirklich an dieses Haus erinnern konnte, dessen Fassade fast vollständig mit religiösen Motiven bemalt war. Neben Darstellungen, die offenbar Jesus, Maria und verschiedene Engel zeigten, fiel auf, dass häufig Kinder abgebildet waren. Da er seit seiner Jugendzeit überzeugter Atheist war, wusste Buhle nicht, ob das irgendwelchen christlichen Geschichten zuzuordnen war. Er würde daraus keine voreiligen Schlüsse ziehen, auch wenn ihm die Bilder zusammen mit der abgelegenen Lage Unbehagen bereiteten. Aber hier schuf sich wohl jeder seine ganz eigene Welt.

Herrmann war bereits durch die Pforte auf den Hof des Anwesens gelangt und wartete dort auf ihn. Buhle gab ihm ein kurzes Zeichen und ging zügig hinterher. Sie betraten das Haupthaus durch den mittig angelegten Eingang. Die Tür stand offen, und sie hörten bereits leise Gespräche aus zwei Zimmern, die rechts und links des lang gestreckten Flurs lagen. Herrmann war stehen geblieben, schaute kurz durch einen Türspalt hindurch und wies mit dem Kopf auf den Raum.

»Hier dürfte sich gerade unser Kollege mit Mailin unterhalten«, flüsterte er Buhle zu.

Der Trierer Kommissar lauschte für einen Moment. »Er scheint an ihr dran zu sein. Lass ihm noch einen Moment. Wo sind die Hausbewohner?«, fragte er Herrmann. »Vielleicht haben die etwas gesehen oder von Mailin Wend erfahren.«

Der Morbacher Polizist deutete zum anderen Zimmer. »Gehen wir da rein.«

Buhle folgte seinem Kollegen durch die halb offene Tür. In der Mitte des renovierungsbedürftigen Raumes stand ein Tisch mit vier Stühlen und mindestens einem Dutzend Umzugskisten; ein zugestelltes Sideboard, eine auf dem Boden abgestellte Stereoanlage samt Lautsprecherboxen sowie mehrere danebenliegende Lampenschirme ließen das Zimmer sehr provisorisch wirken. Die drei Frauen am Tisch schauten wortlos von unten zu den beiden Beamten hinauf, als Buhle von Herrmann vorgestellt wurde. Guido Kopp, der Reuter zur Reinhardsmühle gebracht hatte, war hingegen sofort aufgestanden und hatte sich etwas abseits an eines der beiden Fenster gestellt.

Dass die junge Polizistin in Uniform die Kollegin war, die sich um Mailin Wend kümmern sollte, hatte Buhle sofort geahnt. Sie hieß Julia Felis, und auf Buhles Nachfrage berichtete sie, dass sie und Mailin sich seit ihrer gemeinsamen Schulzeit kannten, sich aber nur noch selten privat trafen.

Bei den anderen beiden Frauen handelte es sich um Marita Eberle, die hier mit ihrem Mann Hartmut erst seit Anfang Juli wohnte, und um deren Tochter Miriam, die über ein verlängertes Wochenende zu Besuch war. Keine der Frauen konnte mehr berichten, als dass Mailin Wend gegen siebzehn Uhr völlig aufgelöst in das Haus gestürmt war und von fürchterlichen Blutspuren in der Mathysmühle und dem verschwundenen Chris Mayer geredet hatte. Miriam Eberle hatte daraufhin die Morbacher Polizei verständigt. Alles Weitere wusste Buhle bereits.

Was Mayer betraf, hatte Marita mit ihrem Mann kurz nach ihrem Einzug einen Anstandsbesuch bei dem Engländer gemacht. Sie waren freundlich, aber zurückhaltend begrüßt worden, und bei der ihnen angebotenen Tasse Tee war ihnen schnell klar geworden, dass Mayer keinen Wert auf neue Bekanntschaften legte. Als Miriam ihn bei einem Ausritt Samstag vor einer Woche zufällig auf dem Hof angetroffen hatte, hatte er deutlich abweisend reagiert.

Buhle hörte hinter sich ein Räuspern. Offenbar hatte Reuter zwischenzeitlich mitbekommen, dass sein Chef eingetroffen war. Vom Flur aus bat er ihn, herüberzukommen.

Als Buhle das Zimmer betrat, blieb er stehen und betrachtete die junge Frau, die sich zusammengekauert in einen älteren Sessel drückte. Er hätte nicht sagen können, was ihm als Erstes ins Auge sprang. Waren es die langen, gewellten hennaroten Haare, die wie Flammen um das blasse, etwas rundliche Gesicht loderten? Oder die kunterbunte, in allen möglichen Varianten geringelte Strickleggins, die eng ihre Beine umschloss, die Mailin Wend wiederum mit ihren hellhäutigen Händen mit marineblau lackierten Fingernägeln fest umschlungen an ihren Körper presste? Oder diese smaragdgrünen Augen, die ihn trotz der deutlichen Rötungen um die Iris herum regelrecht zu durchleuchten schienen?

»Komm ruhig noch einen Schritt näher, Christian. Sonst muss der Kollege draußen auf dem Flur stehen bleiben.« In Reuters Bemerkung schwang ein deutlicher Unterton mit.

Buhle blickte zu ihm hinüber. Reuter konnte sich ein breites Grinsen nicht verkneifen und schaute an Buhle vorbei zu Herrmann. Buhle folgte seinem Blick. Auch der Morbacher Polizist schmunzelte. Offenbar kannte er die Wirkung, die Mailin Wend auf Fremde erzielte.

Buhle versuchte, sich nicht anmerken zu lassen, wie sehr er sich darüber ärgerte, von den Kollegen beim Begaffen der Zeugin ertappt worden zu sein. Er ging zwei Schritte weiter in den Raum hinein und wandte sich wieder der Frau zu. Als er sich vorgestellt und über die bisherigen Aussagen erkundigt hatte, war der Ärger schon wieder vergessen.

Außer dass sie ihn am Mittwoch das letzte Mal gesehen hatte, konnte Mailin nicht viel zur Klärung des Verschwindens von Chris Mayer beitragen. Aufgefallen war ihr an Mayer nichts, gab sie an. Er sei wie immer gewesen. Andeutungen, dass er Probleme habe oder sich irgendwie bedroht fühle, habe er nicht gemacht.

Nach nicht einmal zehn Minuten verließen Buhle und Herrmann die Stube im alten Mühlengebäude wieder. Sie hatten nun die nächsten Arbeitsschritte zu koordinieren. Was die kurze Befragung von Mailin Wend eventuell erbracht haben könnte, würde Buhle von Reuter erfahren.

»Solange die Spurensicherung am Tatort ist, sollten wir die Bewohner in der Umgebung befragen, ob die etwas gesehen haben.« Buhle runzelte die Stirn, die unter dem noch ausgesprochen dichten Haar nur wenig Platz für Denkerfalten ließ. »Wir müssen schauen, wo wir um diese Uhrzeit noch genügend Leute herholen.«

»Das kriegen wir schon hin«, sagte Herrmann in einem ausgesprochen gelassenen Tonfall, wobei er das »wir« gerade so betonte, dass Buhle verstehen konnte, was der örtliche Polizeichef meinte.

»Aber deine Leute dürften doch jetzt auch schon Feierabend haben.«

»Ich glaube, da wird es nicht viele geben, die an einem Montagabend etwas Besseres vorhaben, als einen Mordfall aufzuklären. Gib mir ein paar Minuten.« Da Buhle nicht widersprach, ging der deutlich ältere Herrmann ein paar Schritte zur Seite, wobei er bereits die erste Nummer aus dem Adressbuch seines Handys anwählte.

Nachdem geklärt war, dass Buhle und Reuter zurück zur Mathysmühle fahren würden, um dort die Spurensicherung zu empfangen, Herrmann mit Kopp in Hunolstein die anderen Kollegen für die Befragung der Einwohner instruieren und Julia Felis Mailin Wend nach Hause ins benachbarte Weiperath fahren würde, verschwand der Fuhrpark vor dem Haus der Familie Eberle nach und nach. Zurück blieb eine Frau, die mit ihrer Tochter darüber nachdachte, ob das Dhrontal ihr wirklich die erhoffte Idylle für einen neuen Lebensabschnitt bieten würde.

Die Spurensicherung kam nahezu zeitgleich mit Buhle und Reuter in der Mathysmühle an. Grehler hatte zwei seiner Mitarbeiter davon abhalten können, Feierabend zu machen. Aller guten Dinge sind drei, hatte er bemerkt. Und genau drei Dinge waren es auch, die Kommissar Buhle an diesem Abend überraschen sollten.

Das erste war die unglaublich gute Laune von Lutz Grehler. Den Leiter der kriminaltechnischen Abteilung K7 der Trierer Kriminalpolizei zeichnete vieles aus. Eines aber sicher nicht: eine übertriebene Freundlichkeit und die sorgfältige, angemessene Wahl seiner Worte. An diesem Abend war er aber trotz des verlorenen Feierabends geradezu fröhlich.

Das zweite waren die ersten Ergebnisse. Grehlers Team hatte schnell herausgefunden, dass es sich am Tatort um das Blut eines Menschen handelte. Dessen Beschaffenheit wie auch die Menge ließen auf eine große äußere Wunde oder zumindest eine intensive Blutung und ein Opfer im Erwachsenenalter schließen. Die Kriminaltechniker konnten zudem nachweisen, dass das vermeintliche Opfer nicht nur innerhalb des Hauses, sondern anschließend noch exakt drei Meter und siebenundachtzig Zentimeter weit über Türschwelle und Schotterweg geschleift worden war. Der Regen hatte zwar das Blut von der Oberfläche fast vollständig ausgewaschen, aber von den Fachleuten war der Nachweis schnell und sicher erbracht. Es musste ein mindestens schwer verletzter, vielleicht schon toter Mensch abtransportiert worden sein.

Während Buhle sich eher widerwillig mit der Tatsache abfand, dass es sich tatsächlich um ein Gewaltverbrechen handeln musste, schien dies Grehlers Laune sogar noch zu verbessern. Fast aus dem Häuschen geriet der Kriminaltechniker, als er mit ziemlich großer Sicherheit Schuhabdrücke im Blut vor dem Haus diagnostizierte. Und zwar von relativ kleinen Schuhen, möglicherweise Turnschuhen.

Für Buhle und Reuter reichte ein kurzer Blickwechsel – sie dachten beide an die Schuhe, die sie heute bereits unterhalb von bunt geringelten Leggins gesehen hatten. Eine Anweisung seines

Chefs wartete Reuter gar nicht erst ab, als er zum Auto ging, um zu Mailin Wend nach Weiperath zu fahren.

Als er mit drei Paar Turnschuhen zurückkam, stand nach einer kurzen Untersuchung fest, mit welchen Schuhen Mailin Wend vor der Haustür in der Blutspur gestanden hatte. Es bestätigte ihre Aussage, dass sie am Freitagabend an die Haustür der Mathysmühle geklopft hatte, schloss aber auch aus, dass die Spuren einer Unbekannten zuzuordnen waren.

Das dritte war ein Anruf, der Buhle kurz vor zehn Uhr erreichte. Der Leiter der Morbacher Kriminalinspektion, Hans Herrmann, berichtete von einem Anwohner, dessen Zeugenaussage sich im Widerspruch zu anderen befand. Dem wolle er möglichst umgehend mit den Trierer Kollegen nachgehen.

Der Weg nach Hunolstein führte von der Mathysmühle zunächst über den geschotterten Waldweg zu einer schmalen asphaltierten Straße, die vor langer Zeit in den steilen Hang hineingebaut worden war. Bäume und Gebüsche reichten bis dicht an den Wegesrand heran, und Reuter musste sich offensichtlich konzentrieren, um in den von den Scheinwerfern schlecht ausgeleuchteten engen Kurven nicht ins Bankett zu rutschen.

Als sie nach einigen Minuten den Ortseingang erreicht hatten, sahen sie bereits Herrmann und Kopp, wie sie mit dem Rücken an ihrem Streifenwagen lehnten und mit stoischer Ruhe das Gebrüll eines aufgebrachten Mannes über sich ergehen ließen, der sich mit seinem imposanten Körper direkt vor ihnen aufgebaut hatte. Vielleicht war es das bedrohliche Gebaren dieser einem Waldschrat ähnlichen Gestalt, das Reuter veranlasste, den Wagen in gebührender Entfernung zu stoppen.

Der Riese drehte sich zu ihnen um und hielt sich eine seiner Pranken über die geblendeten Augen, um deutlich erkennbar gleich wieder loszulegen.

Herrmann löste sich gelassen von dem Polizeiauto, streckte sich ein wenig, um seine Hand auf die Schulter des Riesen zu legen, und redete beruhigend auf ihn ein. Kurz darauf gab er Buhle und Reuter ein kurzes Zeichen, dass sie nun aus dem Wagen steigen konnten. Erst da wurde Buhle bewusst, dass sie tatsächlich darauf gewartet hatten. Über sich selbst verärgert, stieg er nun umso lässiger aus.

»'n Abend.« Buhle bemühte sich mit Blick auf diesen Hünen um eine besonders feste Stimme. »Hans, alles klar hier?«

Herrmann konnte sich ein Schmunzeln nicht verkneifen. »Sicher, Christian. Wir haben hier alles im Griff.« Er blickte wieder zu dem Koloss hin, der es nun vorzog, seine Arme vor der Brust verschränkt zu halten und unter seinen tief heruntergezogenen buschigen Augenbrauen grimmig auf die Neuankömmlinge zu starren. »Das hier ist Hubert Schabbach. Er wohnt in diesem Anwesen.«

Herrmann zeigte auf ein altes, renovierungsbedürftiges Bauernhaus. Buhle konnte dahinter im Schein der Straßenlaterne nur mit Mühe eine etwas zurückversetzte Scheune erkennen. Den Blick darauf versperrten neben einem Pick-up sowie zwei Reihen sorgfältig aufgestapelter, mit rostigen Blechen abgedeckter Meterstücke Brennholz noch Haufen mit Pflastersteinen, Waschbetonplatten, Schotter, Plastikplanen, Pflanzkübel, ein Betonmischer, Stapel von langen Holzbrettern, Metzer Latten und Holzpaletten.

»Wir haben den Verdacht«, begann Herrmann wieder, wobei sich der Gesichtsausdruck von Schabbach noch mehr zu verdunkeln schien, »dass Hubert Schabbach uns vor einer Stunde nicht ganz die Wahrheit gesagt hat.« Er machte eine kurze Pause. »Wir hatten ihn nämlich tatsächlich als Allerersten in Hunolstein befragt, was er am Wochenende so gemacht hat.« Herrmanns Ton wurde noch eine Spur süffisanter. »Aber offenbar hat sich der Befragte nicht mehr ganz an die Wahrheit erinnern können. Oder, Hubert? Und das, obwohl er doch ein ganz spezieller Freund von unserem Engländer ist, nicht wahr?«

Der spezielle Freund ließ nur ein tiefes Grunzen folgen. Buhle wartete ab. Er wollte die Strategie des erfahrenen Herrmann nicht durchkreuzen.

Herrmann fuhr fort, wobei seine Stimme nun eine gewisse Schärfe annahm. »Hubert Schabbach hat nämlich noch vor gut einer Stunde behauptet, dass er den ganzen Donnerstagabend und den ganzen Freitagabend zu Hause war und Fernsehen geguckt hat. Dumm nur, dass sein Pick-up Donnerstagabend um halb zehn in Haag gesehen wurde, wie er mit einem Affenzahn aus dem Hölzbachtal geschossen kam und dabei einen Spaziergänger samt Hund fast umgefahren hätte.«

»Ich war das nicht. Hab ich euch doch schon gesagt. Das muss ein anderer Pick-up gewesen sein. Ich war zu Haus, vor dem Fernseher, den ganzen Abend.«

Es schien, als ob Schabbach wild gestikulierend auf Herrmann losgehen wollte. Doch der rührte sich keinen Millimeter.

»Blödsinn, es fährt hier sonst keiner ein solches Monster auf vier Rädern. Rück endlich damit raus, was du da zu suchen hattest. Von hier nach Haag bist du zwangsläufig durchs Dhrontal gekommen.«

»Du kannst mir gar nichts, gar nichts. Vielleicht war das in Haag ja einer der Helfer der anderen Pächter. Die haben alle naselang einen neuen. Habt ihr das schon überprüft, hä? Oder hat mich hier einer losfahren sehen?« Da Herrmann nicht sofort antwortete, setzte Schabbach mit Genugtuung nach: »Nee, habt ihr nicht. Aber mich einbuchten wollen.«

Herrmann verdrehte leicht die Augen und setzte noch ein Kopfschütteln drauf. »Dir ist doch klar, dass du ein Problem mit der Kripo bekommst, wenn wir dir nachweisen können, dass du gelogen hast. Jeder weiß, dass du mit Mayer nie klargekommen bist.«

Der letzte Satz ließ Buhle aufhorchen. Und weil keiner der anderen das Wortgefecht fortsetzte, hakte er jetzt nach. »Was ist mit Ihnen und Mayer?«

Schabbachs einzige Reaktion darauf war, erneut die Arme vor der abgewetzten grünen Jacke zu verschränken und den bekannten bösen Blick aufzusetzen.

»Willst du dem Kommissar antworten, oder soll ich erzählen, warum du mit Mayer aneinandergeraten bist?«, fragte Herrmann in Richtung Schabbach.

»Da war nie was dran. Das hat sich der Engländer nur ausgedacht, um mir einen reinzuwürgen, weil es ihm gestunken hat, dass ich öfter an seinem Haus gejagt habe. War alles legal. Hat er gar nichts dagegen haben dürfen. Aber der hat sich aufgeführt wie Rumpelstilzchen. Der war das doch auch, der mir jetzt die Reifen zerstochen hat. Das Arschloch. Dafür hätte er noch einen von mir gekriegt, und zwar voll auf die Zwölf.«

Schabbach hatte sich in Rage geredet, dann abrupt geendet. Sein unsicherer Blick ließ Buhle vermuten, dass Schabbach selbst gemerkt hatte, dass er etwas von sich gegeben hatte, das nicht gut für ihn war. Deshalb fragte Buhle wieder nach.

»An was war nie etwas dran, und wieso sollte Mayer Ihnen die Reifen zerstochen haben?«

Schabbachs Lippen waren zwischen dem wilden Vollbart kaum zu sehen. Dennoch konnte man erahnen, wie er nervös mit der Zunge über seine Lippen fuhr. »Da war nichts dran, habe ich doch schon gesagt«, presste er hervor.

»Mensch, erzähl«, fuhr ihn Herrmann an, doch der Hüne schwieg.

Herrmann wandte sich Buhle und Reuter zu und seufzte. Missmutig begann er zu berichten: »Das ist jetzt schon einige Zeit her. Chris Mayer muss bereits ein, zwei Jahre im Tal gelebt haben, da wurde sein Hund erschossen. Mayer hatte Hubert im Verdacht, weil der sich vorher ständig darüber aufgeregt hatte, dass Mayer seinen Hund frei herumlaufen ließ. Die Jäger haben immer noch in ihren Köpfen drin, dass die Hunde dann herumwildern würden. Mayers Hund wurde mit einer Ladung Schrot gefunden, einige hundert Meter von der Mathysmühle entfernt. Wir haben ermittelt, aber das Schrot wird von fast allen Jägern hier verwendet. Wir konnten keinem etwas nachweisen. Natürlich hat sich auch kein Jäger zu dem Abschuss bekannt. Mayer ist nie von seinem Verdacht gegenüber Hubert abgewichen. Seitdem nutzen die beiden jeden Anlass zu einem Streit.«

»Hat Mayer noch mit anderen hier Ärger gehabt?«, fragte Reuter.

»Nein, nicht dass ich wüsste. Er lebt zwar sehr zurückgezogen, ist aber eigentlich immer sehr freundlich zu den Leuten.«

»Und er?« Reuter deutete mit dem Kopf zu Schabbach.

»Nun«, druckste Herrmann etwas herum, »Hubert ist etwas, wie soll ich sagen? … Er überlegt nicht immer so richtig, was er sagt. Damit tritt er dem einen oder anderen schon mal auf die Füße.«

Reuter schaute auf Schabbach. »Das heißt, Sie haben sich also nicht richtig im Griff und häufig Streit. Gab es das auch schon einmal etwas handfester?«

Schabbachs Antwort war wieder ein abfälliges Grunzen.

»Also ja. Wie häufig ist Herr Schabbach schon wegen Gewaltanwendung verhaftet worden?«, fragte Reuter nun Herrmann.

»Ein Mal. Er hatte auf einem Fest Streit mit einem Thalfanger. Da hatten beide getrunken und sicher ihren Teil dazu beigetragen. Hubert hätte aber seine Kräfte besser im Griff haben müssen.« Herrmanns strafender Blick traf den Riesen und blieb an ihm haften, als er etwas leiser fortfuhr. »Sonst haben wir das hier unter uns geregelt. Hubert hat ein Problem, ruhig zu bleiben, wenn er zu tief ins Glas geguckt hat. Zum Glück kommt das in letzter Zeit nicht mehr so häufig vor. Ansonsten ist er … eigentlich ganz gut in der Reih.«

In der einsetzenden Pause schien jeder Polizist sich seine Gedanken über Hubert Schabbach zu machen. Buhle war klar, dass die Bewertung dabei durchaus unterschiedlich ausfallen würde. Er erinnerte sich, dass Schabbach vorhin in seiner Empörung noch etwas anderes herausgerutscht war. »Was hatte es denn mit den zerstochenen Reifen auf sich?«, fragte er.

In Schabbachs Augen schien sich wieder neue Wut zu entfachen. »Mir hat jemand die Reifen an meinem Pick-up platt gemacht«, polterte er los. »Das kann nur das Arschloch gewesen sein. Wer sollte sonst so etwas tun? Gleich zwei Stück. Der ist da so mit ’nem Messer rein, dass ich die auch ja nicht wieder flicken kann. So ’ne Sauerei. Wissen Sie, was so ein Reifen kostet? Sauteuer sind die Dinger, sauteuer. Aber er hat es zuerst nicht zugegeben.«

»Aber dann doch?«, fragte Herrmann mit deutlichem Erstaunen nach.

Wieder schien sich Schabbach ertappt zu fühlen und suchte einen Moment zu lange nach der passenden Antwort. »Nee, nicht richtig. Aber er war's bestimmt.«

»Warst du doch noch bei ihm?«, fragte Herrmann nach.

»Nee, er hat angerufen, der Sausack. Wollte sich über mich lustig machen wegen der Reifen.« Schabbach machte eine kurze Pause. »Mehr war nicht.«

Reuter schaute sich den Pick-up, einen alten dunkelgrünen Nissan King Cub, an und stellte fest, dass tatsächlich zwei krachneue Reifen montiert waren. »Wann sind Ihnen denn die Reifen zerstochen worden?«, fragte er.

»Vor drei Wochen«, stieß Schabbach grollend hervor. »Am Mittwoch, während ich auf der Arbeit war.«

»Er hat es noch am selben Tag bei uns angezeigt«, bestätigte Herrmann die Aussage.

»Und wann kam der Anruf von Mayer?«, hakte Buhle nach.

»Der Anruf?« Schabbach zögerte. »Keine Ahnung, vor einer Woche vielleicht oder früher.«

»Das wissen Sie also nicht mehr so genau? Könnte es nicht vielleicht auch erst am Donnerstag oder Freitag gewesen sein, kurz bevor Chris Mayer verschwunden ist?«

Schabbach sagte nichts mehr. Sein starrer Blick verlor sich in der stockfinsteren Hunsrücknacht.

Schließlich forderte Buhle Schabbach auf, sich für die polizeilichen Untersuchungen in den nächsten Tagen verfügbar zu halten. Er und Reuter fuhren zurück nach Trier.

Herrmann hatte versprochen, bis zum nächsten Morgen die wichtigsten Zeugenaussagen zusammenzufassen und sie Buhle in die Zentrale Kriminalinspektion nach Trier zu mailen. Zu diesem Zeitpunkt würde auch der erste Bericht der Spurensicherung vorliegen. Anschließend würde sich entscheiden, wie sie im Fall des verschwundenen Engländers Chris Mayer weiter vorgingen.

3

Weiperath, Montag, 29. Juli

Mailin Wend saß in ihrem lammfellbelegten Hängesessel in der Ecke ihrer Stube und glaubte, sich schon seit Stunden nicht mehr bewegt zu haben. Dabei waren es gerade einmal zwanzig Minuten, seit sie sich wieder auf ihren Lieblingsplatz gesetzt hatte. Ihre Knie und Fußgelenke schmerzten kurz, als sie nun aufstand, um sich einen weiteren Becher Kräutertee einzuschenken.

Obwohl es überhaupt nicht kalt war, hielt sie beide Hände um das wild bemalte Steingutgefäß geklammert. Doch das wohlige Gefühl, das sie von kalten Wintertagen her damit verband, wollte sich nicht einstellen. Es war nicht Kälte, die das Frösteln, das sie an diesem Abend wiederholt überkam, hervorrief. So war es egal, dass der Tee mittlerweile nur noch lauwarm war.

Dennoch schien er zu helfen. Mailin stand mitten im Zimmer und gewann den Eindruck, langsam wieder denken zu können. Auch wenn ihr alles unfassbar erschien. Wieder und immer wieder baute sich diese riesige Blutlache vor ihrem geistigen Auge auf, seit Julia Felis sie nach Hause gefahren hatte. Was war nur geschehen? Sie dachte an ihren Streit mit Chris, und stets endete ihre Erinnerung bei seiner Andeutung, dass es zukünftig noch jemanden in seinem Leben geben könnte.

Jetzt war es Nacht. Sie wünschte sich, einfach einschlafen zu können. Aber es gelang ihr genauso wenig wie in den vergangenen Nächten. Doch wenn sie jetzt die Augen schloss, sah sie auch noch dieses tiefdunkle, krustige Rot auf den Holzdielen.

Alles hatte sich verändert, seit diese Frau in der Mathysmühle aufgetaucht war. Chris hatte sich nichts anmerken lassen wollen, doch er war ihr gegenüber distanzierter geworden. Sie hatte ihn darauf angesprochen. Hatte ihn irgendwann sogar gefragt, ob er sich verliebt hätte. Aber er hatte alles abgestritten. Schon da war ihr seine Reaktion eine Spur zu heftig, geradezu abweisend vorgekommen. So hatte sich Chris ihr gegenüber noch nie verhalten.

Was wusste sie von dieser Frau? Kaum etwas, und das Wenige noch nicht einmal von Chris selbst. Aber dann war die andere ja auch nicht mehr aufgetaucht, und Mailin hatte Chris' Beteuerungen schließlich doch Glauben geschenkt.

Bis er in der letzten Zeit öfter für mehrere Tage, einmal sogar länger als eine Woche weg gewesen war; viel häufiger als zuvor und ohne ihr wirklich sagen zu wollen, wo es ihn so plötzlich hinzog. Sie ahnte, dass er ihr etwas verschwieg, und es war ihr eigentlich sofort klar gewesen, dass es mit dieser Frau zusammenhängen musste. Diese Erkenntnis hatte sie stärker getroffen, als sie es sich zunächst eingestehen wollte. Sie hatte versucht, es als Einbildung abzutun. Hatte versucht, das immer stärkere Gefühl der Eifersucht zu unterdrücken. Aber es war ihr nicht gelungen. Chris hatte das wohl auch gemerkt. Sie hatte gespürt, wie er sich zunehmend von ihr abwandte.

Jetzt wusste sie, dass es ein Trugschluss gewesen war, zu glauben, mit ihrem *besonderen* Verhältnis zu Chris auf Dauer gut zurechtzukommen: ihre Beziehung als das Bündnis zweier Verschworener zu sehen. Nicht als das, was es für sie wirklich war: Liebe. Sie hatte sich die ganze Zeit nur etwas vorgemacht, weil sie insgeheim gewusst hatte, dass sie ihn sonst verlieren würde. Doch jetzt, jetzt hatte sie ihn verloren, endgültig verloren. Chris war tot. Sie wusste es, auch wenn die Polizisten noch zweifelten. Bei dem Gedanken rannen ihr gleich wieder zwei Tränen über die Wangen. Sie hatte es aufgegeben, sie wegzuwischen.

Mailin legte sich auf ihr großes Sofa, stellte die Tasse davor auf den Fußboden und rollte sich in ihre flauschigste Wolldecke ein. Auf dem runden Beistelltisch stand eine der Kerzen, die sie angezündet hatte. Sie tauchte das Zimmer in ein schwaches gelbliches Licht, dessen Atmosphäre Mailin sonst so genoss. Doch jetzt haftete ihr Blick weit entrückt an der kleinen Flamme, die sich ganz sanft hin- und herbewegte. Nach wenigen Minuten war sie endlich eingeschlafen.

4

Trier, Dienstag, 30. Juli

Kriminalhauptkommissar Christian Buhle traf morgens in der Zentralen Kriminalinspektion nahe dem Trierer Hauptbahnhof ein. Er wollte in Ruhe das weitere Vorgehen planen. Doch auf seinem Schreibtisch befand sich bereits ein Fax seiner Morbacher Kollegen.

Die Nachricht von Hans Herrmann war kurz, aber mit gewichtigem Inhalt. Schabbachs Pick-up war am Donnerstagabend noch einmal gesehen worden, auf einem Waldweg abseits der K 80 zwischen Haag und Horath.

Buhle telefonierte sofort mit Herrmann und kündigte ihr Erscheinen noch für den Vormittag an. Anschließend informierte er seinen Stellvertreter Paul Gerhardts, der gerade Ermittlungsakten von abgeschlossenen Fällen nacharbeitete, über den neuen Fall und zog Michael Reuter nun offiziell dafür ab. Reuter zeigte sich ganz entgegen seinem sonstigen mürrischen Auftreten sichtbar erfreut.

Buhle setzte Herbert Großmann, den Leiter der ZKI, in Kenntnis. Der nuschelte etwas wie »Fangen die Hunsrücker jetzt auch noch an zu morden« in seinen weißen Kinnbart, ließ Buhle aber ansonsten gewähren.

Endlich kam Lutz Grehler in die ZKI. Er war bereits in den Laboren der Spurensicherung im ehemaligen Polizeipräsidium in der Südallee gewesen und hatte Neuigkeiten: Die Polizisten hatten zwischenzeitlich an einem Nassrasierer Vergleichsspuren von Chris Mayer sichergestellt. Sie wiesen dieselbe Blutgruppe wie die Blutlache vor der Tür und weitere Blutreste in einem Waschbecken auf. Die genaue Identifikation konnte erst über eine DNA-Analyse beim LKA in Mainz erfolgen. Doch auch wenn sie darauf noch zwei bis drei Tage warten mussten, verdichteten sich schon jetzt die Indizien, dass Mayer das Opfer war. Die ersten

Untersuchungen der Wohnräume deuteten ebenfalls darauf hin, dass er nicht geplant hatte zu verschwinden. Bei Mordopfern durchaus üblich, hatte Reuter sarkastisch angemerkt.

Es war Reuters Idee gewesen, den Weg über Horath zu nehmen. So würden sie vorab einen Eindruck von der Strecke gewinnen, die Schabbach am Donnerstagabend offensichtlich gefahren war.

»Mein Gott, wenn ich gewusst hätte, was das hier für ein Gegurke ist, hätten wir doch besser den direkten Weg genommen.« Buhle war auf der nur fünf Kilometer längeren, aber kurvenreichen Strecke durch die »Pampa«, wie er zwischenzeitlich bemerkt hatte, zusehends nervös geworden. Sie hätten schon längst bei Herrmann sein sollen.

»Christian, du bist im Hunsrück. Der stetige Wechsel zwischen Tälern und Hochflächen lässt hier selten den geraden Weg zu«, entgegnete Reuter gelassen. »Das braucht halt seine Zeit. Ist doch schön hier, vor allem schön ruhig. Uns ist seit Berglicht nicht ein Auto begegnet.«

»Ich würde eher sagen: In dieser Einöde liegt der Hund begraben.« Buhle schaute wieder auf seine Uhr und fragte sich gleichzeitig, warum er sich so negativ äußerte, wo er doch vor zwei Tagen selbst die Hunsrücker Idylle für einen Ausflug genutzt hatte. Doch diesen Gedanken hätte er sich jetzt besser gespart, denn der Ausflug war mit Marie verbunden, und an die wollte er im Moment eigentlich gar nicht denken. So war er fast froh, dass Reuter ihm direkt widersprach.

»Da täuschst du dich. Hier in Horath gibt es ein gut laufendes Familienhotel und auch Industrie. Vor Jahren hatten sie sogar eine Fußballmannschaft, die für hiesige Verhältnisse recht hoch gespielt hat.«

»Industrie?«, fragte Buhle nach und wunderte sich, woher sein Kollege dieses Detailwissen hatte.

»Na ja«, Reuter musste grinsen, »hier gibt es zumindest ein Drahtwerk. Keine Ahnung, wie die sich hier halten können. Aber ich bin einmal ewig lange hinter einem Laster mit Baustahlmatten hergefahren. Du kannst dir vorstellen, was das bei den Straßen bedeutet. Seitdem weiß ich, dass es das Werk hier gibt. Guck da rechts ist es.«

Sie hatten Horath gerade auf der Hochwaldstraße durchfahren und blickten auf lang gestreckte Werkshallen, die Buhle hier nicht vermutet hätte. Kurz darauf bogen sie auf die K 80 ab und tauchten wieder in ein Waldgebiet ein. Zu ihrer Überraschung sahen sie an einem der vielen abzweigenden Waldwege einen Streifenwagen stehen. Reuter fuhr an die Seite und hielt an.

»Wahrscheinlich ist hier Schabbachs Wagen von dem zweiten Zeugen gesehen worden«, mutmaßte Reuter, während er mit den Augen den Waldrand absuchte.

»Ist naheliegend. Die Kollegen scheinen sich schon auf die Suche nach der Leiche gemacht zu haben. Kann man nur hoffen, dass sie vorsichtig sind.«

»Die Morbacher Kollegen erscheinen mir recht fit, und Herrmann hat seine Leute offenbar ganz gut im Griff. Gute Idee, hier zu suchen.«

»Auf jeden Fall ein guter Ort, um etwas verschwinden zu lassen. Hast du eine Ahnung, wie groß das Waldgebiet ist?«

»Riesig. Der Haardtwald zieht sich hier großflächig über den ganzen Höhenzug hinweg. Wenn wir da anfangen wollen, eine versteckte Leiche zu suchen, dann gute Nacht. Da sind wir Wochen zugange.«

Buhle zog die Stirn in Falten. Er wusste, dass Reuter recht hatte. Der Fall würde sich ohne Leiche in die Länge ziehen, und die Chance, den Täter zu fassen, würde mit jedem Tag geringer. Eine schnelle Aufklärung war möglich, wenn Schabbach der Täter war. Aber Buhle war sich da alles andere als sicher.

»Lass uns losfahren«, forderte er Reuter auf. »Vielleicht kriegen wir aus Schabbach doch etwas raus, das uns weiterbringt.«

In einer lang gezogenen Kurve bog Reuter unvermittelt von der Kreisstraße ab. Erst beim Lesen des Ortsschildes erkannte Buhle, dass sie in Haag waren. Hier war Schabbach von dem ersten Zeugen gesehen worden.

»Du kennst dich gut aus. Warst du schon mal in Haag?«, fragte Buhle seinen Mitarbeiter.

»Ja.« Auf Buhles fragenden Blick fügte er hinzu: »Ich gehe öfter im Hunsrück wandern.«

»Du gehst wandern?«

»Erstaunt dich, was? Ich kann hier am Wochenende total gut abschalten. Hier hast du Ruhe, Luft, keinen, der etwas von dir will. Herrlich!«

»Bist du allein unterwegs?«, fragte Buhle.

Reuter schaute ihn von der Seite an. »Mit wem sollte ich denn herkommen? Natürlich bin ich allein, und wenn ich ehrlich bin, will ich das auch genau so.« Reuter schaute wieder nach vorn, offensichtlich nach etwas suchend.

»Mist, ich glaube, jetzt sind wir zu weit. Die Abzweigung ins Dhrontal war weiter vorn im Ort.« Reuter wendete auf einer Kreuzung nahe Friedhof und Kirche und fuhr langsam zurück. Auch Buhle suchte nach dem Weg. Natürlich war niemand auf der Straße, den sie fragen konnten.

»Ich probiere es da vorn. Vielleicht haben wir Glück. Hier muss es jedenfalls irgendwo runter ins Tal gehen.«

Buhle las das Straßenschild: »Kutscherweg« – durchaus passend für die schmale Gasse.

Kurz darauf zögerte Reuter an einer weiteren Abzweigung noch einmal. Er entschied sich für einen weniger gut ausgebauten Wirtschaftsweg, und tatsächlich ging es immer weiter talwärts. Bald tauchten sie in den nächsten Wald ein. Nach einer engen Kurve bremste Reuter scharf und fuhr einige Meter zurück. Er drehte das Fenster herunter und steckte seinen Kopf aus dem Wagen.

»Aha, ziemlich tiefe Reifenspuren im Bankett. Hier könnte die Stelle sein, an der Schabbach den einen Zeugen fast umgefahren hat. Wir müssen Grehlers Leute hierherschicken.« Er schaute Buhle an. »Mal sehen, ob unser Waldschrat immer noch alles abstreiten wird.«

»Dann lass uns weiterfahren. Herrmann wartet bestimmt schon länger«, antwortete Buhle.

Zügig fuhr Reuter den letzten Kilometer bis zur Mathysmühle.

Hans Herrmann stand dort bereits an der Einfahrt und unterhielt sich angeregt mit Grehler. Guido Kopp hielt sich etwas abseits, hörte aber dem Gespräch zu. Als Grehler das ankommende Auto sah, verabschiedete er sich sofort von Herrmann, grüßte kurz in Richtung Buhle und Reuter und wandte sich dem Haus zu.

»Halt, Lutz, warte mal!«, rief Reuter ihm beim Aussteigen hinterher.

Grehler drehte sich um und kam die paar Schritte zurück. »Mensch, komme ich heute gar nicht mehr an meine Arbeit?«, knurrte er laut vor sich hin und grinste Herrmann an. »Nachher denken die Jungs da drinnen noch, sie kämen auch ohne mich zurecht. Was gibt's denn, dass du so rumbrüllen musst?«

Natürlich kannte auch Reuter Grehlers etwas ruppige Art. Unbeeindruckt antwortete er: »Wir sind über Horath und Haag gekommen. Offenbar sind die Morbacher Kollegen recht zügig. Wir haben einen Streifenwagen am Straßenrand stehen gesehen. Ist das die Stelle, an der Schabbach das zweite Mal gesehen wurde?«

Die Frage war an Herrmann gerichtet, der zustimmend nickte.

»Dann solltest du ein paar deiner Leute zur Unterstützung dort hinbeordern, Lutz. Die könnten sich auch gleich eine tiefe Fahrspur im Wegebankett anschauen, kurz vor Haag. Die ist sicher auch von Schabbachs Pick-up.«

»Na, da wart ihr heute ja schon richtig erfolgreich«, entgegnete Grehler schnippisch. Doch bevor Reuter wieder ansetzen konnte, sprach er weiter: »Hat mir Hans eben auch schon mitgeteilt. Ich werde gleich zwei Leute losschicken. Noch was?«

»Nein, das war es schon«, antwortete Reuter. »Sobald deine Spürnasen was wissen, sollen sie uns eine SMS schicken. Am besten noch, solange wir mit Schabbach zugange sind.«

»Alles klar, Chef.« Grehler schien offensichtlich Gefallen daran zu haben, Reuter in Anwesenheit von Buhle auf diese Art aufzuziehen. Als aber keiner reagierte, schob er noch ein kurzes »Wird gemacht« hinterher und verschwand im Haus.

Buhle hatte sich bereits zu Herrmann gestellt. Nach einer kurzen Begrüßung kamen sie gleich zur Sache.

»Es gibt also einen weiteren Zeugen, der Schabbachs bisherige Version vom Donnerstagabend widerlegt?«

»Ja«, bestätigte Herrmann. »Ihr habt schon richtiggelegen: An der Stelle, die der Zeuge genannt hat, suchen meine Leute bereits nach Anhaltspunkten, was Schabbach dort gemacht haben könnte. Ist das für euch in Ordnung?«

»Ja, sie sollen nur vorsichtig sein.«

An Herrmanns wenngleich nur geringfügig veränderter Mimik erkannte Buhle sofort, dass dieser Hinweis überflüssig gewesen war. Er besserte nach: »Aber das wisst ihr ja selbst. Wo ist Schabbach jetzt?«

»Ihr hört ihn.«

Buhle war über diese knappe Antwort etwas irritiert. Dann aber wurde er sich des Geräuschs einer Motorsäge bewusst.

»Er ist nur wenige hundert Meter von hier am Schaffen. Fahrt grad das Stück hinter uns her«, ergänzte Herrmann.

Nachdem sie ihre Autos am Waldrand abgestellt hatten, mussten sie noch ein gutes Stück hangaufwärts durch einen Nadelforst steigen. Überall lagen Äste und kleinere Bäume verstreut. Der durchdringende Lärm der Motorsäge wurde immer lauter, bis sie zwischen dem Dickicht die imposante Statur von Hubert Schabbach erkannten. Herrmann bedeutete ihnen, etwas weiter links zu gehen. Dort saß ein weiterer Waldarbeiter, der gerade die Kette seiner Säge nachspannte.

Herrmann grüßte ihn und zeigte auf Schabbach. Der Mann nickte nur und schrie mit einer unglaublich tiefen und lauten Stimme: »Eh, Hubert, die Polizei ist hier.«

Schabbach schien den Ruf tatsächlich vernommen zu haben. Jedenfalls ließ er von dem Baum ab und drehte sich um, während die Säge noch im Leerlauf weiterknatterte. Als er die Trierer Polizisten sah, hatte es kurz den Anschein, als wollte er sich wieder dem Baum zuwenden. Doch er überlegte es sich anders. Er machte die Motorsäge aus, schob die Ohrschützer über den orangefarbenen Helm und kam in voller Schnittschutzmontur und mit heruntergeklapptem Visier auf sie zugestampft.

Zunächst sagte keiner etwas. Buhle hatte mit Herrmann abgesprochen, dass der Morbacher Kommissar das Gespräch beginnen sollte. Nach dem Lärm schien jedoch auch er erst einmal die Stille in sich aufnehmen zu wollen, die sie so lange umgab, bis ein Singvogel sie mit seinem Dankeslied wieder aufhob. Buhle fühlte die Anspannung in sich aufsteigen und begann, ruhiger und tiefer zu atmen. Die Luft, die er dabei einsog, roch nach Fichtennadeln, frisch gesägtem Holz und Zwei-Takt-Motor.

»Nu leg doch erst mal die Säge weg und nimm den Helm ab Hubert. Meinst du, ich will so mit dir reden?«

Buhle kam es vor, als ob hier ein Vater mit seinem Sohn sprach, nur dass Schabbach den Worten Herrmanns tatsächlich folgte.

»Wir müssen mit dir noch mal über den Donnerstagabend reden«, fuhr Herrmann fort.

»Warum denn?«, kam es postwendend zurück.

»Mensch, Hubert, das weißt du doch besser als wir.«

»Ich weiß überhaupt nicht, was ihr von mir wollt. Ich habe den Engländer nicht auf dem Gewissen, hab ich euch doch schon gesagt.«

»Das habe ich auch nicht behauptet, Hubert.« Herrmann versuchte offensichtlich, Schabbachs Vertrauen zu wecken. »Aber man hat dein Auto jetzt auch bei Horath gesehen. Also: Was hast du im Wald gemacht?«

»Das war ich nicht. Vielleicht war das –«

»Erzähl doch keinen Quatsch.« Mit einem Mal war Herrmanns Stimme schneidend scharf. »Ich hab die Wagen der Jagdpächter und ihrer Leute überprüft. Da fährt keiner so ’nen alten Nissan. Erzähl uns hier keine Märchen. Was hast du da gemacht?«

Schabbach war nun deutlich verunsichert. Seine Augen zuckten unter den buschigen Brauen hin und her.

»Nun komm, Hubert, rück schon damit raus. Was hast du an diesem Abend gemacht?« Wieder hatte Herrmann seinen Ton geändert und sprach jetzt eher wie ein Kumpel zu Schabbach. »Oder willst du, dass dich meine Kollegen mit nach Trier holen? Das ist doch nicht nötig, oder? Also noch mal: Was hast du Donnerstagabend gemacht?«

Schabbach vergrub seine Pranken in den Taschen der grünorangen Arbeitsjacke und starrte nach unten auf den mit braunen Nadeln und kleinen, knotigen Ästchen überzogenen Waldboden. »Ich … ich habe einen Anruf bekommen, dass da jemand ein Reh überfahren hat. Ich bin hin, weil ich sehen wollte, ob es tot ist oder am nächsten Tag jemand zur Nachsuche muss.«

»Wer hat dich angerufen?«

»Muss ich das sagen?«

»Hubert, natürlich. Wie sollen wir es sonst überprüfen? Es ist doch auch gar nicht mehr dein Revier.«

Schabbach schien zu überlegen, ob er den Namen tatsächlich nennen sollte. Buhle hoffte es, denn sonst hätten sie kaum die Möglichkeit, Schabbachs Aussage zu widerlegen.

»Der Baumann war's.«

»Welcher Baumann?«

»Bert Baumann.«

»Du meinst Bertram Baumann aus Rapperath?«

»Ja doch. Wer denn sonst?«

Hans Herrmann sog die Luft hörbar durch seine Zähne. »Jetzt erzähl uns bitte genau, was an diesem Abend passiert ist. Und zwar alles und die Wahrheit.«

»Ich war zu Hause, vorm Fernseher. Hatte noch 'nen Schädel vom Vortag, hatte ja Geburtstag. Dann rief Bert an und meinte, er hätte vielleicht ein Reh überfahren. Ich bin hin, war aber nichts. Das ist alles.«

Herrmanns Mund war zu einem schmalen Strich zusammengepresst. Er schaute Schabbach geradewegs in die Augen. Dieser konnte dem Blick nur mit Mühe standhalten. Herrmann sagte ruhig, fast leise, aber umso deutlicher: »Baumann also. Hatte er wieder gesoffen?«

Schabbach schwieg.

Herrmann wandte sich an seine beiden Kollegen. »Bertram Baumann ist ein alter Saufkumpan von ihm hier. Es ist nicht auszuschließen, dass Hubert den Baumann decken wollte und deshalb nichts erzählt hat. Wir werden das gleich prüfen.«

Guido Kopp verstand dies sofort als Aufforderung, ging ein Stück zur Seite und begann zu telefonieren.

Herrmann wandte sich wieder an Schabbach. »Ich warne dich, Hubert. Wenn du uns hier einen Bären aufbinden willst dann gnade dir Gott. Warst du auch noch bei Mayer, nachdem Baumann angerufen hat?«

Wieder schaffte es Schabbach nicht wirklich, dem Blick des Kommissars zu begegnen.

»Hubert, warst du an dem Abend auch in der Mathysmühle?«

Doch Hubert Schabbach schwieg beharrlich.

Aus dem Hintergrund hörte Buhle Kopp sagen: »Ich habe es jetzt dreimal bei Baumann probiert. Es geht aber keiner ran. Sollten wir mal vorbeifahren?«

Die Frage war an Herrmann gerichtet, der tief ausatmete und dabei unzufrieden mit dem Kopf nickte. »Ja, das wird das Beste sein. Den Kerl da lassen wir am besten hier bei seinen hölzernen Kameraden, vielleicht verstehen die ihn ja.« Buhle und Reuter fragte er: »Oder wollt ihr ihn gleich nach Trier in die Mangel holen? Verdient hätte er es ja, dieser sture Holzkopf.«

Buhle wunderte sich über die Distanzlosigkeit im Umgang des Morbacher Kommissars mit einem Verdächtigen. Er selbst hätte sich weder in Trier noch sonst wo erlaubt, jemanden »Holzkopf« zu nennen. Aber letztendlich war auch ihm klar geworden, dass Schabbach ohne weitere konkrete Anhaltspunkte nichts mehr aussagen würde, und wenn, dann schon gar nicht gegenüber den Polizisten aus der Stadt.

»Wenn sich Herr Schabbach für uns jederzeit verfügbar hält, müssen wir ihn wohl noch nicht ins Kommissariat nach Trier mitnehmen.« Buhle machte eine kurze Pause und betrachtete dabei Schabbach, der aber keine Regung mehr zeigte. »Das sieht natürlich ganz anders aus, wenn Sie uns nicht die Wahrheit gesagt haben. Herr Schabbach, spricht etwas dagegen, dass sich unsere Kriminaltechniker Ihren Pick-up genauer ansehen?«

»Machen Sie, was Sie nicht lassen können. Ist mir egal. Habe nichts zu verbergen. Sind wir jetzt fertig hier?« Schabbach brummte die Worte mehr, als dass er sie sprach.

»Vorerst ja. Wo steht Ihr Wagen jetzt?«

Schabbach hatte sich bereits wieder die schwere Motorsäge

gegriffen, als ob sie kein Gewicht hätte. »Bei mir zu Hause«, knurrte er im Weggehen, ohne die Polizisten noch einmal anzuschauen.

Es war Mittag geworden. Die Sonne spendete dem Hunsrück ihre ganze Energie. Selbst im Schatten des Waldes war die sommerliche Hitze drückend.

Nachdem Herrmann und Kopp zu Bertram Baumann ins nahe gelegene Rapperath aufgebrochen waren, begaben sich Buhle und Reuter wieder zur Mathysmühle. Die Kollegen von der Spurensicherung machten gerade Pause und hatten die Reißverschlüsse ihrer weißen Kunststoffoveralls bis zum Gürtel geöffnet. Als Grehler die beiden Ermittler kommen sah, stand er auf und ging zügig auf sie zu.

»Ich wollte euch gerade eine Nachricht schicken. Es stimmt: Die Fahrspuren am Weg nach Haag hinaus stammen von Schabbachs Nissan. Und«, Grehler machte eine seiner berühmten Kunstpausen, »wir haben seine Spuren auch bei Horath gefunden. Allerdings einen Weg weiter als gedacht.«

»Ich hatte doch gesagt, dass ihr uns gleich darüber informieren sollt.« Reuter machte selten einen Hehl daraus, wenn ihm etwas nicht passte; schon gar nicht bei Grehler.

»Wolltet ihr Vermutungen oder Erkenntnisse?«, konterte der Kriminaltechniker, ohne mit der Wimper zu zucken. »Wir waren natürlich erst noch einmal bei Schabbachs Karosse, um auf Nummer sicher zu gehen. Dabei haben wir uns übrigens auch die Ladefläche genauer angeschaut. Interessiert es euch, was wir gefunden haben?«

»Lutz, lass deine Spielchen. Was habt ihr Neues?«

»Nichts Neues, aber noch mehr Altes: Blut auf der Pritsche. Jede Menge von Tieren, was bei einem Jäger ja auch nicht verwundert. Aber in einer Ecke waren noch frische Blutflecke, die uns schon allein dadurch aufgefallen sind, dass jemand notdürftig darübergewischt hat.« Pause. »Wir gehen momentan davon aus, dass es sich dabei durchaus um menschliches Blut handeln könnte. Wir haben schon einen Kurier geordert, der Proben davon in unsere Labore und nach Mainz bringen soll. Spannend, nicht wahr?«

Grehler genoss sichtlich den überraschten Gesichtsausdruck seiner Kollegen. Buhle war sich sicher, dass er noch etwas in der Hinterhand hatte.

»Wir haben auch einen ganz interessanten Brief gefunden, den Mayer in seiner untersten Schreibtischschublade liegen hatte: ein kurzes Anschreiben, adressiert an die Polizeiinspektion Morbach. Darin benennt Mayer den Fundort der beiliegenden Schrotpatronenhülsen in der Nähe seines toten Hundes und Schabbach eindeutig als den Täter. Erstaunlich ist aber, dass der Brief auf den 21. September 2009 datiert ist, auf dem Umschlag aber eine Briefmarke klebt, die erst vor wenigen Wochen rausgekommen ist.«

»Warum sollte Mayer damit erst jetzt zur Polizei gehen? Das macht doch keinen Sinn«, fiel Reuter Grehler ins Wort.

»Tja, ihr hellen Köpfchen. Wieder eine Rätselaufgabe für euch. Das mögt ihr doch so gern. Wir liefern hier nur die Fakten.«

»Vielleicht hat Mayer Schabbach tatsächlich gedroht, ihn wegen der alten Sache doch noch anzuzeigen«, überlegte Buhle laut. »So wie Schabbach gestrickt ist, könnte es durchaus möglich sein, dass er ausgerastet ist. Lutz, können wir denn mit Sicherheit sagen, dass Schabbach am Donnerstagabend mit seinem Pick-up hier bei der Mühle gewesen ist?«

»Nein. Wir können anhand der Reifenspuren vor Mayers Grundstück nur sagen, dass er Ende der Woche hier gewesen ist. Aufgrund der Witterung ist der Donnerstag am wahrscheinlichsten. Aber genauer geht es nicht.«

»Gut, wir haben jetzt ein paar Indizien, die auf Schabbach deuten. Aber damit können wir ihn kaum drankriegen. Zumal auch das Motiv noch sehr schwach ist.«

Buhle wirkte auf die Kollegen sicherlich so, wie er sich fühlte: unzufrieden. Da war bisher zu wenig Greifbares in diesem Fall. Vor allem befürchtete er, dass sie so schnell gar nicht an weitere Fakten herankommen würden. Sie mussten unbedingt herausfinden, wo Mayer oder seine Leiche abgeblieben war. Ihm graute schon bei dem Gedanken an eine Suchaktion in diesem Haardtwald.

»Es hilft alles nichts. Machen wir hier weiter und hoffen auf die DNA-Analyse. Wir müssen auch mit Mailin Wend reden, ob –«

»Etwas habe ich noch«, bemerkte Grehler trocken. Es schien, als ob er auf Buhles bösen Blick vorbereitet war, jedenfalls fuhr er unbeirrt und ohne Pause fort. »An der Tür von Mayer haben wir Schlagspuren gefunden; als ob jemand ziemlich heftig gegen die Tür gehämmert hätte. An einzelnen Stellen sind da auch schwarze Abriebspuren. Wir wissen noch nicht, woher die stammen könnten. Es sieht aber ganz so aus, als ob das alles ziemlich frisch ist.«

»Gut, bleibt da dran. Können wir in das Haus rein?«

»Wenn ihr vorsichtig seid, wird es gehen. Wir sind im Prinzip in allen Räumen mit dem Wesentlichsten durch.«

»Gut, ich schau mich dort um, und du, Mich, schaust, ob du die Wend hierherbekommst, damit sie uns auf etwaige Veränderungen aufmerksam machen kann.«

Da das schon vorher mit Michael Reuter so besprochen war, wartete Buhle die Antwort seines Kollegen erst gar nicht ab und machte sich direkt auf den Weg ins Haus. Lutz Grehler ließ er einfach stehen. Auch die anderen Kollegen der Spurensicherung grüßte er nur kurz im Vorübergehen. Vorn auf der Haustür betrachtete er die von Grehler erwähnten Schlagspuren. Hier schien jemand mit einem stumpfen, schmalen Gegenstand hart auf das alte Holz eingeschlagen zu haben. Buhle zählte nach.

»Neun!«

Buhle zuckte zusammen. Er hatte Grehler nicht kommen hören. »Mensch, Lutz, musst du mich so erschrecken?« Genervt drehte er sich um. »Bis neun zählen könnte ich grad auch noch allein.«

Grehler schaute ihn an und wusste offenbar, dass er sich jetzt etwas zügeln sollte. »Ist ja gut. Schau mal: Es scheint, als ob hier jemand in drei Dreierintervallen auf die Tür eingedroschen hat. Es liegen immer drei Einschläge eng beieinander. Auffällig ist auch, dass sie sich relativ weit oben befinden und teilweise richtig tief ins Holz eingedrückt sind. Scheint also eine große, kräftige Person gewesen zu sein.«

»Schabbach ist ein Bär.«

»Würde also passen. Er muss mit etwas Hartem dagegengehämmert haben. Metall scheidet aus, dazu sind die Kanten nicht scharf genug abgebildet. Holz wäre wahrscheinlich wiederum zu weich. Das ist hier schließlich eine uralte Eichentür. Dazu kommt der schwarze Abrieb. Ich vermute eher Kunststoff.«

»Habt ihr bei Schabbach etwas gefunden, was passen würde?« fragte Buhle.

»Wie denn? Wir haben ja keinen Durchsuchungsbeschluss.«

»Okay, wir haben nur Schabbachs Einverständnis für sein Auto eingeholt. Du hast recht, Lutz. Wir müssen vorsichtig sein.«

Buhle starrte einen kurzen Moment an Grehler vorbei. »Lass mich jetzt einfach mal allein ums Haus und durch die einzelnen Räume gehen. Ich habe das dumme Gefühl, dass wir hier ziemlich schnell ins Leere laufen, wenn wir die Leiche nicht finden und Schabbach nicht der Täter ist. Bis nachher.«

Das alte Mühlengebäude war im Vergleich zu der benachbarten Reinhardsmühle oder der weiter unterhalb gelegenen Schülersmühle recht klein. Der Mahlraum und das Erdgeschoss waren aus grob gehauenen Schieferbruchsteinen aufgebaut und wirkten sehr ursprünglich. Die Giebel- und niedrigen Seitenwände des Dachgeschosses waren hingegen als Fachwerk errichtet worden. Zwischen den dunklen Balken zeigten die weißen Putzfelder einige Risse.

An der Nordseite war das alte hölzerne Mühlrad angebracht. Es war an vielen Stellen ausgebessert worden, stand aber nun still; der Mühlgraben führte nur ein Rinnsal. Lediglich das weit hinuntergezogene bemooste Schieferdach schien erneuerungsbedürftig, ansonsten machte das Haus einen gepflegten Eindruck.

Buhle drehte sich um und schaute auf das gänzlich aus Bruchsteinen aufgebaute Nebengebäude. Hier war ein erheblicher Sanierungsbedarf nicht zu übersehen. Offenbar hatte Mayer darauf keinen Wert gelegt. Dafür war der große Nutzgarten wieder umso gepflegter. Das Saisongemüse schien den guten Auenboden zu honorieren und hatte sich prächtig entwickelt. Der Garten war von einem offenbar selbst angefertigten Zaun aus Stangenholz eingefriedet, an dessen Innenseite vereinzelt Horste mit Sommerblumen hindurchschienen.

Chris Mayer hatte sich sein eigenes Idyll aufgebaut. Aber warum hier, in dieser Abgeschiedenheit? Sie wussten viel zu wenig über den Engländer. Buhle nahm sich vor, den jungen Kollegen Sven Tard mit der Recherche zu beauftragen. Außerdem mussten sie mit Mailin Wend noch viel intensiver über Mayer reden.

In diese Gedanken versunken, war er zum Hauptgebäude zurückgegangen. Die Spurensicherung widmete sich jetzt der Scheune. Er würde das Wohnhaus für sich haben.

Das Dhrontal lag still in der Mittagshitze, und auch im Haus war die Luft stickig. Dennoch lehnte Buhle die Haustür hinter sich an. Er wollte jetzt absolute Ruhe haben, die kurze Zeit für sich nutzen. Es waren diese Momente, in denen die Last seiner Arbeit von ihm abzufallen schien. In denen er sich sammelte, zur Ruhe kam und Dinge wahrnahm, die ihm sonst häufig entgingen.

Buhle überblickte den Raum vom Eingang aus. Er umfasste das gesamte Erdgeschoss. Die fünf kleinen Sprossenfenster ließen selbst zur Mittagszeit nicht viel Licht herein. Da musste es im Winter hier den ganzen Tag über regelrecht duster sein, überlegte er. Schon allein das wäre für ihn Grund genug gewesen, sich nie in einem solchen Anwesen niederzulassen. Mayer hingegen schien es gesucht zu haben.

Systematisch nahm Buhle eine Bestandsaufnahme vor. Direkt hinter der Tür befand sich eine kleine Garderobe, an der eine Arbeitsjacke und eine abgetragene Jeansjacke hingen. Daneben standen unter dem ersten Fenster eine flache Kunststoffschale mit einem Paar klobiger Wanderschuhe und ein niedriger Schuhschrank. Es folgten zwei Regale, die Mayer L-förmig als Raumteiler aufgestellt hatte. Sie waren aus alten, naturbelassenen

Regalbrettern gebaut und passten zum rustikalen Ambiente des Hauses. In ihnen waren Töpfe, Schalen und andere Küchenutensilien gestapelt. Dazwischen standen einzelne großformatige Bildbände. Sie handelten von Musik und Südengland. Durch die Regale hindurch konnte Buhle eine Küchenzeile erahnen.

Links vom Eingang stand ein großer Kaminofen aus schwarzem Metall mit eingelassenen Specksteinplatten. Direkt daneben befand sich eine kleine Sitzecke mit einem rubinroten Sofa, dem dazugehörigen Sessel und einem runden Holztisch vor einem vollständig gefüllten Büchereckregal. Bemerkenswert war, dass in diesem Bereich des Hauses der sonst vorherrschende grobe hellbeige Innenputz fehlte, sodass das Schiefermauerwerk dekorativ offenlag. Zwischen den beiden Fenstern an der linken Hauswand stand ein restaurierter Büfettschrank, neben den ein kleiner Esstisch mit zwei Küchenstühlen platziert war. Alle Möbel in dem Zimmer wirkten alt und aufwendig aufbereitet, die Einrichtung insgesamt ursprünglich und durchaus geschmackvoll.

Buhle ging um die Blutlache herum zur Mitte des Raumes. Von hier konnte er die mit einer Kühl-Gefrier-Kombination, einem Spülbecken und einem kleinen Gasherd auf das Notwendigste reduzierte Küche einsehen. Die Unterschränke schienen selbst gebaut zu sein und passten zu den seitlichen Regalen. An der fensterlosen Nordwand befanden sich eine kleine Kammer und eine Bretterwand aus weiß gestrichenem Holz mit einer gleichartigen Tür. Buhle vermutete hier Speisekammer und Kellertreppe und sah sich bestätigt, als er die Türen öffnete und in die dahinterliegenden Räume schaute. Darüber führte eine enge, steile Holzstiege in die obere Etage.

Buhle versuchte, sich in das Leben des Mannes hineinzuversetzen, der hier viele Jahre gewohnt hatte. Mayer schien Ordnung zu halten. Nur wenige Dinge standen auf den verschiedenen Ablageflächen herum: gebrauchtes Geschirr in der Spüle, ein aufgeschlagenes Buch auf dem Holztisch, ein halb gefüllter Teller mit Besteck und ein Glas Wasser auf dem Esstisch, ein über die Armlehne des Sofas geworfenes Sweatshirt. Doch dieses Wenige zeigte, dass Mayer aus seinem alltäglichen Leben heraus verschwunden war.

Buhle ging zum Esstisch. Über Chris Mayers vielleicht letzte Mahlzeit hatten sich zahllose Fliegen hergemacht und konkurrierten mit den aufkommenden Schimmelpilzen um die Hoheit über das Nudelgericht.

Das Buch, das Mayer zuletzt gelesen hatte, war ein Gedichtband: »Epistle to a Godson« von Wystan H. Auden. Buhle hob die Augenbrauen. Titel und Autor sagten ihm gar nichts. Er betrachtete die Bücher im Regal. Drei Viertel von ihnen waren auf Englisch. Shakespeare und John Steinbeck kannte er, weil er die in der Schule gehabt hatte. Richard Ford und T.C. Boyle kannte er auch noch, ohne dass er sich an ein konkretes Buch erinnern konnte. Gerade Boyle schien Mayer besonders geschätzt zu haben. Gut ein Dutzend seiner Bücher standen der Reihe nach auf einem der Regalbretter.

Auch die Namen der deutschsprachigen Schriftsteller waren Buhle bei Weitem nicht alle geläufig. Zumindest Erich Fried kannte er als Lyriker. Von ihm hatte Mayer mehrere Bände. Daneben standen weitere dünne Bücher, ebenfalls Gedichtbände, wie Buhle den Buchrücken entnahm. Dazu fanden sich einige deutsche Klassiker. Leichte Literatur schien nicht zu Mayers Lektüre zu zählen.

Buhle wollte gerade zur Treppe gehen, als er von draußen Stimmen hörte. Er seufzte. Ein wenig mehr Zeit wäre ihm jetzt lieb gewesen. Andererseits konnte er froh sein, dass es Reuter gelungen war, Mailin Wend so zügig herzubringen.

Durch den schmalen Spalt der angelehnten Haustür konnte Buhle die Kleidung seines Kollegen ausmachen. Reuter schien noch zu zögern. Wahrscheinlich hatte Mailin Wend nun doch Hemmungen, in das Haus mit der riesigen verkrusteten Blutlache einzutreten. Es dauerte mehr als eine Minute, bis die Tür langsam aufgedrückt wurde.

Reuter hielt Mailin Wend die Tür auf. Buhles Blick wurde unweigerlich von der leuchtend roten Mähne der jungen Frau angezogen. Das war jedoch so ziemlich das Einzige, was an ihr lebendig wirkte. Ihr Gesicht war fast weiß, und unter den geröteten Augen hatten sich dunkle Ringe gebildet. Im Gegensatz zum Vortag war sie mit dunkelroten Jeans und einem grünen T-Shirt geradezu schlicht gekleidet. Buhle fragte sich, ob das bei ihr schon einer Trauerkleidung gleichkam. Unschlüssig blieb sie vor der Blutlache stehen; ihr starrer, auf den Kommissar gerichteter Blick verriet, dass sie nicht nach unten schauen würde.

»Frau Wend. Danke, dass Sie so schnell kommen konnten. Am besten treten Sie ganz ein. Ich nehme an, mein Kollege hat Ihnen bereits gesagt, worum wir Sie bitten müssen.«

Buhle hatte ruhig und freundlich gesprochen. Dennoch erzielte er mit seinen Worten keine Wirkung bei Mailin Wend. Erst als Reuter sich zwischen die Frau und die Blutlache schob und sie vorsichtig daran vorbeiführte, schien sie wieder zu sich zu kommen.

Buhle wartete noch einen Moment, bis er fragte: »Frau Wend, Sie sind diejenige, die Chris Mayer am besten kannte. Wahrscheinlich können Sie uns als Einzige sagen, ob etwas fehlt. Etwas, das uns einen Hinweis auf den oder die Täter geben könnte.«

Mailin Wend nickte. Doch es dauerte noch einige Sekunden, bis sie begann, sich umzusehen. Dabei rührte sie sich nicht von der Stelle.

»Sie können ruhig herumgehen. Fassen Sie aber bitte noch nichts an.«

Sie blickte kurz und unsicher zum Kommissar und ging dann ein paar Schritte durch den Raum. Vor dem Teller mit den Essensresten blieb sie stehen, und kurz zuckte ein Mundwinkel nach oben.

»Frau Wend? Ist Ihnen etwas aufgefallen?«, fragte Buhle.

»Nein«, antwortete sie zögerlich. Es war das erste Wort, das sie seit ihrer Ankunft sprach. Es kam Buhle vor, als ob Mailin Wend es zuvor hatte suchen müssen. »Es ist nur, Chris ist, war … ist nicht der große Koch. Ich habe wohl schon hundert Mal seine Gemüse-Nudel-Pfanne essen müssen.«

»Sie waren also regelmäßig zum Essen hier?«

»Na ja, ich würde sagen, wann immer es Chris recht war.

Aber in den letzten Jahren habe ich es vorgezogen, hier selbst zu kochen. Ich glaube, darüber war Chris auch ganz froh.«

»Die Nudeln haben Sie aber nicht zubereitet?«

»Nein, ganz bestimmt nicht.«

»Sie haben also regelmäßig zusammen mit Herrn Mayer gegessen?«

Es schien Buhle, als ob der schwache Glanz in ihren grünen Augen, der sich bei den Gedanken an den Freund gezeigt hatte, bei der Frage sofort wieder erlosch.

»Ich ... also, es gab Phasen, da war ich fast jeden Tag bei Chris. Dann aber auch mal nur ein-, zweimal die Woche.«

»Welche Phase war es in der letzten Zeit?«, fragte Buhle.

Sie blickte jetzt doch nach unten, und ihre langen, gewellten Haare legten sich schützend um ihr Gesicht. Nur leise drang dahinter die Antwort hervor: »Nicht so häufig ... Ich war zuletzt nicht mehr so häufig hier.«

»Hatte das einen Grund?«

Mailin Wend schaute nicht auf. Stattdessen ließ sie ihre Schultern antworten. Buhle sah Reuter an, aber auch der deutete an, dass er nichts wisse.

»Frau Wend. Ich muss Sie das fragen: Hatte es einen Grund, warum Sie in letzter Zeit nicht mehr so häufig bei Herrn Mayer waren? Oder lag es vielleicht daran, dass es keinen Grund mehr gab, häufiger hier zu sein?«

Es war, als ob ein fast erloschenes Feuer wieder aufflammte. Buhle erschrak fast, so energisch warf Mailin Wend ihren Kopf mitsamt ihrer Mähne nach hinten.

»Sie meinen, wir wären ein Paar gewesen und er hätte Schluss gemacht, oder?« Ihre Augen funkelten jetzt wie angestrahlte Smaragde. »Wahrscheinlich hat Hans Ihnen das gesteckt, was? Aber das ist nicht wahr. Ich hatte nie etwas mit Chris, nichts, auch wenn alle das denken.« Sie hatte nicht laut gesprochen, die Worte eher herausgepresst und dabei ihre vollen Lippen kaum geöffnet. Nach einem kurzen Moment fügte sie klarer und mit fester Stimme hinzu: »Nichts außer einer richtigen, tiefen Freundschaft, klar?«

»Aber die ist ... weniger geworden?«

»Nein, ist sie nicht. Egal, was die Leute reden.«

»Gut, Frau Wend. Herr Herrmann hat sich übrigens nicht in der von Ihnen vermuteten Richtung geäußert.« Buhle beließ es vorerst dabei, was das Thema anging. »Haben Sie denn etwas bemerkt, das anders ist als sonst? Etwas, das fehlt oder hinzugekommen ist? Oder etwas, das verstellt wurde?«

»Nein, ich habe ja nun noch nicht richtig nachschauen können, oder?«, erwiderte sie bissig.

Buhle betrachtete die junge Frau. Früher hatte er Probleme mit derart impulsiven Reaktionen von Frauen gehabt, mit denen er ohnehin nur beruflich zu tun hatte. Das hatte sich erst geändert, als er Marie Steyn näher kennengelernt hatte. Der kurze Disput schien die anfängliche Lethargie von Mailin Wend, ihre Trauer einfach weggewischt zu haben. Sie hatte sich nun wieder etwas beruhigt, wirkte aber auch wacher als vorher. Sie sah sich um und ließ sich dabei einige Minuten Zeit, fand im Erdgeschoss aber nichts Außergewöhnliches.

»Soll ich oben auch gucken?« Der aggressive Ton in ihrer Stimme hatte sich komplett verflüchtigt.

»Ja, natürlich. Gehen Sie ruhig voran.«

Buhle folgte Mailin Wend auf der engen Holzstiege, die ins Dachgeschoss führte. Er wollte möglichst jede ihrer Regungen mitbekommen, ohne es nach offensichtlicher Kontrolle aussehen zu lassen. Sie blieb oben in dem kleinen Flurabsatz stehen und schaute fragend zu Buhle zurück, der direkt hinter ihr stand.

»Gehen Sie ruhig weiter. Welche Zimmer sind hier oben?«

»Chris' Arbeitszimmer, sein Schlafzimmer und eine Kammer. Aber … ich kenne eigentlich nur sein Arbeitszimmer.«

Wieder spürte Buhle diese Traurigkeit in Mailin Wends Stimme. »Lassen Sie uns bitte da zuerst hineingehen.«

Sie betrat den Raum jetzt zügig und stellte sich in dessen Mitte. Dann ließ sie ihren Blick schweifen. An einem leeren Gitarrenständer blieb er hängen, um, diesmal schneller, noch einmal den ganzen Raum abzusuchen. Sie ging umher, blickte in die Ecken, neben die Regale und sogar unter den großen Schreibtisch.

Schließlich richtete sie sich auf und schaute Buhle direkt an. »Seine Fender fehlt«, sagte sie und konnte eine gewisse Aufregung nicht verbergen.

»Seine was fehlt?«, fragte Buhle zurück.

»Seine Fender«, ertönte es hinter ihm. Reuter war ihnen natürlich gefolgt, aber im Türrahmen stehen geblieben. »Seine E-Gitarre. Was hatte er für ein Modell?«, fragte er Mailin.

»Eine Stratocaster, sie war Chris' Heiligtum.«

»Und die ist verschwunden?«

»Ja. Chris hat sie nie woanders aufbewahrt als hier. Der Ständer mit der Strato war wie sein … wie so ein Altar für ihn. Ich habe ihn nicht nur einmal hier oben angetroffen, wie er völlig abwesend davorgesessen hat.«

»Gut, wir müssen noch einmal alles nach ihr durchsuchen lassen. Welche Farbe hatte sie? Rot?«

»Nein, das hätte doch gar nicht zu Chris gepasst. Er hatte dieses braune Modell, das sich in den Siebzigern kaum verkaufen ließ. Er sei deshalb auch günstig rangekommen, hat er mal erzählt.«

Die verschwundene Gitarre blieb der einzige Hinweis, den Mailin Wend geben konnte.

5

Trier, Dienstag, 30. Juli

Auch wenn die Sonne noch ihre letzten warmen Strahlen in die alte Römerstadt sandte, war der Bahnhofsvorplatz schon auffallend leer. Ähnlich fühlte sich auch Buhle. Er saß an seinem Schreibtisch in der Zentralen Kriminalinspektion Trier und starrte aus dem Fenster. Sie hatten keine Leiche, kein Motiv für ein Verbrechen, nur einen verschwundenen Einsiedler, der eine Blutlache zurückgelassen hatte.

Der einzige Verdächtige war weit entfernt von einem Geständnis; außerdem glaubte Buhle auch nicht, dass sie bei Schabbach auf der richtigen Spur waren. Der Waldarbeiter, grob wie er war, neigte sicher zur Gewalt, aber er wirkte nicht so abgebrüht, dass Buhle ihm eine so geschickt verschleierte Tat zutrauen würde.

Seine Gedanken schweiften ab. Er hatte sich für Freitagabend mit Marie Steyn verabredet, und Hannah Sobothy bekam er genauso wenig aus seinem Kopf heraus, nachdem sie sich jetzt mehrmals zum Abendessen getroffen hatten; zuletzt auch ohne ihre Mitbewohnerin. Zwei zurückliegende Mordfälle, in denen zwei Frauen in Buhles Leben getreten waren, die ihn gehörig verwirrten. Unweigerlich musste er an Mailin Wend denken. Nein, wenigstens bei diesem irgendwie auch besonderen Mädchen verstärkte sich seine innere Unruhe nicht weiter. Er nahm dies erleichtert zur Kenntnis.

Mitten in seine verworrene Gefühlswelt hinein verirrte sich das Klingeln seines Mobiltelefons. Er erkannte auf dem Display die Nummer von Hans Herrmann.

»Hallo, Hans, gibt's was Neues?«, meldete sich Buhle.

»Ja, Guido hat endlich Baumann zu greifen gekriegt. Der war zwar wieder dicht, aber er hat vehement bestritten, Schabbach angerufen oder gar zu einem Wildschaden beordert zu haben. An seinem Auto sind auch keinerlei Schäden oder Fellspuren.«

Herrmann machte eine Pause. »Soll ich mir Schabbach noch einmal vorknöpfen?«

Buhle überlegte kurz. »Nein, lass mal, Hans. Der tischt uns doch nur wieder eine neue Lüge auf oder bezieht sich darauf, dass Baumann besoffen war. Das ist ja auch wahrscheinlich so gewesen.«

»Hm«, stimmte Herrmann zu. »Hat die Spurensicherung noch etwas gefunden?«

»Ich habe bislang keine neue Rückmeldung bekommen. Entweder gab es nichts mehr, oder sie sind noch nicht fertig.«

»Ich fahr vielleicht mal vorbei.«

»Kannst du machen. Aber Grehler wird sich sicher sofort melden, wenn er etwas hat. Also bis morgen.«

Schabbach hatte also wieder gelogen. Trotzdem blieb Buhle bei seiner Einschätzung: Für ihn war diese Spur bestenfalls lauwarm.

Dies änderte sich keine zehn Minuten später. Bei der telefonischen Mitteilung vom Chef der Spurensicherung wurde es Buhle schlagartig heiß. Sie hatten Mayers E-Gitarre im Haardtwald gefunden. Und: Jemand hatte dilettantisch versucht, Blut vom Korpus des Musikinstrumentes zu wischen.

»Ihr seid euch sicher, dass es die von Mayer ist?«

Grehler äußerte sich belustigt bis empört über Buhles Frage. »Natürlich nicht. Aber warum sollte jemand genau das gleiche Modell zum jetzigen Zeitpunkt im selben Waldstück entsorgen wollen, das wir gerade im Visier haben.«

»Und die Autospuren von Schabbach führen zum Wald?«

»Jepp.«

»Gut, ich ruf Hans Herrmann an, er soll mit Schabbach sofort hierherkommen.«

»Du brauchst ihn nicht anzurufen. Er steht genau neben mir. Ich reiche dich weiter.«

Buhle stimmte sich mit seinem Morbacher Kollegen kurz ab. Anschließend informierte er Reuter, der bereits zu Hause war, und bereitete das Verhör vor. Von einer Minute zur anderen hatten sich alle seine Mutmaßungen ins Gegenteil verkehrt.

»Mein Gott, Schabbach, Sie haben gelogen. Wir haben Beweise.« Reuter erhob jetzt seine Stimme ein weiteres Mal und ließ keinen Zweifel daran, dass er mit seiner Geduld am Ende war.

Buhle hatte beschlossen, dass er das Verhör zusammen mit Reuter führen wollte. Hans Herrmann, Guido Kopp und der Leiter der ZKI, Herbert Großmann, verfolgten alles vom Nebenraum aus. Schabbach hatte sich bislang strikt geweigert, einen Anwalt hinzuzuziehen. Stattdessen pendelte sein düsterer Blick unter den buschigen Augenbrauen hindurch von einem Polizisten zum anderen.

»Sie waren am Abend, an dem Mayer umgebracht wurde, an seinem Haus. Die Spuren an der Haustür zeigen, dass Sie mit Gewalt reinwollten.« Buhle erkannte ein ganz kurzes Flackern in den Augen des Waldschrats.

Reuter fuhr fort: »Dann sind Sie mit der Leiche über Schleichwege nach Haag bis zu dem Waldstück vor Horath. Wir haben Zeugen, wir haben Reifenspuren von Ihnen. Ihr Lügenmärchen von einem Wildschaden hat Ihr eigener Zeuge widerlegt. Baumann war an dem Abend viel zu besoffen, um überhaupt ein Auto starten zu können. Also, was ist? Reden Sie jetzt endlich oder sollen wir Sie gleich einsperren?«

»Baumann hat mich angerufen. Und er war … nicht besonders besoffen.«

»Ach, und warum sollte er das ausgerechnet an diesem Abend nicht gewesen sein?«

Darauf wusste auch Schabbach ganz offensichtlich keine Antwort. Trotzig entgegnete er: »Es war aber so. Nur ein paar Biere und Schnäpse, hat er gesagt. Aber eben zu viel, um die Polizei zu rufen. Wegen des Schadens, meine ich.«

»Aha. Und dann haben Sie nichts gefunden, haben auch nicht mehr nachgefragt und sind wieder heim?« In Reuters Stimme schwang deutliche Ungeduld mit.

»Ich hab versucht, ihn anzurufen, er ist aber nicht mehr ran. Ich hatte keinen Bock mehr, ihm hinterherzufahren, und bin nach Hause.«

»Auf direktem Weg?«

»Ja, so war es.«

»Nichts war so!« Reuter brüllte das regelrecht hinaus und schlug mit der flachen Hand hart auf den Tisch. »Zuerst soll Mayer Ihre Reifen zerstochen haben, um Sie damit am Telefon aufzuziehen. Und Sie wollen uns weismachen, dass Sie dabei ganz ruhig vor der Glotze gesessen haben. Ach nein, ich vergaß, dann kam ja noch der Anruf von Ihrem Saufbruder, der aber wahrscheinlich viel zu viel intus hatte, um überhaupt sein Telefon zu finden. Und Sie sind raus, um einem armen angefahrenen Reh einen langen, grausamen Todeskampf zu ersparen. Als da gar nichts war, haben Sie Ihr reines Jägergewissen grad wieder ausgeschaltet und sind heim oder was? Ich habe schon lange nicht mehr so einen Scheiß gehört. Mann, Mann.«

Wenn Reuters Abfuhr eine Reaktion erzeugt hatte, dann die, dass Hubert Schabbachs Blick nun die Tischplatte zu durchbohren schien.

In diesem Moment setzte Buhle mit ruhiger Stimme ein: »Herr Schabbach, wir werden morgen Ihr Haus durchsuchen. Jedes Zimmer, jeden Winkel. Ich bin mir sicher, dass wir dort einiges finden werden. Ersparen Sie uns das – und Ihnen auch. Sagen Sie uns, was am Donnerstagabend tatsächlich passiert ist. Sie sehen ja, dass wir das meiste ohnehin schon wissen. Also, warum sind Sie zur Mathysmühle?«

Schabbach hielt seinen von zottligen Haaren fast vollständig bedeckten Kopf weiter gesenkt, als er langsam und für seine Verhältnisse leise zu reden anfing. »Wie ich das schon gesagt hab. Der Engländer hat mich angerufen und mich gefragt, ob ich schon neue Reifen hätte. Und dabei hat er dreckig gelacht. Da war mir klar, dass er es war, der sie mir zerstochen hat. Das habe ich dem Schwein auch so gesagt.«

»Und wie hat er reagiert?«

»Er hat gesagt, dass dies nur der erste Auftrag seines Hundes aus dem Hundehimmel war oder so'n Scheiß und dass noch mehr folgen würden.«

»Seines Hundes?«

Schabbach antwortete nicht.

Buhle hakte nach: »Sie meinen den Hund, der erschossen wurde?«

Wieder keine Antwort.

»Und wegen dem Mayer Sie angezeigt hatte, weil er der Meinung war, Sie seien es gewesen?«

Nichts.

»Herr Schabbach, warum sollte Mayer Sie über Jahre beschuldigt und jetzt sogar Vergeltung geübt haben, wenn Sie nicht tatsächlich seinen Hund erschossen haben? Er hatte sogar Beweise gesammelt.«

Jetzt endlich zeigte Schabbach eine Reaktion. »Was will der denn für Beweise gegen mich haben?«, schnaubte er.

»Er hat Patronenhülsen gefunden und sie Ihnen zugeordnet. Wenn er recht hatte, können wir das auch beweisen. Für unsere Kriminaltechniker ist das ein Kinderspiel.« Buhle bluffte, doch Schabbach schien jetzt deutlich verunsichert. Deswegen setzte der Kommissar nach. »Wenn wir Sie noch einmal der Lüge überführen, Herr Schabbach, sieht es schlecht für Sie aus.«

»Mein Gott, ja, ich habe seine Töle abgeknallt, zufrieden?« platzte es aus dem Jäger heraus. »Der Köter hat ständig herumgewildert, und an dem Tag habe ich gesehen, wie er einem Kitz nachgestellt hat. Da habe ich ihm eine Ladung Schrot hinterhergeschickt. Früher war das gang und gäbe.«

Buhle sah Reuter bedeutungsvoll an. »Aha, und am Donnerstag sind Sie zur Mathysmühle und wollten sich Mayer vorknöpfen« warf er Schabbach vor.

»Der Sack hat mir am Telefon gedroht. Das lass ich mir doch nicht gefallen. Als ich ihn angebrüllt habe, dass ich ihm gleich auf die Fresse hauen komme, hat er mich sogar noch ausgelacht.«

»Dann sind Sie wütend ins Auto gestiegen und zur Mathysmühle.«

»Ja doch, aber der hat sich in seiner Scheißmühle verschanzt und hatte nicht mal den Mumm, rauszukommen.«

»Was haben Sie danach gemacht?«

»Ich bin zurück zum Auto und habe mein Gewehr geholt. Ich habe geschrien, dass ich ihm eine Ladung Schrot durchs Fenster jagen würde, wenn er nicht gleich aufmacht. Aber der Feigling hat überhaupt nicht mehr geantwortet.«

»Sind Sie sicher, dass er überhaupt da war?«

»Wo sollte der denn sonst gewesen sein? Der ging doch nie weg.«

»Brannte denn Licht, oder stand sein Auto vor der Scheune, oder haben Sie Geräusche im Haus gehört?«

Schabbach stockte und wirkte zunehmend unsicher.

»Herr Schabbach, ich habe Sie etwas gefragt.«

»Ich weiß nicht.« Schabbach schien tatsächlich zu überlegen. »Nee, Licht brannte tatsächlich nicht im Haus. Gehört habe ich sowieso nichts. Habe selbst zu viel Lärm gemacht, als ich rumgebrüllt und mit dem Gewehrschaft an die Tür gebollert habe.«

»Es hat also keiner aufgemacht, und Sie sind sich nicht einmal sicher, ob Mayer zu dem Zeitpunkt überhaupt in seinem Haus war.«

»Nee, aber ...« Schabbach wusste nicht weiter.

Buhle überschlug mögliche Erklärungen für den Fall, dass Schabbach tatsächlich die Wahrheit sagte. Entweder hatte sich Mayer in seinem Haus versteckt gehalten, weil er es doch mit der Angst zu tun bekommen hatte. Oder er war zwischenzeitlich abgehauen. Oder er war schon tot gewesen. Am wahrscheinlichsten aber war, dass Schabbach doch in das Haus eingedrungen war und Mayer in seiner Rage erschlagen hatte. Buhle forderte Schabbach auf, weiterzuerzählen. »Und dann?«

»Dann hat mich Baumann angerufen.«

Reuter schlug erneut auf die Tischplatte, sprang auf und drehte sich mit einem »Das gibt's doch nicht« zur Seite weg. Buhle aber schaute Schabbach in die dunklen Augen: Schabbach glaubte tatsächlich, was er da sagte.

»Kann es nicht jemand anderes am Telefon gewesen sein?«

»Bert hat sich doch mit seinem Namen gemeldet.«

»Was hat er genau gesagt?«

»›Hallo, Hubert. Bert hier. Ich glaub, ich hab grad hinter Horath 'n Reh angefahren.‹ Oder so ähnlich.«

»Und weiter?«

»Ich hab gesagt, er soll die Polizei rufen, weil das nicht mein Revier ist. Und dann hat er gesagt: ›Geht nicht, hab ein paar Bierchen intus.‹«

»Und Sie sind sich sicher, dass es Bertram Baumann war?«

»Sicher. Ich kenn doch sonst keinen Bert.«

Reuter hatte sich in eine Ecke hinter Schabbach gestellt und hörte von dort aus zu.

»Gut, was haben Sie nach dem Telefonat gemacht?«, setzte Buhle die Befragung fort.

»Ich war ja noch ziemlich sauer auf den Mayer. Aber ich bin zurück zum Auto und rüber nach Horath, weil es ja auch bald dunkel wurde. Nur war da kein totgefahrenes Reh und auch keine Spur von 'nem Unfall oder so. Ich hatte die Schnauze voll und bin gleich zurück nach Hause. Habe am nächsten Morgen noch mal alles abgesucht, aber da war nichts.«

»Und Sie sind nicht mehr zurück zur Mathysmühle?«

»Nee, hab ich doch eben gesagt.«

»Und zu Baumann sind Sie auch nicht mehr gefahren?«

»Der hätte in Horath warten sollen, ist aber abgehauen. Ich hatte echt 'nen Hals auf den, dachte, der pennt schon seinen Rausch aus.«

Buhle schaute zu Reuter hinüber. Der hob resigniert die Schultern. Auch Buhle bezweifelte, mehr aus dem Verdächtigen herauszubekommen. Sie mussten jetzt die Hausdurchsuchung abwarten.

»Herr Schabbach, wir müssen Sie heute Nacht hierbehalten. Morgen früh fahren wir gemeinsam zu Ihnen nach Hunolstein. Die Spurensicherung wird das Gewehr untersuchen und sich auch noch gründlich in Ihrem Haus umschauen. Haben Sie Ihr Handy dabei?«

Schabbach schüttelte den Kopf, und Buhle machte eine kurze Pause.

»Vielleicht überlegen Sie sich das Ganze noch mal. Ich nehme stark an, unsere Staatsanwältin wird Sie bei der nächsten Lüge, die Sie uns auftischen, in U-Haft nehmen. Und das wird dauern, bis Sie da wieder rauskommen.«

Buhle erkannte die Angst in Schabbachs Augen, doch der blieb stumm.

Die Hausdurchsuchung am nächsten Tag brachte nichts Neues. Schabbach hatte den Polizisten das Gewehr gezeigt, mit dem er auf die Haustür der Mathysmühle eingedroschen hatte. Die Schlagspuren am Schaft waren deutlich zu erkennen, und der Gummischutz passte zu den schwarzen Abriebspuren an der Tür. Sonst fand sich im Haus des Waldarbeiters kein einziger Hinweis auf die Tat.

Die Analyse seiner Telefonverbindungen zeigte tatsächlich zwei Anrufe an dem fraglichen Abend: einen von Mayers Festnetzanschluss und einen über eine nicht registrierte Mobilnummer vom einzigen Netzanbieter, der ins Dhrontal reichte. Ein entsprechendes Handy wurde aber bei Baumann nicht gefunden.

Keiner der Kommissare konnte sich darauf einen Reim machen. Es sei denn, der Täter hatte Schabbach bewusst zur Mathysmühle gelockt, um ihm die Tat in die Schuhe zu schieben. Dass Schabbach selbst alles so arrangiert hatte, traute ihm keiner zu. Diese Möglichkeit wäre zudem nur zu beweisen gewesen, wenn man das Handy oder die SIM-Karte bei ihm gefunden oder er beim Kauf identifiziert worden wäre. Beides traf nicht zu.

Der Mittwochabend entließ die Ermittler in eine unruhige Nacht.

Donnerstagmittag schlossen die Kriminaltechniker ohne weitere Erkenntnisse ihre Arbeit in der Mathysmühle ab. Abends wurde genauso ergebnislos die Befragung der Bewohner des Dhrontals und der umliegenden Ortschaften durch die Morbacher Kollegen beendet.

Dennoch brachte dieser Donnerstag neue, entscheidende Fakten: Die DNA-Analysen bestätigten, dass sowohl das Blut in Mayers Wohnstube als auch an seiner Gitarre von ihm stammten. Somit konnten sie davon ausgehen, dass die Stratocaster die Tatwaffe war. Auch auf die Frage des Transportfahrzeugs hatten sie eine Antwort: Die Blutspuren auf Schabbachs Pick-up waren ebenfalls vom Opfer. Für Staatsanwältin Klara Haupt reichte das, um die Untersuchungshaft anzuordnen. Es benötigte vier Polizisten, um den Hünen in die JVA Trier zu bringen.

Eine groß angelegte Suche nach Mayers Leiche wurde für den Freitag von der Trierer Polizei organisiert. Buhle allerdings blieb gerade ob der so offensichtlichen Faktenlage skeptisch.

6

Hunolstein, Donnerstag, 1. August

Michael Reuter war überzeugt, dass ihn die meisten seiner Kripokollegen nicht mochten. Selbst im Team der Mordkommission überwogen eher Respekt und Toleranz als Sympathien, da war er sich sicher. Er brauchte auch nicht mehr. Seit seine Schwester Suizid begangen und seine Frau ihn kurz danach verlassen hatte, seit er spürte, wie ihn das Elend, mit dem er bei seiner Arbeit immer und immer wieder konfrontiert wurde, langsam auffraß, seit er bei einem Einsatz einen winzigen Moment lang unaufmerksam gewesen war und deshalb den Tod eines jungen Mädchens nicht verhindert hatte, hatte er sich fast vollständig zurückgezogen.

Er hatte seine sozialen Kontakte auf wenige alte Freunde außerhalb Triers reduziert. Mit denen traf er sich alle paar Monate an den Geburtstagen, selten auch dazwischen. Er schätzte an ihnen vor allem eines: Sie stellten keine Fragen, ließen ihn in Ruhe, nahmen seine jeweilige Anwesenheit als Relikt früher Freundschaft einfach hin und vermittelten ihm dabei den Eindruck, ihn immer noch zu mögen. Er hatte lange gebraucht, um zu verstehen, dass diese Begegnungen, mochten sie Außenstehenden auch oberflächlich und banal erscheinen, seinen Anker im Meer der Gesellschaft darstellten. Seitdem ließ er kein Treffen mehr aus.

Bei der Kripo reduzierte er sich auf seine Rolle als Polizist. Nachdem er sein tödliches Versagen als einen menschlichen Fehler akzeptiert hatte, vor dem niemand gefeit war, konnte er diese Rolle wieder ohne permanente Selbstvorwürfe ausfüllen. Anvertraut hatte er sich in dieser ganzen Zeit niemandem. Hatte stattdessen seine inneren Kämpfe allein ausgetragen. Mit Christian Buhle, seinem neuen Chef, hatte sich die Situation für ihn persönlich etwas verbessert. Buhle schien selbst ein einsamer Wolf zu sein. Es hatte eine Weile gedauert, bis sie ihre Reviere abgesteckt hatten. Seither waren sie meistens gut miteinander ausgekommen. Doch nun schien Buhle den Weg aus der Isolation gefunden zu haben. Er hatte mit Marie Steyn diese eine Person getroffen, die ihn offenbar zurückgeführt hatte. Reuter gönnte es ihm, auch wenn es damit um ihn selbst noch etwas einsamer werden würde.

Nachdem die Kriminaltechniker die Mühle im Dhrontal verlassen hatten, wollte Reuter sich das Haus nun selbst noch einmal in Ruhe ansehen. Sie wussten noch viel zu wenig über Chris Mayer, da hatte Buhle vollkommen recht. Reuter hielt es zwar durchaus für wahrscheinlich, dass dieser Waldschrat aus Hunolstein den Engländer aus dem Affekt heraus erschlagen hatte. Doch Schabbach schien nicht der Typ zu sein, der Geschichten neu erfinden konnte. Er war ja auch gleich kläglich gescheitert. Was Reuter allerdings verunsicherte, war der unbekannte Anruf bei Schabbach. Zu sehr beharrte der darauf, sein Saufkumpan Baumann habe ihn angerufen.

Sie mussten das klären, sonst würde die Staatsanwältin ihnen das gewaltig um die Ohren hauen. Aber was, wenn Schabbachs Geschichte doch wahr war und auch Baumann nicht log? Wenn sich ein unbekannter Anrufer als Baumann ausgegeben hatte, um Schabbach den Mord in die Schuhe zu schieben? Jemand, der von der Feindschaft zwischen Schabbach und Mayer wusste und der sich hier genau auskannte. Jemand, der in den Ermittlungen bislang vielleicht noch gar nicht als Täter in Betracht gezogen wurde.

Mit wem hatten sie es bei Mayer tatsächlich zu tun? Hatte er wirklich so zurückgezogen gelebt, wie alle glaubhaft machen wollten? Und vor allem: Warum diese Abgeschiedenheit? Reuter wusste nur zu genau, dass dafür fast immer die dunklen Flecken auf der Lebensweste verantwortlich waren. So wie bei ihm selbst. Genau nach diesen wollte er suchen.

Es war unheimlich schwül an diesem Sommertag. Die heiße, feuchte Luft stand in dem tief eingeschnittenen, leicht geschwungenen Dhrontal. Kein Wind ging, selbst die Vögel schienen in dem etwas kühleren Schatten der bewaldeten Hänge Siesta zu halten. Reuter stand bestimmt zehn Minuten vor dem alten Mühlengebäude und ließ die Umgebung auf sich wirken. Mayer hatte hier wirklich den perfekten Rückzugsort gefunden. Doch Rückzug von was?

Im Haus hielt er sich nur kurz im unteren Geschoss auf. Er wollte in Mayers Arbeitszimmer mit seiner Suche anfangen. Nachdem die Kriminaltechniker am Vortag mit Mayers Computer fertig gewesen waren, hatte Reuter selbst die zahllosen Dateien sondiert: unzählige Musikstücke, viele Liedtexte im Original und einige, deutlich weniger, deutsche Texte. Reuter hatte sich von Anfang an gefragt, wie man als Liedtexter seinen Lebensunterhalt verdienen konnte.

Den geschäftlichen Unterlagen hatte er entnommen, dass Mayer nur wenige seiner Texte auch verkaufte. Er hatte zwei recht bekannte Popsongs entdeckt, an denen Mayer gut verdient hatte und für die er heute immer noch Tantiemen bekam. Sein Geld verdiente Mayer aber hauptsächlich damit, dass er zu populären Stücken neue Texte für die Werbung schrieb – seit seinem Umzug aus England offenbar zunehmend auch für deutsche Auftraggeber. Zudem hatte er immer wieder kleinere Aufträge als Übersetzer bekommen. Das hatte Reuter gleich gewundert. Woher Mayer die guten Deutschkenntnisse hatte, musste er möglichst bald herausbekommen.

Fast alles schien er über E-Mail und Telefon abgewickelt zu haben. Persönliche Kontakte bestanden offenbar nur zu Anfang eines Auftragsverhältnisses, bei Empfehlungen fehlten sie zumeist ganz. Das deutete darauf hin, dass Mayer seine Auftraggeber zufriedenstellte und die Auftragslage ihm genügte.

Reuter hatte sich einen Überblick über Mayers Finanzen verschafft. Viel brachten ihm die Jobs nicht ein, aber viel schien er auch nicht zu brauchen. Die Mühle hatte er damals ohne Kredit bezahlt, seine laufenden Kosten hielten sich in Grenzen. Er hatte wohl auch sonst keine hohen Ansprüche gehabt – der Umsatz zwischen fünfzehntausend und maximal dreißigtausend Euro im Jahr reichte sogar für bescheidene Rücklagen.

Reuter hatte sich eine Kopie von Mayers Festplatte auf sein

Notebook überspielen lassen und rief noch einmal die letzten Dateien auf, die Mayer vor seinem Verschwinden bearbeitet hatte. Es waren nur wenige. Auch die Suchergebnisse für die vergangenen Wochen und Monate hatten nicht den Eindruck vermittelt, als ob Mayer seit dem Frühjahr besonders ausgelastet gewesen war. Bis April schien er hingegen ausreichend Aufträge gehabt zu haben. Reuter prüfte erneut die E-Mails, die sich auf geschäftliche Korrespondenz und sporadische Nachrichten von Mailin Wend beschränkten. Obwohl Mayer eher unterbeschäftigt gewesen war, hatte er im Mai zwei und im Juni sogar drei Aufträge abgelehnt. Reuter setzte weitere Stichpunkte auf seine To-do-Liste.

In einer Schreibtischschublade fand er eine Mappe mit deutschen Liedtexten. Über den relevanten Silben waren Gitarrengriffe notiert, wie Reuter sie aus seinen alten Liederbüchern kannte. Er schaute von dem Blatt auf und sah auf die drei Gitarren, die an der einen Wand aufgereiht standen. Die Westerngitarre erinnerte ihn an seine eigene, die er früher oft gespielt hatte, die aber seit der Trennung von seiner Frau auf dem Dachboden seines Mietshauses verstaubte.

Er hielt für einen Moment die Luft an. Es war hier drinnen noch ruhiger als vor dem Haus. Selbst das leise Plätschern der Dhron drang nicht bis ins Zimmer. Er spürte die Einsamkeit, die dieser Ort ausstrahlte, jetzt ganz deutlich. Hier würde er auch leben können.

Vielleicht war das der Grund, warum er langsam nach der Gitarre griff und sich mit ihr auf den Schreibtischstuhl setzte. Sie war leicht verstimmt. Reuter korrigierte dies und war selbst erstaunt, dass sein musikalisches Gehör dafür noch ausreichte. Er schaute auf das Liedblatt. Er griff als Erstes a-Moll, danach folgten E-, G-, F- und C-Dur und am Schluss der ersten Zeile ein e-Moll. Er überlegte. Die Tonfolge kam ihm bekannt vor. Er spielte die Akkorde noch einmal und noch einmal und dann mehrmals bis ans Ende der Strophe. Er wusste jetzt, zu welchem Lied der Text passen sollte, und lachte kurz auf. Es war tatsächlich der alte Stones-Hit »Angie«.

Eine Viertelstunde lang spielte Reuter das Lied immer wieder durch. Es klappte jedes Mal besser, und er spürte, wie ihm das all die letzten Jahre gefehlt hatte. Er versuchte, sich an das Zupfmuster zu erinnern, mit dem er sich früher bei dem Lied begleitet hatte, probierte aus und hatte es schließlich im Griff. Auch Textfragmente fielen ihm wieder ein. Zunächst vorsichtig, sang er sie immer inbrünstiger. Ein ganz merkwürdiges Gefühl breitete sich dabei in seiner Magengegend aus. Es mischte sich Freude über die Wiederentdeckung von etwas Wertvollem mit dem Schmerz über die damit verbundene tiefe Enttäuschung. Langsam begannen ihm die Fingerkuppen zu schmerzen.

Nachdem er die Gitarre zurückgestellt hatte, schaute er sich den Text an, den Mayer auf Deutsch dazu geschrieben hatte. Beim bloßen Durchlesen kam er ihm recht unpassend vor, schon allein, weil der Refrain ohne das »Angie« auskam. Stattdessen stand dort »Weiß nicht«. Überhaupt wirkte das Stück noch melancholischer als der Originaltext.

Er las ihn ein zweites Mal durch und versuchte, sich gedanklich von »Angie« zu lösen. Jetzt gelang es ihm besser, dem Inhalt zu folgen. Das Stück handelte von einer Person, die sich offensichtlich am Ende einer Suche wähnte, sich dann aber, getrieben, erneut auf den Weg machen musste.

Reuter griff wieder zur Gitarre und versuchte, den deutschen Text zu singen. Er benötigte mehrere Versuche, um Worte und Noten in eine harmonische Beziehung zu setzen. Schließlich war er selbst erstaunt, wie gut der deutsche Text passte. Er musste noch ein wenig Tempo herausnehmen, seine Stimme ein wenig mehr an die Schwermut des Liedes anpassen.

Als er mit einem kurzen Nachspiel geendet hatte, wäre er fast vor Schreck gestorben. Er war so auf die Musik konzentriert gewesen, dass er niemanden hatte kommen hören. Nun stand da Mailin Wend im Türrahmen und applaudierte leise.

Es dauerte einen Moment, bis sich Reuter wieder gefangen hatte. Er stellte die Gitarre zur Seite und erhob sich vom Stuhl. »Frau Wend, das sollten Sie mit einem alten Mann nicht zu häufig machen. Wie sind Sie denn reingekommen?«

»Die Haustür war nicht richtig zu. Aber ich habe das Auto gesehen und mir schon gedacht, dass da einer von der Kripo ist.«

»Dann machen Sie sich bitte das nächste Mal bemerkbar, bevor Sie mich so erschrecken. Sie können froh sein, dass ich nur die Klampfe in den Fingern hatte und nicht die gezogene Pistole.« Er lächelte, während er das sagte, und atmete noch ein letztes Mal tief durch.

»Ich habe gerufen, aber Sie waren, scheint's, zu sehr in Chris' Musik vertieft.«

»Hat er den Text geschrieben?«

»Wer sonst?«

Reuter überlegte. »Sie vielleicht?«

Mailin Wend schüttelte ihren feuerroten Schopf und lachte leise. »Nein, sorry, das kann ich nicht.« Ihre Stimme wurde traurig. »Aber Chris hat das Händchen dafür. Er kann unheimlich gut Gefühle in Worte fassen, besonders wenn sie so unendlich melancholisch sind.« Ihr Blick schien für einen Moment in eine Ferne außerhalb des Zimmers abzuschweifen. Sie sammelte sich wieder und sah Reuter an. »Wissen Sie etwas Neues? Können Sie mir sagen, was mit Chris passiert ist?«

Reuter betrachtete die junge Frau. Offensichtlich hatte sie sich an diesem Tag gegen die Trauer und für die Hoffnung entschieden. Sie trug eine kunterbunte Patchwork-Weste über einem leuchtend gelben T-Shirt, dazu einen orangefarbenen Minirock, der besser zu ihren Haaren als zu den weißhäutigen Beinen passte. Ihre Füße steckten in grasgrünen Sandalen, die Reuter an die Hitze draußen erinnerten, die kaum durch die dicken Mauern der Mühle hereindrang. Und er dachte an die Ergebnisse der DNA-Analyse, die der vagen Hoffnung in den grünen Augen von Mailin Wend widersprachen. Auch die Nachricht von der Verhaftung Schabbachs hatte sie sicher noch nicht erreicht. Diesmal war er froh, sich hinter seiner Schweigepflicht verstecken zu können.

»Es gibt verschiedene Richtungen, in die wir ermitteln. Aber Sie kennen das ja sicherlich: Wir dürfen natürlich nichts nach außen tragen.«

Mailin Wend senkte ihren Blick. »Natürlich«, sagte sie leise.

Reuter kam sich in diesem Moment merkwürdig mies vor. Normalerweise zeigte er während der Arbeit keinerlei Mitgefühl. Doch hier an diesem irgendwie besonderen Ort, mit der Musik noch in den Ohren und der offensichtlich leidenden Frau vor sich, war das anders.

Es war wieder totenstill. Reuter verfluchte sich innerlich, dass ihm ausgerechnet dieses Wort dazu einfiel. Er suchte nach einer sinnvollen Frage. »Woher konnte Chris Mayer eigentlich so gut Deutsch? Ich meine, er hat Übersetzungen gemacht und ja sogar deutsche Liedtexte verfasst, was für einen Engländer doch eher außergewöhnlich ist.«

Mailin Wend schaute auf, und jeglicher Glanz in ihren Augen war verschwunden. »Er hatte eine deutsche Großmutter, und von ihr und seiner Mutter hat er die Sprache gelernt. Er ist anfangs fast zweisprachig aufgewachsen. Doch beide sind kurz hintereinander gestorben, als er noch ein Kind war. Er ist tot, oder?«

»Wir wissen es noch nicht. Aber«, er stockte kurz und bedauerte dies gleichzeitig zutiefst, »wir suchen nach ihm.«

Wieder entstand eine Pause. Diesmal wurde sie von Mailin beendet. »Sie haben das Lied übrigens schön gesungen, fast so traurig, wie Chris es mir einmal vorgespielt hat.«

»Danke.« Reuter hoffte, dass seine Verlegenheit nicht zu offensichtlich war. »Ich habe bloß schon seit Jahren keine Gitarre mehr in der Hand gehabt.«

»Dann war es umso besser. Sie müssen früher mal richtig gut gewesen sein.«

»Ich habe … in einer Band gespielt. Schon als Jugendlicher.«

»Und warum haben Sie aufgehört?«

Reuter spürte, wie ihm bei dieser Frage kalt wurde. Normalerweise hätte er sie ignoriert oder mit einer Notlüge beantwortet. Irgendwie kam all dies hier nicht in Frage. »Es waren … private Gründe.«

»Oh, entschuldigen Sie. Ich wollte nicht …«

»Schon gut. Ich … ich habe heute zum ersten Mal wieder gespielt, seit … meine Frau mich verlassen hat.«

Reuter konnte sich nicht erklären, warum er das gesagt hatte, war über sich selbst erschrocken und völlig irritiert. Wie um wieder zu sich zu kommen, stand er auf und drehte sich zu einem der Fenster. Er spürte die Blicke von Mailin Wend in seinem Rücken, spürte, wie ihre smaragdgrünen Augen ihn in ihre Trauer einbezogen. Ihm war gerade etwas passiert, was er noch nie zugelassen hatte. Er hatte jemandem bei seinen Ermittlungen etwas Persönliches anvertraut. Er war völlig perplex.

»Sie haben darüber lange nicht geredet, nicht wahr?« Es war mehr eine Feststellung als eine Frage, und Mailin Wend schien keine Antwort zu erwarten. »Glauben Sie mir: Es ist die Musik. Chris' Lieder bringen einen häufig dazu, in sein Inneres hineinzuhorchen. Das … das macht sie so besonders.«

Reuter dachte darüber nach und wusste, dass sie recht hatte. Als er sich wieder umdrehte, war sie verschwunden. Er hörte, wie die Haustür zugeschlagen wurde. Gleichzeitig grollte der erste Donner durch das Tal. Die Gewitterfront kam von Südwesten, und Reuter konnte die rabenschwarzen Wolken erst sehen, als er zum gegenüberliegenden Fenster ging.

Es dauerte noch zwei weitere Donnerschläge, dann prasselte der Regen mit Wucht gegen die Sprossenfenster des alten Gemäuers. Reuter hatte noch nie so schnell ein Gewitter aufkommen sehen und war froh, jetzt nicht irgendwo auf einer seiner Wanderungen im Hunsrück unterwegs zu sein. Er hoffte, dass Mailin Wend mit dem Auto dagewesen war.

Die Sturmböen schlugen die schweren Regentropfen in Intervallen an die Scheiben. Von der Stille der letzten Stunden war nichts mehr übrig. Doch als der Wind für einen Moment ein wenig nachließ, hörte Reuter ein dumpfes Klopfen, das sich vom Erdgeschoss zu ihm hochmühte. So schnell er konnte, eilte er die schmale Holzstiege hinunter und öffnete die Tür. Mit einer weiteren regennassen Böe fiel ihm Mailin Wend direkt in den Arm.

Reuter drückte die Tür mit der freien Hand mühsam wieder zu. Beide brauchten einen kurzen Moment, um sich die Situation zu vergegenwärtigen. Dann öffnete Reuter den Arm, mit dem er Mailin aufgefangen hatte, und sie ging langsam einen Schritt zurück.

»Hoppla, Sie sind ja genauso stürmisch wie das Wetter da draußen«, versuchte Reuter zu scherzen. Zumindest hoffte er, damit seine Unsicherheit überspielen zu können.

»Ja, sorry, ich hatte gedacht, ich schaff's noch bis nach Hause, aber nein, so was habe ich hier auch noch nicht erlebt.«

Wie zur Unterstützung ihrer Aussage schlug ein Blitz ganz in der Nähe der Mathysmühle in den Talboden ein. Das Krachen ließ die Fenster vibrieren, und augenblicklich übertönten mehrere schreckliche Heultöne das nachhallende Grollen.

»Scheiße, die Rauchmelder«, stieß Mailin hervor. »Chris hatte tierisch Angst, hier könnte ein Feuer ausbrechen. Er hat mindestens drei oder vier dieser Dinger hier eingebaut.«

Gemeinsam machten sie sich auf den Weg, die Rauchmelder abzustellen. Als sie es geschafft hatten, standen sich beide wieder gegenüber.

»Ich glaub, ich such mir mal etwas Trockenes«, sagte Mailin.

Reuter stimmte dem irgendwie zu, er konnte nun kaum noch verbergen, dass ihn die Situation mit der jungen durchnässten und umso attraktiveren Frau überforderte.

Als sie nach wenigen Minuten in viel zu weiter Jogginghose, T-Shirt und einem um die Haare gewickelten Handtuch zurückkam, hatte er sich wieder im Griff.

»Frau Wend, jetzt sitzen wir zwei hier von einem Unwetter gefangen. Da könnten Sie mir vielleicht mehr über Chris Mayer erzählen.« Reute bemühte sich um einen sachlichen Tonfall.

»Ah, der Kommissar ist wieder zurück.«

Reuter nahm ein eindeutiges Bedauern in Mailins Stimme wahr. Aber er wusste, dass es richtig war, gerade jetzt die nötige Distanz zu wahren.

»Tja, das ist wohl so.« Fast entschuldigend fügte er hinzu: »Alles andere wäre sicher auch nicht gut.« Erst als er es ausgesprochen hatte, bemerkte er, dass »alles andere« sehr zweideutig interpretiert werden konnte.

Mailin schien dies aber nicht zu bemerken oder wollte nicht

weiter darauf eingehen. Stattdessen schlug sie vor, einen Tee zu kochen. Reuter stimmte zu, obwohl er lieber Kaffee gehabt hätte. Als ein leichter Karamellduft durch den Raum zog und Mailin ihm in einem großen Becher einschenkte, bereute er es, nicht abgelehnt zu haben.

»Frau Wend«, begann er langsam, weil er noch nach dem richtigen Anfang suchte.

»Mailin. Sagen Sie doch einfach Mailin zu mir, wie alle anderen auch.« Sie hatte Reuter nur einen kurzen Blick zugeworfen. Nun ruhten ihre Augen wieder auf ihren Händen mit den grün lackierten Fingernägeln, die eine fast gleichfarbige getöpferte Tasse umklammerten. Grün scheint ihre Farbe zu sein, dachte Reuter, während er sich innerlich über ihr Angebot freute. Er bedauerte, dass er sich nicht entsprechend revanchieren konnte.

»Gern, Mailin.« Er lächelte. Mailin Wend sah es nicht.

»Wir müssen mehr über Chris Mayer wissen«, fuhr er vorsichtig fort. Sie nickte, vertiefte sich aber weiter ins Studium ihrer schmalen Finger. »Wissen Sie, warum er England verlassen hat?«

Es dauerte eine Weile. Sie atmete tief ein und hob den Kopf. »Es ist wie so häufig, wenn man sich zurückziehen, sich verstecken möchte. Enttäuschungen sind anscheinend oft ein Grund abzuhauen, sich anderen zu verschließen, am liebsten nur noch für sich sein zu wollen.«

Ihre Blicke trafen sich. Es schien Reuter, dass Mailin Wend eher eine Frage an ihn gerichtet hatte, als auf seine zu antworten. Oder beides. Um Zeit zu gewinnen, nahm er einen Schluck Tee und verbrühte sich dabei fast den Mund.

»Ja.« Er räusperte sich. »Enttäuschung? Inwiefern?«

»Eine verlorene Liebe, eine missbrauchte Freundschaft. Der Klassiker: Seine Frau verlässt ihn wegen des besten Freundes. Eine einfache, alltägliche Geschichte. Chris flüchtete und fand dank unserer geliebten irischen Fluggesellschaft hierher.«

»Wo hatte er in England gelebt?«

»Da, wo man mit solchen Geschichten lebt. Aber Sie schauen sicher nicht Rosamunde Pilcher, oder? Er war in Cornwall zu Hause.«

»Und er ist nie wieder dort gewesen?«

»Nein, zumindest nicht dass ich wüsste.«

»Seit er sich hier niedergelassen hatte?«

»Ja, seit er vor fast acht Jahren in die Mathysmühle eingezogen ist.«

»Okay.« Reuter suchte nach den richtigen Worten für die nächste Frage. »Wie würden Sie ihn … vom Typ her beschreiben?«

Mailin brauchte nicht zu überlegen. »Nachdenklich, in sich gekehrt, interessant und interessiert an anderen, etwas zerstreut, aufmerksam, ruhebedürftig, lustig, eigenbrötlerisch, liebevoll.«

»Das … das ist jetzt der Chris Mayer, wie Sie ihn sehen?«

»Ich glaube nicht, dass Sie im Hunsrück einen anderen Menschen finden, der ihn beurteilen könnte. Aber ja, so sehe *ich* ihn.«

»Und … ich meine, wie …« Reuter kam die logische Frage nicht über die Lippen.

»Sie meinen, wie Chris und ich zueinander stehen?« Um ihre roten Lippen zeichneten sich einige Falten in den Mundwinkeln ab. Sollte es ein Lächeln sein, gelang es nicht. »Sie meinen, so wirklich?«

Reuter nickte.

»Ich hatte mich anfangs in ihn verliebt. Merkte aber schnell, dass er dies nicht erwiderte. Als er mir seine Geschichte erzählt hatte, wusste ich, woran es liegt, und habe es akzeptiert. Seitdem sind wir Freunde. Und ich könnte mir keinen besseren vorstellen als Chris«, schob sie nach.

Als Reuter nichts sagte, fügte sie leise an: »Es gibt auch andere Möglichkeiten, mit Enttäuschungen umzugehen, als zu flüchten, Herr Kommissar.«

Mailins und Chris' gemeinsame Liebe war die Musik, wie Mailin in der nächsten Stunde erzählte. Es habe ihr viel gegeben, mit ihm zusammen zu spielen und zu singen. Sie konnte nur Gitarre, Chris spielte aber auch sehr gut Klavier. Er hatte immer etwas wehmütig von seinem Flügel erzählt, den er in England hatte lassen müssen, während er sich hier mit einem mittelmäßigen E-Piano begnügte. Über seine Arbeit konnte sie nur wenig sagen. Sie hatte ihn am Anfang danach gefragt, aber er hatte das Thema immer schnell abgeblockt. Sie wusste zwar, dass er auch für die Werbeindustrie arbeitete, war aber erstaunt darüber, dass das den Hauptteil seiner Einkünfte ausmachen sollte. So hatte sie auch keine Ahnung, warum er in der letzten Zeit mehrere Aufträge abgelehnt hatte.

Reuter war es nicht entgangen, dass Mailins Gesicht sich verfinsterte, als die Rede auf die letzten Monate kam. Er versuchte, unauffällig nachzuhaken, merkte aber, dass Mailin hier dichtmachte, und beließ es dabei.

Das Gewitter hatte sich längst verzogen, und der Himmel war wieder von einem hellen Blauton beherrscht. Im Dhrontal stiegen die Wasserdämpfe von den glitzernden Talwiesen nach oben. Die Luftfeuchtigkeit schien bei hundert Prozent zu liegen. Die nahe Dhron konnte die plötzlichen Regenmassen nur mit Mühe aufnehmen und talabwärts führen. Überall in den bewaldeten Hängen hatten sich neue Bäche gebildet. Auch auf dem Weg vor dem Grundstück war eine tiefe Rinne entstanden, in der Wasser rasch zur Talsohle strömte. Hinter der alten Mühle ergoss sich ein weiteres Rinnsal durch den Gemüsegarten in Richtung Dhron.

Reuter traten die Schweißperlen auf die Stirn, als er im Türrahmen lehnte und der jugendlich gebliebenen Frau hinterherschaute. Mailin kurvte mit ihrem Fahrrad im Slalom um die Pfützen der Schotterwege herum. Wenn sie durch eine Pfütze fahren musste, hob sie ihre Füße von den Pedalen und streckte die Beine weit nach außen. Unter anderen Umständen hätte es ein sehr lustiges Bild abgegeben. Doch das war nicht der Grund, warum Michael Reuter immer noch in der Tür stand, als Mailin schon lange außer Sichtweite war.

7

Horath, Weiperath, Freitag, 2. August

Die Suche nach Chris Mayer lief schleppend an. Der heftige Gewitterregen am Vortag hatte die Aussicht auf verwertbare Spuren im Haardtwald endgültig zunichtegemacht. In dem höchstens dreiviertelstündigen Unwetter waren stellenweise vierzig Liter Regen und mehr auf den Quadratmeter gefallen. Der Boden hatte die gewaltigen Niederschlagsmengen nicht aufnehmen können. In der Nacht hatte die Dhron vor den Wassermassen, die ihr über die Nebenbäche zugeführt wurden, kapituliert und war über die Ufer getreten. Doch die Mühlen im Tal waren nicht zu Schaden gekommen.

In den Wäldern waren die Wege am Freitagmorgen noch feucht und kaum befahrbar. Der Fundort von Mayers Gitarre wies deutliche Erosionsspuren auf. Die Hoffnung, mit Hilfe der Hundestaffeln rasch die Leiche des Engländers zu finden, verstieg sich zu Durchhalteparolen.

Schon in der Mittagszeit kündigten sich die nächsten Gewitter an – die Atmosphäre hatte in den zurückliegenden Sommertagen genügend Energie gespeichert. Der Regen setzte gegen vierzehn Uhr ein und hielt diesmal deutlich länger an. Auch wenn er nicht mehr so heftig wurde, machte die Suche unter diesen Umständen keinen Sinn. Eine Stunde später wurde die Aktion erfolglos abgebrochen und auf den nächsten Tag verschoben.

Christian Buhle hatte Reuter in den Hunsrück geschickt, um die Suche nach der Leiche vor Ort zu begleiten. Er selbst hatte noch einmal versucht, Schabbach zu verhören. Doch nicht ein einziges Wort kam dem Waldarbeiter über die Lippen. Schon nach einer halben Stunde hatte Buhle aufgegeben.

Dennoch brachte der Tag etwas Neues. Sven Tard von der Fahndung hatte den Kontakt zur Territorialpolizei von Cornwall hergestellt, und die hatte endlich Informationen zur Person des Opfers zugesandt. Da aber noch keine Leiche gefunden war, schien das Interesse der britischen Kollegen an diesem Fall recht »übersichtlich«, wie der junge Polizist formulierte.

Christopher Patrick Mayer wurde am 30.11.1968 in Selsey, West Sussex geboren und wohnte dort bis zu seinem sechzehnten Lebensjahr in der East Beach Road No. 59. Nach Abschluss der Sekundarschule in dem kleinen Küstenort und einer Lehre als Schiffsmechaniker in Southampton ging Mayer für knapp zwei Jahre zur Marine. Dort war er offenbar öfter angeeckt, jedenfalls ließ sich das aus seinem vorzeitigen Abschied ableiten. Seine Spur verlor sich anschließend für Jahre auf hoher See, bis er im Februar 1994 in einer Werft in Southampton eingestellt wurde, in einer Massenunterkunft gemeldet war und sich in der Zeit zum zweiten Mal überhaupt einen Ausweis ausstellen ließ.

Drei Jahre später hatte er in einen Hausmeisterjob in einer Schule in Boscastle an der Nordküste Cornwalls gewechselt. In dieser Zeit lebte er in der nahen Kleinstadt Camelford. Tard hatte einen Zeitungsbericht beigelegt, der Mayer mit mehreren anderen Personen zeigte. Im Jahr 2004 war Boscastle nach einem heftigen Unwetter von einer katastrophalen Flutwelle heimgesucht worden. Sechs Häuser und fünfzig Autos wurden von den in dem engen Taleinschnitt urplötzlich ansteigenden Wassermassen ins Meer gerissen. Hundertfünfzig Menschen mussten in einer der größten Luftrettungsaktionen Englands mit Hubschraubern von den Dächern ihrer Häuser gerettet werden. Es grenzte an ein Wunder, dass dabei kein Mensch sein Leben lassen musste. Doch die Zerstörung im historischen Dorfzentrum war immens gewesen.

Mayer und die anderen waren ein Jahr später von der Gemeinde ausgezeichnet worden, weil sie sich besonders für die Wiederherstellung beschädigter Häuser engagiert hatten. Das Zeitungsfoto lieferte den einzigen Hinweis auf Mayers Leben in England. Während die anderen stolz oder erfreut dreinschauten, schaute Mayer auf dem Foto ernst, schien geradezu missgestimmt über diese Ehrung zu sein. Er wirkte irgendwie fremd auf dem

Bild. War er damals schon eher der Einsiedler gewesen? Buhle fragte sich auch, wie er vom britischen Hausmeister später zum Liedtexter in Deutschland geworden war. Eine Antwort darauf fand er nicht.

Mayers Eltern waren früh gestorben, Geschwister hatte er keine. Verheiratet war er offensichtlich nie gewesen. Auch gab es keinerlei Verfehlungen, die aktenkundig geworden waren. Außer vielleicht, dass er sich nicht nach Deutschland abgemeldet hatte. Er war immer noch in Camelford gemeldet.

Buhle dachte nach. Bei dem gesuchten Engländer handelte es sich um einen Menschen, den wohl niemand auf der Welt vermisste, bis auf diese junge Frau in Weiperath. Irgendetwas störte ihn an dem Gedanken. Vielleicht, weil er es für nicht möglich hielt, dass es solche »nicht gebrauchten« Menschen gab.

Aber wer hätte ihn selbst noch vor drei Jahren vermisst? Es wäre bemerkt worden, da er schließlich Polizist war. Aber vermisst? Nein, das hätte ihn wohl niemand. Und jetzt, war es jetzt anders? Er scheute sich, die Frage zu beantworten. Aber dann dachte er an Marie, an Hannah, an seine Kollegen, allen voran Paul Gerhardts, den Einzigen, zu dem er eine freundschaftliche Beziehung pflegte. Heute würden ihn wohl tatsächlich Menschen vermissen. Das eigenartige Gefühl, das bei dieser Erkenntnis in ihm aufstieg, konnte er nicht definieren. Vielleicht war es tatsächlich so etwas wie ein Glücksgefühl.

Daran vermochte auch die nahende Verabredung mit Marie nichts zu ändern. Er hatte sich entschieden und hoffte, Marie richtig eingeschätzt zu haben. Wenn nicht? Nein, es musste jetzt ausgesprochen werden; *er* musste es aussprechen.

Mitten in seine Gedanken hinein klingelte sein Smartphone. Reuter teilte ihm mit, dass sie die Suchaktion abgebrochen hätten und er noch nach Weiperath führe. Er habe noch ein paar Fragen an Mailin Wend.

»Das trifft sich gut. Ich muss auch mit ihr reden. Ist sie denn sicher zu Hause?«, erkundigte sich Buhle.

»Ja, ähm, ich habe sie gerade angerufen. Hast du noch etwas Bestimmtes mit ihr zu bereden?«

Reuter klang etwas merkwürdig, fand Buhle. »Wir haben Rückmeldung aus England bekommen. Ich will einfach noch mal direkt von ihr hören, was sie mit Mayer verband und was sie von ihm wusste.«

»Hm, gut, soll ich auf dich warten?«

»Sicher. Ich fahr direkt los. Wir können uns vor ihrem Haus treffen.«

»Okay, bis dann.«

Buhle hatte noch nachfragen wollen, ob alles in Ordnung sei, aber Reuter hatte das Gespräch bereits unterbrochen.

Auf dem Weg durch den Hunsrück beeilte sich Buhle. Dennoch benötigte er fast eine Dreiviertelstunde.

Als er nach Weiperath hineinfuhr, brauchte er nicht nach Straßennamen zu suchen. In dem kleinen Ort waren alle Häuser einfach durchnummeriert. Das von Mailin Wend fand er am Ende einer Straße, die sich dahinter als Wirtschaftsweg im Wald verlor. Sie wohnte dort allein mit ihrem Vater, seit ihre Mutter bereits vor über zehn Jahren verstorben war. Das wusste Buhle von Herrmann.

Irgendwie schienen alle Grundstücke zur Straße hin nur aus Garagen, Stellplätzen, Zuwegungen und Hofzufahrten zu bestehen. Reuter hatte das offenbar nicht gekümmert. Sein Wagen stand direkt vor Wends Haus und blockierte die angebaute Garage. Verärgert stellte Buhle fest, dass sein Kollege doch nicht gewartet hatte. Er fuhr das letzte Stück bis zum Ortsrand und parkte sein Auto halb auf der angrenzenden Wiese.

Als er bereits auf dem Weg zurück zur Haustür war, kam Mailin Wend um die Hausecke. »Hallo, Herr Kommissar. Wir haben Sie gehört. Kommen Sie, wir sitzen hinten im Garten und warten auf die nächste Gewitterfront.«

Buhle war viel zu überrascht, um auf die locker ausgesprochene Einladung entsprechend zu reagieren. Nachdem sie ihm bestätigt hatte, dass Reuter bereits da war, folgte er der, wie er fand, sehr luftig bekleideten Frau. Im gleichen Augenblick wünschte er sich, er könnte zumindest sein schwarzes Hemd über dem gleichfarbigen T-Shirt ausziehen, bevor es ganz durchgeschwitzt war. Es war immer noch äußerst schwül, selbst hier auf den Hochflächen des Hunsrücks.

Sie waren gerade um die erste Hausecke gebogen, als Buhle leises Gitarrengeklimper wahrnahm. »Ist noch jemand da?«, fragte er irritiert.

»Nein, es ist Mi… ich meine, Ihr Kommissar spielt. Dafür, dass er das schon lange nicht mehr gemacht hat, ist er gar nicht schlecht, nicht wahr?« Sie lächelte Buhle über ihre Schultern hinweg freundlich, fast schon vergnügt an, ohne ihre Schritte zu verlangsamen.

War Buhle die Situation bislang nur merkwürdig vorgekommen, verschlug es ihm fast die Sprache, als sie in den Garten bogen. Von vorn hatte das weiß gestrichene Haus einen eher langweiligen Eindruck gemacht. Das änderte sich hier vollkommen. Als Erstes fielen dem Kommissar die stattlichen Obstbäume auf, die sich im weiten Abstand über bunte Blumenwiesen verteilten und den grandiosen Blick über das Dhrontal hinweg nur wenig verstellten. Kaum schaute er genauer hin, sah er bunte Bänder und Holzfiguren, Nistkästen und andere Dinge an ihnen hängen. Zwischen zwei näher beieinanderstehende Bäume war eine gestreifte Hängematte gespannt. Am Rand gab es Gemüsebeete mit Zäunen aus dürren, krummen Ästen, ähnlich wie an der Mathysmühle, ein wackeliges Tomatenhäuschen, Hochbeete aus Bruchsteinen, Inseln mit Sonnen- und anderen Sommerblumen, einen alten Kaninchenstall, bei dem die Türen offen standen, eine Feuerstelle, neben der ein umgeworfener Schwenkgrill lag. Es wirkte durcheinander und doch wie gewollt.

Die kleine Terrasse war mit bunt zusammengewürfeltem Natursteinpflaster angelegt, darauf standen ein alter Holztisch mit drei Tellern und Tassen und zwei Stühle. Etwas abseits wippte ein Schaukelstuhl im leichten Wind.

Die Hauswand erschien über dem leicht zum Dhrontal hin abfallenden Hang noch höher als die vordere Front des zweistöckigen Hauses. Das Kellergeschoss lag frei, wie es häufig bei Häusern auf einem Hanggrundstück der Fall war. Die Fassade war an der Wetterseite in den oberen beiden Etagen mit weißen Eternitplatten verkleidet. Von der hellgrau verputzten Kellerwand sah man hingegen kaum etwas. Sie war fast vollständig bedeckt mit Kletterrosen und ebenfalls rankenden Hortensien, in drei Steintrögen wuchsen blaue, weiße und gelbe Blumen. Inmitten dieser botanischen Vielfalt saß Michael Reuter auf einer Bank und zupfte an den Saiten einer Gitarre.

Buhle hatte seine Schritte verlangsamt und stieß deswegen nur leicht gegen etwas Hölzernes, das fast lautlos ins Gras fiel. Immer noch verblüfft, brauchte er einige Sekunden, um zu registrieren, dass er gerade eine von drei fast einen Meter hohen Holzskulpturen umgeworfen hatte.

»Oh, Entschuldigung.« Unbeholfen versuchte er, das Stück Holz mit einem gesichtslos geschnitzten Kopf wieder aufzustellen. Auf dem unebenen Boden benötigte er drei Versuche.

»Nicht schlimm, Rüdigers Boat People sind es gewohnt, umzufallen. Ich glaub, das war Absicht von ihm.«

»Ja?« Mehr fiel Buhle dazu nicht ein. Er wandte sich seinem Kollegen zu. »Du spielst Gitarre?«, fragte er erstaunt.

Reuter grinste etwas verlegen, während er das Instrument neben sich auf die Bank legte. »Na ja, ich hab früher mal gespielt. Ist aber schon lange her. Ein paar Griffe kenne ich noch.«

»Das ist aber leicht untertrieben«, warf Mailin Wend gespielt vorwurfsvoll ein. »Sie hätten ihn mal vorhin spielen hören sollen.« Sie schmunzelte zufrieden. »Offenbar hat er gestern Abend noch fleißig geübt.«

Buhle blickte fragend auf Reuter. Er verstand nicht ganz, was zwischen seinem Mitarbeiter und der jungen Frau vorging, aber irgendetwas war da. Doch Reuter zuckte nur die Schultern, gepaart mit hochgezogenen Augenbrauen und schief nach oben gezogenen Mundwinkeln.

In den folgenden Sekunden sagte keiner etwas. Dann klatschte Mailin Wend in die Hände und setzte sich in Richtung Kellertür in Bewegung. »Ich hol mal den Tee und noch 'nen Stuhl, ach, und natürlich den Kuchen.«

Als sie mit ihren roten Locken im Haus verschwunden war,

raunzte Buhle seinen Kollegen an. »Sag mal, was ist denn hier los? Bin ich zu einem musikalischen Kaffeekränzchen eingeladen?«

»Tee … wenn schon: Teekränzchen«, antwortete Reuter ruhig.

»Tee? Seit wann trinkst du überhaupt Tee?«

»Seit gestern. Ich habe mir immerhin Schwarztee ohne irgendwelche Aromen erbeten.«

Buhle starrte Reuter fassungslos an. Da saß sein sonst stets grantelnder Kollege entspannt und offensichtlich zufrieden in der skurrilen Idylle eines ausgeflippten Mädchens, anstatt sich wie erwartet auf die intensive Befragung einer Zeugin vorzubereiten.

»Nun komm mal wieder zu dir. Ich hatte keine Lust, eine halbe Stunde im stickigen Auto auf dich zu warten, und hab mir schon mal die Umgebung angeschaut. Da ist mir Mailin über den Weg gelaufen. Sollte ich mich dann wieder in die Kiste setzen und vor Hitze zerlaufen?«

»Mailin?«, fragte Buhle ungläubig nach.

»Sie möchte lieber mit dem Vornamen angeredet werden.«

»Das mag sie also lieber?«

»Etwas dagegen, Chef?« Reuter schien das alles für völlig normal zu halten.

Als Buhle noch etwas erwidern wollte, wurde die Tür von innen aufgestoßen, und Mailin kam mit einer Teekanne und einem Stövchen nach draußen. Sie schlüpfte noch einmal kurz ins Haus, um den Kuchen zu holen, der schon unten gestanden haben musste. Als sie Teller, Tassen und Kuchengabeln auf dem Tisch arrangiert hatte, schreckte sie hoch. »Mist, jetzt habe ich den Stuhl vergessen.«

»Wir können den Tisch einfach vor die Bank stellen. Dann reicht es doch«, schlug Reuter vor und war bereits von der Sitzbank aufgestanden.

Als Buhle den kantigen Polizisten und diese flippige, nur halb so alte Frau zusammen den Tisch tragen sah, musste er unwillkürlich grinsen.

Der Kuchen war speziell, gehaltvoll, aber lecker. Buhle hatte sich spätestens während des Essens mit der ungewöhnlichen Situation abgefunden. Er hatte sich sogar noch zwei Tassen Tee nachschenken lassen und war ausführlich über die fair gehandelten, ökologisch verträglich angebauten und, bis auf den Tee natürlich, regional produzierten Rohstoffe für diese Teerunde aufklärt worden. Nun erzählte Mailin über das Leben junger Leute in einem Hunsrückdorf mit gerade einmal dreihundert Seelen, wo es manchmal spannender und lebhafter zugehe als in der Stadt. Sie denke nicht daran, von hier wegzugehen.

Auf Nachfrage fügte sie hinzu, dass sie sehr wohl schon einmal woanders gelebt habe als im Hunsrück. Nach ihrer ersten Ausbildung zur Bürofachkraft war sie als Au-pair-Mädchen für ein Jahr nach Wexford in Irland gegangen. Es habe ihr dort sehr gut gefallen – die raue Küste und vor allem das grandiose Opernfestival, das dort jährlich stattfand. Eigentlich hatte sie dort immer wieder einmal hinfahren wollen, aber jetzt war es für ihren Vater besser, wenn sich jemand um ihn kümmerte.

»Und dann kam ja auch Christopher Mayer hierher.«

Buhle hatte es fast beiläufig gesagt, doch Mailin Wend wurde schlagartig ernst. »Ja, dann kam Chris«, bestätigte sie langsam.

»Sie werden verstehen, dass wir da noch einiges über Ihr Verhältnis zum … zu Herrn Mayer wissen müssen.« Buhle bemerkte sehr wohl den kurzen Seitenblick von Reuter, der ihm am Morgen nur kurz von seinem Gespräch mit Mailin Wend berichtet hatte.

»Herr Reuter und ich haben uns heute noch nicht ausführlich besprechen können, entschuldigen Sie, wenn Sie mir deshalb einige Dinge noch einmal erklären müssen.« Er wartete. Als kein Widerspruch kam, fuhr er fort. »Würden Sie uns bitte noch einmal Ihre Beziehung zu Herrn Mayer beschreiben?«

Sie bestätigte, sich anfänglich verliebt zu haben, was von Chris aber nicht erwidert wurde. Dass sie schließlich Freunde, ja eigentlich Vertraute geworden waren und sich besonders musikalisch viel zu geben hatten. Chris sei ein sehr zurückgezogen lebender Mensch und spreche auch nicht viel über sich. Sie habe es zunächst zwar bedauert, letztendlich aber akzeptiert.

»Und Christopher Mayer hatte keine anderen Beziehungen, seit er hier wohnte?«

»Nein, habe ich ja schon …«, sie musste sich konzentrieren, um die korrekte Anrede zu finden, »Ihrem Kollegen gesagt. Nachdem Chris mir klargemacht hatte, dass zwischen uns nichts laufen könnte, hat er ein einziges Mal seine Frau in England erwähnt. Sonst hat er nie über eine Beziehung zu jemandem gesprochen, und ich kann das für hier wohl auch ausschließen.«

»Er war in England nie verheiratet«, warf Buhle ein.

»Nicht?« Diese Aussage schien sie zu überraschen. »Ich meine, er hat zwar von seiner Frau geredet, aber vielleicht waren sie ja noch gar nicht verheiratet. Ich habe gespürt, dass er nicht darüber reden wollte.«

»Hatte er mit dieser Frau zusammengewohnt?«

»Das weiß ich doch nicht. Hören Sie mir mal zu. Ich habe ihn da nicht ausgefragt.«

Sie hatte die Stirn in Falten gelegt, zumindest konnte Buhle das zwischen ihren Locken erahnen, die ihr wild bis ins Gesicht hingen. Er vermutete, dass ihr diese Neuigkeit gar nicht so egal war, wie sie vorgab.

»Und wie steht es mit Ihnen, haben Sie eine Beziehung zu jemand anderem?« Buhle war gespannt, wie Mailin Wend auf diese persönliche Frage reagieren würde. Nicht gerechnet hatte er jedoch mit dem Einwand von Reuter.

»Christian, was tut das hier zur Sache? Ich meine …«

Reuter hatte nicht verärgert geklungen, vielmehr wirkte er unsicher. Buhle beschloss, ihn einfach zu ignorieren.

Mailin Wend schaute zunächst auf Buhle, dann auf Reuter, dann wieder zu Buhle. »Ich weiß zwar nicht so richtig, warum das den Herrn Kommissar interessiert, aber bitte: Ich bin momentan solo, habe aber auch schon mal Sex. Reicht Ihnen das?«

Buhle überhörte den schnippischen Unterton und fragte nach: »Gab oder gibt es jemanden, der vielleicht eifersüchtig auf Ihre besondere Beziehung zu Herrn Mayer sein könnte?«

Mailin Wend stieß die Luft durch die Nase aus und erwiderte ungläubig: »Das ist ja nun wirklich total abwegig. Wenn ich mal mit einem Mann ins Bett gehe, dann, weil ich Spaß haben will und nicht …« Sie stutzte und schielte nur ganz kurz zu Reuter rüber. »Nein, ich habe sicher keinen Liebhaber, der Chris aus Eifersucht … Blödsinn!«

»Ist Ihnen vielleicht in der letzten Zeit etwas an ihm aufgefallen?«

Sie zögerte, ehe sie antwortete. »Nein, es war eigentlich wie immer. Er war vielleicht etwas häufiger unterwegs, beruflich, aber sonst … nein, sonst war nichts.«

»Wieso war er beruflich mehr unterwegs?«

»Weiß nicht, keine Ahnung. Er ist halt öfter weggefahren.«

»Kann das auch andere Gründe gehabt haben?«

»Er ist auch schon mal zum Wandern weggefahren, um wieder aufzutanken, kreative Gedanken zu haben.«

»Hm, er hat aber gerade in den letzten Monaten einige Aufträge abgelehnt. Können Sie das erklären?«

»Nein, kann ich nicht. Wir haben darüber nicht geredet.«

»Über seine Aufträge als Liedtexter?«

»Nein, über die anderen.«

»Welche anderen?«

Sie schaute jetzt fragend zu Reuter hin. Er antwortete für sie. »Ich habe gestern erwähnt, dass Mayer vor allem von Aufträgen aus der Werbebranche lebte. Mailin wusste von dieser Einnahmequelle, jedoch schien das eher kein Thema zwischen ihr und Chris Mayer gewesen zu sein.«

Sie bestätigte diese Einschätzung durch ein kurzes Nicken.

»Okay.« Buhle fragte sich, worüber Reuter und die Zeugin gestern in der Mühle noch alles geredet hatten. Er schob die aufkommenden Zweifel beiseite und zwang sich, sich auf Reuters stets gutes kriminalistisches Gespür zu verlassen.

»Noch eine Frage, Frau Wend. Hat es sich schon bis zu Ihnen herumgesprochen, dass wir Hubert Schabbach vorläufig festnehmen mussten?«

Sie starrte Buhle an. »Hubert? Der soll Chris umgebracht haben?«

»Glauben Sie das nicht?«

»Nee, glaube ich nicht«, antwortete sie, und ihre Mähne folgte verzögert dem kräftigen Schütteln ihres Kopfes.

»Aber die beiden waren doch verfeindet«, schob Buhle nach.

»Ja, wegen Chris' Hund, aber … das ist doch schon lange abgehakt.«

»Für Mayer offenbar nicht. Er soll Schabbach angerufen und damit gedroht haben, alles neu aufzurollen.«

»Behauptet das Hubert?«

»Ja, und Mayer hat tatsächlich kurz vorher dort angerufen.«

Mailins Gesichtsausdruck wechselte von nachdenklich zu besorgt und schließlich zu ängstlich. »Aber er hat doch nicht gestanden, oder?«

Als Buhle nicht antwortete, fragte sie weiter: »Oder … haben Sie Chris … ich meine, Sie haben doch nicht …«

»Nein, weder noch. Schabbach hat nicht gestanden, und wir haben auch Chris Mayer noch nicht gefunden.«

Erleichtert schloss Mailin Wend die Augen und lehnte sich im Stuhl zurück.

Nachdem sie sich verabschiedet hatten, besprachen Buhle und Reuter das weitere Vorgehen. Reuter würde sich weiter um die Suchaktion kümmern und noch einmal in die Mühle gehen. Buhle ließ ihn gewähren, bat ihn aber, sein Augenmerk auf Mayers Aktivitäten in den letzten Monaten zu legen. Etwas schien sich da in dessen Leben verändert zu haben. Er selbst wollte sich morgen intensiv um Schabbach kümmern. Mehr war zunächst nicht zu tun.

8

Trier-Avelsbach, Freitag, 2. August

Christian Buhle war schon einige Minuten zu spät, als er, an der Weinbaudomäne Avelsbach vorbei, die Serpentinen hinauf zur ehemaligen Arbeitersiedlung des Weinguts fuhr. Dennoch ließ er sich Zeit. Es waren zu viele Erinnerungen, die er inzwischen mit dieser Strecke verband. Er fragte sich, ob er jetzt auf dem Weg zu der letzten war, was ihn und Marie betraf.

Er parkte in der langen Zufahrt, die zum Anwesen der Steyns führte. Im Haus schräg gegenüber wackelte obligatorisch die Gardine hinter dem Fenster. Buhle machte das schon lange nichts mehr aus. Wenn auch häufig unsicher und mit gemischten Gefühlen, war er oft genug hier zu Besuch gewesen, nachdem er den Fall, der Maries Ehemann fast das Leben gekostet hätte, gelöst hatte. Er nahm die Geschenke für die Kinder vom Rücksitz und verzichtete darauf, sein Auto abzuschließen. Hier kam selten etwas abhanden. Dazu war die soziale Kontrolle zu gut.

Langsam ging er zur Haustür, erstaunt, wie ruhig, wie leicht er sich fühlte. Das wäre vor noch zwei Jahren völlig undenkbar gewesen. Kaum hatte er geklingelt, hörte er schnelles Getrampel die Holztreppe hinunterkommen. Offensichtlich hatte die elfjährige Nora es trotz des deutlichen Größenunterschieds geschafft, ihren Vorsprung gegenüber ihrem drei Jahre älteren Bruder Mattis zu behaupten. Mit einem triumphierenden »Erster!« riss sie die Haustür auf.

»Hallo, ihr beiden. Was für ein stürmischer Empfang.« Buhle lachte.

»Hallo, hast du mir was mitgebracht?«

Seit er angefangen hatte, den Kindern stets eine Kleinigkeit mitzubringen, war diese Begrüßung schon zu einem Ritual geworden. Da machte es auch nichts, dass Mattis fast zu alt für solche Albernheiten geworden war.

»Hi, Christian, alles klar?« Mattis gab sich lässig.

»Na ja, geht so.«

»Ich hab von deinem neuesten Fall in der Zeitung gelesen. Und heute im Radio haben sie gesagt, dass der Mörder schon verhaftet wurde.«

»So, haben sie das. Wir haben ja noch nicht einmal einen Toten.«

»Ach, nicht?« Mattis hatte sich offenbar nicht die Mühe gemacht, den Zeitungsartikel ganz zu lesen. Anders als den Sportteil, nahm Buhle an.

»Jetzt lasst uns mal reingehen. Ich befürchte, ich bin eh schon ein wenig spät dran.«

»Allerdings.« Jetzt war auch Marie die Treppe zumindest zur Hälfte hinabgestiegen und stand mit verschränkten Armen und gespieltem Missmut auf einer der Stufen. »Wir haben schon fast alles aufgegessen.«

»Quatsch.« Mattis verdrehte die Augen, als ob ihm der Kommentar seiner Mutter peinlich sei.

Nachdem er den Kindern ihre Geschenke überreicht hatte, stiefelten sie zufrieden nach oben, und Christian Buhle konnte Marie nun endlich mit drei Wangenküsschen begrüßen.

»War das für dich kein Problem, heute Abend freizumachen?«, fragte sie.

»Nein, wie Mattis bereits aus den Medien weiß, ist der Fall ja quasi schon gelöst. Wir haben zwar noch gar keine Leiche, und der Verdächtige streitet die Tat vehement ab, aber wen interessiert das schon. Hauptsache, die Erfolgsmeldung ist raus. Aber es ist schon in Ordnung. Momentan können wir nur suchen und fragen. Aber nicht mehr heute Abend. Komm, lass uns hochgehen, ich hab Hunger.«

»Oh, ich hoffe, der Herr hat sich nicht auf ein Fünf-Gänge-Menü eingestellt. Es gibt kindgerechte italienische Hausmannskost.«

»Pizza?«

»Und zwar mit italienischem Salat und Oliven in einem extra Schälchen!« Marie lachte, und Christian freute sich darüber; wie immer.

Der Salat stand bereits auf dem gedeckten Tisch. Ein Blick in den beleuchteten Backofen zeigte ihm, dass er sich auf eine äußerst üppig belegte Pizza freuen durfte. Als Marie ihm ein Glas Rotwein anbot, zögerte er. »Ich muss noch fahren.«

»Du weißt, es mangelt hier nicht an freien Schlafgelegenheiten. Natürlich nur, wenn du magst und morgen nicht zu früh rausmusst.«

Ihr Angebot kam mit einer großen Selbstverständlichkeit. Doch er wusste nicht, ob er sich darauf einlassen konnte, bei dem, was er noch vorhatte. »Ich … ich müsste nachher noch etwas mit dir bereden.«

»Ja und? Das geht nicht bei Rotwein?« Marie hatte nebenbei mit einem Schnipsen und anschließendem Fingerzeig die Kinder zum Esstisch beordert. Mattis war aber so in das Jahresheft zur kommenden Bundesligasaison vertieft, dass er nicht reagierte.

»Doch, vielleicht sogar besser«, antwortete Buhle.

»Ist hoffentlich nichts Schlimmes?« In die Richtung ihres Sohnes rief sie: »Mattis, komm jetzt, oder ich sage Christian, dass er demnächst nichts mehr mitzubringen braucht.«

»Ich hoffe auch, dass es das nicht ist.« Buhle hatte die Antwort fast geflüstert. Vielleicht warf ihm Marie deshalb einen langen fragenden Blick zu.

Sie ging zum Vitrinenschrank, holte zwei riesige Rotweingläser heraus und kam zurück zum Tisch. »Gehen wir mal davon aus, dass es mit Rotwein tatsächlich besser geht«, sagte sie und lächelte süffisant, was ihre Grübchen, die Buhle so mochte, vertiefte. Er hoffte sehr, dass er sie heute nicht zum letzten Mal sehen würde.

Nach dem Essen wurde Nora ins Bett geschickt, was sie angesichts des vierten Bands von Nele Neuhaus' »Elena«, die diesmal »Das Geheimnis der Oaktree-Farm« zu lösen versuchte, ohne die üblichen Proteste tat. Auch Mattis verzog sich mit den journalistischen Prognosen zu den sechsunddreißig Clubs der ersten und zweiten Liga in sein Zimmer und überließ den beiden Erwachsenen ohne Diskussion den Balkon.

Christian Buhle und Marie genossen eine Weile schweigend den Blick auf den furiosen Sonnenuntergang über dem Lichtermeer der Trierer Talweite. Die nach den Gewitterregen gereinigte Luft und das beeindruckende Zusammenspiel von Wolken und untergehender Sonne hatten zu einer regelrechten Farbexplosion am Abendhimmel geführt. Marie hatte ihre nackten Beine mit den Armen an den Körper gezogen. Mit ihrer zierlichen Figur wirkte sie eher wie ein Teenager als wie eine zweifache Mutter und promovierte Psychologin. Er betrachtete sie von der Seite und wusste, dass sie es bemerkte. Er wollte dieses Bild mitnehmen, egal, wie der weitere Abend verliefe.

Nachdem das Nachtblau sich des Rots des vergehenden Tages bemächtigt hatte, wandte sich Marie ihm zu. »Du wolltest mit mir reden?«

Ihre Stimme hatte diesen samtweichen Ton, den sie gewöhnlich ihren Freunden vorbehielt. Sie wollte es ihm leicht machen, nahm er an. Wollte ihn unterstützen, weil sie doch wusste, wie schwer er sich tat. Sie hatte ihre schwarzen Locken hinter die Ohren geklemmt, sodass das Kerzenlicht ihr dunkel gebräuntes Gesicht beleuchtete. Ihr ruhiger Blick lag auf ihm, und er spürte wie selten zuvor diese starke emotionale Verbindung zu ihr.

»Ja, ich möchte mit dir über uns reden.« Er machte eine kleine Pause. Als sie keine Reaktion zeigte, fuhr er langsam fort.

»Ich war mir lange nicht sicher, wie ich zu dir stehe. Du hast das ja häufig genug gemerkt, und …«, es war nur die Kerze, die flackerte, ihre Augen ruhten weiter auf ihm, »… und ich habe mich eine Zeit lang gefragt, ob ich … vielleicht verliebt bin, also in dich.« Er meinte zu sehen, wie ein kurzes Lächeln über ihre Lippen huschte.

Auf dem Weg hierher hatte er in Gedanken glasklar formuliert, was er ihr sagen wollte. Doch nun fand er nur schwer die richtigen Worte. Er holte tief Luft und schloss unwillkürlich die Augen. Bis er meinte, sie endlich gefunden zu haben. »Du bist mir unheimlich wichtig und die wertvollste Freundin, die ich mir vorstellen kann … aber es ist etwas anderes als Liebe, das ist mir jetzt klar geworden.«

Es war nicht still. Von überallher drangen die Geräusche einer lauen Sommernacht. Und dennoch kam es Buhle so vor, als ob eine unglaubliche Stille zwischen ihnen läge. Noch immer zeigte sich keine Veränderung in Maries freundlichen Gesichtszügen.

Selbst als sie jetzt sprach, schien sich daran nichts zu ändern. »Was macht dich da so sicher?«

»Ich habe mich verliebt. In Hannah.«

Er wusste nicht, welche Reaktion er erwartet hatte. Er hatte versucht, sich das auszumalen, war aber zu keinem Ergebnis gekommen. Allerdings hatte er nicht mit dem gerechnet, was tatsächlich geschah.

Marie lächelte ihn an, stand ganz langsam auf, schwebte fast zu ihm hin, setzte sich auf seinen Schoß und drückte ihn ganz fest an sich. Er erwiderte das. Es kam ihm wie eine Ewigkeit vor, wie sie so dasaßen.

Als sie ihre Arme von ihm gelöst hatte, strich sie ihm mit der Hand sanft übers Gesicht. Dann – er wusste auch Stunden später nicht, warum ihn das nicht einen Augenblick lang verwirrt hatte – hatte sie ihm einen unheimlich zärtlichen Kuss gegeben, zum ersten Mal.

Fast schien es ihm, als ob sich etwas wie Stolz in ihren Blick mischte, als sie leise sagte: »Mein Christian hat sich endlich verliebt. Ich nehme an, Hannah weiß noch nichts von ihrem Glück?«

Er schüttelte ganz leicht den Kopf.

»Wann willst du es ihr sagen?«

»Muss man das sagen?«

Sie lachte leise auf. »Nein, du hast recht, muss man sicher nicht. Darf ich dir jetzt auch etwas gestehen?«

»Ja, natürlich.«

»Ich war mir anfangs auch nicht sicher über meine Gefühle. Du weißt, es war eine schwierige Zeit. Ich dachte ein paarmal, dass du mir vielleicht darüber hinweghelfen würdest. Aber es wäre nur für mich gut gewesen, nicht für dich. Ich bin sehr froh, dass ich dieser Versuchung nicht erlegen bin.«

Sie lächelte wieder. »Ich war mir aber auch sehr schnell sicher, dass ich dich unheimlich gernhab, und hatte gehofft, dass ... dass es bei dir letztendlich auch nicht mehr wäre. Aber das musstest du schon allein herausfinden, nicht wahr?«

»Ja, da habe ich mir wohl viel Zeit für gelassen.«

»Du hast es zugelassen, Christian. Und ich bin unheimlich glücklich darüber.«

Sie saßen einen Moment schweigend da. Marie schien nicht aufstehen zu wollen, hatte sogar ihre Arme um seinen Nacken gelegt und schaute ihm nachdenklich in die Augen. Er hielt ihre Hüften, seine Unterarme lagen auf ihren Oberschenkeln, die der leichte Minirock nur in Ansätzen überdeckte. Er empfand die Situation überhaupt nicht als erotisch, er fand es nur wunderschön und fragte sich, wieso das plötzlich so einfach möglich war.

»Weißt du, wo die Grenzen zwischen Freundschaft und Liebe sind?«, fragte er.

Ihre Augenbrauen hoben sich. »Du überlegst es dir jetzt aber nicht anders, oder?«

»Nein, aber sitzt man so unter Freunden zusammen? So wie wir beide jetzt?«

»Natürlich. Das musst du Hannah direkt am Anfang beibringen, dass ich dich zukünftig immer mit innigen Küssen begrüßen werde.« Sie lachte.

»Freundschaft und Liebe sind für mich zwei unterschiedliche Dinge«, fuhr sie ruhig fort. »Aber sie unterscheiden sich nicht dadurch, dass ich zu meiner Liebe zärtlich sein darf und zu meinem Freund nicht. Vielleicht liegt der Unterschied eher darin, dass Freundschaft ein ganzes Leben andauern kann, zumindest wenn sie richtig tief geht. Liebe verändert sich im Laufe der Zeit, und häufig hält sie eben nicht bis zum Ende.« Erschrocken fügte sie schnell hinzu: »Ich möchte dir als frisch Verliebtem jetzt aber keine Angst machen.«

»Nein, keine Sorge.«

Er betrachtete sie und fragte sich, ob er seiner Freundin Marie jemals wieder so nah sein würde. Wenn, dann wahrscheinlich nur in einem ähnlich besonderen Moment wie diesem. »Marie, ich glaube nicht, dass ich diesen Abend jemals vergessen werde.«

»Ich bin mir sicher, das werden wir beide nicht.«

Die Nacht hatte Christian Buhle neben Marie verbracht. Sie hatten sich einen Gute-Nacht-Kuss gegeben, und Marie war gleich in seinem Arm eingeschlafen. Er hatte noch lange wach gelegen, über den Abend und schließlich über Hannah nachgedacht. Was würde sie wohl sagen, wenn sie ihn so hier liegen sähe? Was würde sie überhaupt sagen, wenn … ja, wenn was? Was gedachte er eigentlich als Nächstes zu tun? Bevor er das herausfand, war auch er eingeschlafen.

Als Buhle am nächsten Morgen erwachte, musste er tatsächlich überlegen, ob er nicht alles nur geträumt hatte. Doch zumindest lag er nicht in seinem Bett. Marie war allerdings auch nicht mehr da. Er hörte ins Haus hinein, es schien noch alles ruhig zu sein. Seine Mundhöhle fühlte sich so pelzig an wie immer nach dem Genuss von Rotwein. Zudem musste er dringend auf die Toilette.

Leise öffnete er die Schlafzimmertür und huschte vorsichtig über den Flur in Richtung Gästeklo. Er war gerade an der offenen Tür zum Wohnzimmer vorbei, als ihn ein »Guten Morgen, Christian!« wie der Schlag traf. Er ging einen Schritt zurück und erblickte seine jüngste Mitarbeiterin Nicole Huth-Balzer, die ihn mit einer großen Kaffeetasse in der Hand freundlich anschaute. Sofort wurde ihm bewusst, dass er, nur mit T-Shirt und Unterhose bekleidet, ein recht lächerliches Bild abgeben musste. Wenn Nicole das auch so sah, konnte sie es zumindest gut verbergen.

Marie nahm da weniger Rücksicht. »Ach, Christian. Sag mal, wie läufst du denn hier rum?«, sagte sie in vorwurfsvollem Ton, bevor ihr Grinsen sie verriet. »Ich glaube, ich hatte vergessen, dir zu sagen, dass Nicole heute Morgen zum Frühstück kommen würde. Du hast doch nichts dagegen?« Eine Antwort schien sie nicht zu erwarten, denn sie war direkt wieder in Richtung Küche verschwunden.

»Hallo, Nicole, ich –«

»Marie hat mir schon erzählt, dass ihr euch gestern eine Flasche Rotwein gegönnt habt. Aber vielleicht solltest du jetzt doch …«

Sie deutete mit ihrer freien Hand auf Buhle. »Du weißt, ich habe eine Schwäche für meine Chefs.«

Der letzte Satz gab ihm den Rest. Er hatte in den letzten Jahren häufiger den Eindruck gehabt, Nicole Huth-Balzer habe sich ein bisschen in ihn verguckt. Er mied deshalb jede Situation, die dies auch nur im Ansatz befeuern könnte. Dass sie jetzt aber selbst damit kokettierte, war an diesem Morgen zu viel für ihn. Ohne ein weiteres Wort verrichtete er seine Morgentoilette; die Dusche hatte er selten so nötig gehabt wie an diesem Tag.

Nachdem das Wasser die ersten Überraschungen des Tages mit weggespült hatte, ging es ihm besser. Erfrischt und angezogen traute er sich, Marie und vor allem seiner Kollegin gegenüberzutreten. Mittlerweile hatten beide mit Nora auf dem Balkon Platz genommen und mit dem Frühstück begonnen.

Buhle setzte sich an die freie Seite des kleinen, gelb gestrichenen Holztischs, hörte das belanglose Gespräch der Frauen und überlegte, ob er noch schnell mit Michael Reuter telefonieren sollte. Wahrscheinlich war es besser, wenn er heute Nachmittag auch in den Hunsrück fahren würde, um sich ein Bild von der Suche nach Mayers Leiche zu machen. Natürlich traute er Reuter die korrekte Steuerung zu, aber er selbst hatte immer noch nicht den richtigen Zugriff auf den Fall gefunden.

»Christian? Hallo, schläfst du immer noch?«

Er hörte Maries Stimme wie aus der Ferne und riss sich zusammen. »Entschuldige, ich war mit den Gedanken eben woanders.«

Sie schaute ihn prüfend an. »Hast du noch an gestern Abend gedacht?«

»Wenn ich ehrlich bin, nein. Ich habe überlegt, ob ich noch bei Mich anrufen sollte. Er koordiniert die Suchaktion im Hunsrück.«

»Na, Gott sei Dank, dann ist es ja nur deine Arbeit. Wir wollten nämlich gerade mit dir etwas, nennen wir es: Halbdienstliches, besprechen.«

Überrascht sah Buhle seine Mitarbeiterin an, die jetzt nervös schien. Er ahnte nichts Gutes. Marie nickte der jungen Polizistin aufmunternd zu. Dennoch brauchte Nicole einen Moment, um zu beginnen.

»Also, es ist so. Im letzten Fall habe ich ja viel Zeit mit Zoé verbracht. Und diese begleitende Arbeit mit dem Kind hat mir, na ja, vielleicht nicht gerade Spaß gemacht, aber ich fand das eigentlich total wichtig, dass jemand für sie da war. Und ich denke, da sind ja auch ein paar ganz wichtige Ansätze für unsere Arbeit bei herausgekommen. Aber ohne Maries Hintergrundwissen hätte ich das gar nicht machen können.«

Buhle schaute zu Marie, die Nicole Huth-Balzer zufrieden zuhörte. Er ahnte, worauf das hinauslaufen sollte.

»Ich meine«, fuhr Nicole nach kurzem Zögern fort, »die psychologischen Aspekte bei unserer Arbeit werden ja auch immer wichtiger. Wir haben da noch zu wenig geschulte Kollegen, und ich bin ja nun schon ein paar Jahre dabei und kenne die eine Seite, aber ich würde gern noch eine viel bessere Basis für –«

»Nicole«, unterbrach Buhle sie jetzt, »was möchtest du? Sag es einfach.«

»Ich … möchte Psychologie studieren.« Die Erleichterung, dass es jetzt raus war, war ihr anzusehen. Ihre Augen lagen erwartungsvoll auf dem Kommissar.

Buhle schätzte Nicole Huth-Balzer außerordentlich. Sie war noch nicht einmal dreißig und hatte in den letzten beiden Mordfällen gezeigt, dass sie eine absolut fähige Polizistin war. Ihre Empathie im Umgang mit der kleinen Zoé hatte ihnen während der Ermittlungen wirklich sehr geholfen. Es war für ihn ganz klar: Sie würde eine hervorragende Psychologin abgeben und, wenn sie tatsächlich zur Polizei zurückkehren würde, dort wertvolle Arbeit leisten können.

»Aber du weißt, dass deine Aufgaben als Fallanalytikerin zumeist andere wären als bisher? Du wirst vielleicht nie wieder so einen Fall bekommen.«

Sie nickte.

»Und«, fuhr er fort, »du wirst sehr viel Verantwortung tragen. Ganze Ermittlungen werden nach deinen Analysen ausgerichtet.«

»Ja, ich glaube, ich weiß, was auf mich zukommen wird. Und ich weiß natürlich auch, dass ich nicht nur mit traumatisierten Achtjährigen Bilder malen würde.«

Buhle betrachtete seine hübsche Kollegin, die ihre blonden Haare zu einem Pferdeschwanz zusammengebunden hatte und ihn weiterhin gespannt aus ihren blauen Augen anschaute. Sie würde ihm fehlen.

»Wenn ich dich dabei irgendwie unterstützen kann, kannst du auf mich zählen. Auch wenn ich dich lieber für die nächsten zwanzig Jahre in meinem Team hätte.«

Die junge Polizistin sprang auf, beugte sich über den Tisch und fiel Buhle um den Hals. Gleich fing sie sich wieder und plumpste erleichtert auf ihren Stuhl. Als sich die ganze Anspannung gelöst hatte, fing Buhle plötzlich an zu lachen.

»Was ist das jetzt?«, fragte Marie irritiert.

»Sorry, aber ich darf nicht vergessen, mich heute Abend umzuziehen.«

»Bitte?«

»Ich möchte Hannah nicht erklären müssen, wie schwarze Locken und lange blonde Haare auf mein T-Shirt kommen.«

9

Hunolstein, Weiperath, Samstag, 3. August

Es war ruhig in der alten Mühle. Hier und da knackte das spröde Gebälk. Aus der Ferne drang das Geplätscher der Dhron zu ihm herüber, die wieder in ihr Bachbett zurückgekehrt war. Es war deutlich kühler als die letzten Tage, nur schien die frische Luft noch nicht in den Räumen angekommen zu sein. Reuter öffnete die kleinen Sprossenfenster und sorgte für Durchzug.

Der Tag war ausgesprochen ereignisarm verlaufen. Sie hatten vom frühen Morgen an fast zehn Stunden mit einer Hundertschaft der Bereitschaftspolizei aus Wittlich das Umfeld des Fundorts von Mayers blutbefleckter Gitarre durchkämmt. Gefunden hatten sie nichts. Aus der Luft war moderne Technik für die Suche eingesetzt worden. Ebenfalls erfolglos. Bei der aktuellen Informationslage war eine Fortsetzung der Suche im weiträumigen Waldgebiet alles andere als erfolgversprechend.

Einmal war Buhle erschienen, hatte vom schweigsamen Schabbach berichtet und ein paar Fragen gestellt. Reuter hatte den Eindruck, sein Chef wisse auch nicht, wie sie mit dieser Situation umgehen sollten.

Buhle und er waren sich einig gewesen, dass Schabbach sicher über genügend Ortskenntnisse verfügte, um eine Leiche an jeder beliebigen Stelle im Umkreis von vielen Kilometern verstecken zu können. Nur wie groß sein Zeitfenster dafür gewesen wäre, wussten sie nicht genau. Buhle gab Hans Herrmann telefonisch den Auftrag, in Hunolstein noch einmal genauestens zu recherchieren, wann Schabbach dort nach jenem Abend das erste Mal wieder gesehen worden war. Herrmann versprach, sich direkt darum zu kümmern.

Aber warum hätte Schabbach diese Gitarre als mögliche Tatwaffe eher notdürftig verstecken sollen, um dann Mayers Leiche mit größter Sorgfalt verschwinden zu lassen? Buhle und

Reuter sahen keine Chance, ohne Schabbachs Hilfe fündig zu werden.

Als der Leiter der Mordkommission in ganz andere Gedanken versunken wieder abgefahren war, hatte sich Reuter darüber zwar gewundert, doch es war ihm sehr recht gewesen. Er wollte allein sein in Mayers Haus.

Reuters Blick streifte durch die Wohnküche, und er fragte sich, warum er eigentlich so erpicht darauf war. Was trieb ihn in diese einsame Mühle in diesem abgeschiedenen Tal? Er hatte von Anfang an eine gewisse Seelenverwandtschaft mit dem Engländer gespürt. Doch während sich Mayer nach einer enttäuschten Liebe konsequent aus seinem früheren Leben zurückgezogen hatte, war ihm dies nicht gelungen. Er war weiterhin Polizist, lebte weiterhin in Trier, traf sich selten, aber zumindest regelmäßig mit Freunden und fühlte sich in einem Leben gefangen, dem er tief in seinem Innern am liebsten entfliehen würde. Mayer hatte genau das gemacht, er selbst nicht.

Und da war noch dieses besondere Mädchen. Für Mayer war Mailin offenbar eine Vertraute geworden. Reuter konnte nicht leugnen, dass diese flippige Frau auch in ihm etwas bewegt hatte. Aber was wollte er, der einsame Wolf, als der er sich wähnte, mit diesem jungen Ding anfangen? Was hatte Mayer mit ihr anfangen können?

Reuter stieg wieder in das Arbeitszimmer des Liedtexters hoch. Die Gitarre, mit der er vorgestern die ersten Riffs seit vielen Jahren gespielt hatte, stand an ihrem Platz. Überhaupt schien alles in dem Haus seinen Platz zu haben. Mayer war ganz offensichtlich ein ordnungsliebender, strukturierter Mensch gewesen. Das stand allerdings im Gegensatz zu seinem Lebenslauf, der alles andere als gradlinig war. Mayer war im Hunsrück ja nicht das erste Mal abgetaucht. Schon als Seemann war er eine ganze Zeit lang verschwunden gewesen.

Seemann, Hausmeister, Liedtexter. Irgendwie passte das nicht zusammen, jedenfalls nicht zur Person Chris Mayers, wie Mailin ihn beschrieben hatte. Vielleicht lag in dessen Vergangenheit ein Motiv, das jemanden zu seinem Mörder gemacht hatte. Reuter war klar, dass dieser Jemand in dem Fall sicher nicht Hubert Schabbach sein konnte.

Wer war Christopher Mayer? Mit dieser Frage im Kopf fing Reuter an, den Raum auf der Suche nach einer Lebensgeschichte ein weiteres Mal ganz systematisch zu erkunden.

Auch drei Stunden später hatte er keinen nennenswerten Hinweis auf die Aufenthalte von Mayer im letzten Vierteljahr gefunden. Mailin hatte zwar erwähnt, dass Mayer häufiger weg gewesen war, aber warum hatte er ihr nichts Genaueres erzählt?

Reuter wunderte sich über Mayers ausgesprochen sorgsame Buchhaltung. Der Brite hatte alle seine Ausgaben zusammengetragen und dokumentiert. Nicht nur seine geschäftlichen Aktivitäten, die er später abrechnete. Auch wenn er private Touren unternommen hatte, fanden sich die Tankquittungen abgeheftet in Ordnern und ein tabellarisches Fahrtenbuch im Computer. Das hörte im Mai schlagartig auf.

Reuter hatte die Suche aufgegeben und schaute mehr aus Interesse Mayers Schallplatten und CDs durch. Die alten Vinylscheiben standen aufgereiht in einem Regal an der hinteren Wand des Zimmers.

Es war eine der Schrauben, mit der die massiven Fußleisten befestigt waren. Der Schlitz dieser Schraube war an den Enden deutlich geweitet, als ob sie öfter auf- und zugeschraubt worden sei. Reuter bemerkte sie durch Zufall, als er fast ein Dutzend Stones-Platten auf einmal vom unteren Regalbrett gezogen hatte. Nun nahm er alle Schallplatten aus dem Regal. Eine weitere Schraube war zwar intakt, aber die etwas andere Bauart deutete darauf hin, dass sie ausgewechselt worden war.

Vorsichtig zog Reuter das ganze Regal von der Wand weg, bis er freien Zugang zu der Fußleiste hatte. Mit seinem Taschenmesser löste er nur mit Mühe die schwergängigen Schrauben und zog die Fußleiste von der Wand weg. Reuter klopfte gegen den alten Putz. Es klang massiv. Er wollte gerade die Fußleiste wieder aufsetzen, als er einen fast durchsichtigen Faden entdeckte, der in der Ritze zwischen Holzdielen und Wand verschwand. Er sah aus wie eine Angelschnur. Reuter brauchte mehrere Versuche, bis er das Ende zu fassen bekam. Als er daran zog, spürte er einen Widerstand, der langsam nachgab. Er zog kräftiger, und langsam kam eine flache, längs gefaltete Mappe zum Vorschein. Er betrachtete sie eine Weile, dann öffnete er sie vorsichtig.

Vor ihm lagen vielleicht zwanzig Seiten. Er verschaffte sich beim Durchblättern einen schnellen Überblick. Es waren ganz offensichtlich Liedtexte. Warum hatte Mayer die hier so sorgfältig versteckt?

Nach den ersten beiden Strophen hielt Reuter kurz inne und atmete tief durch. Er hatte nach Hinweisen zu Mayers Leben in England gesucht. Hier hatte er sie gefunden. Angespannt las er weiter.

***

Mailin Wend saß in ihrem Schaukelstuhl. Ihr Blick ging in Richtung Dhrontal, doch in Wirklichkeit schaute sie ins Leere und versuchte irgendwie zu begreifen, was in den letzten Tagen geschehen war. Ihre Gedanken schienen sich immerfort zu verlieren, ohne dass sie sie zu fassen bekam. Sie verstand es nicht. Nicht, was passiert war, nicht, was gerade passierte, und schon gar nicht, was noch passieren konnte. Und am wenigsten verstand sie sich selbst.

Zuerst dieser Schock, der alles andere ausgeblendet hatte. Danach hatte sie so etwas wie Trauer erwartet. Die musste sich doch einstellen, nach dem, was passiert war. Aber sie tat es nicht. Warum?

Sie dachte an Michael, den Kommissar. Er war so plötzlich und unerwartet in ihr Leben geschneit, und es war fast so, als ob er nahtlos die Lücke schlösse, die Chris hinterließ. Ein Polizist: Ihre Mutter würde sich im Grab umdrehen.

Mailin überlegte, warum es sie immer zu der gleichen Art von Männern hinzuziehen schien. Viel zu alt für sie, viel zu einsam, viel zu melancholisch. Suchte sie unbewusst diesen Typ, weil die Gleichaltrigen, die Gesellschaftsfähigen, die Lustigen ihr stets aufzeigten, dass sie selbst ebendies gar nicht war? Würde dann ihre bunte Fassade anfangen zu bröckeln und ihr unsicheres, alleingelassenes, verletzbares Ego zutage treten?

Schon häufig hatte sie sich in diese Gedanken verstrickt, aber noch nie erschien ihr alles so wenig greifbar wie in diesen Tagen. Sie musste aufpassen, dass die Ereignisse sie nicht noch mehr aus dem Gleichgewicht brachten, dass ihre Schutzhülle nicht noch mehr Risse bekam. Musste sie bei Michael Reuter vorsichtiger sein? Auch das wusste sie nicht. In den Stunden mit ihm hatte sie sich gut gefühlt. Fast so gut wie bei Chris.

Es war wieder dieser Funke gewesen, der sie sofort erreicht hatte, ohne dass sie sich wirklich dagegen wehren konnte. Und es schien fast so, als ob das Feuer, das er entfachte, die Gedanken an Chris in aufsteigenden, flüchtigen Rauch verwandelt hatten. Wie konnte das passieren, wie konnte sie so eine Gefühlswelt zulassen? Was für ein Mensch war sie eigentlich?

Sie saß in ihrem Schaukelstuhl, starrte ins Leere und hoffte, dass auch ihr Kopf sich leeren würde, irgendwie. Doch die Gedanken kreisten weiter, immer weiter. Bis sie von der Straße her ihren Nachbarn rufen hörte: »Mensch, Paul, was hast du denn heute noch vor? Gehst noch zu 'ner Feier?«

Sie brauchte nur einen Augenblick, um zu verstehen, was vor ihrem Haus vor sich ging. Sie sprang auf und rannte um die Hausecke. Auf der Straße stand ihr Vater. Er hatte sich den Sonntagsanzug angezogen, sein weißes Hemd war aber falsch zugeknöpft, sodass die Knopfleiste am Kragen versetzt endete. Doch das wäre wahrscheinlich nicht mal sofort aufgefallen, weil jeder zuerst auf seine Füße geschaut hätte, die barfuß in den Hauspantoffeln steckten.

»Mensch, Pap, wo willst du denn jetzt noch hin?«, fragte Mailin mit sanfter Stimme.

»Ich will in die Kirche. Die Glocken haben schon geläutet«, antwortete er ruhig und mit großer Selbstsicherheit.

»Pap, es ist Samstagnachmittag. Und du warst schon seit Jahren nicht mehr in der Kirche. Meinst du nicht, dass du dich da vertan hast?«

»Meinst du? Na, dann gehe ich eben morgen.«

Mailins Vater drehte sich mit der gleichen Selbstverständlichkeit wieder um und ging zurück zur Haustür. Da sie nie verschlossen war, trat er ein und verschwand im Dunkeln des Flurs. Mailin nickte zum Dank ihrem Nachbarn zu und folgte ins Haus. Michael Reuter hatte sie für diesen Moment vergessen.

***

Es war dunkel geworden in der Mathysmühle. Reuter legte die dreiundzwanzig Seiten mit den Liedtexten beiseite. Er hatte sie zweimal durchgelesen. Zunächst schnell und mit wachsender Aufregung, dann langsam, zum Teil wiederholt, in dem Versuch, die Inhalte zu verstehen, die sich hinter den Worten verbargen. Er war in der Zeit nicht aufgestanden. Wegen der ungewohnten Haltung taten ihm jetzt Rücken und Knie weh. Ausnahmsweise dachte er nicht daran, wie üblich sein Alter zu verfluchen. Viel zu sehr stand er unter dem Einfluss der ganz offensichtlich sehr privaten Texte, die er gelesen hatte.

Reuter legte die einzelnen Blätter zu einem Stapel zusammen und streckte sich flach auf den alten Holzdielen aus. Mit geschlossenen Augen versuchte er zu verstehen, aber er konnte nur erahnen. Christopher Mayer musste zu der Zeit, als er diese Texte schrieb, ziemlich schwermütig gewesen sein. Sie waren unglaublich tiefgründig, verschlüsselt und von einer grausam schönen Bildsprache. Nur vereinzelte Lieder schrien direkt heraus, was er gefühlt haben mochte. Er dachte an den Dylan-Song »Maggie's Farm«, dessen ersten Satz Mayer durch »Was hab ich noch auf dieser Welt verloren« ersetzt hatte.

Wann hatte Mayer diese Texte verfasst? Reuter nahm den Papierstapel wieder auf und blätterte die Seiten durch. Es gab drei handschriftlich beschriebene Seiten, dann Blätter, die ebenfalls älter aussahen und schon häufig angefasst worden waren. Ein paar Seiten schienen jedoch vergleichsweise neu. Ein Datum fand sich nirgends. Plötzlich stutzte Reuter. Alle Texte waren auf Deutsch. Seit wann wohnte Mayer im Hunsrück? Seit acht Jahren. Er betrachtete die deutlich älteren Seiten, die schon recht vergilbt waren. Hatte Mayer also schon in England begonnen, deutsche Liedtexte zu verfassen? Warum?

Hinter den meisten deutschen Titeln standen in Klammern englischsprachige Überschriften, die aber keine Übersetzungen waren. Auch einige spanische und französische Liedernamen waren dabei. Reuter dachte an den Stones-Song, den er vor zwei Tagen hier gespielt hatte. Auch da hatte Mayer sich eines englischen Originals bedient und einen deutschen Text dazu erschaffen. Das schien bei diesen hier auch der Fall gewesen zu sein.

Noch einmal ging Reuter die Überschriften durch. Ein paar Titel wie »I Will Survive« von Gloria Gaynor oder »Smells Like Teen Spirit« von Nirvana konnte er zuordnen. Die meisten waren ihm allerdings unbekannt. Er würde gleich morgen früh die anderen recherchieren müssen.

Völlig in Gedanken, brauchte er einen Moment, um das Geräusch der sich öffnenden Haustür zu registrieren, doch dann hörte er auch schon Mailin rufen: »Michael, bist du hier?«

Überrascht, fast erschrocken rappelte er sich vom Boden auf. Seine Kniegelenke knackten beängstigend. Er hatte stundenlang kein Wort gesprochen. Sein trockener Mund weigerte sich auch deshalb, sofort zu antworten.

Wieder hörte er Mailin rufen. Diesmal etwas verunsichert. »Michael? Bist du oben? Antworte doch bitte.«

»Ja«, krächzte Reuter und versuchte, durch Rotieren seiner Zunge den Speichelfluss zu reaktivieren. »Ja, ich bin hier. Moment, ich komme runter.« Doch da hörte er schon ihre Schritte auf der Treppe. Hastig schob er die Blätter wieder auf einen Haufen.

»Hi, ich habe Licht und dein Auto gesehen«, sagte sie, als müsse sie ihre Anwesenheit erklären.

»Wie spät ist es eigentlich?«, fragte Reuter.

»Nach zehn. Ich hätte nicht gedacht, dich noch anzutreffen.«

»Und was machst du so spät hier?«

»Ich musste noch raus und … irgendwie steckt es wohl in mir drin, dass ich dann zur Mathysmühle fahre.«

»Wie bist du denn hier?«

»Mit dem Rad.«

»Jetzt, im Dunkeln?«

»Warum nicht? Ist doch nicht weit.«

Reuter hatte sich wieder im Griff und betrachtete die junge Frau aufmerksam. Für ihn war es durchaus nicht selbstverständlich, in der Nacht über die holprigen Wege des Dhrontals zu fahren; schon gar nicht als Frau und schon gar nicht so leicht bekleidet, wie Mailin jetzt vor ihm stand. Irgendwie nahm er ihr diese Zufälligkeit nicht ab.

»Und, hast du was entdeckt?« Ihre Frage klang fast schon zu beiläufig. Dabei schaute sie nacheinander auf das Regal mit der gelösten Fußleiste dahinter, die verstreut liegenden Haufen Schallplatten und schließlich auf den Stapel Papier, der noch immer auf dem Holzboden lag.

»Ja.« Reuter blieb einsilbig. Als Mailin nichts erwiderte und ihn stattdessen erwartungsvoll mit ihren grünen Augen anschaute, sprach er gezwungenermaßen weiter. »Chris Mayer scheint einige seiner Liedtexte für besonders wertvoll erachtet zu haben. Zumindest hat er sich Mühe gegeben, sie zu verstecken.« Er deutete auf den Spalt in der Wand hinter dem Regal. »Wusstest du davon?«

Sie schüttelte wortlos den Kopf und starrte auf den Haufen.

»Er hat dir nie etwas davon gesagt?«

Sie schob sich ihre Locken hinter das rechte Ohr. Sie blieben nur zum Teil dort hängen. »Nein, ich kannte aber auch nicht alle seiner Lieder. Was sind das denn für welche?«

»Sehr persönliche.« Bevor Mailin nachfragen konnte, schob er nach: »Ich werde sie mir noch einmal ganz in Ruhe durchlesen müssen. Vielleicht ergeben sich daraus irgendwelche Anhaltspunkte für seine Vergangenheit. Ich würde dich dann sicher hinzuziehen, da du ihn ja am besten kanntest. Außerdem müssen die Blätter zuallererst noch kriminaltechnisch untersucht werden.«

Sie nickte langsam, sie schien verstanden zu haben, dass Reuter sie jetzt noch nicht an die Songs heranlassen würde. Plötzlich veränderte sich ihr Gesichtsausdruck. »Im Briefkasten ist übrigens ein Brief«, sagte sie fast schon fröhlich. »Ich habe da nachgeschaut, wie ich das auch sonst immer mache, wenn Chris weg ist.«

»Hast du ihn rausgeholt?« Reuter hätte sich ohrfeigen können, dass er daran nicht selbst gedacht hatte.

»Natürlich nicht.« Mailin schien jetzt regelrecht belustigt. »Ich wollte da jetzt nicht direkt in eure Ermittlungen eingreifen, Herr Kommissar.«

Reuter war erleichtert, verstand aber den Seitenhieb. »Lass uns hinuntergehen und nachschauen, was der Postbote da gebracht hat.«

Ohne Widerspruch drehte sie sich um und ging vor Reuter die Treppe runter. Er ließ sich den Briefkastenschlüssel geben und holte einen Brief von der Stadtverwaltung Braunschweig heraus.

»Hast du eine Ahnung, warum die Stadt Braunschweig ihm geschrieben hat?« Er schaute Mailin an, doch sie verneinte. »Hatte er da irgendwelche geschäftlichen Beziehungen hin?«, bohrte er nach.

»Keine Ahnung.«

»Hm.« Öffentliche Auftraggeber hatte er bei Mayer nicht entdeckt. Wozu sollten die sich auch Liedtexte dichten lassen?

Reuter hielt inne. Mailins Miene hatte sich deutlich verdunkelt, auch wenn sie das zu überspielen versuchte. Irgendetwas wusste sie, das spürte er. Er tat so, als ob ihm nichts aufgefallen wäre, und auch sie hatte schon wieder ein Lächeln aufgesetzt.

»Du kannst mir wirklich nichts zu all den Dingen hier sagen?«, versuchte er es nach einer ganzen Weile der Stille noch einmal.

Sie blickte ihn an, und es schien Reuter, als ob sie einen Moment benötigte, um seine Frage zu verstehen. »Nein.«

Er sah, dass sie wusste, dass er ihr nicht glaubte.

10

Hunolstein, Weiperath, Sonntag, 4. August

Es hatte noch in der Nacht begonnen. Die Bereitschaft der KTU hatte den Brief aus Braunschweig umgehend untersucht und geöffnet. Zum Vorschein war ein Bußgeldbescheid wegen Geschwindigkeitsüberschreitung auf einer Straße namens Bohlweg gekommen; mit einem Foto, das eindeutig Christopher Mayer hinter seinem Lenkrad zeigte, aufgenommen am 20. Juni um neunzehn Uhr einundvierzig.

Was hatte Mayer in der niedersächsischen Stadt gemacht? Seinen Unterlagen zufolge hatte er im Juni keine Aufträge dort abzuwickeln gehabt. Zum Wandern war er wohl auch kaum dorthin gefahren.

Reuter konnte seine Gedanken lange nicht von den Ereignissen im Dhrontal lösen. Es war schon wieder hell geworden, als er endlich zu Bett gegangen war.

Am Sonntagmorgen riss ihn das Klingeln seines Diensttelefons aus dem zu kurzen Schlaf.

Er war mehr als erstaunt, die Stimme des Morbacher Polizisten Hans Herrmann zu hören.

»Morgen, Michael, ich hoffe, ich störe nicht.«

Reuter schaute auf seinen Wecker, der kurz vor neun anzeigte. »Nein, natürlich nicht«, antwortete er und versuchte, nicht ganz so verschlafen zu klingen.

»Ich habe Christian nicht erreichen können und dachte, ich probiere es bei dir«, fügte Herrmann hinzu. Es klang nach einer Entschuldigung.

Reuter riss sich zusammen. Er wollte nicht als der Kommissar aus der Stadt gelten, der den Sonntag verschlief, während die Kollegen vom Land ihre Arbeit taten. »Christian ist nicht erreichbar? Das wundert mich. Hast du Neuigkeiten, Hans?«

»Ja, ich denke schon. Ich habe heute Morgen Mathilde Klas befragt. Sie war die ganze Woche bei ihrer Tochter in Kirn.«

»Heute Morgen schon?«

»Mathilde ist früh wach und im Kirchenvorstand. Da ist sie sonntags bald unterwegs.« Als Reuter darauf nichts erwiderte, fuhr Herrmann fort. »Also, sie hat zwei interessante Dinge berichtet. Zum einen hatte sie an dem Abend, an dem Mayer verschwunden ist, auf ihre Tochter gewartet. Mathilde wohnt in derselben Straße wie Hubert Schabbach. Sie hat mitbekommen, als er nach Hause gekommen ist.«

»Ach«, entfuhr es Reuter.

»Ja, sie ist sich sicher, dass es noch nicht ganz dunkel war. Sie kann sich auch deshalb so gut erinnern, weil Hubert ziemlich schnell unterwegs war. Kurz darauf kam ihre Tochter.«

»Das heißt, Schabbach hatte nicht viel Zeit, um Mayers Leiche zu verstecken«, schlussfolgerte Reuter.

»So sehe ich das auch.«

Reuter fuhr sich mit Daumen und Zeigefinger über die Augen und spürte deutlich den körnigen Schlaf, den er damit herausrieb. Diese neue Erkenntnis passte ihm gar nicht. »Dass Schabbach mit …«, setzte er an, verstummte aber, weil ihm der Gedanke viel zu abwegig erschien.

»Du meinst, dass er mit der Leiche auf dem Pick-up nach Hause gefahren ist und sie später entsorgt hat?«, nahm Herrmann den unausgesprochenen Gedanken auf.

»Wäre das möglich?«

»Ja, theoretisch schon.«

»Aber du traust das Schabbach nicht zu, oder?«

»Ich stelle mir nur den Lärm vor, den sein Hund gemacht hätte, hätte er eine Leiche in der Nähe des Zwingers abgestellt.«

»Das hätte deine Mathilde sicher gehört.«

»Sicherlich. Aber nachdem Schabbach sein Auto abgestellt hatte, ist er sofort ins Haus, und als die Tochter gleich darauf ankam, war alles ruhig.«

»Okay, bringt uns jetzt nicht so richtig weiter, außer dass der Tatverdacht gegenüber Schabbach etwas bröckelt. Was ist die zweite Neuigkeit?« Reuter hoffte, dass wenigstens die hilfreich sein würde.

»Mathilde hat Anfang Mai mit einer jungen Frau gesprochen, die sich nach der Mathysmühle und ihrem Bewohner erkundigte.«

»Und?«

»Die Frau hat berichtet, dass sie mit ihrer Freundin zwei Tage zuvor während eines heftigen Regengusses bei Mayer in der Mühle Unterschlupf gefunden hatte. Sie wollte sich an diesem Tag noch mal bei ihm bedanken. Mathilde fand es bemerkenswert, dass die Frau durchaus ein weitergehendes Interesse an Mayer zeigte und …«, er machte eine kleine Pause, »… an diesem Tag allein zu ihm unterwegs war.«

»Nicht schlecht, deine Mathilde. Hat sie etwas über die junge Frau herausgefunden?« Reuter erschien es logisch, dass sich diese ältere Dame die Gelegenheit nicht hatte entgehen lassen, um ihrerseits die Fremde auszufragen. Was blieb den Leuten in dieser Abgeschiedenheit, außer Informationen zu sammeln und diese weiterzugeben, kurz gesagt: zu tratschen?

»Nicht viel. Sie kommt aus Niedersachsen und war mit ihrer Freundin auf dem Hunsrücksteig unterwegs. Offenbar Studentinnen, denn sie erwähnte, dass sie sich von Klausuren erholen und Energie für das Semester tanken wollten.«

»Niedersachsen? Vielleicht aus Braunschweig?« Reuter war spätestens jetzt hellwach.

»Weiß ich nicht. Wie kommst du darauf?«

»Gestern lag ein Ticket für zu schnelles Fahren bei Mayer im Briefkasten. Er ist im Juni in Braunschweig geblitzt worden.«

»Habt ihr eine Ahnung, was er da gemacht hat?«

»Nein, ich habe schon Mailin Wend gefragt, aber die weiß auch nichts.«

Es trat eine kurze Denkpause ein. Als Erster ergriff Herrmann wieder das Wort. »Das wundert mich aber«, begann er vorsichtig.

»Was wundert dich?«

»Dass Mailin da ganz ahnungslos ist.«

»Wieso?« Reuter merkte sofort, dass seine Frage zu schnell und wohl auch etwas zu misstrauisch kam.

»Mathilde hat mit Mailin über die junge Frau aus Niedersachsen gesprochen, wahrscheinlich, um mehr zu erfahren. Mailin habe aber ziemlich schroff reagiert und vorgegeben, nichts davon zu wissen. Mathilde hat ihr das nicht abgenommen.«

»Das heißt, Mailin wusste, dass eine junge Frau aus Niedersachsen bei Mayer war?«

»Ja.«

»Und danach soll Mayer oft unterwegs gewesen sein, und Mailin sagt uns, sie wisse nicht, wohin Mayer gefahren sei?«, fuhr Reuter fort.

»Ja.«

»Und sie reagiert kein bisschen, als der Brief aus Braunschweig kommt.« Reuter fühlte sich bei den Schlüssen, die er daraus ziehen musste, wie vor den Kopf gestoßen. »Kann es sein, dass sie den Zusammenhang zwischen dem Mädchen und Mayers Aufenthalt in Braunschweig einfach nicht gesehen hat? Ich meine, war ja auch für sie viel in den letzten Tagen.« Reuter ahnte, dass die Hoffnung, die in diesen Worten mitschwang vergebens war.

Herrmann schien sich die Antwort gut zu überlegen, dann sagte er: »Nein, glaube ich nicht. Mailin hat Mathilde später wohl ganz beiläufig gefragt, ob sie noch mehr über diese Besucherin herausgefunden habe. Michael, jeder weiß, dass Mailin lange hinter Mayer her war. Mailin wusste sicher alles über die Frau, was hier bekannt war, und ganz eindeutig hatte sie die entsprechenden Infos nicht von Mayer erhalten.«

»Du meinst, da war was zwischen Mayer und der Studentin aus Braunschweig, und Mailin war eifersüchtig?«

»Ich möchte da nichts unterstellen«, Herrmann rang geradezu mit sich, »aber ja, ich halte das für wahrscheinlich.«

Reuter versuchte anschließend mehrmals und ohne Erfolg, Buhle anzurufen. Das hatte er noch nie erlebt, dass sein Chef während der Ermittlungen zu einem Mordfall nicht erreichbar war. Er fuhr bei ihm vorbei und klingelte. Genauso erfolglos. Auch in der Zentralen Kriminalinspektion war Buhle nicht. Reuter hinterließ überall eine Nachricht und machte sich schließlich allein auf den Weg nach Hunolstein.

Zusammen mit Hans Herrmann fing er Mathilde Klas nach dem Gottesdienst ab. Doch außer dass die jungen Wanderinnen wohl in einer Ferienwohnung in Morscheid übernachtet hatten und ihnen dort die Hunolsteiner Klammtour empfohlen worden war, erfuhren sie nichts Neues. Herrmann versprach, direkt zu der einzigen Vermieterin in diesem Dorf zu fahren, um weitere Informationen einzuholen.

Sein Weg musste ihn jetzt zu Mailin Wend führen, das war Reuter sonnenklar. Doch er scheute sich davor. Es war nur zwölf Stunden her, dass er die Mathysmühle abgeschlossen, sich von Mailin verabschiedet und seinen Heimweg nach Trier angetreten hatte. Jetzt saß er wieder auf dem Grundstück von Christopher Mayer und musste sich zunächst einmal sammeln.

Er hatte wahrscheinlich nicht mehr als zehn Minuten auf der alten, aber frisch gestrichenen Holzbank gesessen, als das Klingeln seines Mobiltelefons ihn aus den Gedanken riss. Es war Buhle.

»Sag mal, wo steckst du denn?« Reuter hörte am anderen Ende der Leitung laute Nebengeräusche, als ob sein Chef beim Telefonieren noch mit irgendwas anderem beschäftigt sei.

»Es tut mir leid, aber … Egal, ich erzähl's dir ein anderes Mal. Was gibt's Neues?«

»Eine ganze Menge.« Reuter berichtete in kurzen Sätzen von den jüngsten Erkenntnissen.

»Und wo bist du jetzt?«, fragte Buhle im Anschluss.

»Auf dem Weg zu Mailin Wend.«

»Gut.« Buhle schien einen Moment zu überlegen. Zögerlich fragte er: »Wie sollen wir es machen? Fährst du allein hin, oder willst du auf mich warten?«

Jetzt musste auch Reuter überlegen. »Ich warte an der Mathysmühle auf dich. Wann kommst du?«

»Ich bin in einer Minute im Auto.«

Nach dem Telefonat verharrte Reuter noch einen Moment. Er dachte darüber nach, warum Buhle ihm soeben diese Wahl gelassen hatte. Normalerweise gingen sie zu zweit zu einer Befragung, und seinen letzten Alleingang hatte Buhle ihm zunächst übel genommen.

Und er selbst? Es war seine persönliche Enttäuschung über die junge Frau aus Weiperath, die ihn bewogen hatte, diesmal auf Buhle zu warten.

Auch Buhle schien es nicht verborgen geblieben zu sein, dass sich da etwas Persönliches zwischen ihm und Mailin entwickelt hatte, und er wollte ihm offenbar die Möglichkeit eröffnen, die Sache allein zu klären.

Reuter war überrascht über das neue Einfühlungsvermögen, das sein Chef ihm gegenüber zeigte; er hatte mehr Verständnis für seine Mitarbeiter, seit er mit Marie Steyn zusammen war. Oder eben auch nicht. Reuter konnte das Spiel zwischen den beiden nicht einordnen.

Gleich würden sie Mailin damit konfrontieren müssen, dass sie nicht die volle Wahrheit gesagt oder zumindest die neue Frau im Leben des Chris Mayer verschwiegen hatte. Er fragte sich, wie sie reagieren würde. Er ahnte es.

»Was wollt ihr mir damit sagen?«

Mailin Wends grüne Augen hatten sich zu einem schmalen Schlitz verengt, und ihr Mund war fest zusammengepresst. Ihre Worte hatten so nur mit Mühe den Weg zu den beiden Kommissaren gefunden. Buhle hatte das Gespräch geführt und Reuter sich deutlich im Hintergrund gehalten. Diese Strategie hatten sie vorher abgesprochen.

»Nun, dass Sie uns verschwiegen haben, dass Mayer möglicherweise eine neue Freundin hatte«, antwortete Buhle. »Nicht unerheblich, wenn man bedenkt, dass wir hier in einem Mordfall ermitteln, oder meinen Sie nicht?«

»Woher wollt ihr denn wissen, dass Chris mit der zusammen war?«, schnaubte sie regelrecht heraus.

»Weil wir nicht an Zufälle glauben, Frau Wend.« Buhle sprach ruhig, fast freundlich. Das änderte nichts daran, dass sich die Frau ihm gegenüber in eine rothaarige Furie verwandelt hatte. »Mayer bekommt Besuch von den beiden Frauen. Später kommt eine zurück. Ab diesem Zeitpunkt verhält er sich anders. Auch Ihnen gegenüber, Frau Wend«, betonte er.

»Das ist doch Unsinn. Was hätte Chris denn von so einem jungen Ding gewollt?« Sie war aufgesprungen und überragte nun die beiden sitzenden Beamten ein wenig. Als diese nicht reagierten, begann sie in ihrem Zimmer auf und ab zu laufen. Buhle ließ das einen Moment zu, dann hakte er nach.

»Sie meinen, nur weil er nichts von Ihnen wollte, hatte er automatisch auch kein Interesse an anderen jungen Frauen?«

»Völliger Quatsch, was soll denn das?« Sie baute sich vor Buhle auf, der ihrem wilden Blick aber gelassen standhielt. »Das hat doch damit nichts zu tun. Ich und Chris, das ... das war doch etwas ganz anderes.«

»Aber nur, weil er das so wollte, oder?«

»Na und? Es war aber so. Und es war auch völlig okay, ja? Ich war da schon lange drüber hinweg. Wir waren Freunde, nur Freunde und nichts anderes, klar?«

»Und warum regen Sie sich dann so darüber auf?«

»Weil ...« Sie starrte jetzt Buhle so wütend an, dass Reuter schon befürchtete, sie würde seinen Chef tätlich angehen. Das tat sie auch, wenngleich nur mit Worten.

»Was seid ihr eigentlich für Arschlöcher?« Jetzt wandte sie sich Reuter zu. »Ich hatte gedacht, dass wenigstens du nicht so ein Scheißbulle wärst. Ihr sucht doch nur einen neuen Schuldigen, weil ihr mit Hubert nicht weiterkommt. Warum hab ich euch überhaupt etwas erzählt? Ich hätte mir ja denken müssen, dass ihr das nur ausnutzt. Ich Idiot!« Sie schrie jetzt regelrecht, rannte wieder durch ihr Zimmer, trat gegen ein Kissen, das dadurch vom Fußboden gegen ein Regal geschleudert wurde. Die kleinen Figuren, die hinunterfielen, registrierte sie gar nicht.

In diesem Moment ging die Tür auf, und ein schmächtiger alter Mann in T-Shirt und Jeans trat ein. »Mailin, was ist? Soll ich die Männer rausschmeißen?« Seine Stimme klang tief und fest, als gehöre sie einer starken Persönlichkeit.

Mailin war mitten in ihren Bewegungen erstarrt. Dann, wie verwandelt, redete sie fast zärtlich auf ihren Vater ein. »Nein, Pap, ist alles in Ordnung. Ist nur wegen Chris, du weißt, er ist doch verschwunden. Die beiden sind von der Polizei. Ich habe mich nur etwas aufgeregt. Nicht schlimm.«

Mailins Vater schaute die beiden Beamten skeptisch an. Doch seine Tochter ging jetzt zu ihm hin. Buhle und Reuter zischte sie im Vorübergehen zu: »Verschwindet jetzt.« Sie schob ihren Vater wieder durch die Zimmertür hinaus. Beide verschwanden leise diskutierend irgendwo im Haus.

Buhle und Reuter standen unschlüssig vor dem Haus der Wends. Ein Telefonanruf von Herrmann weckte sie aus ihren jeweiligen Gedanken. Er kam gleich zur Sache.

»Ich habe Namen und Adresse der beiden Wanderinnen. Welche davon zu Mayer zurückgekehrt ist, habe ich allerdings nicht herausgefunden.«

»Gut, wie heißen sie?«, fragte Buhle.

»Felicia Sievers und Lina Klüster, beide zweiundzwanzig, haben die gleiche Adresse in Braunschweig angegeben«, antwortete Herrmann.

»Gut, wir können an der Mathysmühle besprechen, wie wir weiter vorgehen. Ist das für dich in Ordnung?«

»Sicher. Ich bin gleich da.«

Als Buhle und Reuter ins Auto einstiegen, spürten beide die wachsende Anspannung. Als ob die Ermittlungen erst jetzt richtig losgingen.

An der Mathysmühle berichtete Herrmann, die Vermieterin habe die beiden Frauen als außerordentlich angenehm und nett beschrieben. Auch nach der Tageswanderung durch die Hunolsteiner Klamm hatte sie bei den beiden nichts Besonderes feststellen können. Nach zwei Nächten waren sie früh aufgebrochen, um ihre Wanderung fortzusetzen.

Buhle versuchte, über die Telefonauskunft eine Rufnummer herauszubekommen. Ohne Erfolg. Herrmann mutmaßte, dass sie entweder keinen Festnetzanschluss hatten, weil die jungen Leute ja sowieso alle ein Mobiltelefon bei sich trügen oder der Anschluss auf einen anderen Namen lief. Beides waren naheliegende Möglichkeiten. Buhle gab die Namen in eine Internet-Suchmaschine ein.

Lina Klüster fand sich in verschiedenen Communities, Felicia Sievers tauchte hingegen nur in zwei Zeitungsartikeln über Auftritte einer Laien-Theatergruppe in Braunschweig und Peine auf, bei der sie offenbar eine Hauptrolle gespielt hatte. Das dazugehörige Pressefoto zeigte eine junge, schlanke Frau, die bedröppelt vor einem heftig gestikulierenden älteren Paar stand. Buhle zoomte auf die Schauspielerin. Sie hatte ihre brünetten Haare zu einem Knoten zusammengebunden. Ihre Gesichtszüge waren durch die ausgeprägte Mimik stark verzerrt, dennoch wirkte sie auf Anhieb sympathisch.

Buhle beschloss, direkt ins ZKI zu fahren, um dort die Recherche über die beiden Studentinnen zu starten. Reuter blieb noch in der Mathysmühle, während Herrmann sich auf das Sonntagsessen seiner Frau freute. Am Montagmorgen würden sie sich erneut austauschen.

11

Trier, Sonntag, 4. August

Buhle sah auf die beiden Blätter auf seinem Schreibtisch. Viel stand nicht drauf, weil die Braunschweiger Kollegen weder Felicia Sievers noch Lina Klüster in ihrer Vierer-WG angetroffen hatten. Lediglich die Mitbewohnerin Nele Petersen hatte sehr zurückhaltend Auskunft gegeben.

Die vier waren befreundete Studentinnen unterschiedlicher Fächer. Lina Klüster war mit ihrem Freund noch im Urlaub, wollte eigentlich am Wochenende heimkommen, doch hatte sich die Rückfahrt wegen des Bahnstreiks verzögert. Felicia Sievers und Daniela Katowitz, die Vierte im Bunde, waren über das Wochenende bei ihren Eltern in Peine beziehungsweise Magdeburg. Nele Petersen bestätigte, dass Felicia und Lina im Frühjahr auf einer Wandertour irgendwo in Rheinland-Pfalz gewesen waren. Es musste sehr schön gewesen sein, bis es zu einem Streit zwischen den beiden gekommen war. Was da genau passiert war, wusste sie nicht mehr.

Außer den Adressen der Eltern konnten die Polizisten der jungen Frau nichts mehr entlocken. Bei den Handynummern ihrer Freundinnen hatte sie sich wegen »persönlicher Grundsätze«, wie sie es formuliert hatte, verweigert.

Buhle unterstrich das Wort Streit in seinen Notizen. Hatte der Streit der beiden Freundinnen mit Mayer zu tun gehabt?

Sein Smartphone vibrierte und gab einen kurzen Klingelton von sich. Er musste sich erst daran gewöhnen. Normalerweise bekam er nur selten eine SMS.

Er gab seinen Code ein, und auf dem Display öffnete sich automatisch das Fenster mit einer neuen Nachricht. Buhle las und schmunzelte. Er antwortete kurz: »Noch etwa eine Stunde. Ich freue mich.« Er drückte auf Senden und spürte dieses unglaubliche Gefühl in sich aufsteigen. Doch dann seufzte er und legte das Gerät wieder zur Seite. Zuerst musste er noch ein paar Telefonate führen.

»Gertrud Sievers, guten Tag.«

»Christian Buhle, Kriminalpolizei Trier, guten Tag, Frau Sievers. Ist Ihre Tochter Felicia zu sprechen?« Buhle gab sich möglichst freundlich.

Er wusste, dass Eltern auf Anrufe der Kripo häufig sehr empfindlich reagierten und gleich etwas Schlimmes vermuteten. Sie hatten leider nicht selten recht. So stutzte Frau Sievers ganz offensichtlich und versuchte, das Mikrofon ihres Telefonhörers mit der Hand abzudecken. Dennoch hörte Buhle, wie sie etwas zu einer anderen Person sagte. Schließlich antwortete sie doch, aber ihre zunächst sehr angenehme Stimme hatte den erwarteten argwöhnischen Unterton bekommen.

»Darf ich wissen, in welcher Angelegenheit Sie mit unserer Tochter sprechen wollen?«, fragte sie.

»Natürlich. Wir benötigen lediglich ihre Zeugenaussage. Sie war im Mai mit ihrer Freundin Lina Klüster im Hunsrück wandern?«

»Ja, das war sie«, bestätigte Gertrud Sievers, und ihre Stimme gewann wieder an Sicherheit.

»Wir ermitteln in einem Vermisstenfall. Es kann sein, dass Ihre Tochter damals mit dieser Person gesprochen hat.«

»Ach so, ja, tut mir leid. Sie ist gerade nicht da. Kann sie Sie vielleicht zurückrufen?«

»Wann erwarten Sie Ihre Tochter zurück?«

»Jeden Moment. Eigentlich ist sie schon überfällig. Sie wollte nur mit einer alten Schulfreundin spazieren gehen.«

Buhle überlegte. Der Anruf war wichtig. Aber er wollte heute ganz sicher nicht länger als nötig im Büro bleiben.

»Könnten Sie mir ihre Handynummer geben?«, fragte Buhle.

»Können Sie sich irgendwie legitimieren?«, fragte Frau Sievers zwar zögerlich, aber bestimmt. Doch dann fügte sie an: »Warten Sie, ich glaube, sie kommt gerade.«

Buhle hörte, wie jemand rief: »Hallo, ich bin's. 'tschuldigung, ich habe mich bei Sabrina verquatscht.« Er hörte eilige Schritte im Hintergrund, ganz offenbar von Gertrud Sievers, die ihrer Tochter entgegenging, und ihre gedämpfte Stimme: »Fee, hier ist die Polizei am Apparat, aus Trier.«

Nachdem der Hörer übergeben worden war, sagte eine junge, klare Frauenstimme: »Felicia Sievers.«

Wieder stellte sich Buhle vor. Nachdem er kurz sein Anliegen beschrieben hatte und der Aufenthalt im Hunsrück von seiner Gesprächspartnerin bestätigt worden war, fuhr er fort: »Frau Sievers, hatten Sie während Ihrer Wanderung Kontakt zu einem Christopher Mayer?«

»Ja, warum?« Sie klang jetzt vorsichtig.

»Herr Mayer ist verschwunden.«

»Ach«, entfuhr es ihr, und Buhle spürte, wie sie versuchte, sich schnell wieder in den Griff zu kriegen. »Ja, und wie kann ich Ihnen da helfen?«

»Wir befragen alle Leute, die in den letzten Monaten mit ihm Kontakt hatten. Könnten Sie mir kurz berichten, wie Sie Mayer kennengelernt haben?«

»Na ja, kennengelernt ist vielleicht etwas viel gesagt. Er hat uns in einer Notsituation geholfen.« Sie sprach langsam, als ob sie sich ihre Formulierung genau überlegen würde. »Ich war mit meiner Freundin Lina auf so einer Traumschleife zum Saar-Hunsrück-Steig wandern, und da sind wir in einen kräftigen Schauer hineingeraten. Chris Mayer hat uns in sein Haus gebeten, wir haben uns so weit es ging getrocknet, noch einen Tee getrunken und sind danach weiter.«

»Und sonst war nichts?«

»Nein, wieso? Sollte es?«

Buhle wartete einen Moment, bevor er weitersprach: »Aber Sie haben doch zwei Tage später noch einmal Herrn Mayer besucht, und zwar ohne Ihre Freundin?«

Es entstand eine Pause. Buhle hörte, wie Felicia Sievers ein paar Schritte ging und eine Tür hinter sich schloss. Erst danach antwortete sie. »Ja, das stimmt. Ich bin noch einmal zu ihm hin, um mich zu bedanken.«

»Warum sind Sie nicht zusammen mit Ihrer Freundin hingefahren?«

»Lina wollte lieber noch eine weitere Etappe wandern«, antwortete sie.

Buhle erkannte eine gewisse Unsicherheit in Felicias Stimme, als ob sie Angst hatte, etwas Falsches zu sagen.

»Und Sie wollten lieber zu Herrn Mayer?«

»Ja, er hatte uns geholfen. Ich hatte auch genug vom Durch-die-Wälder-Laufen.«

»Aber das machen Sie sonst ganz gern? Sie sind zumindest dafür recht weit gefahren.«

»Ja, natürlich, aber da hatte es mir gereicht. Ich verstehe nicht ganz, warum Sie mich das alles fragen.«

»Wie sind Sie eigentlich auf die Idee gekommen, so weit zum Wandern zu verreisen? Das ist doch eine ganz schöne Strecke von Braunschweig in den Hunsrück.«

»Lina und ich machen jedes Jahr eine größere Wandertour. Der Saar-Hunsrück-Steig war irgendwann einmal ›Wanderweg des Jahres‹ oder so was. Wir beide waren auch noch nie in diesem Teil Deutschlands gewesen.«

»Und was haben Sie dann bei Mayer gemacht?«

»Wie, gemacht?«, entrüstete sich Felicia Sievers. »Was meinen Sie denn jetzt damit?«

»Na, ganz einfach. Als Sie ihn besucht haben: Was haben Sie da gemacht?«

»Pff, ich weiß ja nicht, was Sie da jetzt denken.« Sie schien sich beruhigen zu müssen. »Ich habe zuerst unser Auto aus Idar-Oberstein geholt, weil ich Lina ja wieder aus Hermeskeil oder so ähnlich abholen musste. Anschließend bin ich noch bei Chris Mayer vorbeigefahren, habe Tee getrunken und bin bald auch wieder weiter.«

Buhle wartete.

»Was ist überhaupt passiert?«, fragte Felicia Sievers.

»Herr Mayer ist seit gut einer Woche verschwunden. Sie wissen nicht zufällig, wo er sich aufhält?«

»Nein.« Ihre empörte Antwort kam unverzüglich, und dennoch glaubte Buhle ihr nicht. Er wollte jetzt aber nicht weiter insistieren. Das würde er morgen früh machen.

»Frau Sievers«, begann er, »wie kann ich Sie erreichen, falls ich noch Fragen haben sollte?«

»Wieso sollte das so sein?«

»Das weiß man nie«, antwortete er. »Also?«

Sie diktierte ihm ihre Mobilnummer, und sie beendeten das Gespräch. Buhle dachte über die junge Frau nach. Da war mit Sicherheit etwas, was sie ihm verschwieg. Nur was?

Mitten in seinen Überlegungen kündigte sein Smartphone ihm die nächste SMS an. Er las und freute sich. Anschließend schob er seine Unterlagen zusammen und verließ das Büro.

***

Christian Buhle hatte sich schon fast zwingen müssen, nicht direkt durchzufahren. Doch wurde ihm bewusst, dass er noch immer seine Kleidung vom Vortag trug, und so machte er einen Zwischenstopp in seiner Wohnung, um sich frisch zu machen und umzuziehen. Von dort aus war es ohnehin nur noch ein Katzensprung ins Nonnenfeld.

Er ging das kurze Stück zu Fuß. Mit jedem Schritt wuchs seine Vorfreude. Fast schon beschwingt bog er in den kurzen Weg ein, der durch den kleinen Vorgarten zu dem roten Reihenhaus führte. Er brauchte nicht zu klingeln. Die Tür öffnete sich, und Hannah strahlte ihn an. Ihre langen, gewellten Haare rahmten das rundliche Gesicht ein, aus dem die blauen Augen hervorleuchteten.

Hannah trat einen Schritt nach vorn, legte ihm die Arme um den Hals und küsste ihn zärtlich auf den Mund. Christian Buhle legte seine Hände auf ihre Hüften und hielt sie für einen Moment fest, als sie sich wieder von ihm lösen wollte. Wahrscheinlich hätte er noch eine ganze Weile so gestanden, wenn ihn nicht eine forsche Stimme aus seinem wahrhaftig gewordenen Tagtraum gerissen hätte.

»So, ihr beiden Turteltäubchen. Nun lasst mich mal wenigstens durch, wenn ich schon aus meinen eigenen vier Wänden flüchten muss.«

Er schaute an Hannah vorbei in den schmalen Flur. Dort stand Stefanie Brodersen, Bühnenbildnerin und Hannah Sobothys Mitbewohnerin. Die groß gewachsene Norddeutsche hatte schon ihre Tasche über der Schulter hängen und wartete mit gespielter Ungeduld und einem breiten Grinsen inmitten von zahllosen Sommersprossen.

»Nu wird das bald mal was? Ich verpass noch die Vorstellung«, fuhr sie fort und machte nicht mal mehr den Versuch, ernst zu klingen.

»Hallo, Steff. Musst du heute noch ins Theater?«, fragte Buhle. »Ich dachte, dort ist noch Sommerpause.«

»Von wegen«, lachte sie, »deine neue Freundin speist mich hier mit ganz billigen alten Bestechungstricks ab.«

Buhle schaute Hannah fragend an.

»Na ja, ich habe ihr halt eine Kinokarte geschenkt«, erwiderte sie.

»Und zwar nur für heute und nur für die Nachtvorstellung«, schob Steff nach.

Hannah spitzte ihre Lippen zu einem schelmischen Lächeln und nickte.

»Und warum?«, fragte Buhle.

Stefanie Brodersen prustete los. »Na, das wirst du sicher noch herausfinden, mein Lieber.« Sie quetschte sich zwischen der Wand und den beiden durch und trat winkend auf die dunkelgrauen verwitterten Betonplatten. »Bis nachher«, rief sie im Weggehen. »Und irgendwann trinken wir noch einen auf das junge Glück.«

Eine Antwort erwartete sie offensichtlich nicht. Und Hannah hatte ihn auch schon von der Tür weggezogen, die krachend ins Schloss fiel.

Als Christian Buhle am nächsten Morgen aufwachte, wusste er nicht, wie er sich bewegen sollte. Hannahs Bett war mit eins vierzig immerhin deutlich breiter als seins, aber da sie in der

Mitte lag, blieb für ihn nicht viel Platz. Er drehte seinen Kopf und betrachtete sie.

Offenbar war auch ihr warm geworden. Ihr Oberkörper war nur zur Hälfte zugedeckt. Sie lag auf dem Rücken, dennoch hoben sich ihre Brüste deutlich hervor. Er erinnerte sich, wie er sie mit seinen Händen zu umfassen versucht hatte und dass es ihm nicht vollständig gelungen war. Sein Blick wanderte über ihre helle, zarte Haut hinunter bis zu dem dünnen bunten Stoff. Ihre recht schmale Taille verschwand darunter, und dennoch sah er vor seinem geistigen Auge, wie sie dort in die zwei ausgeprägten Kurven ihrer Hüften überging, deren unglaubliches Eigenleben ihm Stunden zuvor schier den Atem geraubt hatte. Am Bettende schauten ihre zierlichen Füße hervor, und erst jetzt nahm er wahr, dass Hannah die Fußnägel knallrot lackiert hatte.

Langsam machten sich seine Augen auf den Rückweg, bis hoch zu ihrem Gesicht. Ihre Mundwinkel hatten sich leicht nach oben bewegt, sodass ihre Wangenpolster, die halb unter den ungebändigten, leicht verfilzten Strähnen ihrer Haare versteckt lagen, noch mehr zur Geltung kamen. Jetzt bewegten sich ihre vollen Lippen ganz langsam, bis sie als Kussmund verharrten. Als er seinen Mund vorsichtig daraufdrückte, öffneten sich Hannahs Lippen ein wenig. Doch schon diese kleine Bewegung erregte Buhle so, dass ihm ein kleiner Schweißtropfen die Wirbelsäule hinunterlief.

Ein Scheppern aus der unteren Etage, gefolgt von einem lauten »Shit!«, riss die beiden aus ihrer intimen Zweisamkeit. Gleichzeitig öffneten sie die Augen, und ihre Lippen zogen sich zu einem breiten Grinsen auseinander, ohne dass sie sich voneinander entfernten. Hannah gab Buhle noch einen langen, intensiven Kuss, bevor sie sich von ihm löste und aufrichtete. Die Bettdecke rutschte zurück und entblößte fast ihren ganzen Körper. Ein Gedanke durchfuhr ihn: Er wünschte sich ein Gemälde, das genau dieses Bild für immer einfing.

»Guten Morgen, Christian. Geht es dir gut?« Hannah hatte ganz offensichtlich seinen entrückten Blick registriert.

»Ja, natürlich. Ich kann mich nicht erinnern, dass es mir jemals besser ging. Ich glaube nur, dass ich gerade zu phantasieren beginne.«

Hannah lachte auf. »Ich bin mir ziemlich sicher, dass du damit schon heute Nacht angefangen hast.«

»Habe ich mir da auch schon Aktgemälde von dir ausgemalt?«

»Bitte?«, fragte sie amüsiert und richtete sich ganz auf. »Wie kommst du denn darauf?«

»Wie du eben dalagst: Es war wunderschön«, antwortete er.

Er sprach es aus, ohne darüber nachgedacht zu haben, brachte einfach sein Gefühl zum Ausdruck. Er war sich in diesem Moment noch nicht bewusst, wie sehr diese Nacht ihn verändert hatte.

12

Trier, Montag, 5. August

Der Leiter der Mordkommission, Christian Buhle, hatte es geschafft, noch vor acht Uhr in seinem Büro in der Zentralen Kriminalinspektion Trier anzukommen. Während laufender Ermittlungen wäre alles andere für ihn auch untypisch gewesen. Schon dass er am Vortag zu spät und nicht erreichbar gewesen war, hätte ihm nicht passieren dürfen. Zudem wollte er vermeiden, dass man über sein neues Privatleben spekulierte. Irgendwann würde es sich nicht mehr verhindern lassen, doch dann wäre was ihn jetzt noch absolut überwältigte auch in ihm gereift, und er könnte besser damit umgehen – mit diesem unerwartet großen Gefühl der Liebe, das ihn, plötzlich von allen Zwängen befreit, völlig vereinnahmte. So hoffte er zumindest.

Wenige Minuten später kam Reuter ins Zimmer. Sein Kollege betrachtete ihn zu lange, als dass Buhle sich der Illusion hingeben konnte, man würde ihm nichts anmerken. Dennoch überraschte ihn Reuters Begrüßung.

»Morgen, Christian. Kann es sein, dass wir dringend zusammen ein Bier trinken sollten?«

»Ja, das wäre sicher keine schlechte Idee«, antwortete Buhle gedehnt, »nur befürchte ich, dass ich zunächst keine Zeit haben werde.« Er begann, leise vor sich hin zu lachen.

Erstaunlicherweise tat es Reuter ihm gleich. »Habt ihr jetzt endlich zueinandergefunden?«, fragte er ehrlich erfreut.

»Ja, ich brauche dafür offenbar etwas länger.«

»Kann man sagen. Ich freue mich für dich und Marie.«

Buhles Lachen erstarrte. Er brauchte ein paar Momente, um zu verstehen, dass Reuter hier von ganz falschen Dingen ausging. Spätestens jetzt wusste er, dass er nichts aufschieben konnte. Zumindest seinem Team gegenüber musste er sich offenbaren.

»Mich, es ist nicht Marie.«

Jetzt sah Reuter ihn verblüfft und fragend an.

»Es ist Hannah, Hannah Sobothy.«

Reuter verschlug es die Sprache.

»Ruf mal das K11 zusammen. Aber bitte, sag noch nichts«, bat Buhle seinen Mitarbeiter.

Reuter brauchte weitere Sekunden, bis er darauf reagierte. Wortlos verließ er den Raum.

Mit einem Schuss Selbstironie, die ihm seine Mitarbeiter – und er sich selbst – nicht zugetraut hatten, offenbarte er kurz und ohne Umschweife seine neue persönliche Situation. Die Reaktionen waren unterschiedlich, aber alle schienen sich mit ihrem Chef zu freuen. Sogar Reuter scherzte, dass er anzweifele, weiter unter so einem Frauenheld ermitteln zu können, weil das ja doch irgendwie gegen seine moralischen Vorstellungen verstoße. Dabei warf er seinem Chef einen vielsagenden Blick zu. Der Einzige, der eher nachdenklich schien, war Paul Gerhardts.

Anschließend berichtete Buhle über die neuesten Entwicklungen im Fall Mayer. Reuter und er würden zunächst die weiteren Ermittlungen durchführen und verstärkt auf Sven Tard für die Hintergrundrecherchen zugreifen. Die anderen Mitglieder der Mordkommission würde man nur im Notfall von ihren aktuellen Aufgaben abziehen.

Gemeinsam diskutierten sie die Verdachtsmomente gegen Hubert Schabbach. Buhle und Reuter waren sich in ihren Zweifeln einig. Dennoch mussten sie ihn weiter vernehmen, um den Verdacht gegen ihn auszuräumen, bevor sie über eine Aussetzung der U-Haft offen nachdenken wollten. Schließlich hatte er sie belogen. Doch das konnte warten.

Als Erstes sollten die Befragungen der beiden Braunschweiger Studentinnen und Mailin Wends fortgesetzt werden. Buhle rief Lina Klüsters Mutter in Peine an. Deren Festnetznummer war leicht herauszufinden. Frau Klüster hatte kein Problem damit, die Mobilnummer ihrer Tochter an den netten Polizeibeamten aus Rheinland-Pfalz weiterzugeben. Buhle brauchte drei Anläufe, bis sich Lina Klüster verschlafen und genervt meldete.

»Guten Morgen, Frau Klüster, hier ist Christian Buhle von der Kriminalpolizei in Trier. Hätten Sie einen Moment Zeit für mich?«

Auf einen Moment der Stille folgten das Rascheln einer Bettdecke, ein leises Fluchen und ein paar tippelnde Schritte. Im Hintergrund fragte eine müde Stimme schleppend, was denn los sei. Ohne Antwort fiel eine Tür leise zu. Buhle hatte geduldig gewartet.

»So, jetzt ist es besser«, sagte Lina Klüster mit wacher, angenehmer Stimme. »Entschuldigen Sie, aber mein Freund und ich sind erst spät in der Nacht in Braunschweig angekommen. Die blöde Bahn streikt mal wieder.«

»Sie wissen, warum ich anrufe?« Buhle ahnte, dass die Studentin nicht unvorbereitet war, so wie sie reagierte.

»Nicht wirklich. Ich habe nur einen Zettel meiner Mitbewohnerin gelesen, auf dem steht, dass die Polizei nach uns gefragt hätte, wegen unserer Wanderung im Hunsrück.«

»Ja, genau, darum geht es«, antwortete Buhle freundlich. »Wir ermitteln gegenwärtig in einem Vermisstenfall –«

»Bitte?«, fuhr sie erschrocken dazwischen. »Wer?«

»Christopher Mayer.«

Buhle hörte, wie die Studentin erleichtert ausatmete. »Ich dachte schon, Feli wäre etwas zugestoßen.«

»Sie meinen Ihre Freundin Felicia Sievers?«

»Ja.«

»Wie kommen Sie darauf?«

»Ich weiß nicht. Weil Sie wegen unserer Wanderung anrufen.«

Sie schien sich gefangen zu haben. Doch Buhle hatte das Gefühl, dass da noch mehr dahintersteckte. »Nein, es geht um Herrn Mayer. Er ist seit über einer Woche verschwunden.«

»Ach ja?«

»Erstaunt Sie das nicht?«, hakte Buhle nach und blickte dabei mit hochgezogenen Augenbrauen zu Reuter.

»Doch, ja. Aber ich kenne ihn ja eigentlich gar nicht.«
»Sie meinen, nicht so gut wie Ihre Freundin Felicia?«
»Wie kommen Sie denn darauf?« Lina Klüster schien jetzt misstrauisch.
»Nun, Felicia ist noch einmal ohne Sie zu ihm gefahren. Da könnte man ja Rückschlüsse draus ziehen.«
»Nee, ich glaube nicht, dass Sie da richtigliegen.«
»Sondern?«
»Sie hatte sich den Fuß vertreten und wollte nicht mehr die ganze letzte Etappe mitlaufen. Deshalb hatte sie vorgeschlagen, schon mal das Auto und später mich in Hermeskeil abzuholen.«
»Felicia wollte also nicht von Anfang an zu Mayer?«
Lina Klüster schien zu überlegen. »Wenn ich ehrlich bin, kann ich das nicht so genau sagen. Sie hat mir erzählt, dass sie unterwegs spontan beschlossen hätte, ihn noch einmal zu besuchen. Aber«, sie machte eine kurze Pause, »irgendwie glaube ich, dass sie das von Anfang an wollte.«
»Warum vermuten Sie das?«
»Ach, keine Ahnung. Da waren verschiedene Dinge …«
»Zum Beispiel?«
»Ich habe ihr das mit dem vertretenen Fuß nicht so richtig abgenommen.«
»Hatten Sie deshalb Streit?«
»Ja, ich war enttäuscht, dass sie nicht mit mir gekommen ist.«
»Sie sind aber dennoch allein gegangen?«
Sie lachte kurz auf. »Ja, ich bin manchmal ein wenig trotzig.«
»Und weiter?«
»Na ja, warum sollte sie *spontan*«, sie betonte das Wort etwas ironisch, »diesen Chris besuchen? Er war nett, ja, aber jetzt auch nichts Besonderes und auch schon etwas älter. Für einen Tee müsste man sich nicht unbedingt noch mal bedanken, meine ich.«
»Felicia sah das anders?«
»Offensichtlich.«
»Haben Sie sich danach noch einmal darüber unterhalten?«
Als Lina Klüster zögerlich weitersprach, klang ihre Stimme

etwas belegt. »Ja, kurz. Aber Feli hat das Thema abgeblockt Sie … sie war anschließend schon irgendwie komisch drauf.«

»Wie hat sich das gezeigt?«

»Na ja, sie hat sich 'ne Zeit lang zurückgezogen, und ich hatte den Eindruck, etwas würde sie beschäftigen.«

»Darüber geredet hat sie aber nicht?«

»Nein.«

»Wissen Sie, warum?«

»Nein, es ist … es ist eigentlich das erste Mal, dass ich den Eindruck habe, dass sie mir etwas Wichtiges verschweigt.«

»Sie reden sonst über alles?«

»Ja, wir kennen uns seit dem Kindergarten. Wir sind … ja, wir sind wirklich beste Freundinnen.«

»Und reden sonst über alles?«

»Ja, absolut. Sie hat es mir damals sogar erzählt, als sie sich zur selben Zeit in meine Jugendliebe verknallt hat.«

Buhle überlegte, ob er die Gelegenheit nutzen sollte, sie über Felicia Sievers auszufragen. Doch er ließ es. Lina Klüster würde das sicher durchschauen und unterbinden.

»Wissen Sie, wo sich Felicia jetzt aufhält? Ist sie bei Ihnen in der WG?«

»Ehrlich gesagt, ich weiß es nicht. Ich habe noch keinen hier gesehen. Soll ich mal nachschauen?«

»Das wäre nett.«

Wieder hörte Buhle das leise Platschen von offenbar nackten Füßen auf dem Fußboden, dann ein Klopfen. Kurz darauf: »Nein, Feli ist nicht da. Soll ich mal bei den anderen nachfragen, ob jemand was weiß?«

»Wenn das geht.«

»Ich denke schon.«

Wieder die gleichen Geräusche. Es folgte ein leises Getuschel, das Buhle nur bruchstückhaft verstehen konnte. Er schaute auf die Uhr. Wenn sie noch in den Hunsrück wollten, mussten sie langsam los. Es war schon fast Mittag.

»Nele sagt, dass Feli zu Hause ist, also bei ihren Eltern in Eixe.«

»Eixe? Ich dachte, die wohnen in Peine?«

»Eixe ist ein Stadtteil, aber eigentlich ein eigenes Dorf. Ich bin auch von da.«

»Gut, wir werden es dort versuchen. Vielen Dank für Ihre offenen Auskünfte.«

»Ja, keine Ursache. Aber ehrlich, ich wüsste nicht, warum das Verschwinden von diesem Chris irgendetwas mit Feli zu tun haben könnte.«

»Das haben wir auch gar nicht gesagt. Wie kommen Sie darauf?«

»Na ja, nur weil ... ach, ich weiß auch nicht. Keine Ahnung.«

Buhle und Reuter stimmten sich kurz ab, bevor sie Felicia Sievers anriefen. Beiden war klar, dass irgendetwas zwischen dem Engländer und der jungen Studentin aus Braunschweig vorgefallen war. Vielleicht nur eine kurze Urlaubsaffäre? Aber es war sicher kein Zufall, dass Mayer anschließend in Braunschweig gewesen war.

Felicia Sievers ging nach nur einem Läuten an ihr Mobiltelefon und meldete sich durchaus freundlich. Das änderte sich schlagartig, als Buhle sich vorgestellt hatte.

»Was wollen Sie denn noch?«

»Frau Sievers, ich glaube, Sie haben uns noch nicht alles über Ihren Urlaub im Hunsrück erzählt«, antworte Buhle fast beiläufig.

»Was soll das jetzt?«

»Nun, Sie haben den Streit mit Ihrer Freundin gar nicht erwähnt.«

»Wer behauptet denn das?«

»Wir haben gerade mit Lina Klüster telefoniert.« Als Felicia Sievers nicht darauf reagierte, fuhr Buhle fort. »Ich muss Sie das jetzt fragen, und bitte antworten Sie ehrlich: Hatten Sie mit Chris Mayer eine Affäre?«

»Quatsch!« Ihre Antwort war zwar schroff, aber gerade deshalb nahm Buhle ihr das ab.

»Und warum hat Mayer Sie dann in Braunschweig besucht?«

»Bitte? Was hat er?«

»Er hat Sie im Juni besucht.«

»Nein.« Sie sprach jetzt lauter und geradezu entrüstet. »Hat Lina das auch erzählt?«

Buhle schwieg.

»Hallo, ich weiß zwar nicht, was Sie von mir wollen, aber ich habe auf jeden Fall nichts mit diesem Mayer gehabt, klar?«

»Und Sie haben sich nach Ihrer Wandertour auch nicht mehr mit ihm getroffen?«

»Nein, warum sollte ich?«

»Warum war er am 20. Juni in Braunschweig?«

Jetzt stutzte sie, und es dauerte, bis sie antwortete. »Keine Ahnung?« Der Ton ihrer Stimme hatte sich wieder verändert. Buhle meinte, eine kleine Unsicherheit darin zu spüren.

»Hatte er Ihre Telefonnummer oder Adresse?«

»Nein, warum auch? Hören Sie: Ich habe diesen Mayer danach nicht mehr gesehen. Wirklich!«

»Gut«, antwortete Buhle. Entweder konnte sie wirklich gut schauspielern, oder sie sagte die Wahrheit. Er dachte an den Zeitungsartikel, der sie auf einer Laienbühne zeigte. Wie viel Talent brachte sie mit?

Es war in solchen Fällen alles andere als zuträglich, wenn die Befragungen übers Telefon liefen. Aber es gab nicht wirklich einen Verdacht gegen diese junge Frau, der es rechtfertigen würde, quer durch die Republik zu fahren. Er überlegte, ob er sie auf Mailin Wend ansprechen sollte. Doch dazu wäre es noch wichtiger, ihr direkt gegenüberzusitzen.

»Ist noch was?«, fragte sie, nachdem Buhles Denkpause nun doch länger als beabsichtigt war.

»Nein, für den Moment nicht, Frau Sievers. Danke für Ihre Auskünfte.«

Kaum hatte Buhle das Gespräch beendet, warf Reuter ein: »Die hat uns immer noch nicht alles erzählt.« Er hatte beide Telefonate über den Lautsprecher mitverfolgt.

»Glaube ich auch.«

Auf Reuters Bauchgefühl hatte Buhle sich stets verlassen können. Doch wenn es eine irgendwie geartete Beziehung zwischen Felicia Sievers und Chris Mayer gegeben hatte, rückte eine andere Person fast zwangsläufig und in einer ganz neuen Rolle in den Mittelpunkt. Buhle sah seinen Kollegen an und fragte sich, wie Reuter zu Mailin Wend stand. Er hatte kein gutes Gefühl dabei.

13

Weiperath, Montag, 5. August

Buhle hatte Mailin Wend bei der Arbeit erreicht. Nur zu deutlich war ihre ablehnende Haltung. Er konnte sie dennoch zu einem Treffen bei ihr zu Hause überreden, wenn auch erst gegen halb fünf. Würden sie noch etwas von ihr erfahren, wenn ihr klar wurde, dass sie nun zum Kreis der Verdächtigen zählte?

Hinzu kam, dass er seinen Kollegen momentan schwer einschätzen konnte. Sie hatten nicht offen darüber gesprochen, aber das Schweigen auf der Fahrt in den Hunsrück zeigte Buhle, dass die bevorstehende Befragung Reuter beschäftigte. Wie würde er darauf reagieren, dass seine spezielle Zeugin Mailin Wend auf dem Weg war, zu einer Verdächtigen zu werden? Vieles hing nun davon ab, ob sie ihnen endlich die ganze Wahrheit sagte.

Da Reuter fuhr, führte sich Buhle noch einmal alle Indizien in dem Fall vor Augen. Wenn er davon ausging, dass sie mit Schabbach den Falschen eingesperrt hatten, wer konnte dann der Täter sein? Auf jeden Fall einer, der die Spuren gegen Schabbach so geschickt arrangiert hatte, dass alles auf den Waldarbeiter hindeutete. Das konnte nur jemand, der sich zweifelsohne sehr gut auskannte; so gut wie Mailin Wend. Aber sie hatte die Polizei zum Tatort gerufen. War sie so berechnend, dies als Täterin zu tun? War sie so gerissen, dass sie ihnen die ganze Zeit die besorgte Freundin vorspielen konnte? So überzeugend, dass sogar ein Michael Reuter auf sie reinfiel?

Kurz nachdem sie ihr Auto gegenüber dem Haus der Wends abgestellt hatten, kam Mailin um die Ecke und winkte sie wortlos zu sich. Die beiden Polizisten folgten ihr in den Garten, der nichts von seiner idyllischen Frische eingebüßt hatte. Doch diesmal gab es keinen Tee und Kuchen.

Sie setzten sich, und Buhle stellte fest, dass sich der Himmel deutlich verdunkelt hatte, seit sie von Trier zum Hunsrück hinaufgefahren waren. Das Wetter passte sich der Lage erstaunlich gut an.

»Frau Wend, wir müssen mit Ihnen noch einmal über Ihr Verhältnis zu Christopher Mayer reden. Vor allem, was in den letzten Monaten passiert ist.«

Das Funkeln ihrer grünen Augen verstärkte sich.

»Können Sie uns noch einmal genauer beschreiben, wie sich Mayer Ihnen gegenüber verändert hatte?« Buhle hatte eine betont sachliche Formulierung gewählt. Doch eine beschwichtigende Wirkung schien sie auf die junge Frau nicht zu haben.

»Nein!«

»Können Sie nicht, oder wollen Sie nicht, Frau Wend?«

Auch wenn sie es diesmal nicht abgestimmt hatten, war klar, dass Buhle die offensivere Rolle hatte und die Gesprächsführung übernehmen musste. Reuter hatte sich bewusst seitlich platziert.

Mailin Wend schwieg. Sie hatte ihre Kooperation aufgekündigt. Also blieb nur der offene Angriff.

»Tja, dann muss ich es Ihnen sagen. Anfang Mai kamen zwei Studentinnen zufällig bei Mayer vorbei. Ich denke, Sie wissen nur zu gut, von wem ich rede. Sie haben sich ja erkundigt, nicht wahr? Mayer hat sich in eine von beiden verliebt. In eine Frau, die noch jünger ist, als Sie es sind. Spätestens da ist Ihnen bewusst geworden, dass Mayer Sie gar nicht wegen des Altersunterschieds als Geliebte abgelehnt hatte, sondern«, er wartete einen kleinen Moment, »weil er Sie einfach nicht liebte.«

Mailin blickte ihn nur umso böser an, und er ahnte, dass es gehörig in ihr brodelte. Noch beherrschte sie sich.

»Und da die Neue gleich wieder verschwand, war es ja zunächst auch gar nicht so schlimm, nicht wahr? Vielleicht doch nur ein One-Night-Stand, eine Momentaufnahme. Nichts Ernstes, nichts, das Ihnen gefährlich werden konnte.«

Immer noch keine Antwort.

Buhle fuhr langsam fort: »Wenn nur Mayers Verhalten sich nicht auch geändert hätte. Sie spürten, dass er nun Geheimnisse vor Ihnen hatte, dass er sich von Ihnen entfernte. Das tat weh, oder?«

Er hörte, wie Reuter sich leise räusperte, doch er machte weiter: »Und es wurde noch schlimmer, Frau Wend. Er fuhr jetzt häufiger weg, und Sie ahnten auch, wohin: zu seiner neuen Freundin, mit der ihn mehr verband als mit Ihnen. Viel mehr. Sie spürten, dass Sie ihn verlieren. Dass er sein Exil in der Mathysmühle aufgeben und Sie verlassen würde.«

Buhle hatte bemerkt, wie sich Mailin Wends Blick langsam verschleierte und ihre Augen sich mit Tränen füllten. Dennoch überraschte es ihn, mit welcher Wucht sie aufsprang. Ihr Stuhl wurde so heftig nach hinten geschleudert, dass er einen Blumentopf sprengte und der Pflanzballen mitsamt der Blütenpracht auf das Pflaster rollte. Schluchzend rannte sie an Buhle vorbei ins Haus.

»Musste das sein?«, fragte Reuter. Buhle spürte, dass auch sein Kollege angeschlagen war. »Glaubst du etwa das, was du eben gesagt hast?«, schob er hinterher.

»Hältst du es nicht für möglich?«, konterte Buhle.

Reuter hielt die Luft an. Die Antwort folgte mit der herausgepressten Luft. »Doch, aber das heißt noch lange nicht, dass sie etwas mit seinem Verschwinden zu tun hat.«

»Mich, natürlich nicht. Aber wir müssen es in Betracht ziehen. Sie hat eindeutig ein Motiv, und du weißt, sogar ein außerordentlich gravierendes: Eifersucht.«

»Du glaubst doch wohl nicht ernsthaft, dass Mailin Mayer umgebracht hat?«

»Bislang nicht. Aber warum hat sie uns Felicia Sievers verschwiegen? Sie wusste von ihr.« Als Reuter darauf nichts erwiderte, sprach Buhle weiter. »Es ist doch klar, dass sie das außerordentlich getroffen haben muss.«

Reuter starrte ihn an. »Das macht sie nicht gleich zur Mörderin.«

»Nein. Aber wir müssen wissen, was in den letzten Monaten tatsächlich zwischen den beiden Frauen und Mayer lief oder eben auch nicht mehr lief.«

Reuter schien die Antwort darauf in der Weite der Hunsrückhöhen zu suchen. »Ich glaube nicht, dass Mailin uns überhaupt noch etwas erzählen wird«, sagte er resigniert.

»Mir sicher nicht, aber vielleicht dir. Kümmere dich um sie. Wenn du abgeholt werden willst, ruf mich an.«

Reuter warf seinem Chef einen ungläubigen Blick zu. »Und was machst du jetzt?«

»Ehrlich gesagt, ich weiß es nicht. Vielleicht fahre ich aus lauter Verzweiflung zu Schabbach. Wenn er uns noch einmal alles genauso erzählt, werden wir ihn erst mal rauslassen. Vielleicht können wir Hans Herrmann auf ihn ansetzen, und der Waldschrat führt uns doch noch zur Leiche.«

»Das glaubst du nicht wirklich, oder?«

»Nein.« Buhle schaute nach oben und spürte in diesem Moment den ersten Tropfen auf seinen Armen. »Wenn du in zehn Minuten nicht wieder draußen bist, fahre ich. Viel Glück.«

Michael Reuter tastete sich zögerlich ins Haus vor. Durch den Kellerraum hindurch in den dunklen Flur mit schmalen Regalen und unendlich vielen Büchern. Dann die geflieste Treppe hinauf in den helleren Flur des Erdgeschosses. Dort verharrte er. Jeden Moment rechnete er damit, dass Mailins Vater aus einer der Zimmertüren trat. Doch es blieb ruhig.

Das Schluchzen kam aus ihrem Zimmer. Es drang gedämpft bis zu ihm, als ob sie ihren Kopf in ein Kissen vergraben hätte. Die Tür stand offen. Reuter blieb im Türrahmen stehen und wartete. Mailin schien ihn nicht zu bemerken. Nach weiteren Minuten klopfte er leise an das Buchenfurnier der Zarge.

Mailins Schluchzen hörte auf, doch sie blieb bäuchlings auf ihrem Sofa liegen. Ihr Körper, der sich zuvor unter dem regenbogenfarbenen T-Shirt unrhythmisch verkrampft hatte, verharrte nun in völliger Bewegungslosigkeit.

»Darf ich reinkommen?«, fragte Reuter leise.

Er wollte nur ein paar Schritte in den Raum hinein machen, doch ehe er sich's versah, stand er direkt neben Mailin. Da sie schräg lag, war neben ihrem Oberkörper ein wenig Platz auf dem Sofa. Vorsichtig setzte er sich auf die Kante. Als Mailin sich dagegen nicht wehrte, versuchte er es noch einmal.

»Mailin?«

»Was willst du?«, kam es tief aus dem Kissen heraus.

»Ich will wissen, worauf ich mich gerade einlasse.«

Für einen Moment schienen beide die Luft anzuhalten. Mailin drehte langsam ihren Kopf und fragte, ohne ihn anzuschauen: »Was meinst du damit?«

Reuter sah jetzt ihre rechte Gesichtshälfte. Ihre roten Locken klebten auf der hellen Wangenhaut. Die schwarze Wimperntusche hatte sich ungleichmäßig um ihre Augen verteilt. Die vollen Lippen, die häufig rot geleuchtet hatten, erschienen nun blutleer und farblos. Was hatte er eben eigentlich sagen wollen? Reuter fuhr sich mit einer Hand durchs Gesicht und anschließend über den Kopf. Er musste jetzt etwas sagen.

»Mailin, es ist sowieso schwierig genug, wenn ein Kommissar bei den Ermittlungen ...« Er sprach langsam, stockend und nach jedem Wort suchend. »Eigentlich müssen wir ... Scheiße«, brach es schließlich aus ihm raus, »es ist einfach ein No-go, wenn Polizisten anfangen, Gefühle zu zeigen.«

Mailin blickte erstaunt auf. Reuter sah es nur aus dem Augenwinkel, weil er vor sich auf den Boden starrte.

»Du hast dich in mich verliebt?«, fragte sie ungläubig.

Vielleicht war es dieser Tonfall, der Reuter die Antwort klar vor Augen führte. Dennoch ließ er sich Zeit, als ob er sich noch einmal überprüfen müsste.

»Nein, nein.« Ein Lächeln verirrte sich auf seinen Mund, und er schaute ihr in die Augen. »Vielleicht ein klein wenig verknallt. So wie das alte Säcke tun, denen junge Dinger einen Moment Aufmerksamkeit schenken.«

Jetzt zuckten auch Mailins Mundwickel für einen kurzen Moment. Sie setzte sich langsam auf. Dabei konnte sie nicht verhindern, dass sie Michael Reuter berührte. Er wich nicht zur Seite.

Als sie Arm an Arm nebeneinandersaßen, fragte sie: »Und was machen wir jetzt?«

Michael Reuter hob die Schultern. »Was, meinst du, sollten wir tun?«, fragte er zurück.

»Reden?«

»Wäre gut, glaube ich.«

Sie nickte und lächelte, aber ihre Augen blickten drein, als ob jemand einem Smaragd seinen Glanz geraubt hätte.

Im Wesentlichen bestätigte Mailin Wend, was Buhle ihr zuvor vorgeworfen hatte. All ihre Eifersucht, ihre Verzweiflung und ihr Flehen. Am schlimmsten hatte es sie getroffen, dass Mayer ihr das Vertrauen entzogen hatte. Sie war sich wieder so einsam und verloren vorgekommen wie zu der Zeit, als ihre Mutter gestorben war. Eigentlich sogar noch einsamer, weil nun auch ihr Vater zusehends in sein neues Leben verschwand, in dem nur noch der einzelne Moment zählte.

Auf Reuters behutsame Nachfrage erzählte sie die Geschichte ihrer Eltern, die sie so geprägt hatte.

Ihr Vater Paul Hasberg hatte lange als Junggeselle in Odert gelebt, bevor er die deutlich jüngere Friedensaktivistin Charlotte Wend kennenlernte. Keiner hatte verstanden, wie der konservative, eigenbrötlerische Lagerist und die politisch linke, lebensfrohe Frau aus Remagen sich ineinander verlieben konnten. Charlotte war gerade für ein paar Tage im Hunsrück gewesen, um gegen die Stationierung amerikanischer Atomraketen zu protestieren.

»Damals, 1983, war viel los in der Gegend«, berichtete Mailin nicht ohne Stolz. »Die Hunsrücker wahrten zumeist Distanz zu den ganzen Demonstranten, die überall aus Westdeutschland kamen. Mein Vater hielt sich da ohnehin aus allem raus und hatte kaum Kontakt zu Mitmenschen. Er hat mir oft erzählt, wie er meine Mutter zum ersten Mal in der Bäckerei in Morbach traf. Sie hatte nicht genug Geld, und er bezahlte für sie. Als er sie sogar noch zu sich nach Hause einlud, muss die Neuigkeit rasend schnell die Runde gemacht haben. Dabei kannten die Leute meinen Vater eigentlich überhaupt nicht. Nur wenige wussten, dass in seinem kleinen Haus in Odert ein Klavier, mehrere Gitarren, eine umfangreiche Plattensammlung klassischer und traditioneller Instrumentalmusik sowie viele gefüllte Bücherregale standen. Meine Mutter war fasziniert von diesem ungewöhnlichen Mann vom Land, der über zwanzig Jahre älter war als sie. Nach und nach hat sie sich Zugang zu ihm verschafft. Schließlich konnte ihre Liebe nichts mehr aufhalten.«

Mailin erzählte voller Wärme von ihren Eltern. Jetzt brauchte sie einen Moment, ehe sie fortfuhr.

Es hatte trotzdem noch weitere zwei Jahre gedauert, bis Charlotte bei Paul einzog. Er benötigte diese Zeit, sie ließ sie ihm. Ein Jahr später kam Mailin zur Welt, und sie zogen nach Weiperath. Paul blühte regelrecht auf. Kaum einer im Dorf und der Umgebung konnte sich dem Charme, der Fröhlichkeit und dem Engagement der Familie entziehen, auch wenn die kritischen Stimmen, die diese wilde Ehe hinter vorgehaltener Hand begleiteten, nicht verstummten.

Als sich herausstellte, dass Charlotte keine Kinder mehr bekommen konnte, weil ihre Gebärmutter bei Mailins Geburt Schaden genommen hatte, trübte das die Beziehung nicht. Vielmehr schienen Paul und Charlotte noch enger zusammenzurücken. Mailin wuchs in einer wahren Idylle auf, geprägt von der Musikalität des Vaters und der offenen, positiven Weltanschauung der Mutter.

Das Leid hielt am Tag vor Mailins fünfzehntem Geburtstag Einzug in die Familie. Charlotte war von ihrem routinemäßigen Frauenarztbesuch in Thalfang zurückgekehrt. Dass etwas nicht stimmte, spürte Mailin zwar, aber die bevorstehende Geburtstagsfeier, die das erste Mal eine richtige Fete mit Musik, Lagerfeuer und Bier sein sollte, überstrahlte alles. Zudem war Mailin das erste Mal verliebt.

Von der Krebserkrankung ihrer Mutter erfuhr sie erst eine Woche später. Die Folgeuntersuchungen hatten ergeben, dass die von der Gebärmutter ausgehenden Metastasen bereits weitere Organe befallen hatten. Es folgte ein halbes Jahr Kampf mit Operationen, Bestrahlungen und Chemotherapie. Am ersten Advent beschloss Charlotte, in Würde sterben zu wollen. Diese Zeit würde Mailin nie vergessen. Sie, ihr Vater und natürlich ihre Mutter empfingen viel Zuneigung und Mitgefühl aus dem Dorf und ihrem gesamten sozialen Umfeld.

Mailin ahnte damals, dass ihr Vater lieber mit Charlotte allein gewesen wäre, aber er wusste, wie gut der Zuspruch auch für Mailin war. Am letzten Sonntag vor Weihnachten gaben sie ein Abschiedsfest, bei dem sich der halbe Hunsrück in dem kleinen Haus die Klinke in die Hand gab. Das Weihnachtsfest verbrachten die drei allein. Charlotte starb zwei Tage später in Pauls Armen.

In der Zeit der Trauer zog sich Paul Hasberg wieder zurück, soweit es seine Pflichten als Vater und die Liebe zu seiner Tochter zuließen. Mailin benötigte fast zwei Jahre, um sich zu fangen und sich neu zu orientieren. Beiden half die Musik, die sie zu Hause gemeinsam machten. Für Mailin stand außer Frage, dass sie auch nach der Schule bei ihrem Vater bleiben würde. Seine Firma gab ihr sofort einen Ausbildungsplatz. Doch ihr Vater überredete sie, zumindest für einen begrenzten Zeitraum wegzugehen. Das war das Jahr als Au-pair-Mädchen in Wexford. Obwohl sie sich in Irland sehr wohlgefühlt hatte, war sie, von Heimweh getrieben, in den Hunsrück zurückgekehrt und geblieben.

Mailin wurde Sängerin einer Folkrockband, die in den folgenden Jahren immer erfolgreicher Musik machte. Sie hörte auf, als die Band zunehmend für Auftritte in ganz Deutschland engagiert wurde. Sie wollte nicht so lange von zu Hause weg sein.

Mailin hatte viel vom Wesen ihrer Mutter geerbt. Sie scheute sich nicht, ihr Leben so zu gestalten, wie sie es als richtig empfand. Dass sie damit zu einer Exotin im Hunsrück wurde, störte sie nicht. Die Erwachsenen hatten dies akzeptiert, weil sie ihre Mutter und auch ihren Vater achten gelernt hatten. Die Gleichaltrigen hatten damit eher ein Problem. So hatte sich Mailin von ihnen ferngehalten.

»Jetzt lebe ich hier im Haus meiner Eltern, passe auf, dass mein Vater versorgt ist, gehe schön regelmäßig arbeiten und führe Touris zum Spaß durch das Holzmuseum«, sagte sie mit ironischem Unterton. »Und durch die Energielandschaft«, fügte sie leise hinzu. »Ich bin dort meiner Mutter besonders nah. Sie hat sich immer dafür eingesetzt, dass das Munilager hier verschwindet.«

»Den Zusammenhang verstehe ich nicht.« Reuter hatte zuletzt kaum etwas gesagt. Nun spürte er, dass Mailin am Ende ihrer Lebensgeschichte angekommen war.

»Das Munitionslager war vierzig Jahre lang das größte der Amis in ganz Europa. Mutter hat ihr ganzes Leben gegen diese Bedrohung gekämpft. 1995 wurde das Munilager endlich aufgegeben. Du kannst dir nicht vorstellen, wie glücklich sie war.« Mailin lächelte bei dem Gedanken.

»Es wurde lange und breit diskutiert, was man mit dem Gelände anfangen kann. Mein Gott, was die Leute alles wollten – ein Ferienpark war noch einer der besseren Vorschläge. 'nen Westernpark wollten sie errichten, ein Sporthotel oder ein Golf-Ressort. Alles *typisch* Hunsrück. Doch dann hatte ein kluges Köpfchen die Idee, hier regenerative Energieanlagen zu errichten. Das war wirklich so etwas wie Schwerter zu Pflugscharen. Meine Mutter war sofort Feuer und Flamme und wollte sich da einbringen. Das war 2001.«

Mailin verstummte, und Michael Reuter wusste, dass dies das Jahr war, in dem Charlotte Wend gestorben war. Er ließ Mailin die Zeit, die sie brauchte. Doch dann hakte er nach.

»Als Chris Mayer in den Hunsrück kam, verkörperte er das, was dir hier fehlte, stimmt's?«

»Ja. Er gab mir fast alles, was ich brauchte.« Verbittert wiederholte sie: »Fast.«

»Nur nicht die Liebe, die du dir von ihm erwünscht hast.«

»Nein. Ich habe ihm einmal gesagt, dass ich ihn so lieben würde, wie ich sonst nur meine Eltern liebe. Er hat mich nur traurig angeschaut und mit dem Kopf geschüttelt. Nach dem Tod meiner Mutter war das der schlimmste Moment in meinem Leben.«

»Und danach?«

»Ich bin ihm aus dem Weg gegangen, habe das aber nicht lange durchgehalten. Ich habe versucht, mir einzureden, dass es vielleicht auch anders gehen würde, so in Freundschaft.«

»Ging das?«

»Ja, eigentlich schon. Bis diese Frau hier auftauchte und ihm den Kopf verdrehte.«

14

Trier, Dienstag, 6. August

Christian Buhle strich sich von der purpurroten Marmelade auf seinen Toast.

»Schmeckt sie dir?«

Als Hannah nachfragte, musste er sich erst einmal sammeln. »Bitte? Was?«

»Na, die Marmelade. Schmeckt sie dir?«

»Ja, klar, natürlich.« Buhle bemerkte ihre krausgezogene Stirn und erkannte gerade noch rechtzeitig, dass er sich auf dünnem Eis bewegte. »Entschuldige.« Er biss noch einmal ins Brot und kaute ein paarmal. »Wirklich lecker. Was ist das?«

»Dir könnte ich morgens also auch irgendein gekauftes Zuckerzeugs hinstellen, oder? Das ist selbst gemachte Weinbergpfirsich-Marmelade von Steff. Wenn die erfährt, dass du sie nicht gewürdigt hast, dann gnade dir Gott.«

»Um Himmels willen«, übertrieb er sein Schuldeingeständnis, »wie kann ich das bloß wiedergutmachen?«

»Ich werde mir da bis heute Abend etwas überlegt haben.« Ernster geworden, fügte sie hinzu: »Bist du mit deinen Gedanken schon wieder bei der Arbeit?«

Buhle verzog entschuldigend das Gesicht. »Ja, schon. Ich muss mich daran gewöhnen, dass es jetzt morgens noch jemanden gibt. Entschuldige.«

»Du brauchst dich dafür nicht entschuldigen. Bevor ich mit Steff zusammengezogen bin, war es bei mir auch nicht anders. Kommt ihr denn weiter?«

»Geht so. Unser Verdächtiger …« Er stutzte und schaute Hannah fragend an. »Muss ich eigentlich vorsichtig sein mit dem, was ich dir sage?«

»Du meinst, weil das sonst in den Zehn-Uhr-Nachrichten bei RPR zu hören ist?« Sie schien Spaß bei dem Gedanken zu haben. »Ein bisschen mehr strategisches Geschick solltest du mir schon zutrauen. Natürlich werde ich dich zunächst in Sicherheit wiegen und erst dann zuschlagen, wenn der Gärtner als Mörder feststeht.«

Sie war aufgestanden, langsam um den Tisch herumgegangen und hatte ihre Arme von hinten um Buhles Hals geschlungen. »Ach, Christian, du brauchst wohl noch ein bisschen, um einem Menschen zu vertrauen, was?«

»Nein, es ist nur ...« Weiter kam er nicht. Hannah hatte ihren rechten Arm plötzlich kurz, aber fest angezogen, sodass ihm fast die Luft wegblieb.

»Solltest du aber«, rief sie lachend aus, als sie ihm mit beiden Händen durchs Haar wuschelte und seinen Kopf zärtlich an ihre Brust zog. Erst als er in ihre strahlenden Augen blickte, entspannte er sich wieder. Zumindest für den Bruchteil einer Sekunde, bis Hannah ihm einen langen Kuss gab, der ihm wieder die Luft raubte.

Als sie sich zufrieden lächelnd wieder auf ihren Stuhl gesetzt hatte, fragte sie noch einmal nach: »Also, euer Verdächtiger gesteht einfach nicht, oder?«

»Nein, ganz im Gegenteil.«

»Und eine neue Spur habt ihr auch nicht?«

»Doch, die führt aber nach Norddeutschland.«

»Ach, erzähl.« Hannah schob sich nach vorn und stützte sich mit beiden Ellenbogen auf den Tisch. »Wo denn da?«

»Braunschweig.«

»Echt? Das ist ja spannend. Du weißt doch wohl noch, dass ich aus Peine bin, oder?«

Buhle hoffte, dass er seine Unwissenheit überspielen konnte. Doch als Hannah schon wieder ihren herablassenden Blick aufsetzte, wusste er, dass sie ihn ertappt hatte. »Nein, ja. Jetzt, wo du es sagst, aber ich ... hatte tatsächlich nicht mehr daran gedacht.« Wieder hob er entschuldigend die Schultern. »Ich habe sogar mit jemandem in Peine telefoniert, oder besser gesagt, aus einem Ort namens Eixe.«

»Eixe, das gibt's doch nicht. Ich komme aus dem Nachbarort,

aus Vöhrum. Ist ja ein Ding. Und, und wie kommt ihr jetzt auf eine Spur in meine Heimat?«

Buhle überlegte, was er jetzt sagen durfte. Vielleicht würde Hannah ihm mit ihren Ortskenntnissen sogar weiterhelfen können. Aber um Felicia Sievers zu kennen, war Hannah zu alt und zu lange von zu Hause weg.

Zurückhaltend antwortete er: »Das Opfer hatte eine Studentin aus Braunschweig kennengelernt, und wir nehmen an, die beiden könnten ein Verhältnis gehabt haben. Kennst du Leute aus Eixe?«

Hannah schüttelte den Kopf. »Nö, leider nicht. Eixe war für uns Vöhrumer immer das kleine Kaff. Ich hatte zwar zwei Mitschüler dort, aber wir hatten nicht wirklich was miteinander zu tun.« Ihre Miene hellte sich auf. »Musst du jetzt zum Ermitteln hochfahren?«

»Meinst du etwa, ich würde dich mitnehmen?«

Hannah schob wie ein enttäuschtes Kind ihre Unterlippe nach vorn. »Ich könnte den Kommissar doch sicher gut durch das norddeutsche Flachland leiten.« Sie grinste breit. »Und ihm die neuen Schwiegereltern vorstellen.«

Buhle ging auf den Scherz ein. »Zum Glück darf die rheinland-pfälzische Polizei nicht einfach so in Niedersachsen rumschnüffeln.« Er wischte sich den imaginären Schweiß von der Stirn. »Da habe ich ja wohl noch einmal Glück gehabt.«

»Keine Sorge. Aber witzig wäre es ja schon.« Sie stand auf. »So, die Polizei hat anscheinend auch während eines Mordfalls alle Zeit der Welt. Die rasende Reporterin nicht. Ich habe heute und morgen noch volles Programm. Aber danach, mein Lieber«, sie hob warnend den Zeigefinger, »danach habe ich alle Zeit der Welt für *dich*. Also: In achtundvierzig Stunden sollten Sie Ihren Fall gelöst haben, Herr Kriminaloberhauptundzukommissar. Wenn nicht, muss ich wohl eingreifen. Ich habe schließlich beste Kontakte zur Peiner Polizei.«

»Ehrlich?«

»Ja, ehrlich. Mein auch heute noch wahnsinnig gut aussehender Schulfreund Yunis Benzer fährt mittlerweile nicht mehr nur

Streife. Ich kenne noch mehr Kommissare, mein lieber Kommissar. Aber diesen Kontakt gibt es nicht umsonst.«

Buhle ahnte, welcher Preis Hannah vorschwebte.

***

Buhle unternahm noch einen letzten Versuch bei Hubert Schabbach; sehr halbherzig, wie er sich selbst eingestand. Seine von Anfang an bestehenden Zweifel hatten sich verfestigt. Er beschloss, der Staatsanwältin zumindest die Aussetzung der Untersuchungshaft vorzuschlagen. Doch zunächst benötigte er die Auskunft darüber, was Reuter von Mailin Wend erfahren hatte.

Je länger er darüber nachdachte, desto mehr rückte sie ins Zentrum seiner Überlegungen. Sie hatte als Einzige ein Motiv, Mayer umzubringen. Dass sie ihn im Affekt getötet haben könnte, würde er ihr ohne Weiteres zutrauen. Doch dafür hätte sie sich im Anschluss viel zu abgebrüht gezeigt, was wiederum eher für einen kalkulierten Mord spräche. Hatte sie die Zeit zwischen Tat und Kontaktaufnahme bei der Polizei genutzt, um die Leiche verschwinden zu lassen und um alle Spuren so zu legen, dass sie zu Schabbach führen mussten? War sie tatsächlich dazu fähig, all dies so zu planen?

Er musste mit Michael Reuter über diesen Verdacht reden, auch wenn es ein schwieriges Gespräch werden konnte. Sicher hatte er bei ihr übernachtet. Reuters Sympathien gegenüber diesem besonderen Mädchen waren offensichtlich, auch wenn Buhle sich nicht im Klaren war, wie weit sie reichten. Er dachte an sich, an Marie und Hannah und an seine letzten beiden Fälle. Schwierig war es gewesen, Emotionen und Verstand auseinanderzuhalten. Bei Reuter würde es nicht anders sein. Und dennoch vertraute er seinem erfahrenen Mitarbeiter, auf dessen Urteilsvermögen er sich wie bei keinem anderen verlassen konnte.

Nachdem Buhle abgeklärt hatte, dass Reuter tatsächlich noch bei Mailin Wend war, bat er Herrmann, den Kollegen in Weiperath abzuholen und nach Trier zu bringen. Mit Vorbehalten ließ er durchblicken, dass Herrmann im Gegenzug Schabbach mit in den Hunsrück zurücknehmen würde. Anschließend machte er bei der Staatsanwältin Klara Haupt einen Termin, an dem auch Reuter und Herrmann teilnehmen sollten.

Buhle überlegte, was an Puzzleteilen fehlte und wo er die weiteren suchen musste. Sein Ergebnis war ernüchternd. Bisher setzte sich das Bild des Falls lediglich aus Inseln einzelner Personen zusammen, die noch viel zu klein und unzusammenhängend waren. Was aber das größte Problem war: Es gab keinen Rahmen zum gesuchten Bild. Wo konnten sie da ansetzen? Wo gab es die Teilchen, die das Leben eines Engländers, einer Hunsrückerin und einer Frau aus Niedersachsen so miteinander verbanden, dass sich der Kreis schloss? Sie mussten mehr über die drei Personen in diesem Puzzle erfahren, noch viel mehr Teilchen zusammensuchen und ineinanderfügen.

Bei Mailin Wend konnte das eigentlich nur Reuter gelingen. Würde er sie aber auch als Verdächtige behandeln können? Bei Mayer war es schwieriger. Buhle würde Sven Tard noch einmal intensiver darauf ansetzen. Blieb noch Felicia Sievers aus Eixe bei Peine. Er dachte über Hannahs Angebot nach. Ja, es wäre absolut wichtig, mit der Studentin persönlich zu reden.

Er spürte diese Ungeduld, die immer kam, wenn er meinte, es ginge nicht schnell genug voran. Sie waren nun schon über eine Woche an dem Fall dran und hatten fast nichts in der Hand. Nicht einmal die Leiche.

Mitten in seine Überlegungen hinein klopfte es kurz an der Tür, und Herrmann mit einem offensichtlich übernächtigten Reuter im Schlepptau trat ein.

»Ah, gut, dass ihr kommt«, grüßte Buhle und versuchte, seine Gedankengänge irgendwie noch einer letzten Ordnung zu unterziehen. »Wir können direkt zur Staatsanwältin rüber.«

Reuter schaute seinen Chef überrascht an, sagte aber nichts.

Die Dienststellen der Trierer Kriminalpolizei und der Staatsanwaltschaft lagen nach einigen Irrwegen nun in guter fußläufiger Nähe zueinander. Keine zehn Minuten später standen sie zu dritt im nicht übermäßig großen Büro von Klara Haupt.

»Na, das nenn ich jetzt aber mal eine Aufwartung, die die

Polizei einer Frau im besten Alter macht. Meine Herren, was kann ich für Sie tun?«

Vor einigen Monaten hatte sich Buhle mit Klara Haupt zu einem Dienstessen getroffen, in dem sie ganz offen über ihre neue Freiheit als unabhängige Frau gesprochen hatte. Seitdem konnten ihn derart zweideutig vorgetragene Sätze nicht mehr irritieren. Ganz anders schien es dem Morbacher Kollegen Herrmann zu gehen, der verunsichert Blickkontakt zu Buhle und Reuter suchte. Buhle ignorierte das. Er wollte gleich zur Sache kommen. Das Gefühl, er müsse den Fall jetzt schleunigst aktiver und offensiver angehen, behielt die Oberhand.

»Guten Tag, Frau Haupt. Wir haben unseren Kollegen Hans Herrmann von der Kriminalinspektion Morbach mitgebracht.« Er deutete auf Herrmann, der mit einem leichten Kopfnicken grüßte. »Wir möchten mit Ihnen über unseren Tatverdächtigen Hubert Schabbach in dem Fall des vermissten und mutmaßlich ermordeten Engländers Chris Mayer reden.«

»Ihrer Miene nach zu urteilen geht es nicht um ein umfassendes Geständnis des Verdächtigen. Liege ich da richtig?«

»Ja, da liegen Sie richtig. Es gibt noch immer einige Lücken in der Indizienreihe, die wir nicht schließen können. Schabbach bleibt bei seiner Geschichte, und unter uns«, Buhle machte eine kleine Pause, »halte ich sie, so unwahrscheinlich sie auch zunächst klang, für wahr.«

»Aha. Aber da war doch Blut des Opfers in seinem Wagen, und er hatte zunächst gelogen.«

»Ja, er hatte gelogen, sich aber nach und nach korrigiert. Das Blut des Opfers, tja, das ist so ein Knackpunkt. Vielleicht hat jemand anderes den Verdacht auf ihn lenken wollen.«

Haupt hob die Augenbrauen und beugte sich interessiert nach vorn. »Sie haben einen neuen Verdächtigen?«, fragte sie, und ihre Frivolität schien nun endgültig der ihr durchaus eigenen Professionalität gewichen zu sein.

Buhle schwieg und verkniff sich den Seitenblick zu Reuter. »Nein, aber«, sagte er vorsichtig und rang sich dann dazu durch, »wir müssen weiter nach allen Seiten ermitteln. Die Bekannte von Mayer, Mailin Wend, sie … sie hat entgegen ihren ersten Aussagen von einer Studentin aus Braunschweig, Felicia Sievers, gewusst, und … und sie macht mir durchaus den Eindruck, als ob da sehr viel Eifersucht oder enttäuschte Liebe im Spiel ist. Sie ist eine sehr emotionale Frau.«

Buhle brauchte sich nicht umzudrehen. Er wusste auch so, wie die Reaktionen seiner Kollegen ausfielen. Aber weder Reuter noch Herrmann sagten etwas.

Dafür ergriff die Staatsanwältin wieder das Wort: »Sie meinen, damit wäre endlich ein Motiv gegeben?«

»Nun, ich habe Frau Wend entsprechend befragt, sie hat es abgestritten, aber«, jetzt musste er sich doch Reuter zuwenden, »du hast noch einmal mit ihr gesprochen. Hast du etwas Neues erfahren?«

Als Buhle in Michael Reuters Augen blickte, erkannte er sofort, dass er gerade einen großen Fehler begangen hatte. Die Gesichtszüge seines Kollegen waren erstarrt. Reuter erwiderte seinen Blick gerade so lange, um sicher zu sein, dass Buhle den unausgesprochenen Vorwurf verstanden hatte.

»Es ist so, wie der Erste Kriminalhauptkommissar gerade gesagt hat: Frau Wend hat mir gegenüber bestätigt, dass sie von Frau Sievers wusste und dass sie eifersüchtig war«, richtete sich Reuter an die Staatsanwältin. »Insbesondere, was den damit einhergehenden Vertrauensentzug ihres langjährigen Freundes betraf.«

Buhle ahnte, warum sein Kollege nach diesem Satz eine Pause einlegte. Reuter fuhr fort: »Frau Wend hat mir gegenüber bestätigt, dass sie zunächst in Mayer verliebt gewesen sei, dass sie später aber akzeptiert habe, dass Mayer dies nicht in der gewünschten Form erwiderte. Anschließend habe sich eine tiefe Freundschaft entwickelt, die für Frau Wend einen sehr hohen Stellenwert hatte.«

»Hat sie sich zu der Studentin geäußert?«, fragte Haupt.

»Ja. Seit sie im Hunsrück aufgetaucht war, zeigte sich Mayer verändert. Und ja, es hatte auch Auswirkungen auf die freundschaftliche Beziehung von Mailin Wend und Mayer. Aber …«, wieder verstummte Reuter kurz, »ich habe den Eindruck, dass vonseiten Frau Wends die freundschaftlichen Gefühle weiterhin bestanden, wenngleich sie natürlich enttäuscht war.«

»Sie meinen, daraus ein Tatmotiv abzuleiten, wäre verfrüht?«

»Ich meine, dass Frau Wend unter der Enttäuschung litt, und nicht, dass sie während der Zeit einen Hass gegen Mayer entwickelt hat.«

Klara Haupt betrachtete Reuter noch einen Augenblick und wandte sich wieder Buhle zu. »Haben Sie außer der Enttäuschung einer jungen, emotionalen Frau noch weitere Indizien, die sie als Verdächtige ausweisen könnten?«

»Ich habe von ihr nicht als –«

Buhle wurde von der Juristin barsch unterbrochen: »Sie haben sie ins Spiel gebracht, als ich nach Verdächtigen gefragt habe, also: Was haben Sie noch gegen sie vorliegen?«

»Wenn wir davon ausgehen, dass Schabbach nicht der Täter ist, dann muss jemand mit sehr guten Kenntnissen der örtlichen Gegebenheiten die Spuren so gelegt haben, dass wir zwangsläufig auf ihn kommen mussten.«

»Und?«

»Es führten Schleifspuren vom Haus nach draußen. Ich habe mich von Anfang an gefragt, warum die so unregelmäßig waren. Ein kräftiger Mann wie Schabbach hätte die Leiche sicher in einem aus dem Haus gezogen. Die Spuren waren aber so, als ob jemand immer nur ein kleines Stück gezogen hätte.« Buhle überließ die Rückschlüsse daraus der Staatsanwältin.

»Eine schwache Frau zum Beispiel? So wie Mailin Wend?« Klara Haupt stellte nicht fest, sondern fragte nach und zwang Buhle somit zu einer klaren Aussage.

»Ich kann es mir nicht anders erklären«, sagte er schließlich.

»Und diese Sievers? Ist sie auch so eine schwache Frau?«

»Keine Ahnung.«

»Wie, keine Ahnung?«

»Ich habe nur mit ihr telefoniert.«

»Aha. Und, hat sie für die Tatzeit ein Alibi?«

»Ich weiß es nicht. Wir haben sie nur als Zeugin befragt, die –«

»Sie haben nicht ihr Alibi überprüft?«, fragte Haupt ungläubig.

»Wir haben –«

»Mir scheint's, Sie haben nichts, Herr Buhle, gar nichts.« Ihre Stimme wurde mit jedem Wort bedrohlicher. »Buhle, kümmern Sie sich endlich um diese Sievers. Von mir aus fahren Sie selbst nach Norddeutschland. Reuter, von Ihnen möchte ich alles über die Wend wissen. Und Sie, Herr …«

»Herrmann«, half dieser.

»Sie, Herr Herrmann, passen mir auf diesen Schabbach auf. Und sehen Sie alle drei zu, dass endlich die Leiche gefunden wird, klar?«

»Es tut mir leid. Ich hätte mich vorher mit dir abstimmen müssen.« Buhle hatte Reuter nur mit Mühe zu fassen gekriegt, nachdem dieser sich direkt nach Verlassen der Staatsanwaltschaft in die Mittagspause verabschiedet hatte. Nun saßen sie sich im Büro gegenüber. Buhle spürte die Kälte, die von seinem Kollegen ausging. Folgerichtig blieb seine Entschuldigung ohne Antwort.

»Ich bin mir einfach sicher, dass es nicht Schabbach war. Ich weiß natürlich auch nicht, ob Mailin Wend als Täterin in Frage kommen könnte, aber es muss jemand gewesen sein, der die persönliche Situation von Mayer bestens kannte und seine Leiche unauffällig verschwinden lassen konnte. Irgendjemand, der …« Buhle brach ab und schob nur ein frustriertes »Was weiß ich« hinterher.

»Du weißt nichts.« Es waren die ersten Worte, die Reuter sprach. »Gar nichts.«

»Ja, du hast recht.«

»Du hast aber nicht das Recht, einfach haltlose Verdächtigungen auszusprechen«, raunzte Reuter ihn an.

»Es ist eine Möglichkeit, Mich. Du weißt das selbst.« Buhle sprach leise, aber bestimmt. »Auch wenn du das nicht wahrhaben willst. Es tut mir leid, Mich, aber wir können Mailin da nicht ausblenden. *Sie* hat ein Motiv.«

Reuter schien nachzudenken. Er war ein erfahrener Polizist, der wusste, dass diese Schlussfolgerung nicht von der Hand zu weisen war.

Weil Buhle den inneren Konflikt seines Kollegen nur zu gut kannte, fügte er fast bittend an: »Mich, wir müssen jetzt weiter an einem Strang ziehen, sonst werden wir den Fall nicht lösen. Lass uns dem Rat der Haupt folgen. Kümmere du dich um Mailin. Ich werde dir da völlig freie Hand lassen. Nur teile mir bitte mit, wenn du etwas Neues weißt.«

Als Reuter nicht reagierte, sagte Buhle: »Ich versuche, bei Felicia Sievers weiterzukommen. Und wir müssen alle mehr über Mayer herausfinden. Meinst du, wir sollten die Suche nach der Leiche wieder aufnehmen?«

»Nein, ohne neue Hinweise ist das aussichtslos.«

Buhle nickte. »Ja, sehe ich auch so. Trotzdem müssen wir auch da etwas unternehmen. Ich rufe Herrmann an und frage, ob er nicht die Einheimischen mit einbeziehen kann. Die Jäger und Wanderer und Brennholzmacher, was weiß ich, irgendwo muss die Leiche doch zu finden sein.«

Es herrschte eine Zeit lang Stille im Büro. Buhle schaute aus dem Fenster. Die Sonne machte sich bereits auf den Weg hinter den Horizont, doch es hatte noch keine Dämmerung eingesetzt. Er dachte daran, dass er Hannah heute Abend nicht sehen würde. »Wir sollten es nicht gleich übertreiben«, hatte sie lachend gesagt. Vielleicht sollte er doch ihr Angebot annehmen und mit ihr nach Peine fahren. Aber zunächst musste er versuchen, telefonische Auskünfte einzuholen, das war ihm klar. Er schrak zusammen, als er ein Geräusch wahrnahm.

Reuter stand jetzt vor dem Schreibtisch. »Kann ich gehen?«, fragte er ausdruckslos.

Buhle nickte wieder. Ohne ein weiteres Wort drehte sich der Kollege um und verließ den Raum. Es dauerte noch zweieinhalb Stunden, bis Buhle es ihm gleichtat.

15

Trier, Mittwoch, 7. August

Die Podiumsdiskussion um die Zukunft des Trierer Theaters war am Abend zuvor erst spät zu Ende gegangen. Hannah hatte anschließend noch bis in die Nacht verschiedene Beiträge für ihren Sender produziert. Als Buhle in aller Frühe, zehn Minuten früher als vereinbart, an ihrer Haustür klingelte, öffnete sie in einem deutlich derangierten Zustand. Trotzdem lächelte sie und gab ihm einen Begrüßungskuss, bevor sie ihn hereinließ und nach oben ging, um sich in ein halbwegs konversationstaugliches Erscheinungsbild zu bringen.

Auf dem Küchentisch standen bereits ein großer Pott Kaffee und eine Kanne Darjeelingtee. Nach wenigen Minuten hörte Buhle schon wieder Schritte auf der Treppe.

»Moin, Christian. Musste das jetzt sein heute Morgen? Hast du denn kein eigenes Büro?«

Steff Brodersen sah genauso zerzaust aus wie Hannah. Sie hatte ein Longshirt an, das gerade einmal knapp an ihre nackten Oberschenkel heranreichte. Ohne eine Antwort abzuwarten, ging sie an Buhle vorbei zu dem Büfettschrank, holte sich eine Tasse mit einer dicken schwarz-weiß gefleckten Kuh darauf heraus und goss den dampfenden Tee hinein. Sie schwankte weiter zu dem großen Ohrensessel und fläzte sich dort hinein. Während sie vorsichtig über den Tassenrand blies, sagte sie unvermittelt: »Hat Hannah dir schon erzählt, dass ich hier bald einpacken kann?«

»Nein«, antworte Buhle überrascht, »hat sie nicht. Hat der neue Intendant dir jetzt auch gekündigt?«

»Kündigen brauchte er mir gar nicht. Ich habe ohnehin immer nur Einzelverträge für die jeweiligen Produktionen. Aber ich hatte sehr gehofft, dass ihn meine bisherige Arbeit überzeugt. Offensichtlich ist er nur von sich selbst überzeugt«, legte sie in bitterem Ton nach.

»Ja, und was bedeutet das jetzt für dich?«

Steff seufzte tief. »Ich kann nur hoffen, dass der alte Leiter des Tanzensembles bald einen neuen Job hat und dann wieder auf mich zurückgreift. Wir hatten eigentlich die gleiche Wellenlänge. Ansonsten bleibt nur Klinkenputzen.«

»Gibt es nicht irgendwo anders eine Stelle als Bühnenbildnerin für dich? Nicht dass ich dich loswerden möchte, überhaupt nicht …«

»Aha, ertappt. Willst gleich hier einziehen, du Schlingel.« Sie schmunzelte, aber ihr mit Sommersprossen übersätes Gesicht wirkte matt. »Nee, mit festen Stellen kannst du es in meinem Beruf total vergessen. Das ist nur in wenigen großen Häusern der Fall. Es ist schon die Regel, dass die Regisseure sich ihre Kreativleute mitbringen. Ich hatte nur den Vorteil, dass hier eine Zeit lang dieselben Leute am Drücker waren.«

Sie blies eine Ladung Luft durch die Nase hinaus. »Tja, das ist ja jetzt nun mal anders geworden. Dabei wäre ich echt mal gespannt, was der Neue auf die Beine stellt. Eigentlich unglaublich, dass die Trierer sich so einen Paradiesvogel als Intendanten ausgesucht haben. Damit hat echt keiner gerechnet.« Wieder machte sie eine nachdenkliche Pause. »Und dass er gleich alles, aber auch alles völlig umkrempelt, damit hat auch keiner gerechnet.« Sie sagte es ohne erkennbaren Groll, eher so, als ob sie über etwas Unausweichliches spräche, das nun eingetroffen war.

Hannah hatte sich ihre Laufsocken übergezogen. Deshalb war sie lautlos zu ihnen getreten. Buhle drehte sich überrascht um, als sie traurig sagte: »Ich hoffe nur, dass ich meine Steff jetzt nicht verliere. Es ist echt ein brutales Geschäft.«

»Ach, erst mal gehe ich wieder in Kneipen bedienen. Dann sehen wir weiter. Und wenn alle Stricke reißen«, Steff stieß sich vom Sessel hoch und stellte die leere Tasse auf den Tisch, »hast du dir ja schon einen Nachmieter geangelt. Ich lass euch beide mal wieder allein und leg mich noch für ’n Stündchen hin. Also seid schön leise.« Sie drehte sich um und entging so Hannahs strafendem Blick.

»Also«, begann Hannah, als Steff Brodersen die Treppe hinauf war, »ich soll Yunis nun doch für dich anrufen?«

»Würde vielleicht alles etwas beschleunigen. Ich müsste sonst über die Polizeidirektion Braunschweig und das Kommissariat Peine gehen und würde dann vielleicht jemanden bekommen, der sich in Eixe auskennt. Du hattest ja gesagt, dass dein Schulfreund in Föhren Dienst macht.«

»Nicht *Föhren*, das ist doch hier bei Schweich. Ich komme aus *Vöhrum*.« Sie unterstrich den Ortsnamen, indem sie ihn im Singsang in die Länge zog. »Das müssen wir aber noch mal üben, bevor ich dich meinen Eltern vorstelle.« Sie grinste, wurde sich aber gleich wieder ihrer Aufgabe bewusst und nahm ein altes, zerfleddertes Adressbuch zur Hand. »So, da habe ich seine Handynummer. Was soll ich ihm sagen?«

»Am besten, dass er deinem aktuellen Liebhaber ein paar inoffizielle Infos geben soll.«

»Du bist ja ein ganz ausgebuffter Stratege«, spottete sie zurück. »Hatte ich dir eigentlich von der Fete erzählt, bei der mich Yunis eigentlich nur nach Hause bringen sollte?«

Buhle öffnete den Mund, doch Hannah winkte lachend ab. Er hörte bereits das Freizeichen aus ihrem Smartphone.

»Hallo, Yunis, Hannah hier. Alles klar in der Heimat?« Sie hörte auf seine Antwort. »Wie, du musst dich jetzt erst mal setzen? Arbeitet ihr nicht sowieso ständig im Sitzen?«

Hannah plauderte gelassen, wie man es mit einem guten alten Bekannten macht. Buhle bekam nur Bruchstücke des Gesprächs mit, kannte weder eine Anja, eine Karin noch einen Stefan und wurde bereits nach ein paar Minuten etwas ungeduldig. Das schien auch Hannah zu merken. Sie lenkte nun das Gespräch in die gewollte Richtung.

»Du, Yunis, du kennst mich ja: Ich bin eine linke Bazille. Ich rufe nämlich nicht ganz ohne Grund an … So, haste also geahnt?« Sie lachte, als Yunis Benzer etwas erwiderte. Dann kam sie zur Sache. »Mein Freund –« Wieder wurde sie unterbrochen. »Ja, ich habe tatsächlich noch einmal einen abgekriegt. Also, der ist ein Kollege von dir hier in Trier. Und die haben einen Fall, in dem Spuren, du wirst es dank deiner hellseherischen Fähigkeiten wahrscheinlich schon wissen, tatsächlich bis nach Eixe reichen. … Das ist ja schön, dass ich dich nach allem noch einmal verblüffen kann. Soll ich ihn dir mal geben? Er meint, das geht auf dem kurzen Dienstweg vielleicht schneller. … Prima, danke. Du hast etwas gut bei mir.« Sie hörte einen Moment zu und lachte auf. »Nein, garantiert nicht. Ich gebe dich jetzt weiter, tschüss.«

Hannah überreichte Buhle das Smartphone, warf ihm einen Kuss zu und deutete an, dass sie noch einmal nach oben gehen würde. Buhle nickte nur kurz und nahm das Gespräch mit dem niedersächsischen Kollegen auf.

»Guten Morgen, Christian Buhle, Kripo Trier. Danke, dass Sie kurz Zeit für mich haben.«

»Wenn du der Freund von Hannah bist, sollten wir uns am besten gleich duzen.«

Buhle war überrascht über diese norddeutsche Lockerheit, die er nicht ohne Weiteres erwartet hatte. Aber Yunis Benzer war türkischstämmig, wie er von Hannah wusste, das konnte die Sache erklären.

»Gern, Yunis. Ich komme gleich zur Sache. Wir suchen in einem Vermisstenfall Informationen über eine Felicia Sievers aus Eixe. Sie ist zweiundzwanzig Jahre alt, wohnt und studiert in Braunschweig, ist aber in Eixe aufgewachsen. Ihre Eltern leben noch dort.«

»Darf ich fragen, wer vermisst wird?« Benzer klang jetzt sehr sachlich, und Buhle hatte das Gefühl, bei ihm an der richtigen Adresse zu sein.

»Ein Engländer, der in einer einsamen Mühle im Hunsrück gelebt hat und seit knapp zwei Wochen verschwunden ist.«

»Was oder wo ist der Hunsrück?«

Buhle stutzte, doch ihm war schnell klar, dass man in fünfhundert Kilometern Entfernung nicht unbedingt jeden Mittelgebirgszug kennen musste. Er erklärte es kurz und fügte hinzu: »Was den Fall für uns interessant macht, ist, dass Chris Mayer, so heißt der Engländer, jede Menge Blut hinterlassen hat.«

»Oh, dann habe ich also die Mordkommission am Apparat?«

»Ja, sogar ihren Leiter.«

»Guck mal an, die kleine Hannah. Nee, aber die Namen sagen mir nichts. Ich frag mal meinen Kollegen, der mir ganz neugierig gegenübersitzt. Peter, kennst du eine Familie Sievers aus Eixe?«

Buhle vernahm nur noch gedämpftes Gemurmel, als ob Benzer seine Finger auf das eingebaute Mikrofon gelegt hätte. Er wartete, zunehmend irritiert. Was besprachen die Kollegen, das er nicht mithören sollte?

Dann meldete sich Benzer endlich wieder. »Entschuldige, ich glaube, ich gebe dich mal direkt weiter. Meinem Kollegen Peter Welge ist bei dem Namen fast die Kinnlade heruntergeklappt. Vielleicht lernen wir uns mal kennen, wenn du mit Hannah zu uns hochkommst. Mach's gut.«

Buhle hörte, wie das Telefon weitergereicht wurde.

»Welge hier.« Eine dunkle Stimme meldete sich. »Was hat Felicia Sievers mit einem Mordfall in Rheinland-Pfalz zu tun?«, kam es unvermittelt.

»Noch läuft die Sache bei uns unter ›vermisst‹. Wir haben noch keine Leiche«, antwortete Buhle ohne Umschweife. »Frau Sievers ist eine Zeugin, weil sie das vermeintliche Opfer vor einiger Zeit etwas näher kennengelernt hat.«

»Hm, mehr nicht?«

»Der vermisste Engländer ist anschließend in Braunschweig gewesen, ohne dass er einen beruflichen oder sonstigen Grund für einen Aufenthalt gehabt hätte. Wir vermuten, er ist dort mit Felicia Sievers zusammengetroffen.«

»Hat sie das bestätigt?«

»Nein.«

Es entstand eine Pause. Offenbar dachte Welge gerade nach. Er schien etwas zu wissen. Die Sekunden verstrichen. Schließlich begann er wieder zu reden. Buhle hörte aufmerksam zu und unterbrach den Kollegen in den nächsten zehn Minuten nicht ein Mal.

Schließlich schlug der Peiner Polizist vor, dass es in diesem Fall sicher besser wäre, Buhle würde sich die Zeit nehmen und nach Niedersachsen kommen. Welge würde bis dahin die alten

Unterlagen aus dem Archiv geordert haben. Zudem hielt auch er es für sinnvoll, wenn Buhle Felicia Sievers persönlich befragen würde. Sie vereinbarten ein Treffen für Donnerstagmittag in Vöhrum. Die länderübergreifende Polizeiarbeit zu organisieren, würde Welge bis dahin gelingen.

Als Buhle auf dem Weg zu seinem Auto Reuter telefonisch Bericht erstattete, stand er immer noch unter dem Eindruck dessen, was Peter Welge erzählt hatte. Oder sollte er sagen, angefangen hatte zu erzählen? Buhle hatte noch keine Ahnung, inwiefern es mit ihrem Fall zu tun haben könnte. Aber seine innere Anspannung sagte ihm, dass es eine ernst zu nehmende Spur war.

***

Kaum war Buhle in seinem Büro in der ZKI angekommen, nahm er den Telefonhörer und unterrichtete seinen Chef darüber, dass er am nächsten Tag nach Niedersachsen fahren würde. Großmann gab zwar vor, keine Ahnung zu haben, warum das nun nötig sei, stimmte aber letztendlich brummig zu. Das Warten auf das Ende seiner Dienstzeit machte Großmann zusehends unleidlich. Verdenken konnte Buhle es ihm nicht. Einundvierzig Jahre im Polizeidienst waren eine sehr lange, kräftezehrende Zeit.

Als Nächstes stimmte er sich noch einmal mit Reuter ab, überließ ihm für die nächsten Tage die Leitung der Ermittlungen vor Ort. Reuter verweigerte sich nicht, blieb aber sehr einsilbig. Der Dritte auf Buhles gedanklicher Liste war Sven Tard. Er hatte ihn am Vortag noch einmal auf Mayer angesetzt.

»Jo«, begann Tard gewohnt bedächtig, als er zu Buhle ins Büro gekommen war, »viel ist es nicht. Zunächst habe ich einen ehemaligen Auftraggeber von Mayer im Raum Braunschweig angerufen. War nicht so leicht, bei dieser Brauerei jemanden zu erreichen, der Auskunft geben konnte. Offenbar gab es schon länger keinen Kontakt mehr zwischen der Werbeabteilung und Mayer, obwohl die Kampagne vor ein paar Jahren ganz ordentlich gelaufen war.« Tard suchte in seinen Aufzeichnungen, dann setzte er den Bericht fort.

»Ich habe seinen damaligen Arbeitgeber in der englischen Schule in Boscastle kontaktiert, doch der Rektor hat zwischenzeitlich zweimal gewechselt; der jetzige hat Mayer nicht gekannt. Eine ältere Lehrerin hat ihn als zuverlässigen und freundlichen Hausmeister, darüber hinaus aber als ziemlich verschlossen beschrieben. Sie meinte, er hätte auch keine richtigen Freunde oder Bekannten gehabt. Nicht einmal von seiner Familie hätte er auch nur ein Wort erzählt. Zudem soll er einen komischen Dialekt gehabt haben, als ob er nicht immer Englisch gesprochen hätte. Sie sagte, er habe das immer mit seinen langen Schiffsfahrten unter einer Meute Philippinern und mit einer Mutter österreichischer Abstammung begründet.«

»War seine Mutter Österreicherin? Ich meine, es war von einer deutschen Großmutter die Rede«, fragte Buhle dazwischen.

»Nein«, antwortete Tard knapp. »War sie nicht. Beide Ahnenreihen sind bis zwei Generationen zurück Briten.«

»Gibt es noch mehr Unstimmigkeiten?«

»Jo, er war definitiv nicht verheiratet. Aber er hatte in der Zeit, als er Hausmeister an der Schule war, eine Freundin: Angela Hinkens. Die war aber nicht besonders gut auf ihn zu sprechen. Soweit ich das verstanden habe, hatte Mayer sie eine ganze Zeit lang hingehalten und war dann von einem Tag auf den anderen verschwunden, ohne sich zu verabschieden. Sie hat bis heute keine Ahnung, wohin er vor ihr geflüchtet ist. Letzteres hat sie übrigens besonders betont. Sie hatte ihn in Österreich vermutet und war ziemlich erstaunt, als ich ihr erzählt habe, dass er die ganzen Jahre in Deutschland gelebt hat.«

»Zählt man das erste Mal mit dazu, als er zur See gegangen ist, ist es jetzt also das dritte Mal, dass er verschwunden ist.«

»Jo, aber diesmal hat er eindeutige Spuren hinterlassen.«

»Ja«, bestätigte Buhle nachdenklich. »Ja, das hat er. Sven, bleib an dieser Frau dran. Vielleicht kriegst du noch etwas raus, wenn sie ihren Zorn überwunden hat.«

Buhle rief Klara Haupt an, um ihr mitzuteilen, dass er ihre blendende Idee mit den Ermittlungen in Norddeutschland umsetzen würde. Die behördlichen Voraussetzungen hatte Peter Welge mit einem Fax geschaffen, in dem er die Unterstützung der Ermittlungen der Trierer Kripo in Peine befürwortete. Auch wenn sich Buhle nicht sicher war, ob Welge die dafür notwendige Stellung innerhalb der Behörde hatte, konnte er dort nun offiziell als Kriminalbeamter agieren.

Zunächst wollte er noch einmal alle verfügbaren Daten über Felicia Sievers sammeln und auswerten. Bei diesem Gedanken verzog sich sein Gesicht, als ob er in eine Zitrone gebissen hätte. Er musste vor seiner Abreise irgendwie auch die Ermittlungsakten auf Vordermann bringen. In der aktuellen Situation würde er Reuter kaum damit beauftragen können. Bestenfalls konnten sie es sich aufteilen.

Er schaute auf die Uhr seines Computers. Es war schon wieder fast Mittag. Die Zeit lief ihm davon. Doch dann entspannten sich seine Gesichtszüge wieder. Zuallererst würde er noch einmal telefonieren. Und auf dieses Gespräch freute er sich richtig.

16

Hunolstein, Mittwoch, 7. August

Michael Reuter hatte am Vorabend etwas gemacht, das er schon längst in seine Vergangenheit verbannt gemeint hatte. Nachdem seine Gedanken sich den ganzen Nachmittag im Kreis gedreht hatten, war er schließlich zu Fuß in die Innenstadt gegangen, hatte sich in einem Touristenlokal als Einziger an die Theke gesetzt und sich ein Bier bestellt. An den Tischen verstreut hatten Trier-Besucher gesessen, die draußen keinen Platz gefunden hatten.

Der junge Mann hinter dem Tresen hatte ihn zunächst etwas argwöhnisch aus den Augenwinkeln betrachtet, ihm dann aber nur seine Aufmerksamkeit geschenkt, wenn Reuter nachbestellte. Zweimal hatten sich weitere Gäste auf die hohen Hocker gesetzt. Offenbar hatte Reuter nicht allzu einladend gewirkt. Sie hatten Abstand gehalten und waren schnell wieder gegangen.

Irgendwann, als der Barkeeper schon automatisch die leeren Gläser gegen volle tauschte, hatte Reuter sich aufgerafft, hatte gezahlt und war, ohne ein einziges Wort gesprochen zu haben, wieder gegangen.

Auch wenn er nicht mehr ganz sicher auf seinen Beinen gewesen war, sah er die Dinge nun klarer.

Punkt eins: Buhle hatte mit seinen Schlussfolgerungen ganz objektiv betrachtet recht. Mailin war eine Verdächtige.

Punkt zwei: Er, Michael Reuter, *wusste*, dass sie es nicht gewesen war. Er hatte in sich hineingehört und spürte es ganz deutlich, war sich darin absolut sicher.

Punkt drei: In der Mathysmühle musste etwas ganz anderes geschehen sein, als sie bislang angenommen hatten. Er hatte alles hin und her geschoben, um auch nur eine Ahnung von dem zu bekommen, was dieses »Andere« sein könnte. Es hatte sich keine Spur ergeben, auf der er auch nur einen Schritt weitergekommen wäre.

Punkt vier: Er fühlte sich zu diesem besonderen Mädchen eindeutig hingezogen. Und er war eindeutig *nicht* verliebt. Vielleicht war es etwas, das auch Chris Mayer gespürt hatte, als er Mailins Nähe zuließ? Eine Nähe, die er schon in England keinem zugestanden hatte. Sicher auch nicht in seiner Zeit auf See und wahrscheinlich auch nicht in seiner Kindheit.

Michael Reuter spürte, dass er Mayer sehr ähnlich war. Nur hatte er selbst einmal Nähe zugelassen – um dann tief enttäuscht zu werden. War es Mayer auch so ergangen? Sie hatten keine Anhaltspunkte dafür.

Reuter hatte an diese dunklen Liedtexte gedacht, die Mayer so gut versteckt hatte. Vielleicht gaben sie Auskunft über ein mögliches Schlüsselereignis? Vielleicht konnte er, Michael Reuter, die Botschaften zwischen den geschriebenen Sätzen entschlüsseln, wenn er sich ganz darauf einließe? Sie ganz aus seiner persönlichen Sicht betrachtete; aus ihrer beider Sicht betrachtete.

Am Morgen hatte er Buhles Instruktion aufgenommen und Hans Herrmann gebeten, seine Kontakte im Hunsrück noch intensiver zu nutzen, um vielleicht doch einen Hinweis auf den Verbleib von Mayers Leiche zu erhalten. Herrmann sagte dies zu, doch gab der Morbacher Kollege ihm zu verstehen, ohnehin schon alles versucht zu haben. Anschließend hatte er mit seinem Chef das weitere Vorgehen erörtert. Er machte Buhle keinen Vorwurf, was die Ermittlungsarbeit betraf. Dennoch konnte er nicht verhehlen, dass dessen Alleingang vor der Staatsanwältin ihn immer noch ärgerte. Dass er ihm aber jetzt freie Hand ließ, nahm er schweigend als Entschuldigung an. Und letztendlich wusste er selbst, dass er die Ungereimtheiten in den Aussagen von Mailin Wend klären musste – auch für sich selbst.

Es war schon Nachmittag. Er hatte mit Buhle kurz Inhalt und Struktur der Ermittlungsakten besprochen sowie die Verteilung ihrer Bearbeitung. Zum Schluss hatte Buhle ihm offenbart, dass er nicht allein in dieses niedersächsische Peine fahren würde. Auch wenn Reuter es in diesem Moment nicht gezeigt hatte, hatte es ihn für seinen Vorgesetzten und Kollegen gefreut.

Er hatte die Kopien der versteckten Liedtexte, das dienstliche

Notebook mit Internetstick sowie einen Fotoapparat eingepackt und fuhr Richtung Hunsrück. Schon auf dem Verteilerkreis entschloss er sich spontan, nicht über die Autobahn zu fahren. Auf seinen Wochenendtouren hatte er in den letzten Jahren stets die großen Straßen gemieden. Auch jetzt tuckerte er mit reduzierter Geschwindigkeit über die Buckelpiste der Loebstraße am Gewerbegebiet Nord vorbei Richtung Ruwer.

Kurz vor dem stillgelegten Bahnübergang sah er bereits die ersten beiden Prostituierten vor einer unansehnlichen Schotterfläche stehen. Das Feierabendgeschäft hatte für sie eine ganz spezielle Bedeutung. Einmal hatte auch er die Dienste einer solchen Frau in Anspruch genommen. Er war dazu extra nach Amsterdam gefahren und hatte sich trotzdem unter permanenter Beobachtung gefühlt. Es war eine Katastrophe gewesen. Er spürte immer noch den Ekel, den er damals sich selbst gegenüber empfunden hatte. Seitdem hatte er nicht wieder mit einer Frau geschlafen.

Ohne erkennbaren Zusammenhang trieben seine Gedanken hin zu Mailin. Als er dem gewahr wurde, erschrak er. Für einen Moment schienen alle seine Gedankengänge blockiert. Erst als er schon fast die Abzweigung ins Ruwertal verpasst und beim Einbiegen in den Fischweg ein anderes Auto geschnitten hatte, holte ihn dessen wütendes Hupen wieder zurück in die Wirklichkeit. Er schüttelte sich innerlich und zwang sich, sich auf die Fahrt und die vorbeirauschende Landschaft zu konzentrieren.

Das Ruwertal hatte er schon immer besonders gemocht. Es war nicht so eng wie viele kleinere Täler im Hunsrück, aber doch ein wenig heimelig. Die zunehmende Aufgabe von Weinbergen, die mit einem Zuwachsen der Hänge einherging, berührte ihn bei jeder Fahrt mehr. Das Tal kam ihm immer weniger idyllisch und bilderbuchschön vor; es hatte seine Ecken und Kanten, aber auch seine extrem schönen Seiten, die es nicht jedem offenbarte. Genauso fühlte er sich häufig, wobei die schönen Seiten an ihm vielleicht noch versteckter waren als die dieser Tallandschaft.

Am Ortsausgang von Waldrach verließ er den Kreisel und bog in die Hermeskeiler Straße ab. Bei Thomm musste er die

B 52 nehmen, doch nach wenigen hundert Metern bog er schon wieder nach Herl ab und genoss die engen Straßen über Lorscheid und Bescheid bis Büdlicher Brück. Von hier aus folgte er doch der kürzesten Wegstrecke, die ihn an Thalfang vorbei Richtung Hunolstein führte. Die beschauliche Fahrt hatte die gewünschte Wirkung erzielt. Er fühlte sich jetzt wesentlich ausgeglichener. Als ob er auf dem Weg durch die abwechslungsreiche Landschaft seinen Groll, seine innere Zerrissenheit und seine Zweifel hatte abschütteln können. Er stellte seinen Wagen am Zaun der Mathysmühle ab und fühlte sich in der Lage, es mit Mayers Gedanken aufnehmen zu können.

Natürlich hatte sich in der Mühle nichts verändert. Außer vielleicht, dass der Blutfleck weiter oxidiert und nachgedunkelt war. Reuter stellte seine Sachen auf den Tisch neben dem Sessel und überlegte, wie er vorgehen sollte. Er entschloss sich, in den Küchenschränken nachzuschauen, um daraus Rückschlüsse auf Mayers Ernährungsgewohnheiten zu ziehen. Sie sagten häufig viel über den Menschen aus – hier jedoch höchstens, dass Mayer nicht viel Wert darauf gelegt hatte.

Die Regale in der Speisekammer waren weitgehend leer. Lediglich die Vorräte an verschiedenen Nudelsorten und wenige Dosen mit Fertigeintöpfen wiesen darauf hin, dass Mayer eine schnelle Küche bevorzugt hatte. In der Einsamkeit war er nur gelegentlich zum Einkaufen gefahren, mutmaßte Reuter. Sonst hätte er wahrscheinlich ganz auf eine Bevorratung von Lebensmitteln verzichtet – so wie es Reuter auch hielt. Der einzige gut gefüllte Hängeschrank in der Küche wies eine reiche Auswahl an verschiedensten Teesorten auf. Offensichtlich hatte Mayer Teekräuter auch selbst gesammelt. Darauf deuteten ein paar wiederverwendete Teetüten mit handschriftlich überschriebenen Etiketten hin. Reuter entschied sich für einen Earl Grey aus einer eckigen Blechdose.

Wenige Minuten später durchzog der Duft des Bergamotte-Aromas die Mühle. Reuter zog sich in das Arbeitszimmer des Engländers zurück, die Kopien der Liedtexte breitete er vor sich aus und bedeckte somit einen großen Teil des alten Dielenbodens. Es war ihm noch nicht gelungen, jedem Text sein Ursprungslied zuzuordnen. Nicht bei allen stand der richtige Titel oder Interpret, einige wiesen nur den Text und die Akkorde dazu auf.

Er griff zu dem Lied mit dem Titel »So weit«. Weitere Angaben fand er nicht. Er hatte es schon einige Male durchgelesen. Ein sehr melancholischer Text mit eigentlich einfacher Begleitung, aber er hatte dennoch keine Idee, auf welches Original es sich bezog. Er las sich die wenigen Verse bis zum ersten Refrain durch.

Alles so weit.
Wolken zieh'n
von hier fort.

Ich sehe nicht,
spüre nach
deinem Ort.

Die Akkordfolge A-Gis-D und dann wieder A für das Zwischenspiel sagte Reuter nichts. Dafür lagen zwei Gründe auf der Hand: Es war ein relativ unbekanntes Lied oder ein relativ neues. Oder beides. Er versuchte es mit dem Refrain, in der Hoffnung, hier würde er vielleicht eher auf die Melodie kommen. Während er die Griffe a-e-d anschlug oder zupfte, dabei verschiedene Muster und Tempi verwandte, schaute er auf den Vers und versuchte, beides übereinanderzubringen.

Bin ich dann hier,
einfach nur bei dir,
wünschte ich in mir,
du würdest mich so seh'n.

Es gelang ihm einfach nicht. Frustriert legte er die Kopie zur Seite und nahm sich eine andere, bei der der ursprüngliche Titel in Klammern danebenstand: »Partida«. Er startete sein Notebook und suchte unter dem Titel in der Suchmaschine. In der sofort erscheinenden Ergebnisübersicht stand oben ein Lied, das bei YouTube eingestellt war. Er aktivierte den Link und wartete ungeduldig, bis sich die ersten Gitarrenklänge über die kleinen Lautsprecher im Raum verteilten.

Es war ein schönes Gitarrenstück. Der Text passte aber überhaupt nicht zur Musik. Er probierte es noch einmal, indem er den Titel nun direkt auf dem Musikportal eingab. Ganz oben tauchte ein Beitrag zum Wechseln von Bremsbelägen auf. Es dauerte einige Sekunden, bis er bemerkte, dass es sich um eine von mehreren Anzeigen handelte, die auf der Ergebnisliste oben angestellt waren. Er probierte es nun bei dem ersten angezeigten Musikvideo, das »Partida by Francesca Maria ft. Mikael Mutti« ankündigte. Auf dem Video erschienen ein paar hopsende, hüftschwingende Mädchen mit zu viel Hose im Schritt. Zu einem Latin-Disco-Sound ertönte zwischen rasend schnell gesungenen spanischen Sätzen ein fast durchgängiges »Hejo, hejo«.

Nach einer Minute war er sich sicher, dass er wieder falschlag. Er ging zurück zur Ergebnisliste und stellte fest, dass die Bremsbeläge zwischenzeitlich durch Sonnenbrillen ausgetauscht worden waren. Er betrachtete die angebotenen Lieder erneut und stoppte schon beim dritten in der Liste: ein Lied von Cesária Évora mit über einer Million Aufrufen. Das Bild zeigte die Schwarz-Weiß-Fotografie einer Frau, die traurig vor einem Mikrofon stand. Ein kurzer Text wies auf das Album »Cabo Verde« von 1997 hin.

Treffer – das wusste Reuter sofort, als das Lied begann. Er verharrte jede der sechs Minuten und vierzig Sekunden, ohne zu einer Bewegung fähig zu sein. Er verstand kein Wort von dem, was die Frau sang, aber auch so spürte er die Gänsehaut auf seinen Armen. Er startete das Lied noch zweimal, erst danach fühlte er sich in der Lage, es mit dem Text von Mayer zu vergleichen. Er passte.

Zehn Minuten später wusste er, dass es sich bei dem unglaublich schönen traurigen Lied um einen venezolanischen Walzer handelte, der von Abschied sprach. Er zog die Noten aus dem Internet und versuchte, das Lied auf der Gitarre zu spielen. Die

Griffe waren übersichtlich, aber für das Zupfmuster brauchte er einige Zeit, bis es passte. Die Fingerkuppen seiner linken Hand pochten bereits, als er die Gitarre wieder zur Seite legte und die Melodie noch einmal im Geiste durchging. Das Lied hatte ihn vollständig eingefangen.

Auch Mayers Text handelte vom Abschied. Reuter überlegte, ob damit der Abschied aus England gemeint sein konnte. Aber dafür einen lateinamerikanischen Rhythmus zu wählen, schien ihm befremdlich. Vielleicht war Mayer als Seemann in Südamerika gewesen und hatte dort Abschied nehmen müssen, vielleicht sogar von einer Frau, die er geliebt hatte.

Reuter hielt inne. Eine Liebe tauchte in Mayers Biografie bislang nicht auf. Es hatte Frauen in seinem Leben gegeben, aber er wusste von keinem Fall, wo er ihre Liebe erwidert hatte. Das war sicher kein Zufall. Die Menschen, die Reuter kannte, bei denen es ähnlich war, hatten alle eines gemeinsam: ein furchtbares Erlebnis oder eine schmerzliche Enttäuschung. In allen Fällen war dies eng mit dem Abschied von jemandem verbunden, der geliebt worden war. Er studierte die ersten Zeilen intensiver.

Ich weiß nicht, wohin ich nun geh.
Doch mein Weg führt mich jetzt fort, weit weg von dir.
Ich weiß nicht, ob ich dich damit verrate.
Mein Liebstes, bitte verzeih mir,
doch ich kann einfach nicht mehr warten.

Mayer sang von Verrat. Reuter kannte das Gefühl sehr gut – verlassen zu werden ging nur zu häufig mit Verrat einher.

Mayer schien sich selbst aber in der Rolle des Verräters und nicht des Opfers zu sehen. Meinte er damit vielleicht doch die Frau in Cornwall? Hatte er sie verlassen, weil er ihre Liebe nicht teilen konnte? Aber das wäre sicher kein Grund, gleich das Land zu verlassen und in die Abgeschiedenheit des Dhrontals zu flüchten. Es musste mehr dahinterstecken als unerfüllte Liebe. Vielleicht würde der Refrain Aufschluss darüber geben.

In mir der Schmerz ist überall.
Kein and'rer Weg aus diesem Tal
gibt uns die Chance, egal, wohin,
erkenn ihn nicht, den weit'ren Sinn.
Verzeih, mein Liebstes, doch ich geh und lass dich hier zurück.

Drei-, viermal tasteten seine Augen den Vers Wort für Wort ab. Aber es ergaben sich mehr Fragen als Antworten. War der »Schmerz« Anlass oder Folge des Abschieds? Stand »Tal« sinnbildlich für Ausweglosigkeit, oder war es konkret landschaftlich gemeint? Hier legte sich Reuter schnell auf die erste Variante fest, auch weil die nächsten beiden Zeilen in diese Richtung wiesen. Der letzte Satz schien darauf hinzudeuten, dass Mayer die Brücken hinter sich abgebrochen hatte und er eine Rückkehr ganz offensichtlich ausschloss. Also doch Cornwall?

Immer und immer wieder gingen ihm die Worte durch den Kopf. Da war noch etwas, das er nicht sah. Er kam einfach nicht darauf. Müde ließ er sich nach hinten fallen, sodass sich die Rückenlehne des Schreibtischstuhls bedenklich zurückbog. Was hatte Chris Mayer so beschäftigt, dass er angefangen hatte, Liedtexte zu schreiben? Was hatte ihn dazu getrieben, vor etwas zu flüchten und sich ganz weit in sich zurückzuziehen? Es war sicher etwas gewesen, das ihn emotional zutiefst getroffen hatte. Konnte das eine enttäuschte Liebe gewesen sein? So einfach und banal?

Wenn er bedachte, wie viele Menschen sich aus diesem Grund umbrachten, schien das durchaus möglich. Doch waren diese Suizide zumeist das Resultat eines akuten Anlasses, der die Menschen in tiefe emotionale Verzweiflung und Ausweglosigkeit trieb. Überstanden sie aber diese schwierige Phase, kam zumeist doch die wundersame Heilung der Zeit, wenngleich Verletzungen zurückblieben, die das Leben veränderten. Dass Mayer sich deswegen derart zurückgezogen hatte, erschien ihm unwahrscheinlich. Warum hätte die Zeit seine Wunden nicht heilen sollen? Gab es bei ihm also andere Beweggründe, die besser zu diesem Text des Abschiednehmens passten?

Mit einem Mal richtete sich Reuter auf und starrte angesichts der in ihm gewachsenen Erkenntnis für einen langen Augenblick ins Leere. Der Tod, der Tod war ein Abschied, der schmerzlicher und endgültiger nicht sein konnte.

Er las die Zeilen noch einmal. Töten aus Liebe war nicht selten. Wie häufig brachten Menschen andere um, weil Liebe zerrann, nicht erwidert wurde oder aussichtslos erschien. Nicht selten folgte der Mörder anschließend seinem Opfer. Hatte Mayer selbst getötet und zu dem zweiten Schritt nicht mehr den Mut gehabt? Er musste dem nachgehen. Und wahrscheinlich benötigte er dabei Mailins Hilfe.

17

Braunschweig, Mittwoch, 7. August

Felicia Sievers stand am Ufer der Oker und schaute in den ruhig dahintreibenden Fluss. Sie liebte die Spaziergänge an dem idyllischen Stadtflüsschen, seit sie mit Riesenglück diese Wohnung im Magniviertel gefunden hatten. Hier, in einem der ältesten Braunschweiger Stadtquartiere, hatte sie sich von Anfang an wohlgefühlt.

Sie mochte die engen Straßenzüge mit den alten Fachwerkhäusern, die teilweise noch aus dem 15. Jahrhundert stammten. Bummelte gern durch die kleinen Läden, schaute den Boulespielern auf dem Kirchvorplatz zu oder traf sich mit Freunden in den gemütlichen Kneipen. Am liebsten hätte sie selbst in einem der alten Häuser gewohnt, doch die waren nicht WG-tauglich. In der Ritterstraße standen zwar nur die weniger ansehnlichen Mietshäuser, dennoch war sie froh, mit ihren Freundinnen hoch oben im vierten Stock in einer bezahlbaren Wohnung leben zu dürfen.

Jetzt schlenderte sie entlang des Okerufers, betrachtete die Teichrosen, die ein altes verwittertes Ruderboot eingefangen hatte, und ging gedankenverloren immer weiter in den Bürgerpark hinein. Sie wollte die vergangenen vier Tage begreifen, aber alles schien ihr so irreal, so unglaublich, dass sie es nicht vermochte.

Angefangen hatte es damit, dass sie ihn zufällig bei »Tante Hipp« getroffen hatte. Sie hatte gerade für ihre Mutter eines der schönen Kissen aussuchen wollen, als es an der Schaufensterscheibe des kleinen Lädchens klopfte. Sie musste ihn mit offenem Mund angestarrt haben, doch er lachte nur und freute sich offensichtlich, sie getroffen zu haben.

Sie hatten in einem nahe gelegenen Café kaum eine halbe Stunde zusammengesessen, aber es hatte nur den ersten Blick in seine Augen gebraucht, um diese Ahnung wiederzubeleben, die sie bei ihrem ersten Zusammentreffen in seiner Mühle befallen hatte. Das Gespräch verlief unverfänglich, und sie hoffte, er würde ihre Unsicherheit nicht bemerken. Da er bald zu einem Termin musste, hatten sie sich für den Sonntag verabredet. Es schien für ihn kein Problem zu sein, nach Eixe zu kommen, um sich mit ihr in der »Strandperle« am See zu treffen. Hätte sie das schon stutzig machen sollen? Er schien sofort gewusst zu haben, wo das lag.

Als sie sich am Sonntagmittag im Strandlokal am Eixer See unterhielten, war sie sich wieder unsicher geworden. Hatte nach weiteren Zeichen gesucht und war nicht fündig geworden. Vielleicht lag es auch daran, dass er seine Augen hinter einer Sonnenbrille verborgen hielt, dass er Belangloses über sich plauderte, über England und den einsamen Hunsrück, über seinen Job als Werbetexter und den unglaublichen Zufall, sie tatsächlich in der großen Stadt Braunschweig getroffen zu haben.

Danach hatte sie über sich erzählen sollen. Sie hatte immer mehr das Gefühl gehabt, dass er ganz konzentriert jedes ihrer Worte aufnahm, ab und an nachfragte und sich selbst dabei ertappte, wenn er zu weit ging. Ihr wurde ganz schlecht bei dem Gedanken, dass er unbedingt wissen wollte, wo sie ihre Kindheit verbracht hatte, ob sie von Geburt an in Eixe gelebt hatte. Sicher, es hätten auch ganz normale Fragen eines netten Mannes sein können, der sich nur interessiert zeigte. Aber da war diese klar vorhandene, nicht greifbare Ahnung.

Nachdem er gegangen war, hatte sie noch fast eine Stunde allein an dem Tisch mit Blick über den See gesessen. Hatte versucht, seine Worte einzuordnen, es wollte ihr nicht gelingen. Sie wusste nicht, was sie denken konnte, sollte oder wollte. Sein Glas stand die ganze Zeit vor ihr auf dem Tisch. Ihr Blick musste es schon oft gestreift haben, plötzlich blieb er daran hängen, und in ihr Bewusstsein schob sich das Buch von Graeme Simsion, das sie gerade las.

Sie war schon einige hundert Meter auf der Allee in Richtung ihres Dorfs gegangen, als langsam in ihr Bewusstsein sickerte, was sie gerade getan hatte – und wozu.

Sie hatte ihre Gedanken schon nicht mehr ordnen können, als der Anruf des Trierer Kommissars kam und ihre Verwirrung perfekt machte. Als er ihr mitgeteilt hatte, dass Chris Mayer verschwunden sei, hatte sie zunächst überhaupt nicht verstanden, was er damit meinte. Während des Grillens mit ihren Eltern hatte sie sich immer und immer wieder gefragt, warum sie nicht einfach alles gesagt hatte.

Als sie schon wieder in ihrer WG war, hatte der Kommissar noch einmal angerufen und mitgeteilt, Mayer sei bereits im Juni in Braunschweig gewesen. Wieder hatte sie geschwiegen, doch seitdem fühlte sie sich wie betäubt.

Irgendwann hatte sie sich an den Computer gesetzt und nach ihm gesucht. Es gab Millionen Einträge unter seinem Namen, viele von einem amerikanischen Schauspieler. Den Chris Mayer, den sie suchte, fand sie schließlich auf einem Pressefoto in Cornwall. Die Verunsicherung, die diesem Fund folgte, machte sie schier wahnsinnig. War er doch der Engländer, als der er sich ausgab?

Sie war im Bürgerpark laufen gegangen, über die Wege gerannt, bis sie völlig ausgepumpt auf einer Wiese liegen geblieben war. Danach wusste sie, dass sie Klarheit haben musste.

An diesem Morgen hatte sie es endlich geschafft, Linas Freund Mattis das Glas vom Eixer See zuzustecken, ohne dass Lina es mitbekam.

Mattis wusste über sie Bescheid, und er hatte keine Fragen gestellt. Sie benötigte jetzt nur noch zwei Tage. Aber konnte sie so lange warten? Sie wusste nicht, wie lange Chris Mayer noch in Braunschweig bleiben würde, wusste nicht, wann er *wirklich* verschwinden würde.

Sie stand nun schon einige Zeit am Portikus-Teich und schaute über das grüne Wasser zu den Ruinen des Säulengangs hinüber. Die Äste der Trauerweiden berührten mit ihren Spitzen die Wasseroberfläche und hinterließen dort in der Sonne glitzernde Ringe, die sich bald darauf in nichts auflösten. Sie griff zum Telefon und wählte seine neue Handynummer, die er ihr am Sonntag gegeben hatte.

Er behauptete, noch bis Freitag in der Stadt zu tun zu haben. Sie verabredeten sich für den kommenden Abend noch einmal in der »Eixer Strandperle«, im Schutzfeld ihres Elternhauses, wie sie glaubte.

18

Peine, Donnerstag, 8. August

Sie waren schon um sechs Uhr aufgebrochen. Zum Glück hatten sie noch vor der Abfahrt Mayen aus dem Verkehrsfunk erfahren, dass die Staus um Köln an diesem Morgen viel umfangreicher waren als sonst. Hannah hatte Buhle kurz entschlossen über Limburg und Gießen zur A 5 und später zur A 7 dirigiert. Dort war zwar auch unheimlich viel Verkehr, doch der floss wenigstens stetig vor sich hin. Vor Kassel übernahm Hannah das Steuer.

Es war dennoch schon nach zwölf Uhr, als sie die Autobahn verließen und auf einer Bundesstraße durch Orte wie Bettrum, Hoheneggelsen, Adenstedt und Solschen fuhren. In Rosenthal entdeckte Buhle schließlich das Hinweisschild nach Vöhrum. Er hatte jetzt noch vier Kilometer Zeit, sich auf den Besuch bei Welge und Benzer einzustellen. Den Vorschlag, noch vorher bei Hannahs Eltern vorbeizufahren, hatte er abgelehnt.

Die Allee zog sich lang gestreckt durch eine sehr übersichtliche ebene Feldflur. Nachdem sie den Mittellandkanal und ein kleines Wäldchen passiert hatten, tauchte ihr Zielort vor ihnen auf.

»So, nun haben wir es ja endlich geschafft. Ich hoffe, meine Kollegen machen nicht gerade Mittag«, sagte Buhle. Er fühlte eine leichte Anspannung.

»Mal nicht so voreilig. Noch sind wir nicht da«, entgegnete Hannah. Wie zur Bestätigung kreuzten sich die beiden Schrankenbäume am Bahnübergang vor ihnen, bis sie eine waagerechte Barriere bildeten. »Na, was habe ich gesagt.«

Buhle sah Hannah erstaunt an.

»Christian, ich habe meine halbe Jugend hier vor der Schranke gewartet. Mittlerweile ist das für mich wie ein Willkommensritual. Ich bin sogar schon einmal extra über Kassel gefahren, nur um durch die Allee auf diesen Bahnübergang zuzufahren. Er hat es mir mit einer viertelstündigen Wartezeit gedankt.«

Buhle konnte erkennen, wie sehr sich Hannah auf den Besuch ihres Heimatortes freute. Er schaute sich um. Verborgen hinter Hecken und Obstbäumen stand ein altes Backsteinhaus mit einem neu eingedeckten roten Dach. Auf der anderen Seite der Bahnlinie sah man rechts eine Betonmauer, an die sich eine große Gewerbehalle anschloss, links einen Lärmschutzwall. So ganz konnte er Hannahs Vorfreude auf diesen Ort nicht teilen.

Nach zwei langen Güterzügen und einem Doppeldecker-Nahverkehrszug hob sich die Schranke endlich. Die Autoschlange war auf sicherlich zehn Fahrzeuge angewachsen und setzte sich mühsam in Bewegung, wie ein Reptil, dessen steifem Oberkörper die Morgensonne Leben eingehaucht hatte.

»Du weißt, wo die Polizei ist? Die Straße heißt –«, begann Buhle.

»Deine Kollegen sind jetzt im ehemaligen Pfarrhaus untergebracht, nachdem sie aus dem alten Rathaus rausmussten«, unterbrach sie ihn. »Das finde ich grad noch so, mein Lieber. Du meldest dich, wenn ihr fertig seid.« Es war eindeutig mehr eine Feststellung als eine Frage. »Mein Vater wird sicher schon seit heute Morgen seine heilige Grillzange polieren und ungeduldig darauf warten, dass er seinen Grillaltar anschmeißen kann.«

»Seinen was?«

»Er hat sich vor ein paar Jahren so einen gemauerten Grill mit Schornstein zugelegt. Bei uns wird nicht geschwenkt, hier wird in aller Ruhe beobachtet und das Fleisch blitzschnell gedreht, bevor es schwarz wird.« Sie grinste.

»Eigentlich könntest du ja zu Fuß von der Polizei zu uns kommen, dann hättest du wenigstens noch etwas von unserem schönen Dorf.« Vergnügt nahm sie Buhles kritischen Blick wahr, der die Garagenreihen an beiden Straßenseiten und die dahinterliegenden farblosen Reihenhäuser betrachtete.

Nachdem sie gefühlt kilometerlang die schnurgerade Dorfstraße entlanggefahren waren, bog Hannah links, dann rechts ab. Der Charakter der Bebauung änderte sich, und Buhle mutmaßte, dass sie jetzt durch den älteren Ortskern fuhren. An der nächsten Kreuzung und mit Blick auf eine für die Größe des Ortes winzige

Kirche waren sie endlich am Ziel. Hannah hielt halb auf dem Bürgersteig.

»So, da wären wir. Auf der anderen Straßenseite warten deine Kollegen. Da.« Sie zeigte auf die Giebelseite eines diesmal dunkelroten Backsteinhauses.

»Wenn du zu uns willst, musst du nur die hier abgehende Straße nehmen, dann um die Kurve und immer geradeaus, bis du ein schönes rotes Haus mit blauen Fenstern siehst. Es sind nur ein paar hundert Meter. So, und nun raus hier, ich hab heute auch noch was vor.«

Buhle hatte versucht, ihr zuzuhören, war in Gedanken aber bereits bei der bevorstehenden Besprechung. Er nahm seine Tasche vom Rücksitz und wollte schon aussteigen, als Hannah ihn am Arm zurückhielt.

»Auch wenn du schon wieder im Dienst bist, *das* muss sein.«

Den langen Abschiedskuss, der folgte, spürte Buhle noch auf seinen Lippen, als er bereits vor der Tür zur Polizeistation stand.

Peter Welge begrüßte Buhle fast herzlich und mit festem Handschlag. Er führte ihn in ein kleines Büro, in dem zwei Tische aneinandergestellt waren und Regalschränke die Wände säumten. Welge bildete zusammen mit Yunis Benzer eine kleine Ermittlungseinheit des Peiner Polizeikommissariats in der früher eigenständigen Vöhrumer Dienststelle. Die Räumlichkeiten im ehemaligen Pfarramt waren nicht so großzügig, wie sie Buhle seit Kurzem in der Zentralen Kriminalinspektion in Trier zur Verfügung standen, dafür hatten sie wesentlich mehr Atmosphäre.

Die Kollegen fragten, wie die Fahrt gewesen sei, und beglückwünschten ihn, nicht die Todesstrecke A 2 genommen zu haben. Danach kam Welge rasch zur Sache.

»Tja, das mit Felicia ist wirklich eine tragische Geschichte. Ich hoffe nur, dass sie da nicht in irgendetwas hineingeraten ist.«

»Nachdem, was Sie mir gestern am Telefon berichtet haben –«

»Wollen wir uns nicht duzen, so unter Kollegen?«, unterbrach ihn Welge.

Buhle stimmte gern zu. Er fuhr fort: »Also, das war ja gestern eher eine kurze Zusammenfassung. Ist es sinnvoll, dass du noch einmal alles ausführlicher erzählst?«

Über Welges Augen schob sich ein trauriger Schleier, doch er nickte. »Klar, werde ich machen. Aber ich hab mir die ganze Nacht den Kopf darüber zerbrochen, was das mit deinem Fall zu tun haben könnte. Ich habe wirklich überhaupt keinen Ansatz gefunden.«

Es schien, als ob sich der grauhaarige Kollege erst sammeln müsse, bevor er seinen Bericht startete.

»Es war eine von diesen klaren, kalten Märznächten. Um genau zu sein: die Nacht von Samstag auf Sonntag, dem 14. März 1993. Ich hatte eigentlich zu einer Familienfeier gewollt, doch urplötzlich waren zwei Kollegen erkrankt, und ich wurde dazu verdonnert, einzuspringen. Ich weiß noch, dass Birgit, meine Frau, stinkesauer war. Kurz nach Mitternacht erreichte uns der Notruf: Ein Zug auf einer Brücke über dem Mittellandkanal hätte jemanden überfahren. Man wusste nichts Genaues, weil außer etwas Blut an der Lokomotive nichts gefunden wurde. Aber wahrscheinlich hatten sie auch nicht richtig gesucht. Der Lokführer stand jedenfalls ziemlich unter Schock. Für mich war sofort klar, dass sich auf der Brücke kein Wild aufgehalten hatte.« Welges Stimme war belegt. Er räusperte sich.

»Wir fanden zuerst das Blut an der Metallkonstruktion der Brücke und dem dahinterliegenden Geländer. Dazu einen gefütterten Winterschuh, wie er damals bei jungen Mädchen modern war. Er lag nur ein paar Meter davon entfernt. Ich war der Erste, der sich runter zum Kanal wagte, und hab es gleich bereut. Ich fand sie nahe der Brücke im Ufergebüsch. Der Anblick war schrecklich. Sie muss von der Wucht des Aufpralls gegen die Eisenträger geschleudert worden und anschließend fast senkrecht hinuntergefallen sein. Ihr schmaler Körper bestand nur noch aus Blut und offenem Fleisch, aus dem Knochen ragten. Sie war nur mit einem Nachthemd und einer Jacke bekleidet gewesen. Ich spürte schon vom ersten Augenblick an, um was für ein schutzloses Wesen es sich bei diesem Mädchen gehandelt hatte.« Welge holte sich ein Glas Leitungswasser und nahm einen großen

Schluck. In Gedanken versunken, vergaß er, auch Buhle etwas anzubieten.

»Wir fanden schnell heraus, dass sie aus dem Kreiskrankenhaus gekommen war; sie hatte noch eine Kanüle im Arm. Es war nicht schwierig, ihre Identität festzustellen. Ihr Name war Elke Schuhmann, sie war drei Wochen zuvor neunzehn Jahre alt geworden, und … sie hatte fünf Tage vorher das Mädchen Felicia zur Welt gebracht.« Peter Welges Gesichtsausdruck war wie in Stein gemeißelt. Es schien, als ob er die Szenerie von damals noch bildlich vor sich sah.

»Die Brücke liegt vier Kilometer vom Krankenhaus entfernt. Sie musste eine ganze Stunde durch diese eisige Kälte gelaufen sein und hatte noch nicht einmal Strümpfe über ihre Füße gezogen. Am Morgen bin ich zu ihren Eltern gefahren, um die schlechteste aller Nachrichten zu überbringen; dachte ich zunächst noch. Sie wohnten in Ölheim, einem kleinen Nest, zehn Kilometer nördlich von hier. Ich hatte schreckliche Angst davor. Aber es kam noch schlimmer, als ich es mir ausgemalt hatte: Die Eltern haben überhaupt keine Reaktion gezeigt; kein Erschrecken, keine Trauer, nichts. Als ob ich von einem völlig fremden Menschen erzählt hätte und nicht von ihrer Tochter. Es war furchtbar. Als ich gefragt habe, was nun aus dem Säugling, ihrem Enkelkind, werden soll, meinten sie nur, dass sie kein Enkelkind von einer Tochter hätten. Ich habe es überhaupt nicht verstanden, wie Eltern so kalt reagieren konnten. Sie hatten doch gerade ihre Tochter verloren.«

Nach einer kurzen Unterbrechung fuhr er fort, und seine Betroffenheit schwang auch nach dieser langen Zeit in jedem seiner Worte mit. »Mir wurde erst alles klar, als wir am folgenden Montag einen Brief von Elke Schuhmann zugestellt bekamen. In diesem hatte sie ihre Familienverhältnisse detailliert aufgeführt. Sie hatte tatsächlich alles ganz genau geplant. Ich bekomme heute noch das kalte Grausen, wenn ich daran denke. Und an das, was wir noch herausfanden.«

Als Welge nun über die Familie berichtete, gewann er allmählich seine Fassung zurück.

Elkes Vater, Bruno Schuhmann, war das unantastbare Familienoberhaupt gewesen. Geprägt durch seine Vergangenheit bei der SS und eine lange Gefangenschaft in Russland, aus der er erst 1954 zurückkam, hatte er in allen Lebensbereichen ein hartes Regiment geführt. Er hatte natürlich auch seine Kinder mit Schlägen zu »Zucht und Ordnung« erzogen. Elke hatte das in ihrem Brief ausführlich beschrieben.

Anscheinend war ihr Vater schon immer ein solcher Tyrann gewesen. Jedenfalls hatte sich seine erste Frau Anna bereits in den letzten Kriegsjahren von ihm abgewandt und seine Rückkehr nicht mehr abgewartet. Sie heiratete später ausgerechnet einen britischen Besatzungssoldaten und ging mit ihm nach Schottland. Gerda, seine zweite Frau, heiratete er zwei Jahre nach seiner Rückkehr aus der Kriegsgefangenschaft, doch konnte sie ihm keine Kinder gebären. Verzweifelt nahm sie sich nach sieben von Vorwürfen und Missachtung geprägten Jahren das Leben. Seine dritte Frau Herta schließlich war die über zwanzig Jahre jüngere Tochter eines gesinnungsgleichen alten Weggefährten. Sie kannte es nicht anders, hatte sich schon ihr Leben lang untergeordnet und unterstützte die strengen Erziehungsmethoden ihres Mannes. Sie gebar ihm sechs Kinder, Elke war das dritte.

Bruno Schuhmann hatte, wie bereits vor dem Krieg geplant, den Zimmereibetrieb seiner Eltern übernommen. Durch seine Vergangenheit und sein Auftreten hatte er nur einen kleinen, aber festen Kundenstamm; später bereitete es jedoch Probleme, diesen nicht erweitern zu können. Das verschärfte sich noch einmal nach Elkes Selbstmord. Zum Schluss war es für die Familie nur noch ein hoffnungsloser Kampf ums wirtschaftliche Überleben in steigender Armut gewesen.

»Als er den Betrieb schließlich dichtmachen musste, hat Bruno Schuhmann alle erlöst, indem er sich mit seiner alten Wehrmachtsknarre das Hirn wegblies.«

Beim letzten Satz hatte Welges Stimme eine Schärfe angenommen, die erahnen ließ, wie er diesen Mann verachtete. Doch gleich danach verfiel er wieder in die traurige Sachlichkeit, mit der er seinen Bericht fortführte.

»Es hat einige Zeit gebraucht, bis ich zu ahnen begann, welches Schicksal Elke tatsächlich in den Tod getrieben hatte. Richtige Klarheit haben wir erst achtzehn Jahre später, also erst vor vier Jahren, erhalten. Ich schicke einmal die wichtigste Erkenntnis der Ermittlungen voraus: Elke Schuhmann wurde vergewaltigt. Wann genau, wissen wir bis heute nicht. Aber Felicia ist das Kind eines Verbrechens.«

Elke Schuhmann hatte die Vergewaltigung verschwiegen. Sie wusste, dass sie von ihren Eltern keinen Beistand erhalten würde. Besonders ihre Mutter hatte ihr in den Jahren der Pubertät ständig die Gefahren der Welt gepredigt. Und dann war es tatsächlich so gekommen. Sie musste sich schutzlos *und* schuldig gefühlt haben. Die Depressionen, die sie bereits in ihrer Jugend begleitet hatten, kamen wieder. Erste Selbstmordgedanken hatte sie offenbar bereits in den ersten Wochen nach der Vergewaltigung gehabt. Sie hatte sich nach und nach aus ihrem ohnehin kleinen Freundeskreis zurückgezogen. Ihr Selbstwertgefühl war kaum noch vorhanden, Gedanken an eine eigene Schuld verstärkten sich. Nur mit Mühe hatte sie sich auf die mündlichen Abi-Prüfungen vorbereiten können, die sie viel schlechter als erwartet bestand. Ihren Wunsch, Jura zu studieren, hatte sie verworfen, ließ sich stattdessen zu einer Ausbildung im kaufmännischen Bereich drängen, die sie kurze Zeit später abbrach.

Als ihre Mutter die Schwangerschaft bemerkte, war sie bereits im fünften Monat. Sie ertrug die Vorwürfe der Mutter, die Verurteilungen des Vaters und die Missachtung der älteren Brüder. Ihren jüngeren Geschwistern wich sie aus, so hatten die es jedenfalls ausgesagt. Elkes Depressionen wurden stärker, das war durch gelegentliche Arztbesuche dokumentiert. Die Tragweite hatte der Mediziner letztendlich nicht erkannt. Vielleicht wäre es da noch nicht zu spät gewesen.

Als es Herbst wurde, hatte Elke ihr Zimmer kaum noch verlassen, sie aß wenig und eigentlich nur, weil ihr Kind dies brauchte. Es sei erstaunlich, meinte Welge: Ihr Kind habe sie ganz offensichtlich nie in Frage gestellt, nicht, als in ihr der erste Verdacht aufkam, nicht, als die Eltern sie dafür an den Pranger stellten. Hilfe von außen hatte sie nicht in Anspruch genommen, natürlich auch ihre Familie nicht. Die hätten ihre Tochter eher davon abgehalten. Später hatte Elke sogar wieder angefangen, die Bibel zu lesen, um herauszufinden, ob ihre Abwendung von der Religion vielleicht der Grund für ihre Bestrafung gewesen sei.

»Am schlimmsten war wohl die Adventszeit gewesen, als sie zu glauben anfing, ihrem Kind nie das Leben geben zu können, das sie sich selbst gewünscht hätte und das sie ihren Kindern einmal ermöglichen wollte. Sie fühlte sich schwach und verlor zusehends ihren Lebenswillen. Nur die Verantwortung ihrem Kind gegenüber hielt sie wahrscheinlich von einem vorzeitigen Suizid ab. Sie fing zu diesem Zeitpunkt an, die Vorkehrungen zu treffen, damit ihr Baby von der eigenen Familie ferngehalten und nach der Geburt zur Adoption freigegeben würde. Die einzige Chance, die sie noch sah, etwas Gutes in ihrem Leben zu tun.«

Welge sprach immer leiser. Da alles ruhig war und selbst der ständige Verkehr nicht wirklich in den Raum vordrang, konnte Buhle den Ausführungen dennoch ohne Probleme folgen. In der Stille der nun folgenden Pause wagte er es nicht, eine Frage zu stellen. Dies erschien ihm geradezu pietätlos.

»Elke hatte nicht nur den Brief an uns geschrieben, in dem sie ihre Mutter und ihren Vater anklagte und mit dem sie verhindern wollte, dass ihre Tochter in die trügerische Obhut ihrer Eltern gelangte. Sie hatte auch einer Krankenschwester einen Brief geschickt. Eigentlich waren es zwei, aber auch das habe ich erst vor vier Jahren erfahren.«

Die Krankenschwester heiße Petra Hennings und arbeite heute immer noch im Krankenhaus, fuhr Welge fort. Zu ihr hatte Elke so etwas wie ein Vertrauensverhältnis aufgebaut, nachdem sie schon bald nach Weihnachten im Krankenhaus um Hilfe gebeten hatte. Die Ärzte hatten wohl endlich ihre Notsituation erkannt, und Petra Hennings kümmerte sich sehr um sie. In ihrem Brief an die Krankenschwester hat Elke sie innigst darum gebeten, für ihre Tochter zu sorgen und ihr gute Adoptiveltern zu suchen. Sie sollte deshalb auch Patin werden. Es sei ihr ein ganz wichtiges Anliegen gewesen, dass Felicia getauft würde.

»Ich weiß nicht, ob es Zufall, Schicksal oder Fügung war. Aber dass Elke sich ausgerechnet Petra Hennings ausgesucht hatte, war für Felicia ein wirklicher Glücksfall bei ihrem tragischen Lebensbeginn. Petra hat sich voll und ganz dieser Aufgabe hingegeben und schließlich in der älteren Schwester einer Schulfreundin die ideale Pflegemutter gefunden: Das war Gertrud Sievers. Es dauerte aber noch etliche Monate, mit Kinderheim und gerichtlichen Auseinandersetzungen, weil die Großeltern von Felicia doch noch ein Sorgerecht beantragt hatten und so weiter. Aber zum Schluss hat sich alles ins Rechte gefügt.«

Buhle hatte den Eindruck, dass Welge am Ende seines Berichts angelangt war. »Normalerweise ist es doch nicht einfach, den Großeltern das Sorgerecht für ihr Enkelkind vorzuenthalten, auch wenn die Großeltern zweifelhafte Ansichten vertreten?« Seine Stimme war kratzig vor lauter Anspannung.

»Elke wusste genau, was sie tat. Sie hatte in ihrem Brief an uns ziemlich detailliert von Kindesmisshandlungen bis hin zu sexuellen Übergriffen ihres Vaters berichtet. Letzteres konnte zwar nicht bewiesen werden, und ich bin mir auch nicht sicher, ob das wirklich gestimmt hat. Aber wir haben daraufhin ermittelt und viele Zeugenaussagen zusammengebracht, die das armselige Leben der Kinder in dieser Familie bestätigt haben. Das hat gereicht. Von den anderen Kindern hatte sich kein einziges gegen die Eltern gewandt. Aber bis auf die beiden älteren Brüder, die ganz offensichtlich dem Vater nachkamen, sind sie später alle möglichst weit weggezogen.«

»Und kennt Felicia diese Geschichte?«

»Ja. Ich hatte den dritten Brief erwähnt. Elke Schuhmann hatte auch Felicia einen Brief geschrieben, den Petra ihr zum achtzehnten Geburtstag überreichen sollte. Darin hat sie sich bei ihrer Tochter für den Selbstmord entschuldigt und ihre Hoffnung ausgedrückt, sie würde bei guten Eltern ein freies Leben führen. Für uns war der Hinweis wichtig, dass die Schwangerschaft tatsächlich von einer Vergewaltigung herrührte. Sie hat ihrer Tochter das offen geschrieben.«

»Und wie ist Felicia an den Brief ihrer Mutter gekommen?«, fragte Buhle.

»Der Brief steckte in dem an Petra Hennings, allerdings mit der dringlichen Bitte, dass sie ihn Felicia erst zur Volljährigkeit persönlich überreichen sollte. Petra Hennings hatte das als den letzten Wunsch der Mutter geachtet und auch uns nichts von dem Brief gesagt.«

»Wann habt ihr davon erfahren?«

Welge antwortete, ohne zu zögern: »Ich habe immer Kontakt zu Felicias Pflegeeltern gehalten. Sie kommen schließlich aus meinem Nachbarort. Auch Felicia kennt mich von klein auf. Es hat ein paar Tage gebraucht, bis sie die ganze Wahrheit über ihre Zeugung, wie ihre Mutter sie aufschrieb, verarbeitet hatte. Danach ist sie mit dem Brief in der Hand zu mir gekommen und hat mich zur Rede gestellt.«

Bei dem Gedanken daran musste der ergraute Polizist schlucken. Er trank das Glas Wasser bis auf einen kleinen Rest aus.

»Es hat mir einiges abverlangt, ihr meine Rolle darzustellen. Ich befürchtete, dass sie der Ansicht sei, ich hätte sie all die Jahre über getäuscht. Aber das hat sie mir nicht vorgeworfen. Stattdessen wollte sie alle Einzelheiten aus dem Leben ihrer Mutter wissen. Ich habe mich nur geweigert, ihr die Art und Weise des Suizids, den Ort und die Details der Eisenbahnbrücke zu schildern. Als ich glaubte, ich hätte es überstanden, hat sie mir den Brief ihrer Mutter zu lesen gegeben. Ich musste mich sehr anstrengen, die Schrift zu entziffern, so habe ich gezittert. Danach konnte ich nicht anders, als sie in den Arm zu nehmen. Wir haben minutenlang geweint. Der Brief war für uns beide eine Erlösung.«

Peter Welges Augen hatte sich auch jetzt ein matter Glanz bemächtigt. Buhle konnte erahnen, wie sehr das Schicksal von Elke und Felicia seinen Kollegen über die lange Zeit hinweg bewegt hatte. Und als ob alles in dem Raum seinem Bericht gelauscht hätte, war es in der vergangenen Stunde vollkommen ruhig geblieben. Auch Yunis Benzer, der die Geschichte offenbar zum ersten Mal hörte, hatte sich nicht bewegt.

Buhle suchte nach einem Zusammenhang zwischen der Lebensgeschichte der beiden Frauen und dem Engländer Chris Mayer. Doch er konnte keine Anknüpfungspunkte konstruieren.

Woran lag es, dass er an dieser Stelle nicht weiterkam? Hatte er etwas übersehen? Lag noch etwas Wichtiges im Verborgenen? Oder hatte ihn sein Bauchgefühl in eine Sackgasse geführt, deren Ende er nur noch nicht sah? Er verwarf den letzten Gedanken. »Habt ihr wegen der Vergewaltigung die Ermittlungen wieder aufgenommen?«, fragte er.

»Ja, aber nach der langen Zeit hatten wir keine Chance. Außerdem griff bereits bald die Verjährung.« Welge schaute Buhle nachdenklich an. »Für *mich* ist der Fall aber noch nicht abgeschlossen. Auch deshalb habe ich dich hierhergebeten.«

19

Hunolstein, Donnerstag, 8. August

Irgendwann am Vortag hatte Michael Reuter in der Mathysmühle aufgegeben und war zurück nach Trier gefahren. Aber auch da kam er kein Stück weiter. Es war ihm, als ob er mit einem Schlüsselbund in der Hand durch eine riesige alte Villa herumirrte. Aber noch passte kein Schlüssel in eines der Türschlösser, und alle Zimmer blieben verschlossen.

Er hatte bis in die Nacht wach gelegen, bis er sich sicher war, dass sie mit Schabbach und Mailin, vielleicht auch mit der Braunschweiger Studentin bisher die falschen Schlüssel ausgewählt hatten. Der richtige fand sich irgendwo in den von Chris Mayer verborgenen Liedtexten. Er musste ihn nur finden und der passenden Tür zuordnen.

Er schlief lange und frühstückte ausgiebig. Anschließend fuhr er in die Dienststelle, versuchte sich zunächst noch im Studium der Ermittlungsakten, fragte bei Sven Tard ergebnislos nach neuen Informationen aus England und folgte schließlich seiner Intuition.

Mailin Wend erreichte er erst beim dritten Versuch an ihrem Arbeitsplatz, nachdem sie aus der Mittagspause zurückgekommen war. Sie schien erfreut, auch wenn er eine größere Distanz als bei ihrem letzten Treffen vor drei Tagen spürte.

Er konnte es nicht leugnen: Bei ihm war es nicht anders. Außerhalb der Intimität ihres Zimmers hatte auch in ihm der Kriminalist wieder Oberhand gewonnen, und der konnte nicht von der Hand weisen, dass Mailin rein objektiv noch nicht gänzlich aus dem Kreis der Verdächtigen zu streichen war. Er war erfahren genug, diesen naheliegenden Fehler nicht zu begehen. Er musste sichergehen; auch deshalb fragte er sie, ob sie zusammen mit ihm Mayers Lieder durchgehen wolle. Sie sagte für sechzehn Uhr zu.

In der Zwischenzeit ließ sich Reuter vom Morbacher Kollegen Herrmann bestätigen, dass weder Mayers Leiche gefunden noch Hubert Schabbach untergetaucht war. Er aktualisierte die Akten, verwarf den Gedanken, bei Buhle anzurufen, zumal er nicht wusste, ob dieser mit seiner Freundin überhaupt schon in Peine angekommen war.

Den Gedanken an Christian Buhle und Hannah Sobothy nahm Reuter mit zum gegenüberliegenden Döner-Imbiss, in dem er sich seine Mittagsmahlzeit gönnte. War sein Chef tatsächlich der Beweis, dass man es schaffen konnte? Es schien so.

Nachdem er in den Hunsrück aufgebrochen war, sah er von der Autobahn aus das riesige Einkaufscenter in Kenn, und er wusste, dass noch etwas fehlte. Er nahm die Abfahrt, brauchte einige Zeit, um sich vor den ewig langen Regalwänden der Lebensmittelabteilung zu orientieren, und kaufte schließlich zwei Flaschen französischen Rotwein, ein Baguette, Käse, Knabberzeug, einen Hefezopf mit Nüssen und, nach einigem Zögern, eine Schachtel Pralinen. Im Laufschritt versuchte er, sein Auto zu erreichen, ohne vom gerade einsetzenden Regen allzu nass zu werden, und ließ sich schließlich in seinen Sitz fallen.

Mit der Einkaufstüte noch auf dem Schoß betrachtete er sich im Rückspiegel, bis er schließlich mit einem leisen Lächeln sein Auto startete und endlich nach Hunolstein fuhr.

»Hast *du* dir *den* Tee ausgesucht?« Mailin schaute ihn spöttisch an. »Bio *Harmonie*-Tee. Du glaubst ja wohl nicht wirklich, dass das bei mir wirkt, oder?«

Sie hatte sich für ihre Verhältnisse fast schlicht gekleidet. Reuter mutmaßte, dass sie direkt von der Arbeit gekommen war. Bei der selbst genähten Patchworkhose dominierten die eher gedeckten Farben, und über dem olivgrünen T-Shirt hingen nur drei, vier lange Halsketten mit zahllosen bunten Modeschmuck-Steinen übereinander. Er bemerkte, dass die Ketten sich zur Körpermitte hin etwas zu verjüngen schienen. Ihm wurde bewusst, dass Mailin durchaus wohlgeformte Brüste hatte, die durch ihre schlanke Figur umso mehr zur Geltung kamen.

Er erinnerte sich, wie sie in den Gewitterregen geraten war und durchnässt vor ihm gestanden hatte. Damals war ihm die Situation eher unangenehm gewesen. Er hatte sie attraktiv gefunden, doch die jetzt wahrgenommenen Details waren ihm nicht aufgefallen. Dabei mussten sie damals deutlicher zutage getreten sein. Wie lange war das her? Gerade einmal eine Woche. Er musste über sich selbst den Kopf schütteln.

»Aha, du glaubst das also nicht«, hörte er Mailin sagen und verstand nicht sogleich, was sie meinte.

»Doch, nein, ich meine, ich habe halt einen Tee gegriffen. Kaffee kann man in diesem Haus ja nicht machen, und irgendetwas Warmes wollte ich zu dem Hefezopf schon trinken. Ich habe keine Ahnung, was dadrin ist.«

Mailin nahm die Packung und las vor: »Tulsi, also indisches Basilikum, Honeybush und Zitronengras.«

»Hört sich eher nach einer Gewürzmischung an«, kommentierte Reuter nun doch etwas verunsichert. Mailin lachte. Endlich, wie er erleichtert feststellte.

»Tja, dann hättest du wohl am besten den Glücks-Tee probiert. Auf den hat Chris geschworen. Wohl auch eine seiner Lügen.«

»Von welchen Lügen sprichst du?« Reuter reagierte prompt auf ihre Aussage und bereute es sofort, als er sah, dass sich das Lachen aus ihrem Gesicht schlagartig verflüchtigte.

»Keine bestimmten.« Sie schien nachzudenken. »Ich habe die ganzen letzten Tage alles Mögliche durchgesponnen und letztendlich …« Sie stockte, als ob sie sich überwinden müsse.

»Ich weiß nicht mehr, ob ich Chris überhaupt gekannt habe. Das alles hier«, sie blickte unwillkürlich zum immer noch vorhandenen großen Blutfleck, »passt gar nicht zu dem Menschen, in den ich mich verliebt und den ich später zumindest als allerbesten Freund bezeichnet habe. Ich frage mich, ob das Geheimnis, das ich schon immer bei ihm vermutet hatte, weniger ein Schicksalsschlag gegen ihn war, sondern …«

Sie brauchte den Satz nicht zu Ende zu sprechen. Reuter wusste, was sie meinte. Er dachte an seinen Verdacht von gestern, der ihn beim Lesen des einen Liedtextes ereilt hatte. Einen ähnlichen Bezug stellte jetzt Mailin her. In diesem Moment war er sich endgültig sicher, dass sie nichts mit Mayers Verschwinden zu tun hatte und dass sie genau die Person war, mit der er den richtigen Schlüssel zum richtigen Schloss finden und die Tür zur Lösung des Falles aufschließen könnte.

Sie gingen mit Tee und Kuchen in das Musikzimmer hinauf und unterhielten sich noch einige Zeit über verschiedene Dinge. Ihr eigenes persönliches Verhältnis und den Fall Chris Mayer umschifften sie zunächst mit großem Abstand. Schließlich kam Michael Reuter auf sein dienstliches Anliegen zu sprechen.

»Mailin?« Er wusste, dass sich sein Blick in diesem Moment verändert hatte, und sah, dass sie darüber nicht überrascht war. »Ich bin mir sicher, ich muss mich noch intensiver mit verschiedenen Texten von Chris Mayer auseinandersetzen. Die, die er offenbar für so wichtig oder persönlich hielt, dass er sie versteckte. Ich habe aber das Gefühl, ich komme da allein nicht weiter.«

»Und ich soll dir dabei helfen?«

»Wenn du magst, ja.«

Sie schaute ihn mit einer Ernsthaftigkeit an, die so ganz im Gegensatz zu ihrem immer noch extravaganten Äußeren stand, und nickte langsam. Sie erhob sich, griff sich eine Gitarre und sagte eine Spur zu unternehmungslustig: »Okay, lass uns hier eine kleine Privat-Session mit dem Vermächtnis des Chris Mayer machen. Auf dass sich der Künstler nicht in seinem verborgenen Grab umdrehen möge.«

Als sie Reuters entgeisterten Gesichtsausdruck sah, fügte sie verlegen an: »Sorry, ich glaub, wenn es um Chris geht, bin ich immer noch ganz schön neben der Kappe. Komm, lass uns die Lieder durchgehen, und … wenn *du* magst, können wir sie gern zusammen spielen, sehr gern sogar.«

Sie lasen die Texte gemeinsam durch. Beiden wurde aber recht schnell klar, dass sie das nicht weiterbrachte. Reuter versuchte mit Mailins Hilfe, weitere Texte den Originalliedern zuzuordnen.

Einen ersten Erfolg hatte er bei jenem, das er am Vortag vergeblich ausprobiert hatte. Mailin las sich den Text aufmerksam durch und spielte kurz die Akkorde an. Zu seiner Überraschung zupfte sie dann nur abwechselnd die hohe E- und die G-Saite. Reuter kam das Intro jetzt irgendwie bekannt vor, doch auch wenn er sich unter den herausfordernden Blicken von Mailin alle Mühe gab, er kam nicht auf den Originalsong.

»Ich hab's schon gehört, sicher, aber du musst mir auf die Sprünge helfen«, gestand er schließlich ein.

»Da offenbaren sich aber gehörige Bildungslücken. Sagt dir Snow Patrol etwas?«

Reuter zuckte die Schultern und zog seine Mundwinkel weit nach unten.

»Meine Güte. Wie alt bist du?« Sie wartete seine Antwort nicht ab und begann, einen englischen Text zu den einfachen Gitarrenklängen zu singen.

We'll do it all
Everything
On our own

We don't need
Anything
Or anyone

If I lay here
If I just lay here
Would you lie with me
And just forget the world?

»Das kennst du nicht? Es ist großartig. ›Chasing Cars‹. Mann, Michael, das war vor zehn Jahren ein richtiger Hit, und dazu noch ein superschönes Lied.« Sie sang den Text auswendig weiter, und Reuter konnte ihr Urteil nur teilen – vor allem, wenn sie es sang.

Dann nahm sie sich den deutschen Text von Chris Mayer vor. »Na ja, eine Übersetzung ist es schon mal nicht. Aber das hattest du wohl auch nicht vermutet, oder?«

»Nein«, antwortete er. »Ich bin mir sicher, dass Chris Mayer seine eigenen Gedanken in Worte gefasst und sich nur der Musik anderer bedient hatte. Deshalb sind mir diese Texte ja auch so wichtig.«

Sie nickte und legte sich wieder die Gitarre auf ihrem Oberschenkel zurecht. Sie versuchte, Mayers Text zu singen; es gelang ihr nicht auf Anhieb. Aber nach ein paar Wiederholungen hatte sie die Strophen bis zum ersten Refrain gemeistert. »Komm, lass es uns gemeinsam versuchen«, forderte sie Reuter auf.

Aus einem Reflex heraus wollte er protestieren. Aber dann gewann die Einsicht, dass er ja insgeheim genau darauf gehofft hatte.

Es dauerte eine weitere halbe Stunde, bis sie sich so weit auf Text, Musik und aufeinander eingelassen hatten, dass sie das Lied gleich zweimal hintereinander durchspielten. Es war unendlich traurig, und Reuter empfand es als unendlich schön, es zusammen mit Mailin zu singen.

So weit

Alles so weit,
Wolken zieh'n
von hier fort.

Ich sehe nicht,
spüre nach
deinem Ort.

Bin ich dann hier,
einfach nur bei dir,
erträumte ich mir,
du würdest mich so seh'n.

Einen Moment
sehe ich
dich vor mir.

Doch der Wind
treibt dein Bild
von mir weg.

Bin ich dann hier,
einfach nur bei dir,
erträumte ich mir,
du würdest mich so seh'n.

Doch ohne ein Wort
entschwindest du weit fort.
Ich kann dir nicht folgen
an diesen verfluchten Ort.

Alles still,
keine Spur
mehr von dir.

Die Welt so leer,
ohne dich,
ohne Sinn.

Bin ich dann hier,
einfach nur bei dir,
erträumte ich mir,
du würdest mich so seh'n.

Doch ohne ein Wort
entschwindest du weit fort.
Ich kann dir nicht folgen
an diesen verfluchten Ort.

Die Schuld in mir drin,
egal, wo ich auch bin,
wird immer der Grund sein,
dass wir uns niemals seh'n.

Bin ich dann hier,
einfach nur bei dir,
erträumte ich mir,
du würdest mich so seh'n.

Reuter wollte Mailin gerade vorschlagen, es noch einmal zu wiederholen, um dem Text auf die Spur zu kommen, als sein Mobiltelefon in der Jackentasche klingelte, die unten über einem Stuhl hing. Erst als Mailin nach etlichen Sekunden fragend die Augenbrauen hob, reagierte er endlich und lief die schmale Treppe hinunter.

Gute zehn Minuten später kam er nachdenklich wieder nach oben. Mailin hatte das Instrument zur Seite gelegt und schaute ihn fragend an.

»Es war Christian … Buhle, mein Chef.«

Mailins Gesichtsausdruck verfinsterte sich ein wenig. Vielleicht fuhr Reuter deshalb zügig fort: »Er ist heute nach Niedersachsen gefahren, um mehr über … das Mädchen herauszubekommen, das …«

»Du meinst diese Felicia Soundso?« Mailins Stimme verriet, dass sie der Frau noch nicht verziehen hatte.

»Ja, genau. Woher weißt du ihren Namen?«

»Du bist hier auf dem Hunsrück. Schon vergessen?«

Reuter deutete ein Lächeln an, das Mailin Wend nicht erwiderte. Er überlegte, wie viel er ihr mitteilen konnte. Er sollte sich zunächst nur vorsichtig äußern.

»Er hat erfahren, dass sie ein Waisenkind ist.«

»Aha«, lautete Mailins knapper Kommentar.

»Na ja, er will sich morgen noch mit ihren Pflegeeltern treffen.«

»Ganz schön hoher Aufwand, oder?«

»Ja, wir haben nicht viele Spuren«, antwortete Reuter fast entschuldigend. »Komm, lass uns noch ein Lied versuchen, das ich gestern schon identifizieren konnte und das *du* vielleicht nicht kennst.«

Er holte Mayers Text für »Partida« von Cesária Évora hervor, spielte die Gitarrengriffe dazu und summte die Melodie, was ihm seiner Meinung nach allerdings nur mäßig gut gelang.

Mailin hörte zu, bis sie schließlich kapitulierte. »Keine Ahnung, nie gehört.«

»Hatte ich auch nicht. Das Original handelt genauso wie Mayers Text vom Abschied, ansonsten unterscheidet sich der Inhalt.« Reuter hielt kurz inne. »Wieder ein sehr trauriges Stück. Was hat Mayer bloß mit diesen Liedern verbunden, dass er sie versteckte?«

Es herrschte eine ganze Zeit lang Stille in der alten Mühle. Nur das Rauschen der Dhron drang wie eine kaum wahrnehmbare Hintergrundmelodie durch die dicken Wände, ohne aber die beiden Menschen, die dort aus ganz unterschiedlichen Beweggründen intensiv nachdachten, zu erreichen.

Schließlich stimmte Reuter das Lied erneut an und sang diesmal den deutschen Text dazu.

Ich weiß nicht, wohin ich nun geh.
Doch mein Weg führt mich jetzt fort, weit weg von dir.

Schon nach den ersten beiden Zeilen hielt er wieder inne. Vom Papier abgelesen, klangen die Worte fast banal. Doch zusammen mit der Musik erschloss sich Michael Reuter eine viel weitreichendere Bedeutung.

Verzeih, mein Liebstes, doch ich geh und lass dich hier zurück.

»Felicia Sievers ist das Kind eines Vergewaltigers und einer Mutter, die fünf Tage nach ihrer Geburt Selbstmord begangen hat.« Reuters Stimme war völlig tonlos, als er diesen Satz sprach, der noch eine gefühlte Ewigkeit in dem Raum hing.

Wie auf ein unsichtbares Kommando hoben Michael Reuter und Mailin Wend gleichzeitig den Blick, schauten sich wortlos an und begannen zu verstehen.

20

Braunschweig, Peine, Donnerstag, 8. August

Felicia Sievers hatte Chris Mayer anrufen und mitteilen wollen, dass ihr etwas dazwischengekommen sei. Ihre Gedanken hatten über den Vormittag hinweg mit sich stetig erhöhender Geschwindigkeit rotiert. Ihr war plötzlich alles völlig abwegig erschienen, völlig irreal, völlig schwachsinnig. Der Druck in ihrem Kopf wurde immer unerträglicher, und sie wusste nicht, wovor sie mehr Angst hatte: dass er es war oder dass er es nicht war.

Sie musste raus. Wortlos war sie an ihren Mitbewohnerinnen vorbeigestürzt und wie eine Besessene durch den Park gerannt, als ob sie dadurch das Gespenst hätte abschütteln können. Es war ihr nicht gelungen. Irgendwann hatte sie sich nur noch abseits des Weges in den Schatten einer Weide retten können, um sich am Ufer der Oker zu übergeben. Mit letzter Kraft war sie zur nächsten Parkbank getorkelt, hatte die entrüsteten Blicke der Passanten ignoriert und hatte wie zusammengefaltet auf der lackierten Sitzfläche verharrt.

Später, viel später sickerte die untrügliche Erkenntnis in ihr Bewusstsein durch: Sie hatte keine Chance zu flüchten. Sie hatte vielmehr die ganzen letzten Jahre auf genau diesen Moment gewartet. Doch hatte sie sich das alles ganz anders vorgestellt; viel klarer, viel entschiedener, viel erlösender. So war es nicht.

Kurz vor Mittag hatte Nele sie endlich gefunden. Ihre Mitbewohnerin hatte die beiden anderen informiert, hatte sich neben sie gesetzt, sie sanft an sich gezogen und kein Wort gesagt. Ihre engsten Freundinnen kannten ihre Vergangenheit, es war nicht das erste Mal, dass Felicia von deren Schatten übermannt wurde. Sie wussten, dass es in diesen Momenten der Dunkelheit nichts zu sagen gab.

Nacheinander waren auch Lina und Dany eingetroffen. Felicia spürte die Geborgenheit, die von ihren Freundinnen ausging, diese Sicherheit, nie allein gelassen, nie fallen gelassen zu werden. Sie hatte sie schätzen gelernt, doch vermochte sie diesmal nicht, sie anzunehmen. Diesmal war alles anders.

Auf dem Rückweg hatte sie Lina gefragt, ob sie eine Nachricht von Mattis für sie habe. Lina hatte es mit fragenden Blicken verneint, ohne darauf eine Antwort zu erhalten. Auch den ratlosen Blick zwischen Dany und Nele hatte Felicia ignoriert. In der Wohnung angekommen, war es ihr wenigstens noch gelungen, einen kurzen Dank auszusprechen. Dann hatte sie sich Ruhe auserbeten und war in ihrem Zimmer verschwunden.

Erst jetzt, Stunden später, spürte sie, dass sich das Gefühl der Betäubung langsam auflöste. Dafür dröhnte es in ihrem Kopf umso mehr. Sie nahm zwei starke Schmerztabletten und wartete, dass sie anschlugen. Danach machte sie sich heimlich fertig, schlich sich aus der WG und fuhr mit dem Zug nach Vöhrum.

Sie ahnte in diesem Moment nicht, dass es das letzte Mal sein würde.

Ihre Mutter war überrascht, sie so schnell wiederzusehen, und erkannte sofort, dass etwas nicht stimmte. Felicia beruhigte sie und versprach, am nächsten Morgen bestimmt Zeit zum Reden zu haben. Am Abend sei sie allerdings noch mit Tanja verabredet, die gerade eine Menge Probleme habe. Ihre Mutter gab sich damit zufrieden, obwohl Felicia ihr die Zweifel ansah.

Felicias Verhältnis zu ihren Adoptiveltern war immer von viel Liebe und Fürsorge geprägt gewesen. Gertrud und Hans Sievers hatten ihrer »Fee« schon früh mitgeteilt, dass sie nicht ihre leiblichen Eltern waren, dass ihre Mutter gestorben und ihr Vater unbekannt war. Für sie war das über die Jahre hinweg normal geworden. Es fehlte ihr nichts, zumal sie bei anderen Kindern mitbekam, wie familiäre Tragödien immer häufiger wurden: die Scheidung der Eltern, schreckliche Stiefeltern, plötzlicher Tod eines Elternteils, schwere Krankheiten, Sucht, Arbeitslosigkeit. Von alldem war sie verschont geblieben.

Ihre leibliche Mutter lag in einem Grab auf dem Peiner Friedhof, und anfangs hatte sie noch geglaubt, dass sie vom Himmel auf ihre kleine Fee hinabsah. Von ihren Großeltern war sie ferngehalten worden, doch auch das hatte sie erst viel später bemerkt und nie wirklich hinterfragt. Zu stark war ihr Vertrauen zu ihren Adoptiveltern. Sie hatte letztendlich Glück gehabt. Davon war sie fest überzeugt.

Diese Überzeugung hatte sie auch nicht verloren, als ihr ihre Patentante diesen Brief ihrer leiblichen Mutter übergeben hatte. Bei allem, was damit auf sie herabgestürzt war: Gertrud und Hans blieben für sie Mutter und Vater.

Nachdem Felicia sich lange vor dem Spiegel zurechtgemacht und ihren Eltern mitgeteilt hatte, nur zur Strandbar am Eixer See zu gehen, verließ sie um Viertel vor acht das Haus. Ein von Westen her angekündigtes Regengebiet, das für die Bauern zu spät kommen würde, schickte erste Zirruswolken voraus. Aber für die norddeutsche Tiefebene war es ein noch milder Sommerabend.

Sie sah, wie sie die Blicke einer kleinen Gruppe von jungen Männern anzog, die ihr auf dem Fußweg entgegenkamen. Einen von ihnen erkannte sie als den kleinen Bruder einer früheren Klassenkameradin. Sie grüßte ihn lächelnd mit Namen und brauchte sich nicht umzudrehen, um zu wissen, wie die anderen den Jungen nun ausfragten.

Ihre Haare hatte sie seit Längerem wachsen lassen und nun mit einer Holzspange zu einem Pferdeschwanz zusammengelegt. Oft hatte ihre helle, fast transparente Haut sie gestört, die sich auch nicht andeutungsweise von der Sommersonne zu einem dunkleren Teint überreden ließ. Doch heute kamen ihre knallrot geschminkten Lippen dadurch noch stärker zur Geltung. Sie wusste genau, dass sie mit ihren geheimnisvoll grün-braun melierten Augen unter den schmalen Brauen, dem nun recht voll wirkenden Mund über einem fast spitz zulaufenden Kinn und den leicht hochstehenden Wangenknochen ziemlich gut aussah. Warum auch immer, sie hatte es sich für dieses Treffen ganz bewusst so ausgesucht.

***

Nachdem Buhle Reuter telefonisch über die neuesten Erkenntnisse informiert hatte, verließ er am späten Nachmittag das Polizeigebäude in Vöhrum. Wie von Hannah beschrieben, bog er in die kleine Wohnstraße Papenbusch ein, die in den alten Dorfkern des Ortes hineinführte.

Einzelne weiße Fachwerkhäuser mit schwarzen Balken hoben sich wohlwollend von den dominanten Backsteinbauten ab. Dahinter tauchten wie aus dem Nichts neuere bauliche Repräsentanten der nüchternen siebziger Jahre auf. An der einen Straßenseite drückten sich die Häuser mit der Giebelseite bis dicht an die Straße heran. Gegenüber gab ihnen eine Hecke oder ein schmuckloser Vorgarten wenigstens etwas Deckung. Einen durchgehenden Bürgersteig gab es nicht. An einzelnen Grundstücken reichte die asphaltierte Hofeinfahrt bis zum Bordstein, größtenteils aber waren die Randflächen unbefestigt. Dort hatte sich eine spärliche Krautflur auf dem Splitt durchgesetzt.

Das Haus von Hannahs Eltern sah Buhle bereits aus einiger Entfernung. Es schien etwas höher als die anderen zu sein. Die azurblauen Fensterrahmen hoben sich fast leuchtend von der ziegelroten Häuserfront ab, und der oben angedeutete Halbbogen verlieh dem ganzen Gebäude gleich einen freundlicheren Charakter. Zudem waren die Ziegelsteine entlang der Geschossgrenze schräg eingebaut worden, sodass sich ein dezenter Zierstreifen durch die ansonsten ungegliederte Fassade zog. Vielleicht weil es mit der Längsseite zur Straße hin ausgerichtet war, lag es etwas versetzt.

Buhle ging die drei Meter über rötliches Betonpflaster zur Haustür, als diese bereits von innen geöffnet wurde. Eine etwas füllige Frau tauchte mit weit geöffneten Armen im Türrahmen auf, und Buhle überfiel kurzfristig die Angst, er würde gleich mit aller Herzlichkeit an den üppigen Busen gedrückt werden. Doch zu seiner Erleichterung schwangen die ausgestreckten Gliedmaßen noch vor ihm zusammen, und zwei warme Hände griffen sich seine eigene rechte und schüttelten sie kräftig.

»Christian, das ist aber schön, dass du endlich kommst. Wir haben schon gedacht, Peter hätte dich gleich mit seinem Streifenwagen durch ganz Peine geschleust. Und Manfred scharrt schon seit einer halben Stunde mit den Hufen, weil er sein Feuer wieder zu früh angemacht hat. Aber nu komm erst mal rein. Willste ein Bier? Euer Zimmer ist schon gerichtet. Aber ausruhen kannste dich ja nachher noch. Ach, ich freue mich ja so, dass ihr gekommen seid. Nu komm rein.«

Nachdem Ursula Sobothy sich umgedreht und vor ihrem Gast ins Haus zurückgegangen war, musste Buhle erst einmal ausatmen. Auf einen solch stürmischen Empfang war er nicht vorbereitet gewesen. Nun wusste er, woher Hannah ihre Lebhaftigkeit hatte.

Er versuchte, im engen Flur mit Hannahs Mutter Schritt zu halten, und wäre fast auf sie geprallt, als sie ohne Vorwarnung abrupt stehen blieb und ihm bedeutete, seine Tasche an der Treppe zur ersten Etage abzustellen. Sofort nahm sie wieder Fahrt auf, umkurvte im Wohnzimmer einen Fernsehsessel und führte Buhle direkt hinaus in den Garten. Dort saßen Hannah und ihr Vater um einen ovalen, bereits vollständig gedeckten Gartentisch.

»So, schaut, wen ich euch mitgebracht habe. Manfred, biete unserem Gast mal ein Bier an. Hast du noch keine Nackensteaks auf dem Feuer? Na ja, ich hol mal den Kartoffelsalat aus der Speisekammer. Hannah, du kannst jetzt das Brot aufschneiden. Setz dich doch, Christian.« Mit den letzten Worten hatte sie bereits wieder kehrtgemacht und war im Haus verschwunden. Buhle meinte, noch Sekunden danach ihren Gehwind auf seinen unbedeckten Unterarmen zu spüren.

»Ja, meine Ursel ist schon ein Wirbelwind, ne.« Manfred Sobothy hatte sich bedächtig aus den Tiefen des Stuhlpolsters erhoben und ging mit ausgestreckter Hand auf Buhle zu. »Willkommen in unserem schönen Dorf. Hannah hat gesagt, wir sollten uns am besten gleich duzen. Ist das in Ordnung?«

»Ja, natürlich. Christian«, stellte sich Buhle vor.

Er erntete dafür von seinem Gegenüber ein wohlwollendes Lächeln. »Wissen wir doch. Komm, setz dich und nimm dir mal ein Bier. Der Öffner liegt auf dem Tisch. Ich hab ja schon vor zehn Minuten gesagt, wir sollen die Steaks auflegen, aber die Frauen wollten abwarten. Oder willste erst eine Bratwurst?«

»Ehm, wie du willst«, entgegnete Buhle etwas stotternd.

»Na ja, ich kann ja mal beides auflegen. Dann können wir immer noch sehen, ne.« Manfred Sobothy hatte sich mitsamt seinem stattlichen Bauch nun dem Ungetüm von Grill zugewandt, in dem bereits eine unglaubliche Glut auf ihren Einsatz wartete. Er nahm das Küchentuch von einer großen Schüssel, die randvoll mit Fleisch und weißen Würstchen gefüllt war. Nach der Menge zu urteilen, konnte Buhle beim besten Willen nicht der einzige Gast sein, der heute erwartet wurde.

Er wandte sich Hannah zu. Die saß mit übergeschlagenen Beinen und einem genüsslichen Lächeln völlig entspannt in ihrem Stuhl. »Willkommen im Reich der Familie Sobothy. Du wirst dich schon daran gewöhnen. Komm, setz dich zu mir und nimm dir bloß vorher ein Bier. Denn Grillen ohne Bier geht hier gar nicht.«

Wie zur Bestätigung zischte es vom Grill her, und eine aromatisch duftende Wolke aus Bierdampf und Asche quoll aus der Grillöffnung heraus. Manfred Sobothy hatte die Glut mit dem so unentbehrlichen Gerstensaft abgelöscht.

Keine anderthalb Stunden, zwei Steaks, eine Bratwurst und einer mit aller Macht erkämpften Beschränkung auf zwei Portionen Kartoffelsalat später saß Christian Buhle mit einer bauchigen Flasche Bier in der Hand neben Hannah und hörte sich eine weitere Episode aus der unendlichen Geschichte dieser so unglaublich liebenswürdigen, lebenslustigen und engagierten Tochter von Ursula und Manfred an. Er hatte noch nie Eltern so uneingeschränkt positiv von ihrem Kind erzählen hören, vielleicht kam ihm deshalb alles viel zu überschwänglich vor. Doch unabhängig davon schienen Vater und Mutter glücklich und stolz auf ihre Tochter zu sein. Etwas, das ihm in diesem Leben sicher nicht mehr passieren würde.

Er betrachtete Hannah von der Seite. Für einen Moment verloren sich die Worte ihrer Eltern irgendwo auf dem Weg zu ihm. In dieser imaginären Stille spürte er, dass er vielleicht wirklich das ganz große Los gezogen hatte. Wie zur Bestätigung drehte Hannah ihm ihren Kopf zu. Das Strahlen ihrer tiefblauen Augen schien seinen ganzen Körper zu fluten. Er hatte so etwas nie zuvor empfunden.

Buhle wusste nicht, wie lange er so dagesessen hatte. Vielleicht einige Sekunden oder gar Minuten. War es die ihn nun tatsächlich umgebende Ruhe gewesen, die ihn aus seinen Gedanken und Empfindungen zurückgeholt hatte? Hannah schien sein irritierter Gesichtsausdruck zu erheitern. Ihre Eltern hingegen nahmen ihn, wie er war.

»So, der arme Junge«, herrschte Mutter Sobothy ihren Mann an. »Da ist er das erste Mal hier, und du überfällst ihn gleich mit tausend alten Geschichten.«

Buhle war sich sicher, dass sie mehr als drei Viertel der Redezeit für sich beansprucht hatte.

Manfred reagierte hingegen mit einem schiefen Grinsen in Richtung seiner Tochter. Er erhob sich aber aus seinem Gartenstuhl. »Du hast ja recht, Ursel. Der Christian will sicher auch noch ein paar Minuten ohne uns mit Hannah hier sitzen.« Er schaffte es mit seinen beiden Händen, acht leere Bierflaschen auf einmal zu greifen. »Ich muss ja morgen auch wieder früh raus. Frühschicht im Peiner Walzwerk, ne«, fügte er als Begründung fast entschuldigend hinzu.

»Genau. Nimm aber noch … ach, hast du schon. Pass auf, dass dir nicht wieder eine Flasche runterfällt. Du musst es auch immer übertreiben.« Ursula wandte sich an Hannah. »Du weißt Bescheid, wo alles liegt? Das Bett habe ich gemacht. Frische Handtücher hängen auch im Bad. Wenn noch irgendwas ist, findest du mich in der Stube, ja?«

»Alles klar, Mama. Ich glaube, ich finde mich hier gerade noch so zurecht.«

»Ich sag's ja nur.« Sie griff das mit Tellern, Schalen, Besteck und dem übrig gebliebenen gegrillten Fleisch völlig überfüllte Tablett mit der Sicherheit jahrelanger Routine. »So, gute Nacht, ihr beiden.«

Die beiden sagten erst mal nichts. Dann nahm Hannah Buhles Hand. »Überstanden, mein Lieber. Morgen wirst du schon wie selbstverständlich zur Familie gehören. Da geht es wieder etwas ruhiger zu. Ich habe meine Mutter selten so aufgeregt gesehen.« Sie grinste breit.

Buhle war erleichtert. »Ich bin so was ja wirklich nicht gewohnt. Aber deine Eltern sind richtig nett.«

»Ja, ein Herz und eine Seele, zumindest wenn es ums Grillen geht. Heute kann ich das auch wieder genießen. Aber du kannst dir vorstellen, dass das in meiner wilden Zeit hier etwas anders zuging. Meine Eltern müssen viel verdrängt haben, wenn sie solch glorifizierende Reden über ihre Tochter schwingen.«

Sie nahm nun ihre andere Hand und strich Buhle damit sanft über die Wange. »Wenn du möchtest, kann ich dir auch ein paar andere Storys von der goldigen Hannah erzählen. Damit du weißt, worauf du dich wirklich eingelassen hast. Noch Lust auf eine kleine Verdauungstour?«

»Durch deinen schönen Heimatort?«

»Hallo, jetzt nicht blöd werden«, erwiderte sie mit gespielter Empörung und fuchtelte ihm mit dem Zeigefinger vor der Nase herum. »Ich wollte dir eigentlich meinen Lieblingsplatz zeigen, aber wenn du willst, kann ich auch über die rasante Entwicklung der Vöhrumer Neubaugebiete zwischen 1955 und 2000 referieren und dir aus jeder Epoche die schönsten Häuser zeigen. Ich habe da mal einen Aufsatz im Erdkunde-Leistungskurs geschrieben.«

Buhle hob abwehrend die Hände. »Nein, nein. Wo ist dein Lieblingsplatz?«

Hannah schaute ihn betont lange und prüfend an. »Na ja, ich will noch einmal gnädig sein. Hier in der Nähe ist mein Jugendparadies: ein ehemaliger Kiessee, in dem man zu jeder Tages- und Nachtzeit schwimmen gehen kann.«

»Ich habe aber keine Badehose dabei«, warf Buhle ein.

»Die brauchen wir nicht«, antwortete sie vielsagend. Doch bevor er Einspruch erheben konnte, klingelte es. Er griff nach seinem Smartphone und schaute auf das Display. Es zeigte die Nummer von Michael Reuter an.

21

Eixe, Donnerstag, 8. August

Die leichten Zweige der Birken schienen nie innezuhalten. Schon der kleinste Windstoß ließ sie leicht hin- und herschwingen, und die gezähnten Blätter zitterten unruhig dazu.

Die Bäume beidseits des Sundernwegs hatten sie ihr ganzes Leben lang begleitet. Am Anfang waren die stangenartigen Stämme fast weiß gewesen. Sie hatte es geliebt, die dünne obere Schicht der Rinde abzuziehen wie die eigene Haut nach einem Sonnenbrand. Heute hatten die Alleebäume deutlich an Umfang gewonnen, standen dafür nicht mehr gerade, sondern eher schief, manchmal auch krumm, und die Borke war im unteren Drittel durch unansehnlich graue Rauten aufgebrochen. Felicia hatte sich diesen Bäumen selten so verbunden gefühlt wie während dieses Spaziergangs.

Dreihundertachtundvierzig Meter lagen zwischen ihrer Haustür und dem einzigen Gebäude am Eixer See, in dem die Gaststätte und die DLRG untergebracht waren. Sie hatte die Entfernung damals mit dem Tacho ihres Kinderfahrrades ausgemessen und die Zahl seitdem nicht mehr vergessen. Sicherlich dreißig Schritte vorher blieb sie stehen und schaute nach Süden über die Weiden der Fuhseniederung. Drei Pferde standen auf dem auch im August noch satten Grün und schienen die letzten Strahlen der Abendsonne zu genießen. Sie hatte sicher schon tausendmal in diese Richtung geschaut; noch nie war ihr dieser Ausblick so unendlich weit vorgekommen.

Nach einer Weile ging sie weiter. Am ersten Badestrand, der vor allem von Familien genutzt wurde, waren nicht mehr viele Leute. Auch auf dem Parkplatz vor der Strandbar standen nur vereinzelt Autos, und einige Fahrräder lehnten am Zaun. Felicia war noch wenige Schritte von den parkenden Fahrzeugen entfernt, als sich bei einem silbergrauen Corsa die Fahrertür öffnete. Abrupt blieb sie stehen und sah bewegungslos zu, wie Chris Mayer ausstieg.

Der Wagen schien für ihn eine Nummer zu klein zu sein. Er hatte ein wenig Mühe, seinen hochgewachsenen Körper aus der Türöffnung hinauszustemmen. Das leicht lockige schwarze Haar mit den vielen silbrigen Adern trug er deutlich kürzer als noch im Frühjahr. Das war ihr beim letzten Treffen gar nicht aufgefallen. Als er sie erblickte, lachte er und winkte ihr kurz zu.

Sie hatte ihn vorher noch nie richtig lachen gesehen. In seiner Mühle war ihr anfänglich diese distanzierte Ernsthaftigkeit sympathisch gewesen, die ihm zusammen mit seinem kantigen Gesicht und dem ausgeprägten Kinn einen geheimnisvollen Anstrich gegeben hatte. Das Lachen schien aus ihm einen völlig anderen Menschen zu machen. Sie atmete noch einmal tief durch, versuchte ebenfalls ein Lächeln und ging langsam auf ihn zu.

»Hallo, Felicia. Ich dachte schon, ich wäre zu spät.« Er verschloss den Opel und bewegte sich offensichtlich erfreut auf sie zu. Vielleicht war sie deshalb so überrascht, wie zögerlich, fast flüchtig er ihr mit leichtem Druck die Hand gab. »Das ist ja ein wundervoller Abend. Wie geht es dir?«

Sie versuchte erneut ein Lächeln, aber es verschwand, als sie ihr Spiegelbild gleich zweimal in den schwarzen Gläsern seiner Sonnenbrille sah. Dennoch bemühte sie sich um einen freundlichen Ton. »Gut, danke. Und dir? Liefen deine Termine gut?«

»Na ja, geht so. Aber sie haben alles abgenommen, und das ist das Wichtigste.« Er schaute hinauf zum Himmel, an dem langsam ein rotvioletter Ton das Blau des Sommertags überdeckte. »Sag mal, hast du Lust, etwas spazieren zu gehen? Ich habe heute den ganzen Tag gesessen. Nur ein Stück um den See?«

Felicias Augen folgten seinem ausgestreckten Arm, der die Runde um die relativ große Wasserfläche andeutete. Sie kannte die Wege um den Eixer See. Einer führte an der Oberkante der ehemaligen Abgrabungsfläche rundherum. Ein weiterer Pfad verlief entlang des Ufers und verband die einzelnen Liege- und Badestellen. Sie wusste, dass zum Abend hin nur noch wenige Leute, meist Jugendliche auf der anderen Seite waren. Zudem gab es durch die ganz nah verlaufende Autobahn einen ständigen Geräuschpegel, der alle anderen Laute leicht übertönen konnte. Auch Hilferufe. Hatte sie tatsächlich Angst, Angst vor …?

»Ah, ich sehe schon, du hast keine Lust.«

»Nein«, der Widerspruch war ihr einfach so rausgerutscht, und sie bereute ihn sofort, »es ist nur, gegen Abend sind unten am Wasser unheimlich viele Mücken unterwegs. Vor allem, wenn wir auf der anderen Seite des Sees langlaufen. Hier entlang der Landstraße ist ein Radweg. Der ist zwar nicht ganz so schön, und ab und zu kommt ein Auto vorbei. Aber man kann mal auf den See, mal auf die Wiesen schauen. Das ist auch ganz nett, und diese Viecher fressen einen nicht gleich auf.«

»Ja, gut«, nahm Mayer den Vorschlag sofort an. »Lass uns gleich losgehen, dann können wir hier nachher vielleicht noch etwas trinken.«

Felicia nickte, und sie gingen vom Parkplatz auf den asphaltierten Radweg. Wieder überkam sie diese verwirrende Unsicherheit. Bildete sie sich alles nur ein? Sah sie vielleicht doch nur Gespenster?

***

Hannah hatte aus dem Schuppen die zwei Fahrräder ihrer Eltern geholt und die großen Handtücher auf den Gepäckträger geklemmt. Ihr Vater war sicher einen Kopf kleiner als Buhle, entsprechend niedrig waren Lenker und Sattel eingestellt. Schnellspanner gab es keine. Während er probierte, eine irgendwie praktikable Haltung auf dem Rad zu finden, begleitete ihn Hannahs Lachen. Schließlich gab er auf und versuchte, ihr Tempo irgendwie zu halten.

Der Weg führte sie an der Polizeistation und der Kirche vorbei. Dahinter konnte Buhle einige renovierte Fachwerkhäuser ausmachen, die nun, erlöst von ihrer ehemals landwirtschaftlichen Ausrichtung, im neuen Glanz und höchst attraktiv dastanden.

Sie bogen nach links auf einen Radweg ab, der sie bald darauf über die ruhig dahinfließende Fuhse und vorbei am Ortsschild von Eixe führte. Hier also wohnten die Eltern von Felicia Sievers. Die beiden Orte lagen ja nur wenige hundert Meter auseinander. Doch noch bevor Buhle sich nach dem Dorf erkundigen konnte, bog Hannah ohne Vorwarnung nach rechts in einen nur mit Schotter befestigten Weg ab. Als Buhle ihr genauso abrupt folgen wollte, rutschte sein Vorderrad zur Seite weg, und nur mit viel Mühe konnte er mit seinem rechten Bein den Sturz noch verhindern. Sofort bremste auch Hannah und kam langsam zurückgerollt.

»Tut mir leid, Christian, alles klar?« Sie war erleichtert, als er mit einem Nicken bejahte. »Entschuldige, aber ich war in Gedanken und bin automatisch abgebogen. Zum Glück hast du dich nicht hingelegt. Komm, es geht jetzt ein Stück bergauf, bis zu einer Schranke, die wir umfahren können.« Sie schmunzelte. »Oder besser, wir schieben. Ich glaube, mit deinen Knien kommst du da nicht rum.«

Buhle hatte beim Fahren beide Knie weit nach außen gestreckt, um nicht mit jedem Tritt an den Lenker zu stoßen. Ihm war klar, dass er wie der berühmte Affe auf dem Schleifstein im Sattel des zu kleinen Gefährts hing. Aber gerade deshalb gab er sich nicht geschlagen. »Das wollen wir ja mal sehen, ob ich da nicht rumkomme.«

Mit Schwung trat er in die Pedale und fuhr nun im Stehen weiter. Hannah musste noch drehen und konnte ihm so nicht gleich folgen. Aber angriffslustig nahm sie die Verfolgung auf. Bis zur Absperrung hatte Buhle so viel Vorsprung herausgefahren, dass er schon den eisernen Balken passiert hatte, als Hannah dort ankam. Fröhlich pfeifend fuhr er nun gemütlich weiter. Zum ersten Mal fühlte er sich einfach nur gut, ohne gleichzeitig über den Grund dafür nachdenken zu müssen.

Sie überquerten eine Landstraße mit einer Birkenallee. Mittlerweile fuhren beide wieder nebeneinander.

Hannah wies mit einem Arm ausladend auf den vor ihnen liegenden großen See. »Das ist er: mein Eixer. Der Ort meiner größten Freuden und ersten Sünden.« Als Buhle sie fragend anschaute, setzte sie einen geheimnisvollen Blick auf. »Vielleicht, wenn du viel Glück hast, wirst du schon bald erahnen, von was ich spreche.«

»Und was werde ich erahnen? Die Freuden oder die Sünden?«

»Beides«, antwortete Hannah mit einem Strahlen, das ihm jede weitere Nachfrage verbot.

Hannah deutete auf einen kleinen Gebäudekomplex am Ufer des Sees. »Das ist die DLRG-Station. Und daneben ist jetzt wohl so etwas wie eine Beach Bar. Leider gab es das zu meiner Zeit noch nicht. Komm, wir müssen hier schon abbiegen.« Sie wies links auf einen weiteren Schotterweg.

Nach zwei Kurven kamen sie zu einem Parkplatz, auf dem sich nur noch zwei Autos verloren. Anschließend wurde der Weg schmaler, und wenig später fuhr Hannah über einen Pfad hinunter ans Wasser. Hier schloss sich ein kleiner, schmaler Strand an. Ein junges Pärchen packte gerade seine Sachen ein. Sie fuhren in der schnell fortschreitenden Dämmerung vorsichtig weiter. Ufergehölze wechselten sich mit einem staudenartigen Bewuchs entlang der Wasserlinie ab. An einer Stelle führte ein Trampelpfad in den See.

Hannah hielt und schaute sich um. »Hier wächst alles immer mehr zu«, sagte sie. Sie deutete zum Hang hin, den Gebüsche fast vollständig vereinnahmt hatten. »Hier war früher alles offen. Es war der Platz meiner Clique. Im Sommer war immer jemand da. Wenn wir uns nicht schon in der Schule verabredet hatten, konnte ich auch auf Verdacht hierherfahren. Das war eine superschöne Zeit.«

Sie stieg von ihrem Fahrrad ab, und Buhle tat es ihr gleich. Hannah kam zu ihm, legte beide Arme um seine Hüften und gab ihm einen langen Kuss. »Es ist so schön, mit dir hier zu sein.« Ihre Mundwinkel hoben sich zu einem schelmischen Lächeln. »So, und nun kommen wir zu den Sünden. Klamotten aus, es geht ins Wasser.«

Noch ehe Buhle die Umgebung mit prüfendem Blick erfasst hatte, stand Hannah nackt vor ihm. Er seufzte und hoffte, dass sie es nicht gehört hatte. Dann begann auch er, sich auszuziehen.

***

Straße und Radweg folgten an dieser Stelle der kleinen Ausbuchtung des Seeufers. Chris Mayer hatte auf ihre Nachfrage hin vom vergangenen Termin berichtet. Es sei um einen vierzeiligen vertonten Werbespruch für eine Braunschweiger Brauerei gegangen, der im örtlichen Radio gesendet werden sollte. Nichts Großes eigentlich, aber Mayer meinte, er komme damit einige Zeit über die Runden, und es mache ihm sogar Spaß.

Felicia war es in dem Moment eigentlich nur darum gegangen, herauszufinden, ob sie ihm diese und überhaupt seine ganzen Geschichten abnehmen konnte. Sie kannte die beiden Brauereien in ihrer Universitätsstadt, hatte aber noch nie eine Radiowerbung von einer der beiden gehört.

»*Du* machst also echt Werbung für Bier?« Sie versuchte, so locker wie möglich zu klingen.

Mayer lachte amüsiert auf. »Ja, echt. Und dabei trinke ich gar keins.«

»Kannst du mir das mal vorsingen?«

»Bitte? Ich soll dir die Werbung vorsingen?«

»Ja, genau.«

Mayer schaute sie einen Moment an. Sie hätte die Brille verfluchen können. Zu gern hätte sie jetzt seine Augen gesehen.

Sie waren gar nicht weit von der Strandbar an einer Stelle stehen geblieben, an der man freien Blick auf den See hatte. Mayer schaute sich nach allen Seiten um, als ob er befürchtete, jemand könnte sie hören. Er schüttelte den Kopf und begann, einen kurzen Vers über eine blonde Geliebte in der Löwenstadt zu singen.

Sie fand den Text zwar etwas merkwürdig, aber er hörte sich rund und zusammen mit der eingängigen Melodie wirklich wie Werbung an. Das konnte er sich unmöglich so spontan ausgedacht haben, war sie überzeugt. Ihre Unsicherheit jedoch blieb.

»Und, hast du jetzt Lust auf ein kühles Bier bekommen?«

»Nee«, antwortete sie wahrheitsgemäß. »Hört sich schon ein bisschen komisch an, oder?«

»Ein bisschen komisch ist gut.« Er lachte wieder. »Es klingt ziemlich bescheuert, wenn du mich fragst. Aber von den sechs Vorschlägen haben sie sich dafür entschieden. Und wenn ich einem Gespräch von zwei Männern, die sich offensichtlich sehr gut mit Bier auskennen«, er deutete mit beiden Händen einen dicken Bauch an, »richtig gefolgt bin, schmeckt sowieso keines der Braunschweiger Biere, sondern einzig das Peiner Bier.«

Felicia musste zustimmend lächeln. »Komm, lass uns ans Ufer gehen«, schlug sie schließlich vor. »Es gibt da einen Pfad, der ist schöner als der Weg hier an der Straße entlang.«

»Okay, gern, wie du willst.«

Sie gingen die paar Schritte zum Ufer hinunter. Der kurze sandige Abschnitt und die nur wenige Meter entfernt liegenden winzigen, mit Bäumen bewachsenen Inseln schufen eine kleine Idylle. Das schien auch Mayer so zu sehen. Wortlos blieb er neben Felicia an der Wasserkante stehen und schaute über den See.

»Das ist wunderschön«, begann er unvermittelt. »Warst du als Kind oft hier?«

»Am Eixer See, meinst du, oder genau an dieser Stelle?«

»Ja, an dieser Stelle.«

»Nein«, log sie. »Ich war meist zum Baden hier. Da hinten, neben der Rettungsstation. Meinen Eltern war das lieber.«

»Ja, Eltern sind wohl so. Komm, lass uns weitergehen«, sagte er und wandte sich dabei schon zum Gehen.

Felicia wartete noch einen Augenblick. Auf das Thema Eltern schien er komisch zu reagieren. Mit ein paar schnellen Schritten war sie wieder neben ihm. »Waren deine Eltern anders?«, fragte sie und blickte ihm von der Seite ins Gesicht. Trotz dieser bescheuerten Brille schien es ihr, als ob sein Blick sehr starr nach vorn gerichtet wäre.

»Sei mir nicht böse, aber ich spreche nicht gern über meine Eltern oder überhaupt über meine Familie.«

Die Antwort überraschte sie. Vielleicht kam ihre Nachfrage deshalb so schnell und unüberlegt. »Wieso?«

Seine Haltung schien ihr irgendwie steifer als zuvor. Auch das Lachen war für einen Moment aus seinem Gesicht verschwunden. Doch er fing sich. »Ich hatte kein gutes Verhältnis zu meinen Eltern oder zu meinen Geschwistern. Bin auch früh von zu Hause weg. Aber erzähl von dir. Hattest du eine schöne Kindheit?«

»Ja, ja, eigentlich schon.« Sie versuchte, ihn nicht zu prüfend anzuschauen. Mayer hatte wieder sein Lächeln aufgesetzt. Auch wenn sie zu wissen glaubte, dass es mehr Fassade war, schien er sie damit nicht einfach täuschen zu wollen. Vielleicht hatte er tatsächlich eine schwierige Kindheit gehabt.

Sie fing an, von ihrer Zeit in Eixe zu erzählen, von einer für sie einfachen Schulzeit, von ihren verständnisvollen Eltern, von schönen Urlaubsreisen und der Leidenschaft fürs Wandern, die sie mit ihrem Vater teilte und die sie letztendlich auch zu Mayer in den Hunsrück geführt hatte.

Mayer unterbrach sie immer häufiger mit Fragen über Urlaubsorte, Schulfächer, Freundinnen oder spätere Freunde, Hobbys, einfach alles. Gleichzeitig versuchte sie, nur wenig von sich preiszugeben. Es war, als ob er gar nicht genug über sie erfahren konnte. Doch es gelang ihr immer weniger, sich seinen Fragen zu entziehen.

Sie waren nun schon fast die gesamte Südseite des Sees entlanggelaufen und schließlich am Ende in einer weiteren kleinen Badebucht stehen geblieben. Am gegenüberliegenden Ufer konnte Felicia schemenhaft ein Pärchen langsam ins Wasser waten sehen. Mayer schien dies nicht zu bemerken.

»Darf ich fragen, was deine Eltern von Beruf sind?«, fragte er.

Statt gleich zu antworten, drehte sie sich zur Seite und zeigte zur schmalen Stirnseite des Sees. »Komm, lass uns da vorn hingehen, da hast du den schönsten Blick über den See, direkt in den Sonnenuntergang hinein.«

Sie ging schweigend voran. Warum wollte Chris Mayer das wissen? Würde ein Fremder nach ihren Eltern fragen? Warum sollte er das tun? Sie drehte sich zu ihm um. Er schaute auf, aber die Brille verhinderte einen Blickkontakt.

Der Weg stieg auf einem kurzen Stück an, bis sie oben fast wieder am Radweg angelangt waren. Dort mündete der Pfad in einen größeren befestigten Weg, der oberhalb des Sees in Richtung der Autobahn verlief. Felicias Gedanken rotierten. Nein, ein Fremder würde das nicht tun. Genauso wenig, wie ein Fremder sie zufällig in Braunschweig wiedergetroffen hätte.

Genauso wenig, wie ein Fremder aus dem Hunsrück über Eixe Bescheid wüsste. Genauso wenig, wie ein Fremder so lange auf sie warten und dann von Zuspätkommen reden würde. Genauso wenig, wie ein Fremder bis in die Dämmerung hinein mit verspiegelter Sonnenbrille herumlaufen würde. All das würde kein Fremder ohne Grund tun.

Es sei denn, er wollte etwas von ihr. Doch Chris Mayer hatte als Mann kein Interesse an ihr, da war sie sich sicher. Er schien ihr aufwendiges Outfit gar nicht wahrzunehmen. Es gab für sie letztendlich nur eine Antwort auf all ihre Fragen, nur eine einzige.

»Dich interessieren also meine Eltern?«, fragte sie, und sie spürte, dass es ihr schwerfiel, ihre Stimme unter Kontrolle zu behalten. Sie ging ein paar schnellere Schritte. Sie konnte es nicht mehr steuern: Es stieg in ihr eine Erregung auf, die mit jeder Sekunde stärker wurde. Mit einem Ruck drehte sie sich um und blickte Mayer in seine spiegelnde Sonnenbrille. Erschrocken blieb er vor ihr stehen.

»Nun, meine Eltern sind klasse. Sie sind lieb, verständnisvoll, haben Geld, das sie sogar gern für mich ausgeben. Wenn ich einen Wunsch habe, versuchen sie, ihn mir zu erfüllen.«

Sie ging ein paar Schritte weiter, blieb stehen und kam ein Stück zurück.

»Du, meine Eltern sind sogar so gut, dass sie mir meine wahnwitzigen Wünsche *nicht* erfüllt haben. Und das haben sie so geschickt gemacht, dass ich das sogar eingesehen habe.«

Mayer machte den Mund auf und schien etwas sagen zu wollen. Doch Felicia wartete nicht ab, sondern drehte sich wieder um. Zur Seeseite standen dicht an dicht Bäume und Sträucher. Gegenüber lag eine ungepflegte Grasfläche, und hinter einer Hecke wusste Felicia den großen Parkplatz. Sie ging bis zu einem abzweigenden Fußpfad, hielt an und wandte sich abrupt Mayer zu. Der war ihr irritiert gefolgt und blieb direkt vor dem Pfad stehen.

»Hier geht's runter«, sagte Felicia, doch es hörte sich nicht mehr nach einer Einladung an.

»Habe ich etwas Falsches gefragt?« Seine Lippen waren zusammengepresst, was sein Nussknackerkinn noch größer erscheinen ließ.

»Du hast nach meinen Eltern gefragt.« Ihre Stimme klang nun eisig.

»Ja, tut mir leid, ich wusste nicht …«

»Du wusstest was nicht?« Ihre Gegenfrage schnitt sich durch die abendliche Luft, und sie sah, dass sie genau ins Ziel traf. »Du hörst dir all die schönen Geschichten von meinen Eltern an und wusstest was nicht?« Sie ging zwei Schritte auf ihn zu, bis sie so dicht vor ihm stand, dass sie ihren Kopf in den Nacken legen musste, um zu ihm hinaufzusehen.

»Du wusstest nicht, dass diese wunderbaren Eltern, von denen ich erzählt habe, gar nicht meine Eltern sind? Nein, das wusstest du nicht? Du weißt also nicht, warum ich eigentlich auf der Welt bin? Dass ich das Produkt eines Verbrechens bin. Dass ich meine Mutter nie gesehen habe, weil sie sich kurz nach meiner Geburt umgebracht hat. Nein, das weißt du auch nicht. Dass mein Vater ein elendiger Vergewaltiger ist, dass … verdammt, nimm endlich diese beschissene Brille ab.«

Mit einer Handbewegung schlug Felicia Mayer die Sonnenbrille von der Nase. Was sie erblickte, waren ihre Augen, wenn sie nachts durch Alpträume aus dem Schlaf gerissen vor dem Spiegel stand und sich zu erkennen versuchte. Diese vor Angst geweiteten grün-braun melierten Augen mit den bernsteinfarbenen Einsprengseln, die, starr vor Entsetzen, nicht in der Lage waren, sich zu bewegen.

Mayer war einen Schritt zur Seite gegangen und auf der Kante des Wegbelags leicht umgeknickt. Der Fußpfad führte an dieser Stelle steil zum See hinunter. Nur mit Mühe konnte er einen Sturz verhindern, indem er sich mit einem Arm auf dem festgetretenen Boden abstützte. Als er sich wieder halb aufgerichtet hatte, stand Felicia vor ihm.

»Ich weiß nicht …« Weiter kam er nicht. Mit beiden Fäusten schlug sie ihm auf die Brust.

»Was weißt du nicht?« Sie schrie nicht, sie weinte nicht. Doch ihre Stimme schien wie aus einer anderen Welt ihren Weg durch ihre Lippen zu finden. »Dass ich mich seit Jahren frage, wer meine Mutter auf dem Gewissen hat? Wer dafür gesorgt hat, dass ich Nächte durchgeheult habe, dass meine, scheiße, dass meine anderen Eltern sich in diesen Nächten an meinem Bett abgewechselt haben und ich bis heute nicht weiß, wie ich ihnen das jemals zurückgeben kann? Ja, wahrscheinlich weißt du nicht, dass ich mir in vielen wachen Stunden ausgemalt habe, wie mein Vater in der Hölle schmort, um für das zu büßen, was er meiner Mutter … und was er mir angetan hat. Und als ich aufgehört hatte, an Himmel und Hölle zu glauben, habe ich mir ausgemalt, wie ich meine Mutter rächen könnte.«

»Ich … ich …« Zu mehr als einem inhaltlosen Gestammel war Mayer nicht in der Lage.

»Ich habe nie daran geglaubt, dass ich dich wirklich jemals zu Gesicht bekommen würde. Aber es ist tatsächlich passiert. Du bist dieser Mann, den ich so sehr hasse wie sonst nichts auf der Welt.«

Mayers Gesicht hatte sich in eine vor Verzweiflung verzerrte Fratze verwandelt, aus der flehentlich seine Augen herausstachen. Wie in Zeitlupe hoben sich seine Arme und streckten sich Felicia entgegen. »Es tut mir so …«

Mit einem wahren Trommelfeuer ihrer Fäuste warf Felicia sich auf ihren Vater. Mayer wehrte sich nicht. Wie in Trance taumelte er nach hinten. Die über dem blanken Boden offen liegenden Baumwurzeln ließen ihn mehrmals stolpern. Mit einem Mal sackte er schräg nach unten weg. Sein langer, schlaksiger Körper schien sich wie in einer Spirale von Felicia zu entfernen und immer weiter den Abhang hinunterzuwirbeln. Schließlich blieb er regungslos liegen.

Felicia starrte die Böschung hinunter. Ihr Brustkorb hob und senkte sich in rascher Folge und tat es auch noch, als sie viele Minuten später langsam wieder anfing zu denken.

Die Nacht hatte sich rasch wie ein dunkles Tuch über den See gelegt. Die Konturen des still daliegenden Körpers verschwammen immer mehr mit den Bäumen und Sträuchern, die seinen Fall schließlich gestoppt hatten.

Felicia konnte ihren Blick nicht von diesem Mann abwenden. Nicht, als sie zwei Schritte zurückwich, um dann wieder innezuhalten. Nicht, als sie genauso weit wieder auf ihn zuging und dabei selbst in das Kaninchenloch trat, allerdings ohne das Gleichgewicht zu verlieren. Nicht, als sie langsam zu Boden sank, um sich auf die Böschungskante zu setzen. Nicht, als sich langsam das Wissen seinen Weg durch ihr Bewusstsein bahnte, dass sie, Felicia, soeben ihren … eigenen Vater umgebracht hatte. Nicht, als ihre Augen langsam den klaren Blick verloren.

***

»Ich hätte wirklich gedacht, dass Papa die Räder besser im Griff hat. Echt blöd, dass bei keinem das Licht geht.«

Buhle hatte noch vor Augen, wie die leicht gekräuselte Oberfläche des Sees eine rotviolette Patina angenommen hatte, als Hannah langsam durch das brusttiefe Wasser auf ihn zugeglitten war. Sie musste sich auf die Zehenspitzen gestellt haben, um ihm einen langen, gefühlvollen Kuss zu geben. Dann hatte er gemerkt, wie der Druck ihrer Arme um seinen Hals stärker geworden war. Kurz darauf hatten ihre Beine seine Hüften umklammert und sich ihre Brüste eng an seinen Oberkörper geschmiegt.

Nun tasteten sie sich den Weg durch die Dunkelheit entlang. »Ah ja, hier geht der Weg hoch«, meinte Hannah, als sie an einer Aufweitung des Ufers angelangt waren. »Wir müssen uns jetzt nur noch die Böschung hochquälen, dann sind wir gleich wieder oben, wo die Zivilisation beginnt.«

Buhle hörte, wie Hannah erneut mit ihrer Hand auf den nackten Unterarm klatschte und zum wiederholten Mal über die »Scheißmücken« fluchte. »Na ja, so ganz weit weg waren wir davon ja nicht. Die Autobahn hat uns die ganze Zeit hörbar begleitet«, sagte er.

»Ich meine, mein Lieber, dass das zwischenzeitlich gar nicht schlecht war, oder?«

Buhle wusste, worauf sie anspielte, enthielt sich aber eines Kommentars. Denn auf einmal meinte er, eine leichte Bewegung unweit von ihnen wahrzunehmen, und blieb stehen. Er war sich nicht sicher, ob er zwischen den Büschen tatsächlich eine Gestalt bemerkt hatte.

»Was ist?«, fragte Hannah leicht außer Atem.

»Ich dachte, ich hätte etwas gehört.« Buhle versuchte, noch einmal genau hinzuschauen, doch als er Hannah bereits auf das Rad steigen sah, folgte er ihr die letzten Meter weiter hinauf.

»Hattest du gehofft, dass ich noch einmal runterkomme?«, fragte sie über die Schulter zurück.

»Soll ich ehrlich sein?«

»Lieber nicht«, lachte sie und bog auf den Radweg ein.

Buhle folgte, und der Gedanke an den Schatten in der Dunkelheit verflüchtigte sich.

22

Vöhrum, Eixe, Freitag, 9. August

Als er mühsam seine Augenlider anhob, nahm Buhle zunächst das rötlich-dämmrige Licht in dem noch fremden Zimmer wahr. Der grob gewebte dicke Vorhangstoff vermochte sich nicht der Sonnenstrahlen zu erwehren, die mit aller Macht in Hannahs nahezu unverändertes Jugendzimmer strebten. Dennoch musste er seine Umgebung in Sekundenschnelle erfasst haben, denn als sein Smartphone erneut klingelte, wusste er sofort, was ihn geweckt hatte.

Er stemmte sich augenblicklich in dem schmalen Bett hoch. Hannah neben ihm drehte sich grummelnd zur Seite. Eine Uhr konnte Buhle in der Kürze der Zeit nicht entdecken. Wieder klingelte sein Telefon.

»Buhle«, krächzte er in das Mikro. Die ersten Worte fielen ihm morgens stets schwer.

»Ja, Peter hier. Guten Morgen. Bist du schon ansprechbar?«

Buhle musste in seiner noch nicht ganz betriebsfähigen Kopfzentrale den Namen erst einmal zuordnen. Dann begriff er, dass sein Kollege aus Vöhrum am anderen Ende der Leitung war.

»Wie spät haben wir es denn?«

»Kurz nach sechs«, antwortete Welge völlig ruhig.

»Mist«, entfuhr es Buhle. Ihm war sofort klar, dass ein so früher Anruf nichts Gutes bedeuten konnte. »Was ist passiert?«

»Felicia ist nicht nach Hause gekommen. Ihr Vater hat mich vor einer Viertelstunde informiert.«

»Felicia Sievers ist verschwunden?«

»Das kann ich noch nicht genau sagen. Ich will jetzt erst mal zu den Sievers. Soll ich dich abholen?«

»Ja, klar.«

»Wie lange brauchst du?«

»Fünf Minuten.«

»Okay, ich hole dich in zehn Minuten vor der Tür ab.«

Buhle setzte sich aufrecht ins Bett und lehnte seinen Rücken an die Wand. Was konnte das bedeuten? Es gab nicht viele Gründe, warum Felicia Sievers ausgerechnet jetzt verschwinden sollte.

Neben ihm bewegte sich die Bettdecke. »Was is'n los?« Die Worte schienen sich aus Hannahs Mund hinauszuquälen.

»Welge hat angerufen. Ich muss los.«

»Jetzt? Warum denn?«

»Kann ich dir noch nicht sagen. Entschuldige, aber ich muss mich beeilen. Wo war noch mal das Bad?«

»Rechts, schräg gegenüber. Bist du zum Frühstück zurück?«

»Keine Ahnung.« Er hatte seine Beine zwischenzeitlich aus dem Bett geschwungen und war aufgestanden. »Ich ruf dich an, wenn ich Näheres weiß.«

»Mein Gott, du bist im Urlaub noch ungemütlicher als zu Hause«, schmollte Hannah und vergrub ihren Kopf im Kissen.

Buhle sah von oben nur noch ihre wild auf dem weißen Bezug verteilten struppigen Haare. Er verkniff es sich, anzumerken, dass er sicher nicht im Urlaub war, griff sich frische Unterwäsche aus dem Koffer, Hose und Hemd vom Stuhl und schlich aus dem Zimmer. Nachdem er sich im Bad angezogen und notdürftig erfrischt hatte, stieg er vorsichtig die knarrende Treppe hinunter. Er hörte lebhaftes Geklapper aus der Küche. So leise wie möglich ging er weiter, doch er hatte keine Chance.

»Hannah, bist du schon wach?«

Buhle rollte die Augen und überlegte, ob er einfach verschwinden sollte. Doch da wurde schon die Küchentür aufgerissen.

»Christian!« Ursula Sobothy stand in einem geblümten Morgenrock in der Tür. Buhles Blick wurde automatisch von der daraus hervorstechenden, weit geöffneten Knopfreihe des Nachthemds angezogen. Er zwang seine Augen zu einer Aufwärtsbewegung und schaute Hannahs Mutter entschuldigend ins Gesicht.

»Guten Morgen, ich muss los. Ein dringender Einsatz.« Etwas Besseres fiel ihm nicht ein. Er fühlte sich einen Moment lang wie ein Teenager, der nach einem Rendezvous von der Mutter seiner Liebsten erwischt wird.

»Wie, Einsatz? So früh schon? Willste noch frühstücken?«

Buhle schüttelte den Kopf, hob abwehrend die Hände und versuchte gleichzeitig, zur Tür zu deuten. »Nein, nein, keine Zeit. Wahrscheinlich wartet draußen schon jemand auf mich.«

»Ist was passiert? Ein Mord?« Ihre Augen funkelten erwartungsvoll.

»Nein, es ist … ich muss zu einer Besprechung, ist wichtig.«

»Ach so.« Ursula Sobothy schien ernsthaft enttäuscht.

»Genau.« Buhle war an der Haustür angelangt. Er hob zum Abschied noch einmal die Hand, stammelte ein »Tschö, bis nachher« und quetschte sich möglichst rasch durch den Türspalt. Erleichtert schloss er von außen die Tür. Im selben Augenblick hörte er, wie ein Motor gestartet wurde. Er lief zu dem wartenden Wagen und stieg auf der Beifahrerseite ein.

»Morgen«, begrüßte ihn Welge noch einmal. »Alles klar?«

»Ja, geht so«, gab Buhle zu. »Ich bin eben noch Hannahs Mutter im Flur begegnet.«

Welge hob die Augenbrauen, während er bereits losfuhr. »Und Ursel hat dich tatsächlich ohne Frühstück gehen lassen?«

Buhle schaute seinen Kollegen fragend von der Seite an. Der sagte schmunzelnd: »Ursel ist schon ein herzensguter Mensch. Nur manchmal neigt sie dazu, es mit der Fürsorge etwas zu übertreiben. Sieht man Manni auch an, oder?«

Buhle ließ das unkommentiert stehen. Offenbar erwartete Welge auch keine Antwort. Während er sich in die Autoschlange quetschte, die sich bereits entlang der Kirche in beide Richtungen zog, begann er zu berichten.

Hans Sievers hatte Welge gegen Viertel vor sechs angerufen und ihm ziemlich nervös mitgeteilt, dass Felicia in der Nacht nicht nach Hause gekommen war. Stattdessen hatte sie eine SMS geschickt, dass sie für ein paar Tage weg sei und ihre Eltern sich keine Sorgen machen sollten. Ans Telefon war sie danach nicht mehr gegangen. Es war ausgeschaltet. All dies war für Felicia ein völlig untypisches Verhalten.

»Sie ist nicht einfach mal weg, da bin ich mir ganz sicher«, betonte der ergraute Kommissar abschließend.

Sie hatten einen Teil von Eixe auf der Hauptstraße durchquert, als Welge nach rechts in den Reiherhoop abbog. Kurz darauf fuhr er in einen weiträumigen Hof und hielt neben einem alten Traktor vor dem lang gestreckten ehemaligen Wirtschaftsgebäude. Buhle schaute auf ein fast herrschaftliches Haus, das sich hinter einem großkronigen Obstbaum zu verstecken schien. Alles sah sehr gepflegt aus. Der Hof war vollständig gepflastert, die Rasenfläche mit dem Baum darauf gemäht, die Fassaden des gesamten Anwesens waren in einem angenehmen Gelbton verputzt und die Fenster mit roten Backsteinen dekorativ umrahmt.

Welge war bereits ausgestiegen. Buhle folgte ihm so schnell wie möglich über den Rasen zur Eingangstür, die seitlich in einem kleinen Vorbau platziert war. Wie er es erwartet hatte, stand Hans Sievers bereits in der geöffneten Tür. Seine gebräunte Stirn zeigte deutliche Sorgenfalten. Der Druck seiner Hand, die er zur wortlosen Begrüßung anbot, war fest, doch flüchtig.

Er ließ die beiden Polizisten an sich vorbei ins Haus gehen und schloss die Tür. Offenbar war Welge hier ein oft gesehener Gast, der wusste, wo es langging. Der Flur und die Wohnküche, in die er seinem Kollegen folgte, bestätigten Buhles Eindruck: Auch innen war das Haus ordentlich, geschmackvoll und eher dezent eingerichtet.

Mit dem Gesäß an die Arbeitsplatte gelehnt und mit den Armen rückseitig abgestützt, stand Gertrud Sievers in der im Landhausstil gehaltenen Küche. Wie ihr Mann wirkte auch sie auf den ersten Blick sympathisch. Nach den Beschreibungen vom Vortag konnte er nachvollziehen, warum Felicia Glück mit der Wahl ihrer Adoptiveltern gehabt hatte.

»Morgen, Peter. Danke, dass du sofort gekommen bist.« Die wenigen Worte reichten, um Gertrud Sievers die Tränen in die Augen zu treiben. Sie nahm das Taschentuch, das sie zusammengeknüllt in ihrer Hand hielt, faltete es auseinander und schnäuzte sich.

»Ist doch selbstverständlich, Gertrud.« Er trat einen Schritt zur Seite und gab so den Blick auf Buhle frei. »Ich habe gleich meinen Kollegen aus Trier mitgebracht. Ich hatte euch ja gestern Abend von seinem Anliegen erzählt. Mir hätte es allerdings auch gereicht, wenn wir uns wie verabredet erst später getroffen hätten.« Beide nickten zur Bestätigung. »Erzählt uns doch noch einmal genau, was passiert ist.«

Buhle hätte vermutet, dass Felicias Adoptivvater das Wort ergreifen würde. Stattdessen sprach Gertrud Sievers.

»Fee ist gestern Nachmittag überraschend nach Hause gekommen. Ich habe sie vom Bahnhof abgeholt.«

»Wann war das genau?«, fragte Welge.

»Viertel vor fünf. Der Zug kam fünf Minuten später.«

»Und sie hatte sich vorher nicht angekündigt?«

»Nein, eben nicht. Sie hat erst aus dem Zug angerufen. Das macht sie sonst nie.«

»Und weiter?«

»Na ja, wir sind nach Hause gefahren. Aber sie machte einen irgendwie bedrückten Eindruck auf mich. Ich hatte …« Sie schaute kurz auf Buhle, anschließend zu Welge, wie um sich zu vergewissern, ob sie offen reden konnte. Welge nickte ihr aufmunternd zu.

»Sie hatte verheulte Augen und einen ganz entrückten Gesichtsausdruck. Ich habe sie so schon lange nicht mehr gesehen; fast wie früher.« Wieder musste sie das Taschentuch benutzen. »Dann hat sie sehr lange gebraucht, um sich zurechtzumachen. Sie … sie hat sich sogar geschminkt.«

»Schminkt sie sich sonst nicht, wenn sie ausgeht?«, fragte Buhle vorsichtig nach.

Gertrud Sievers betrachtete ihn einen Moment, bevor sie antwortete: »Nein, zumindest nicht, wenn sie nur eine Freundin treffen will.«

»Mit wem wollte sie sich treffen?«, hakte er nach.

»Mit Tanja, Tanja Berthold aus Stederdorf. Sie wollten sich in der neuen ›Strandperle‹ am Eixer treffen.« Für Buhle fügte sie erklärend hinzu: »Das ist ein Badesee, gleich hier in der Nähe.«

»Ja, ja, ich weiß. Wann hatte sie sich dort mit ihrer Freundin verabredet?«

»Um acht. Sie ist allerdings spät hier weg.«

»Und dann?«

»Dann? … Ich weiß es nicht. Sie war heute Nacht nicht mehr hier. Es … es kam nur noch diese Nachricht.« Gertrud Sievers schien nun endgültig von der Sorge um ihr Kind übermannt. Ihre Tränen liefen ungehemmt in das Taschentuch, das sie mit beiden Händen fest auf Nase und Mund gepresst hielt.

Welge legte ihr eine Hand auf die Schulter, doch der Trost, der damit verbunden sein sollte, schien sie nur noch mehr in der Annahme zu bestärken, dass etwas passiert war.

Ohne die Hand von ihrer Schulter zu nehmen, fragte Welge ihren Mann: »Habt ihr bei Tanja Berthold nachgefragt?«

»Ja, ich habe ihr eben eine SMS geschickt, und sie hat auch gleich geantwortet. Sie war nicht mit Fee verabredet. Sie hat auch schon länger nichts mehr von ihr gehört.«

Welge nickte, als ob er die Antwort bereits erahnt hatte. »Kann ich mal die SMS von Feli sehen?«

Hans Sievers nahm das Smartphone, das neben seiner Frau auf der Arbeitsplatte lag, und lud die Nachricht hoch. Sie war um zwei Uhr siebenunddreißig abgesendet worden.

»Wann habt ihr die SMS gelesen?«

»Ich musste heute Morgen früh zur Toilette. Irgendwie hatte ich ein komisches Gefühl. Ich bin dann zu Fees Zimmer. Die Tür stand offen, und ihr Bett war unbenutzt. Ich habe das Handy geholt und geschaut, ob sie sich vielleicht gemeldet hat. Da habe ich die Nachricht gesehen. Aber …« Er machte eine kurze Pause. »Wenn sie weggefahren wäre, hätte sie doch ihre Sachen mitgenommen. Es liegt alles noch in ihrem Zimmer. Nur das kleine Portemonnaie und ihr Handy fehlen.«

»Und wenn sie einfach zurück nach Braunschweig ist?«, schob Buhle ein.

Doch Hans Sievers schüttelte bestimmt den Kopf. »Ihr Kulturbeutel ist hier, ihre Papiere. Und wie sollte sie nachts nach Braunschweig gekommen sein?«

»Mit der Person, mit der sie sich getroffen hat«, warf Welge ein. »Aber ich gebe dir recht. Es macht keinen Sinn, dass sie vorher nicht noch hier vorbeikommt, um ihre Sachen abzuholen.«

Er wartete einen Moment mit seiner nächsten Frage. »Ihr habt sicher keine Idee, mit wem sie sich getroffen haben könnte?«

»Nein, keine Ahnung.«

»Hat Felicia einen Freund?«, fragte Buhle und merkte sofort, dass er damit wohl einen wunden Punkt getroffen hatte.

Er dauerte ein wenig, bis Hans Sievers mit fester Stimme antwortete. »Nein, nicht dass wir wüssten. Es ist lange her, dass sie eine Beziehung hatte. Seit über vier Jahren ist uns da nichts mehr bekannt.«

Buhle rechnete nach. Es lag auf der Hand, dass diese Abstinenz im Zusammenhang mit dem Brief ihrer Mutter stand, den Felicia zum achtzehnten Geburtstag bekommen hatte. Er wechselte das Thema und wandte sich Gertrud Sievers zu, die sich wieder etwas gefasst hatte. »Sie hatten gesagt, dass Ihre Tochter bedrückt wirkte. Haben Sie eine Vermutung, was der Grund dafür sein könnte?«

»Nein.« Sie schien nachdenken zu müssen. »Ich weiß es nicht. Sie hatte in letzter Zeit etwas schwankende Stimmungen, hatte ich den Eindruck. Aber sie hat ... sie hat es abgetan, wenn ich sie gefragt habe.«

»War das vorher anders?«

»Besonders schlimm war es nach ihrem achtzehnten Geburtstag. Sie ...« Wieder unterbrach sie und schaute zu Welge.

»Ich hab ihm schon von dem Brief erzählt.«

»Sie war damals richtig aufgewühlt, was aber auch mehr als verständlich ist. Aber nach einigen Monaten hatten wir es eigentlich geschafft. Es schien sogar noch besser als vorher, als sie noch nicht wusste, dass ...«

»Können Sie sich genau erinnern, wann es wieder schlechter geworden ist? War es vielleicht, nachdem sie im Hunsrück ihre Wandertour unternommen hatte?«, fragte Buhle.

Gertrud Sievers betrachtete ihn lange. Dann sagte sie: »Ja, das könnte sein. Sie war danach zunächst viel in Braunschweig, aber ja, das könnte hinkommen.«

In der Dienststelle angekommen, einigten sie sich schnell darauf, dass ein Gespräch mit Felicias Mitbewohnerinnen und besten

Freundinnen der nächste Schritt sein müsste. Zuvor aber veranlasste Welge die Ortung ihres Mobiltelefons und versuchte, die Wirtin der »Eixer Strandperle« zu erreichen. Die berichtete von einem für das gute Wetter eher enttäuschenden Abend und dass ihr eine gut aussehende junge Frau unter ihren Gästen mit Sicherheit aufgefallen wäre. Offenbar war Felicia noch nicht einmal bis zur Gaststätte am Eixer See gekommen.

Welge beauftragte Yunis Benzer damit, die Aussage mit einem Foto von Felicia zu überprüfen, wenn die Wirtin wieder vom Großhandel zurück war. Schließlich kündigte er ihre Ermittlungen bei den Braunschweiger Kollegen an und bat die WG-Mitglieder telefonisch, sich für eine Befragung bereitzuhalten. Gegen acht Uhr dreißig fuhren die beiden Beamten los.

23

Braunschweig, Freitag, 9. August

Felicia Sievers' Wohngemeinschaft hatte sich vollständig um den großen Esstisch in der Küche versammelt. Lina Klüster saß ganz außen. Aus dem sorgenvollen Gesichtsausdruck und den dunklen Augenringen der jungen Frau mit den halblangen kastanienbraunen Haaren hatte Buhle direkt geschlossen, dass es sich um Felicias beste Freundin handeln musste. Neben ihr saß ein fast schon dünner Mann, der sich als Linas Freund Mattis Fuchs vorstellte. Er machte von allen Anwesenden den nervösesten Eindruck. Ohne Unterbrechung drehte er einen Stift zwischen seinen Händen.

Da Buhle vorab einige Informationen zu Felicias WG erhalten hatte, schloss er, dass es sich bei der großen sportlichen Frau an der einen Stirnseite des Tischs um die sehr gute Volleyballspielerin Nele Petersen handeln musste. Ihre langen blonden Haare waren mit einem Haargummi zu einem Pferdeschwanz zusammengebunden. Die dritte Frau mit dunkelbraunem Kurzhaarschnitt und südländischem Teint war Daniela Katowitz.

Peter Welge kam nach der kurzen Vorstellungsrunde direkt zur Sache. »Ich möchte nicht lange drum herumreden. Wir machen uns Sorgen um Felicia. Wie Sie wissen, kenne ich sie fast seit ihrer Geburt. Und wir alle wissen, dass ein so plötzliches Verschwinden völlig untypisch für Felicia ist. Ich nehme an, keiner von Ihnen weiß etwas über ihren derzeitigen Aufenthaltsort?«

Alle vier schüttelten den Kopf.

»Hat sie gestern jemand gesehen, mit ihr gesprochen?«

Jetzt schauten sich die drei Frauen an, während Mattis Fuchs noch einmal verneinte. Als ob sie sich mit Blicken abgesprochen hätten, übernahm Nele Petersen das Wort. Ihrem leichten Dialekt konnte sogar Buhle entnehmen, dass sie aus der Küstenregion Deutschlands kommen musste.

»Feli ging es gestern überhaupt nicht gut. Sie ... sie schien völlig durch den Wind. Lina hatte uns ja von früheren Zeiten erzählt, wo das wohl häufiger so war. Aber wie sie sich gestern Morgen verhalten hat, war schon krass.« Ruhig, aber durchaus nicht emotionslos berichtete die junge Studentin von den Geschehnissen vom Vortag.

»Ja, und dann ist sie einfach abgehauen. Sie muss sich regelrecht rausgeschlichen haben, weil keiner von uns etwas bemerkt hat. Natürlich haben wir uns sofort Sorgen gemacht, sie würde nun total durchdrehen. Lina hat sie angerufen, und da ist sie auch gleich rangegangen.«

»Ja, sie klang eigentlich wieder recht normal, fast schon vergnügt. Aber … ganz habe ich ihr das nicht abgenommen.« Lina Klüster überlegte einen Moment. »Es klang alles ganz nachvollziehbar. Sie hat zugegeben, dass sie wieder eine Krise hätte, wegen ihrer, na ja, wegen ihrer Zeugung halt. Und dass sie mal rausmüsste. Sie wollte das Wochenende zu ihren Eltern fahren. Das konnte ich verstehen, weil ihr das immer ganz guttut. Ich war nur ein bisschen erstaunt, weil, na ja, weil sie eben auch schon letztes Wochenende dort war.«

»Hat sie erwähnt, dass sie sich mit jemandem treffen wollte?«

»Nein, hat sie nicht. Letztes Wochenende, ja, da hat sie sich mit Tanja getroffen.«

»Tanja Berthold?«, fragten Buhle und Welge fast gleichzeitig.

»Ja, wieso, was ist mit ihr?«

Buhle überließ Welge das Wort. »Felicia hatte ihren Eltern gestern auch erzählt, sie wolle Tanja treffen. Aber die sagt, sie hätte schon lange nichts mehr von Feli gehört.«

»Na ja, aber warum behauptet Feli das dann?«, fragte Lina Klüster, und der Schatten unter ihren sonst sicher lebensfrohen Augen schien sich noch weiter zu verdunkeln.

Als keiner etwas sagte, sprach Buhle es aus: »Wahrscheinlich ist, dass sie sich heimlich mit jemand anderem treffen wollte.« Buhle schaute in den Kreis. »Hat jemand von Ihnen irgendeine Ahnung, um wen es sich handeln könnte?«

Wieder die einhellige verneinende Kopfbewegung bei den vier jungen Leuten. Es folgte eine Stille, in der die nahezu lautlosen Bewegungen von Mattis Fuchs mit seinem Stift fast schon ohrenbetäubend waren.

Es mochten ein, zwei Minuten gewesen sein, in denen alle ihren eigenen Gedanken nachgingen, als Lina Klüster plötzlich wie zu sich selbst sagte: »Das fing irgendwie bei unserer Wanderung im Hunsrück an. Irgendwie war sie danach anders, als ob sie etwas … na ja, sehr beschäftigte. Und Sie«, sie schaute auf Buhle, »sind ja auch deswegen hier, oder? Weil dieser Engländer verschwunden ist.«

»Meinen Sie, da könnte ein Zusammenhang bestehen?«

»Ich hab keine Ahnung. Seit … seit sie eben wusste, dass sie … na ja, Sie wissen schon. Sie hat seitdem mit keinem Mann mehr was gehabt, da bin ich mir sicher. Aber dieser Chris … zu dem sie dann ja auch noch mal hin ist. Ich weiß es nicht.«

»Könnte sich Felicia in den Mann verliebt haben? Das könnte ein Grund für ihr Verhalten sein. Schließlich sucht ihn die Polizei, weil er verschwunden ist. Da könnte sie recht schnell ihre Schlüsse draus gezogen haben.«

»Ich glaub das einfach nicht. Ich meine, der war nett, ja, aber irgendwie auch komisch, so verschlossen und … ach, ich weiß nicht.«

»Mayer war nachweislich nach diesem Zusammentreffen in Braunschweig«, betonte Buhle.

»Aber davon hat Feli überhaupt nichts erzählt«, erwiderte Lina Klüster überrascht.

Einer Eingebung folgend zog Buhle sein Smartphone aus der Jacke und suchte das Foto von Chris Mayer. Als er das Bild gefunden hatte, zeigte er es zunächst in die Runde und legte das Gerät anschließend in die Tischmitte. »Hat jemand von Ihnen diesen Mann vielleicht in den letzten Monaten hier gesehen?«

Buhle betrachtete die Gesichter. Bei Daniela Katowitz meinte er, eine kleine Regung beobachtet zu haben. Tatsächlich griff sie sich das Smartphone und schaute sich das kantige, recht charakteristische Gesicht Mayers genauer an. Ihre dunklen Augenbrauen hatten sich so sehr über ihrer Nasenwurzel zusammengezogen, dass sie sich fast berührten.

»Es kann sein«, begann sie vorsichtig und ganz offensichtlich nach dem richtigen Zugriff auf ihre Erinnerungen suchend. Alle schauten gebannt auf die zierliche Frau. »Ich meine, es kann sein, dass ich ihn gesehen habe.«

»Wo war das?«, fragte Buhle nach.

»Hier, im Magniviertel. Ist der Mann groß?«

»Ja, ziemlich«, bejahte Buhle. »Über eins neunzig.«

»Er ist mir aufgefallen, weil er vor einem Laden mit Babymode stand.«

»Und was hat er da gemacht?«

»Er hat sich das Schaufenster angeschaut. Ja, natürlich. Ich war darüber erstaunt und habe deshalb noch einmal zurückgeschaut. Und da hat er sich weggedreht und ist zum nächsten Laden gegangen.« Sie dachte nach. »Und Feli ist an diesem Morgen nur einen Moment vor mir aus dem Haus gegangen. Sie wollte noch ein Geschenk für ihre Mutter kaufen.«

»Musste sie in dieselbe Richtung gehen?«, wollte Buhle wissen.

»Ja, klar, der Laden, in dem sie war, liegt in derselben Straße.«

»Sind Sie sich sicher? Das ist immerhin schon ein paar Monate her«, hakte Buhle nach.

Daniela Katowitz hatte die ganze Zeit auf das Foto von Mayer gestarrt. Jetzt aber hob sie den Kopf und starrte mit der gleichen Intensität Buhle an. Sie schloss für einen langen Wimpernschlag die Augen, legte den Kopf etwas schief und sagte fast tonlos: »Nein, ist es nicht. Es war letzten Samstag.«

Die Wucht dieser zwei Sätze entfachte in Buhle sofort einen Sturm tosender Gedanken. Wenn das stimmte, was die junge Frau beobachtet hatte, war das die ganz einfache Erklärung dafür, warum sie keine Leiche von Mayer gefunden hatten. Er war schlicht und einfach nicht tot. Hatte er also sein Verschwinden in der Art inszeniert, dass jeder von einem Verbrechen ausgehen und ihn für tot halten musste? Natürlich, so musste es gewesen sein. Aber mit welcher Absicht?

Buhle erinnerte sich an das Telefonat mit Reuter, der den Verdacht geäußert hatte, Mayers Lieder hätten mit dem Thema »Tod« zu tun gehabt. War Mayer in Wirklichkeit ein Verbrecher, vielleicht ein Mörder, der im Hunsrück untergetaucht war? Aber was hatte das mit Felicia Sievers zu tun? Wo konnte da die Verbindung liegen, wo die …?

Es war völlig still in der gemütlich eingerichteten Wohnküche, in der die vier jungen Frauen sicherlich viele schöne Stunden miteinander verbracht hatten.

In diese Stille hinein fragte Buhle: »Es wäre ein unglaublicher Zufall, aber: Könnte es sein, dass Felicia in Chris Mayer ihren Vater zu erkennen geglaubt hat? Ihren *leiblichen* Vater?«

Auf Buhle waren vier entsetzte Augenpaare gerichtet; die der drei Freundinnen und von Peter Welge. Nur Mattis Fuchs hielt seinen Blick auf die Tischplatte gesenkt. Doch seine Hände standen plötzlich still. Mit den Fingerspitzen legte er den Stift lautlos hin, hob dann ganz langsam den Kopf, sodass es außer Buhle keiner registrierte. »Er ist ihr Vater«, sagte er mit bebender Stimme.

24

Peine, Samstag, 10. August

Buhle hatte Michael Reuter am Vortag nicht mehr erreichen können und war darüber ziemlich sauer gewesen. Der kurze Abend mit Hannah hatte ihm darüber genauso wenig hinweghelfen können wie der frühe Rückruf seines Kollegen an diesem Morgen.

»Morgen, Mich, ich habe gestern Abend tausendmal versucht, dich anzurufen. Habt ihr die Ermittlungen in Trier schon eingestellt?«, raunzte er in sein Smartphone.

»Neun, es waren neun Versuche. Entschuldige, ich habe das Handy nicht gehört, und nach Mitternacht wollte ich dich auch nicht mehr zurückrufen.« Reuters Stimme klang ruhig, als ob der Tadel seines Chefs völlig an ihm abprallte. »Aber ich nehme an, du hast Neuigkeiten. Ich bin ganz Ohr.«

»Chris Mayer ist der leibliche Vater von Felicia Sievers, die Felicia Schuhmann hieße, wenn sich ihre Mutter nicht fünf Tage nach der Geburt aus Verzweiflung vor den Zug geschmissen hätte.«

Der Stille am anderen Ende der Leitung entnahm Buhle, dass Reuter über diese neuesten Informationen sprachlos war. Eigentlich war Sarkasmus nicht seine Art, aber diesmal konnte Buhle nicht anders: »Hast du noch Empfang?«

Doch die Reaktion seines Kollegen verblüffte ihn. »Das erklärt einiges«, sagte Reuter.

»Ach, was erklärt was?«

»Es erklärt einige von Mayers Liedern. Wir haben sie die letzten beiden Tage vor- und zurückgespielt. Uns ist nach und nach klar geworden, dass Mayer eine dunkle Vergangenheit gehabt haben muss. Ich hatte dir ja schon kurz darüber berichtet.«

»Aha, habt *ihr* das herausgefunden? Könnt *ihr* aus den Liedern auch herauslesen, wer er wirklich ist und wo er sich jetzt mit seiner Tochter aufhält?«

»Waaas?«

Nun schien er Reuter doch aus der Fassung gebracht haben, und gleichzeitig mit diesem Eindruck verflüchtigte sich Buhles Verärgerung langsam. Er berichtete nun detailliert über die Erkenntnisse des vergangenen Tages.

»Felicia hat vielleicht schon bei ihrem ersten Zusammentreffen mit Mayer geahnt, wer dieser Mann tatsächlich ist. Vielleicht hat sie es anfangs einfach nicht glauben wollen und wieder verdrängt. Aber später muss einer von beiden den Kontakt wieder aufgenommen haben. Ich gehe davon aus, dass sie sich mindestens zweimal getroffen haben. Und schließlich muss sich ihr Verdacht so weit verfestigt haben, dass sie diesen Biologie-Doktoranten Mattis Fuchs gebeten hat, eine Speichelprobe von einem Glas von Mayer zu nehmen und diese mit ihrer DNA vergleichen zu lassen. Wir lassen das gerade noch einmal im hiesigen LKA überprüfen. Unsere Kollegen haben gestern noch die Ergebnisse der DNA-Analyse aus Trier rübergeschickt. Aber Fuchs meinte, dass das Ergebnis keine Zweifel zuließe.«

Buhle wechselte ohne Unterbrechung das Thema. »Sven wird sich um die wahre Identität Mayers kümmern. Es dürfte klar sein, dass er unter falschem Namen im Hunsrück untergetaucht war.«

»Du meinst, weil er in Niedersachsen gewohnt haben dürfte, als er Elke Schuhmann vergewaltigte?«

»Davon können wir ausgehen. Vielleicht ist er direkt nach der Tat verschwunden, vielleicht erst später. Die Peiner prüfen gerade, welcher Mann wann weggezogen ist. Außerdem ist die Fahndung nach Mayer – bleiben wir zunächst noch bei diesem Namen – bereits gestern Abend voll angelaufen. Sein Foto ist an die norddeutschen Medien weitergegeben worden. Du hast also eine ganze Menge verpasst.«

»Ist ja gut. Ich habe es mittlerweile verstanden. Was noch?«

»Sven recherchiert bei der englischen Polizei. Die sollten endlich auch mal durchstarten.«

»Ihr habt keine Anhaltspunkte, wo die beiden sich gerade aufhalten könnten?«, fragte Reuter nach einer kurzen Pause.

»Nein. Aber offensichtlich nicht mehr hier in der Umgebung

Die letzte Ortung von Felicias Handy war im Raum Kassel. Sie können überall sein.«

»Also auch wieder hier.«

»Ja.«

»Klar, ich werde mich hier um die Fahndung kümmern.«

»Auch da dürfte Sven schon dran sein.«

»Gut, ich rufe ihn gleich an. Was ist mit den anderen Kollegen?«

»Schau mal in der ZKI vorbei.«

Buhle hörte Reuter am Telefon laut ausatmen. Wahrscheinlich ärgerte sich sein Kollege bereits mächtig, dass er nicht erreichbar gewesen war.

»Ich denke, die meisten Dinge sind bereits auf den Weg gebracht. Aber du bist derjenige, der das meiste Hintergrundwissen hat«, betonte Buhle nun ohne jeden Vorwurf in der Stimme.

»Ja, ich schau jetzt erst mal in der Mathysmühle nach und rufe –«

»Du bist noch im Hunsrück?«

»Ja.« Diese Offenbarung schien Reuter unangenehm zu sein. »Ich telefoniere gleich mit Hans Herrmann. Danach fahre ich zur Mühle und dann nach Trier.«

»Okay, wir bleiben in Kontakt?«

Buhle hörte den Kollegen noch etwas grunzen, dann war die Verbindung auch schon unterbrochen.

Die weitere Polizeiarbeit in Niedersachsen wurde vom Peiner Kommissariat aus gesteuert. Buhle und Welge waren nur noch Teile des Ermittlungsteams. Als Erstes war eine umfangreiche Suchaktion am Eixer Kiessee initiiert worden. Zwei Dutzend Bereitschaftspolizisten waren dort seit den frühen Morgenstunden unterwegs.

Es meldeten sich auch die ersten Anrufer, die Mayer an verschiedenen Stellen in Braunschweig und Peine bis hin nach Hamburg und Berlin gesehen haben wollten. Die Informationen wurden gefiltert und auf Plausibilität geprüft.

Die Kollegen im Labor des LKA schienen eine Nachtschicht

eingelegt zu haben. Sie bestätigten bereits am Vormittag die Übereinstimmung der DNA des Bluts aus der Mathysmühle mit dem der Speichelprobe, die Felicia Sievers an Mattis Fuchs weitergeleitet hatte. Ebenso das Ergebnis von Fuchs' Analyse und die eindeutige Verwandtschaft zwischen den beiden gesuchten Personen.

Kurze Zeit später kam ein Anruf von Sven Tard aus Trier. Er hatte routinemäßig die Autovermieter der Region überprüft. Es gab nur wenige Vermietungen über längere Zeiträume. Die meisten von ausländischen Urlaubern oder Geschäftsleuten. Die Liste, die Tard kurz darauf zur Peiner Kripo faxte, wurde vervielfältigt und unter den Ermittlern verteilt.

Es dauerte exakt sechs Minuten, bis eine junge Polizeibeamtin in Uniform in den großen Raum gestürmt kam, in dem sich die Kriminalbeamten aufhielten. Sie suchte nach dem Leiter des Kriminal- und Ermittlungsdienstes, Wolfgang Baars, der kurz darauf Buhle und Welge zu sich rief.

»Gut, jetzt erzählen Sie das noch mal den beiden Kollegen hier«, forderte er die junge Frau auf.

»Ein Name auf der Liste aus Trier stimmt mit einer Zeugenaussage aus der Fahndung überein. Eine«, sie blickte kurz auf ihre Notizen, »Magdalena Richter aus Telgte hat ausgesagt, dass sie den von uns gesuchten Mann bei ihrer Nachbarin klingeln und hineingehen gesehen hat. Die Nachbarin heißt Eva Möringhoff. Ein Claas Möringhoff hat vor gut zwei Wochen zunächst in Trier für drei Tage und einen Tag später in Koblenz ein Auto gemietet, das er am 1. August in Hannover wieder abgegeben hat.«

»Claas Möringhoff – Christopher Mayer.« Buhle waren sofort die gleichen Initialen aufgefallen.

»Ja, hört sich gut an«, bestätigte Baars. »Sagt einem der Name Claas Möringhoff etwas?«, rief er laut in den Raum hinein.

Aus einer Ecke des Raums meldete jemand nach ein paar Tastenanschlägen auf seinem Computer: »Claas Möringhoff, in Peine geboren, ab Ende 1993 in Bremerhaven gemeldet. Hat sich aber weder hier noch in Bremerhaven abgemeldet. Anschließend in Deutschland nicht mehr registriert, sein Aufenthaltsort wurde ein paar Jahre später ohne Ergebnis nachverfolgt. Seitdem mit unbekanntem Aufenthaltsort vermerkt.«

Es war still geworden. Noch einmal rief Baars quer durch das Großraumbüro: »Wie heißt seine Mutter?«

»Eva Möringhoff geborene Molz.«

»Bingo! Schau nach, ob er noch andere Verwandte hier hat.« Baars wandte sich an Welge und Buhle, betrachtete die beiden Polizisten, von denen er einen erst wenige Stunden kannte. »Übernehmt ihr die Frau?«

Beide stimmten sofort zu und gingen zu dem Beamten in der Ecke des Raumes. Nachdem sie dort die Adresse von Eva Möringhoff erhalten hatten, verließen sie zügig das Polizeigebäude.

Auf dem Weg zum Auto schien Welge in sich gekehrt.

»Alles in Ordnung?«, fragte Buhle und rechnete nicht wirklich mit einer Erklärung. Doch Welge antwortete offen, als ob er hoffte, seine Gedanken damit wieder verscheuchen zu können.

»Weiß ich noch nicht«, gestand er. »Seit ich Elke Schuhmanns sterbliche Überreste am Kanalufer gefunden habe, hab ich auf genau diesen Moment hingearbeitet. Ich war zwischenzeitlich wohl wirklich total besessen davon, gerade nachdem ich das anfängliche Drama um Felicia mitverfolgen musste. Und jetzt ist es tatsächlich so weit.«

»Ja. Lass uns erst mal unseren Job machen, okay? Ich denke, das wird nicht einfach. Die Mutter hat vielleicht erst vor Kurzem ihren verlorenen Sohn wiederbekommen, und wir müssen ihr jetzt beibringen, dass die Polizei ihn als Vergewaltiger und vielleicht auch als Entführer sucht.«

»Wie würdest du es angehen?«

Buhle dachte nach. Wahrscheinlich war er nicht nur der ranghöhere Polizist, sondern auch der mit mehr Erfahrung bei derartigen Ermittlungen. »Wir dürfen auf keinen Fall gleich mit der Tür ins Haus fallen. Wir suchen den Sohn, weil er im Hunsrück vermisst wird, und dann hören wir, was seine Mutter zu seiner Vergangenheit sagt und ob sie zugibt, dass er sie kürzlich besucht hat. Anschließend sehen wir weiter.«

Im Reden waren sie ins Auto gestiegen und losgefahren. Welge stimmte der Vorgehensweise zu. Sie bogen gerade von der Duttenstedter in die Celler Straße, als Buhle nachfragte, wie weit sie zu fahren hätten.

»Keine fünf Minuten. Die Adresse ist in Telgte, in der Nähe der ehemaligen Eulenburg.«

Welge hatte erheblich über die zulässige Höchstgeschwindigkeit hinaus beschleunigt und so gerade noch bei Dunkelgelb die nächste Kreuzung passiert. Kurz darauf verließ er die Umgehungsstraße und fädelte sich in den vierspurigen Fuhsering ein, der Buhle noch von der Hinfahrt her im Gedächtnis geblieben war.

»Fahren wir jetzt nicht wieder nach Vöhrum?«, fragte er irritiert.

»Nein, Telgte liegt zwischen Peine und Vöhrum. Aber wenn die Fuhse nicht wäre, würde man wahrscheinlich überhaupt keinen Unterschied zwischen der Stadt und den beiden Stadtteilen erkennen – alles zugebaut.«

Tatsächlich tauchten direkt hinter den Talwiesen sofort wieder ein Supermarkt auf der linken sowie verstreuter Einzelhandel und Gewerbe auf der rechten Seite auf. Welge wechselte die Spur und bremste vor der roten Ampel scharf ab. Buhle spürte die Anspannung und Ungeduld des Kollegen. Kaum kündigte die gelbe Ampel die bevorstehende Weiterfahrt an, schoss er los, bog so noch vor dem entgegenkommenden Verkehr in die Hannoversche Heerstraße und kurz darauf in die Hermannstraße ein. Vor einem der Mietshäuser hielt er.

Als Welge neben der Haustür die richtige Klingel suchte, bemerkte Buhle, wie die Gardine im ersten Fenster im Erdgeschoss weggeschoben wurde. Dahinter beobachtete ihn unverblümt das Gesicht einer bestimmt über achtzigjährigen Frau. Sicher war der telefonische Hinweis von ihr gekommen. Er gab mit erhobenem Daumen das Zeichen, dass alles in Ordnung war.

»Hier sind nicht alle Klingeln beschriftet, und eine Möringhoff steht nirgends«, sagte Welge genervt.

»Versuch es unten links«, antwortete Buhle.

Welge drückte den Klingelknopf. An der Tür tat sich nichts, dafür sah Buhle, wie die Gardine wieder zurechtgezogen wurde. Auch der zweite Klingelversuch brachte keinen Erfolg.

»Vielleicht ist sie arbeiten oder einkaufen, samstags um diese Zeit?«, vermutete Buhle.

Welge zuckte mit den Schultern und wollte einen dritten Versuch starten, als unverhofft doch der Türsummer ging. Er drückte augenblicklich die Tür auf. Im Flur stand die Frau, die Buhle bereits am Fenster gesehen hatte.

»Sind Sie von der Polizei? Kommen Sie wegen der Möringhoff?« Die Stimme der Alten hätte in jedem Gruselfilm eine Hauptrolle spielen können.

»Sie sind Frau Magdalena Richter?«, erkundigte sich Welge betont freundlich.

»Ja, allerdings. Ich hatte schon gedacht, Sie kommen gar nicht mehr. Ich habe vor über zwei Stunden bei Ihnen angerufen.«

»Frau Richter, Sie wissen ja sicherlich, wie das ist. So viele Leute, die etwas gesehen haben. Da müssen wir natürlich erst die Verlässlichkeit der Hinweise überprüfen. Wissen Sie, ob Frau Möringhoff zu Hause ist?«

»Sie ist arbeiten«, schnarrte sie, »hat aber jetzt Feierabend und kommt gewöhnlich auch gleich nach Haus.«

»Aha, wo arbeitet Ihre Nachbarin?«

»Hier im Supermarkt um die Ecke. Samstags arbeitet sie bis zwölf, sonst bis um eins. Sie sitzt da an der Kasse, müssen Sie wissen.«

»Ah ja, dann warten wir mal im Auto auf die Frau Möringhoff«, sagte Welge zuckersüß.

»Was hat der Sohn denn angestellt?«

Welge schüttelte bedauernd den Kopf. »Tut mir leid. Sie kennen das ja: laufende Ermittlungen. Aber vielen Dank für Ihren Hinweis.«

»Bisher war nur ab und zu ihr anderer Sohn da gewesen. Ein schrecklicher Typ. Da sieht man sofort, dass er was auf dem Kerbholz hat. Das scheint ja in der Familie so üblich zu sein. Würde mich also nicht wundern, wenn –«

»Frau Richter«, unterbrach Welge sie nun, und sein Ton hatte deutlich an Freundlichkeit verloren. »Es wäre jetzt sehr hilfreich, wenn wir ohne viel Aufsehen unsere Arbeit tun könnten. Da haben Sie doch sicher Verständnis dafür, nicht wahr? Wir warten vor dem Haus auf Frau Möringhoff, und Sie gehen bitte wieder in Ihre Wohnung. Es wäre der Sache wirklich dienlich, wenn Sie bitte auch dort bleiben würden. Falls Fragen offenbleiben sollten, kommen wir selbstverständlich noch einmal auf Sie zu.«

In Magdalena Richters Gesicht spiegelte sich völliges Unverständnis über diesen abweisenden Polizisten. »Na ja, ich wollte ja nur hilfsbereit sein. Aber wenn Sie mich nicht mehr brauchen …« Mit einer unwirschen Drehung und wackeligem Gang schlurfte sie zurück in ihre Wohnung und ließ mit überraschender Deutlichkeit die Tür ins Schloss fallen.

Welge atmete erleichtert aus. »Manchmal weiß ich wirklich nicht, wie ich mit so jemandem umgehen soll. Immerhin hat sie uns den entscheidenden Hinweis gegeben. Aber …« Mit vielsagendem Blick wollte er sich gerade auf dem kurzen Treppenabsatz zur Haustür begeben, als die Wohnungstür von Frau Richter noch einmal aufging.

»Sie kommt schon«, raunzte sie aus dem Türspalt, den sie aber sofort wieder schloss.

Einige Sekunden später hörten die beiden Polizisten, wie ein Schlüssel im Schloss gedreht und die Haustür langsam aufgestoßen wurde. Eine vollkommen grauhaarige Frau mit leichten Locken trat in den Eingangsbereich. In der einen Hand hielt sie eine schlichte braune Ledertasche, in der anderen eine offensichtlich nur wenig gefüllte Einkaufstüte. Sie trug eine beige Bluse über einem dunkelblauen Rock, unter dem zwei erschreckend dünne Beine herausragten. Als sie die beiden Männer erblickte, stutzte sie nur kurz. Dann stieg sie die paar Treppenstufen ohne weitere Regung hinauf.

»Frau Möringhoff? Guten Tag. Peter Welge mein Name, Kriminalpolizei Peine. Das ist mein rheinland-pfälzischer Kollege Christian Buhle. Könnten wir Sie kurz sprechen?«

Buhle betrachtete die schmale Frau, deren ausdrucksloser Blick von einem zum anderen wanderte. Ihr Alter vermochte er nicht zu schätzen. Ihr Gesicht war faltig und blass, aber ihre Augen wirkten jünger und aufmerksam. Zudem wusste er, dass graue Haare gerade Frauen oft älter erscheinen ließen, als sie waren.

»Kommen Sie.« Im Gegensatz zu der ihrer Nachbarin klang Eva Möringhoffs Stimme leise, fast dünn, aber durchaus angenehm. In aller Ruhe suchte sie zwischen ihren ledrigen Fingern den Wohnungsschlüssel und schloss auf. Ohne sich noch einmal umzudrehen, ging sie hinein und ließ die Tür offen. Vor der Garderobe zog sie sich mit den Füßen die Schuhe aus, schob sie zusammen und ging direkt in den ersten Raum, der links vom schmalen Flur abzweigte.

Die beiden Beamten folgten ihr in den Flur und schlossen die Tür hinter sich. Sie hörten noch, wie die gegenüberliegende Wohnungstür gleichzeitig ins Schloss gedrückt wurde.

Buhle sah in die Küche, in der Eva Möringhoff ohne Eile den größten Teil ihres Einkaufs in Kühlschrank und Küchenschrank verstaute. Sorgfältig faltete sie die Einkaufstüte zusammen und steckte sie in ihre Handtasche. Sie trat zurück in den Flur, legte die Tasche auf ein kleines Schränkchen neben der Garderobe und gab den Polizeibeamten ein Zeichen, ihr in ein nächstes Zimmer zu folgen.

Buhle registrierte die große Übersichtlichkeit in dem gar nicht so kleinen Wohnzimmer, das jedoch überhaupt nicht steril wirkte. Es gab ein Sofa, einen Glastisch und gegenüber einen älteren Fernseher auf einem regalartigen Untergestell. In dem Regalfach bemerkte Buhle eine Fernsehillustrierte, eine weitere Zeitschrift mit einer Königin auf dem Titelbild lag auf dem Tisch. In den offenen Fächern der in hellem Holz gehaltenen Schrankwand standen eine Vase, ein Trockenblumengesteck, vier Bildbände, drei davon über Adelshäuser und einer über englische Gärten, sowie ein etwas rotstichiges Bild, auf dem zwei Jungen und ein Mädchen etwa im Alter zwischen drei und zehn Jahren abgebildet waren.

Die einzige Wanddekoration neben den eierschalenweißen Übergardinen waren zwei Bilder mit Blumenmotiven über dem

Sofa und ein größeres Bild einer blühenden Heidelandschaft über einem Sideboard mit milchigen Glaseinsätzen in den Schubladen.

Eva Möringhoff war stehen geblieben, drehte aber gleich wieder um. »Entschuldigen Sie, ich muss noch einen Stuhl holen. Setzen Sie sich doch schon.«

Doch erst nachdem sie mit einem einfachen Holzstuhl zurückgekommen war und sich daraufgesetzt hatte, nahmen auch die Polizisten auf dem Sofa Platz.

»Frau Möringhoff«, begann Buhle, »vielleicht sind Sie überrascht, dass ich aus Rheinland-Pfalz hier in Peine ermittle, aber wir haben Grund zur Annahme, dass es sich bei einem Mann, der nahe Trier verschwunden ist, um Ihren Sohn Claas handelt.«

Er betrachtete die Frau, konnte aber keinerlei Regung erkennen. Er wartete. Nach fast einer Minute fragte sie: »Warum nehmen Sie das an?«

»Haben Sie denn Ihre Söhne in den letzten Tagen gesehen?«

Wieder ließ sich Eva Möringhoff mit der Antwort Zeit. »Nein«, sagte sie dann.

»Wann haben Sie sie das letzte Mal gesehen?«

»Bei Jan ist es zum Glück schon über zwei Jahre her. Claas habe ich das letzte Mal im Sommer 1993 gesehen.« Sie schwieg einen Moment, fügte aber noch hinzu: »Und auch wenn es Sie nicht interessieren sollte, auch mit meiner Tochter habe ich seit über dreißig Jahren keinen Kontakt mehr.«

»Darf ich fragen, warum Sie keinen Kontakt mehr zu Ihren Kindern haben?«, fragte Buhle und hoffte, die Worte möglichst behutsam gewählt zu haben.

»Ich nehme an, dass Claas und Kerstin es in unserer Familie nicht mehr ausgehalten haben. Ich hoffe, sie haben ihr Glück anderswo gefunden.«

»Und Jan?«

»Jan ist seinem Vater sehr ähnlich.« Offensichtlich hielt sie das als Erklärung für den geringen Kontakt mit ihm für ausreichend.

»Aber Jan lebt noch hier in Peine?«

»Nein, in Hannover.«

»Wissen Sie, wo Claas hingezogen ist, damals?«

»Nein, er hat sich nicht verabschiedet.«

»Und sich nie gemeldet?«

»Nein.«

»Und Ihre Tochter?«

»Sie hat einen Amerikaner geheiratet. Sie brauchte dafür Unterlagen. Mehr weiß ich nicht. Ich nehme an, sie lebt in den USA.«

»Sie haben erwähnt, Ihre beiden Kinder seien weggegangen, weil sie es in Ihrer Familie nicht mehr ausgehalten haben. Wollen Sie mir sagen, was damals vorgefallen ist?«

Buhle hatte den Eindruck, dass Eva Möringhoff überlegte, was sie preisgeben wollte. Doch was dann kam, hätte er in der klaren Form niemals erwartet.

»Kerstin ist gegangen, weil sie vor ihrem Vater und ihrem älteren Bruder flüchten musste. Bei ihrem Vater bin ich mir sicher, dass er sie regelmäßig missbraucht hat. Bei Jan vermute ich es. Mit sechzehn ist sie weg nach Frankfurt.«

Buhle ahnte, welche Verhältnisse in der Familie geherrscht hatten. Doch er musste Klarheit gewinnen. »Ich nehme an, Sie haben das nicht angezeigt?«

»Doch. Später.«

Buhle schaute auf Welge, der nur mit den Schultern zuckte.

»Haben Sie vorher nicht in Ihre Akten geschaut?«, fragte sie daraufhin ohne Häme und berichtete den beiden Kriminalbeamten von ihrem Martyrium.

Sie war siebzehn Jahre alt gewesen, als Carl Möringhoff sie auf einer Geburtstagsfeier ihres Bruders zum Sex »überredete« und schwängerte. Daraufhin zwangen die Eltern beide zur Hochzeit – der Beginn einer Zeit der persönlichen Erniedrigung und des sexuellen Missbrauchs. Obwohl sie einen Schulabschluss hatte, wurde ihr eine Lehre untersagt; sie hatte für ihren Mann und ihre Kinder da zu sein. Doch in Wirklichkeit war sie wie ein Gebrauchsgegenstand ohne eigenen Willen und Anspruch, der von allen benutzt und ausgenutzt wurde.

Infolgedessen war Claas nur gezeugt worden, weil seine Mutter, eine Woche lang von ihrem Mann eingesperrt, sich keine

Verhütungspillen nachkaufen konnte und anschließend von ihm im Suff vergewaltigt worden war.

Als Kerstin abgehauen war, wurde Eva von ihrem Mann und dem älteren Sohn grün und blau geschlagen. Damals hatte sie noch zu große Angst um Claas gehabt und geschwiegen. Sie hatte aber auch nicht verraten, wohin ihre Tochter geflüchtet war: Vater und Bruder hatten sie nie gefunden.

Claas verschwand mit dreiundzwanzig. Nach weiteren zwei Jahren versuchte auch Eva Möringhoff selbst, ihren Mann zu verlassen. Er holte sie unter Androhungen zurück. Es dauerte weitere drei Jahre, bis sie endlich Zuflucht in einem Frauenhaus fand.

»Lebt Ihr Mann noch?«, fragte Welge.

»Nein. Er ist am 23. Februar 2001 an Krebs gestorben. Ich habe ihn die letzten sechs Monate noch versorgt.«

»Sie sind wieder zurückgekommen und haben Ihren Mann gepflegt?« Wieder konnte Buhle seine Verblüffung kaum verbergen.

Das erste Mal huschte der Anflug eines Lächelns über die schmalen, blutleeren Lippen der leidgeprüften Frau. »Ja, es hat kaum einer verstanden. Aber ich habe jeden dieser hundertdreiundsiebzig Tage genossen. Er brauchte mich. Er musste mich achten, wenn er aufstehen wollte. Er musste bereuen, wenn er keine Schmerzen haben wollte. Herr Kommissar, wenn Sie so gelebt haben wie ich, dann sind Sie kein guter Mensch mehr.«

»Waren Ihre Söhne auch so … sind sie ihrem Vater nachgekommen?«

»Jan, ja. Er ist später auch angezeigt worden, aber nur für zweieinhalb Jahre in den Knast gekommen. Sie haben ihm anscheinend nicht alles nachweisen können. Vielleicht hätte ich doch als Zeugin gegen ihn aussagen sollen.«

Nachdem sie diesem Gedanken nachgehangen hatte, nahm ihre Stimme einen bitteren Ton an. »Als er vor vier Jahren wieder rausgelassen wurde, hat er als Erstes Geld von mir haben wollen. Ich habe ihm keins gegeben, und er hat mich verprügelt. Danach habe ich ihm gedroht, ich würde ihn anzeigen, wenn er das noch ein einziges Mal tut, und ihn wieder in den Knast bringen, wegen seiner Bewährung, verstehen Sie?«

Buhle und Welge nickten synchron.

»Er hat es tatsächlich nicht mehr getan. Jetzt ist er lange Zeit nicht mehr da gewesen.«

»Und Claas?«

»Claas ist anders.«

Buhle kam die Antwort einen Moment zu schnell, als dass er ihr glauben konnte. Doch er beließ es zunächst dabei. »Ist er deshalb weg?«

»Ja, je älter er wurde, desto mehr stand er unter dem Einfluss seines älteren Bruders. Aber er wollte nie so werden und ist weggegangen.«

»Hat er Ihnen das so gesagt?«

Sie schwieg. Es schien ihr nun doch Mühe zu machen, die richtige Antwort zu finden. »Nicht direkt. Er … er hatte wohl keine Zeit, sich richtig zu verabschieden.«

»Und Sie haben ihn in den letzten zweiundzwanzig Jahren nicht mehr gesehen?«

»Nein.«

»Auch nicht in den letzten Wochen?«

Buhle sah ihr an, dass ihr nun gewahr wurde, dass die Polizisten von seinem Besuch bei ihr wussten. Wahrscheinlich hielt sie deshalb eine Antwort für überflüssig.

»Frau Möringhoff. Was wollte Ihr Sohn, als er Sie nach so langer Zeit wieder besucht hat?«

Ihre Augen füllten sich mit Tränen. Es war Buhle, als ob die Frau von einer verzweifelten Traurigkeit überfallen würde. »Er hat sich bei mir entschuldigt.«

Buhle, später auch Welge, hatten noch über eine halbe Stunde lang versucht, weitere Informationen über Claas Möringhoff von der nun wie gebrochenen Frau zu erhalten. Doch Buhle glaubte ihr, dass ihr Sohn tatsächlich nur das eine Mal am vergangenen Mittwochabend bei ihr erschienen war. Er spürte, dass sie keine Kraft mehr hatte, in dieser Angelegenheit zu lügen.

Laut ihrer Aussage wollte sich Claas Möringhoff alias Chris Mayer ins Ausland absetzen, diesmal offenbar für immer. Zu seinem Aufenthalt in den letzten Jahrzehnten habe er sich nur dahin gehend geäußert, dass es ihm gut ergangen sei. Alles andere habe er abgeblockt.

Welge hatte daraufhin mit der Begründung, die Toilette aufsuchen zu müssen, das Zimmer verlassen. Buhle war sich sicher, dass er den Vorwand nutzte, um seinen Kollegen Order zu geben, alle Flughäfen und Grenzübergänge zu checken. Nachdem Welge zurückgekehrt war, versuchte es Buhle mit einem abschließenden Bluff.

»Frau Möringhoff. Ich bin mir sicher, dass Ihr Sohn, wenn er sich tatsächlich das letzte Mal von Ihnen verabschieden wollte, auch etwas für Sie dagelassen hat. Wollen Sie uns nicht sagen, was er Ihnen zum Abschied geschenkt hat?«

Buhle kam sich bei diesen Sätzen schlecht vor. Aber wenn ein Sohn nach so langer Zeit noch einmal zur Mutter zurückkam, würde er etwas zurücklassen. Irgendwie war er sich da sicher. Nur nicht, ob Eva Möringhoff dies eingestehen würde.

Die alte Dame überlegte lange, und wieder überraschte sie die Kommissare. »Versprechen Sie mir, ehrlich zu sagen, warum Sie ihn wirklich suchen?« Ihre Stimme war wie ein glasklarer Hauch; kaum hörbar und doch so deutlich zu verstehen.

Buhle schluckte. Dann nickte er. »Ja, das werde ich.«

»Und darf ich es behalten, wenn es nicht unrechtmäßig erworben ist?«

»Ja. Vielleicht müssen wir es uns genauer ansehen, Sie werden es aber ganz sicher zurückbekommen. Versprochen.«

Eva Möringhoff stand langsam auf. Sie wirkte jetzt tatsächlich alt und zerbrechlich. Sie ging in ihr Schlafzimmer und kam wenig später mit einem Bündel Geldscheinen und einer CD zurück. Beides legte sie behutsam auf den kleinen Glastisch.

»Er hat gesagt, ich solle mir von dem Geld wenigstens noch einen schönen Lebensabend machen. ›Lebensabend‹. Ich hätte ihm fast gesagt, dass ich doch schon die dunkelsten Nächte hinter mir habe, dass es für mich zu spät ist für einen schönen Lebensabend.«

Ihr Blick verlor sich. Mehr zu sich fügte sie hinzu: »Er wollte mir doch nur noch etwas Gutes tun. Ich ... ich habe es nicht gesagt.«

Buhle wartete einen Moment. Dann fragte er: »Und die CD?«

Sie schaute ihn erstaunt an. »Ach, die. Er sagte, ich solle sie mir anhören, sie sei ihm sehr wichtig, auch wenn die Lieder vielleicht etwas traurig seien.«

»Und, haben Sie sie angehört?«

Ihr Blick war unsicher und noch trauriger, als sie eingestand: »Ich habe nicht so ein Gerät, so einen Rekorder, oder wie man sagt.«

»Ich verstehe. Dürften wir denn die Lieder bei uns anhören? Sie bekommen die CD ganz sicher von uns zurück.«

Wie sie dem in offensichtlicher Hilflosigkeit zustimmte, berührte Buhle, und er brauchte nicht zu Welge zu schauen, um zu wissen, dass es seinem Kollegen ähnlich ging.

»Bitte legen Sie das Geld wieder zurück, oder am besten bringen Sie es auf die Bank. Da ist es sicherer.« Es gab keinen Anhaltspunkt, dass sich Möringhoff illegal Geld beschafft hatte.

Wieder folgte Eva Möringhoff wie willenlos seinen Anweisungen. Doch dann setzte sie sich mit neuer Entschlossenheit wieder auf ihren Stuhl und bat Buhle zu erzählen.

»Frau Möringhoff, Ihr Sohn hat die letzten Jahre unter falschem Namen in Rheinland-Pfalz gelebt. Vor zwei Wochen ist er plötzlich verschwunden, und wir haben Spuren eines Gewaltverbrechens in seinem Haus vorgefunden. Deshalb suchen wir ihn. Nun haben wir von einem Zeugen den Hinweis erhalten, dass er Sie besucht hat. Deshalb sind wir hier.«

Sie betrachtete den Kommissar nun ruhig und aufmerksam. »Aber wenn er ja hier war, brauchen Sie ihn doch gar nicht mehr zu suchen«, schloss sie daraus.

»Leider ist das nicht so einfach. Wir müssen jetzt klären, warum er auf diese Art verschwunden ist.«

»Hat er denn jemandem geschadet?«

»Das können wir noch nicht mit letzter Sicherheit sagen.«

»Herr Kommissar, Sie haben mir versprochen, ehrlich zu sein. Ich bitte Sie jetzt darum.«

Buhle überlegte, was er der alten Frau zumuten konnte. Doch bevor er einen Entschluss gefasst hatte, klingelte es so heftig an der Haustür, dass alle drei vor Schreck zusammenfuhren.

»Frau Möringhoff«, fragte Buhle, während Welge aufgesprungen war und versuchte, vorsichtig durch das Fenster auf die Straße zu schauen, »wissen Sie, wer das sein könnte?«

Die ohnehin schon wachsartig helle Haut der Frau war nun aschfahl geworden, und in ihren Augen stand die blanke Angst. Ihre Lippen zitterten und brachten nur ein lautloses, einsilbiges Wort hervor, das Buhle nicht identifizieren konnte.

»Kannst du was erkennen?«, fragte er Welge.

»Nur den Rücken eines großen Mannes.«

»Möringhoff?«

»Von der Größe her könnte es stimmen.«

Buhle wandte sich an Eva Möringhoff. »Gehen Sie jetzt am besten in Ihr Schlafzimmer und verhalten Sie sich ganz ruhig, ja? Egal, was passiert. Wir werden Ihrem Sohn nichts tun, ja? Bitte.«

Da sie sich wie vor Angst erstarrt nicht rührte, packte Buhle sie und führte den widerstandslosen zierlichen Körper ins Schlafzimmer. Er wies Welge an, mit dem Summer die Haustür zu öffnen.

Sie hörten, wie die Tür so fest aufgestoßen wurde, dass sie scheppernd gegen die Wand im Treppenhaus knallte. Gleich darauf vernahmen sie nur wenige Schritte und ein ohrenbetäubendes Hämmern an der Wohnungstür.

»Mensch, Alte, mach schon auf! Oder ich schlag dir die Tür ein. Los, mach schon!« Es folgten mehrere heftige Tritte, sodass die nicht sehr stabil wirkende Tür bedenklich in ihrem Rahmen vibrierte. »Ich warne dich. Dir fehlen wohl meine Streicheleinheiten oder was? Mensch, mach endlich auf.«

Buhle flüsterte Welge leise zu: »Jan Möringhoff!«

Dieser stimmte ihm nickend zu.

»Okay, bei drei.« Buhle zählte mit den Fingern. Er riss die Wohnungstür auf.

Jan Möringhoff hatte gerade wieder auf das dünne Pressholz einschlagen wollen. Mit dem Schwung taumelte er drei Schritte in die Wohnung hinein. Sein auf den ersten Blick brutal anmutender Gesichtsausdruck wich nur für einen Augenblick der Verblüffung.

»Was soll denn die Scheiße? Wer seid ihr denn? Wo ist die Alte?« Er wollte schon weiter ins Wohnzimmer stürmen, als Welge sich ihm in den Weg stellte. Buhle war sich sicher, dass sie selbst zu zweit keine Chance gegen den Hünen hätten. Von der Größe her glich er seinem Bruder, doch war er ungleich kräftiger gebaut und sicher erfahren im Nahkampf.

»Jan Möringhoff? Ich bin Peter Welge von der Kripo Peine. Verhalten Sie sich ruhig, verstanden!«

Welge hatte nicht laut gesprochen, doch die klare Ansprache fruchtete zumindest für einen Moment. Dann stieß Möringhoff angeekelt hervor: »Scheiße, die Bullen. Hat die Alte euch gerufen?«

»Reißen Sie sich zusammen, Mensch«, fuhr Welge ihn an. »Wenn Sie von Ihrer Mutter reden – die wird so schnell keinen mehr rufen können.«

»Was soll denn das heißen?«

Welge ignorierte die Frage. »Wieso tauchen Sie hier auf?«

»Hallo, ich darf doch wohl meine liebe Mutter besuchen«, antworte Möringhoff höhnisch.

»Ausgerechnet jetzt?«

»Was soll das denn schon wieder heißen?«

»Wo waren Sie in den letzten sechs Stunden?«

Buhle verstand nun Welges Taktik. Möringhoff war mit Sicherheit polizeierfahren und würde sofort erkennen, dass er für etwas verantwortlich gemacht werden sollte. Das würde ihn hoffentlich zunächst einmal dazu bringen, nicht weiter zu randalieren, um seine Situation nicht zu verschlimmern. Buhle hoffte nur, dass Eva Möringhoff sich im Schlafzimmer ruhig verhielt.

»Hey, werde ich hier verdächtigt oder was? Was ist denn mit der … mit meiner Mutter?«

»Tun Sie nicht so, als hätten Sie keine Ahnung. Wo waren Sie zwischen sechs und zwölf Uhr?«

»In meiner Wohnung in Hannover, echt jetze. Ich war nicht hier. Ich habe nur das beschissene …«

»Was haben Sie?«

»Nix.«

»Also doch.«

»Nix doch. Ihr wollt mir doch nur was anhängen.«

»Was haben Sie?«

»Mensch, ich hab im Fernsehen das Bild meines beschissenen Bruders gesehen. Echt. Hab grad den Kasten angemacht, da war er schon. Vielleicht hat er ja meine …«

»Was soll er haben?«

»Keine Ahnung. Sie haben doch gesagt, dass mit meiner Mutter was nicht stimmt.«

»Wann haben Sie Ihren Bruder das letzte Mal gesehen?«

»Ey, das ist jetze echt lange her. Zwanzig Jahre oder so. Und jetzt suchen ihn die Bu… also die Polizei. Da hab ich gedacht, wenn der hier ist, geht er bestimmt zur Alten, dieses Muttersöhnchen. *Ich* hab ihr echt nix getan.«

»Was wollten Sie von ihm?«

»Der ist einfach abgehauen damals. Das macht man doch nicht, oder?«

»Was wollten Sie?«

»Ey, nix, wirklich. Nur mal Hallo sagen.« Spätestens nach Jan Möringhoffs Grinsen war den beiden Polizisten klar, dass er nun nichts mehr anbrennen lassen würde.

»Gut, geben Sie uns Ihre Telefonnummer, dann teilen wir Ihnen mit, wenn Ihre Mutter wieder ansprechbar ist.«

»Was ist denn nu mit ihr?«

»Können wir nicht sagen, laufende Ermittlungen.«

»Hat er sie echt plattgemacht?«

»Trauen Sie Ihrem Bruder so etwas zu?«

»Nee, eigentlich nicht. Aber vielleicht ist ja doch was aus ihm geworden.«

»Ihre Telefonnummer.«

»Sie brauchen mich nicht anzurufen. Ich komme beizeiten noch mal vorbei, wenn's Mama besser geht.«

Möringhoffs hämisches Lächeln entblößte seine schiefen gelben Zähne. Er ging einen Schritt in Richtung Wohnungstür. Die Polizisten hatten keinen Grund, ihn am Gehen zu hindern. Sie bemerkten, wie Möringhoff durch die offene Zimmertür in die Küche blickte. Dort auf dem Tisch lag noch der frisch gekaufte Salatkopf. Er drehte sich um, betrachtete Buhle und Welge prüfend und schlenderte schließlich provozierend langsam aus der Wohnung.

Diesmal ging Buhle zum Fenster und beobachtete, wie Möringhoff sich vor dem Haus noch einmal umdrehte, ihn spöttisch mit zwei Fingern an der Schläfe grüßte und in seinen schwarzen Audi stieg. Buhle prägte sich das Kennzeichen ein, dann wendete Möringhoff schon und fuhr mit quietschenden Reifen davon.

25

Trier, Hunolstein, Samstag, 10. August

Es war noch früher Vormittag gewesen, als Michael Reuter in Trier in der Zentralen Kriminalinspektion eintraf. Da er selbst sonst auch nicht mit Kritik und wohlplatzierten Spitzen gegen die Kollegen sparte, wurde er mit viel Spott begrüßt. Er ließ es – für seine Verhältnisse – demütig über sich ergehen. Weil jeder seine Aufgaben zu erledigen hatte, waren nach ein paar Minuten alle wieder vollkommen auf die Arbeit fokussiert gewesen.

Sven Tard hatte mit der Recherche der Leihwagen einen erheblichen Teil zur Identifizierung von Claas Möringhoff beigetragen, was ihn noch mehr zu motivieren schien. Er hielt nun intensiven Kontakt mit der englischen Polizei, die endlich doch ein Interesse hatte zu erfahren, wie ein deutscher potenzieller Vergewaltiger möglicherweise über viele Jahre mit britischer Identität im idyllischen Cornwall leben konnte. Schon kurz nach Mittag gab es die erste wichtige Rückmeldung.

Christopher Patrick Mayer hatte nach Abschluss einer Lehre als Schiffsmechaniker in Southampton und Militärdienst bei der Marine bei verschiedenen Reedereien angeheuert. Seinen letzten Job hatte er auf einem Containerschiff, das ihn aber nur für die Hinfahrt nach Brasilien auf der Lohnliste hatte. An die Gründe, warum der Maschinist kurz vor Weihnachten 1993 nicht nach Southampton zurückgekehrt war, konnte oder wollte sich nach über zwanzig Jahren keiner mehr erinnern.

Umso erstaunlicher war es, dass nur einen guten Monat später dieser Christopher Mayer in einer Werft in derselben englischen Hafenstadt eingestellt wurde. Wenn Tard es richtig verstanden hatte, meinte der britische Kollege, dass es unter Seeleuten nicht ungewöhnlich sei, dass irgendwann nur ihre Pässe in die Heimat zurückkämen.

Um die Fahndung in der Region hatte sich nun doch Paul

Gerhardts gekümmert. Es war an einem Wochenende in der Ferienzeit kaum möglich, die notwendige Besetzung für eine aktive Suche zusammenzubekommen. Aber immerhin war die Fahndung nach Chris Mayer alias Claas Möringhoff an alle Dienststellen der Region Trier, dem angrenzenden Saarland sowie der französischen und luxemburgischen Grenzregion weitergegeben worden, und die Anzahl der Streifenfahrten insbesondere im Hunsrück sollte erhöht werden.

Reuter hatte bereits mit Hans Herrmann gesprochen und wusste, dass dieser mit seinen Kollegen sicher kein geruhsames Wochenende verleben wollte. Sollte Möringhoff im Raum Morbach auftauchen, war die Chance groß, dass es bemerkt würde. Von einer öffentlichen Suche wie in Niedersachsen wollte man zunächst absehen, da die Identität geklärt war und die mögliche Geisel, seine Tochter, nicht gefährdet werden sollte.

Aufgrund seiner mutmaßlichen Vergangenheit als Vergewaltiger gehörten auch alle Einschätzungen der Persönlichkeit Möringhoffs beziehungsweise Mayers auf den Prüfstand. Reuter hätte sich nun tatsächlich gewünscht, dass Buhle seine Kontakte zu Marie Steyn spielen lassen könnte. Stattdessen vertrieb sich sein Chef die Zeit mit einer Neuen in Norddeutschland. Umso größer war die Überraschung, als am Nachmittag die im Urlaub gewähnte Nicole Huth-Balzer hereinspaziert kam.

»Hallo, Mich, endlich aufgestanden?« Sie sah erholt aus und grinste über ihr ganzes dezent gebräuntes Gesicht.

»Hey, jetzt wird sogar schon unser Küken frech«, protestierte Reuter. Aber er machte den Spaß mit. »Ich hätte natürlich schon um sechs auf der Matte gestanden, wenn ich geahnt hätte, dass sie dich als Ersatz aus dem Urlaub holen.«

»Ich als dein Ersatz: Das fass ich doch mal als ein richtiges Kompliment auf.«

»Was haben sie dir denn aufgedrückt?«

»Och, ich hab mir da selbst was herausgepickt.«

»Ach ja, und was?«

»Ich habe das Nützliche mit dem Schönen verbunden und

einen wunderschönen Tag im Garten von Marie Steyn verbracht. Es wäre doch auch schade, wenn wir von nun an ohne sie auskommen müssten, nur weil der Chef …« Huth-Balzer stoppte erschrocken und wurde sofort knallrot.

»Ich glaube, da brauchst du keine Rücksicht mehr zu nehmen. Aber wenn ich ehrlich bin: Vor nicht einmal einer Stunde habe ich tatsächlich an unsere Psychologin gedacht. Habt ihr zusammen etwas herausgefunden?«

»Na ja, ohne wirkliche Fakten können wir natürlich nichts zur Person selbst sagen. Aber Marie hat ein paar Grundsätzlichkeiten erkannt, die zumindest vermuten lassen, dass Mayer –«

»Er heißt eigentlich Möringhoff, Claas Möringhoff.«

»Von mir aus auch das. Also, Marie denkt, dass dieser Möringhoff insgesamt eine positive Entwicklung hinter sich hat. Dafür sprechen sein eher distanziertes Verhalten gegenüber Frauen, seine zurückgezogene Lebensweise, auch, dass er nicht weiter auffällig geworden ist. Seine damalige Flucht könnte natürlich damit zusammenhängen, dass er nicht erwischt werden wollte. Genauso ist es aber auch möglich, dass er vor sich selbst und vor seiner Tat geflohen ist.«

»Das bedeutet, dass die Vergewaltigung eher eine einmalige Tat war, die er bereut hat?«

»Ja, oder vielleicht eine besonders schwerwiegende Tat, die ihn zum Umdenken bewegt hat. Schließlich war da ja auch noch der Suizid des Opfers. Wann genau ist May… Möringhoff untergetaucht?«

»Nach dem Selbstmord seines Opfers, vielleicht ein Vierteljahr danach.«

»Also kann er das mitbekommen haben, und ihm könnten die Konsequenzen der Tat in all ihrer Brutalität bewusst geworden sein«, schlussfolgerte Huth-Balzer. »Marie meint auch, dass es eher unwahrscheinlich ist, dass ein Vergewaltiger diese Wandlung ohne Hilfe von Dritten durchläuft. Er könnte also therapeutische Hilfe in Anspruch genommen haben.«

»Hier, im Hunsrück?«

»Nein, das wäre wohl zu spät.«

»Also in England?«, versuchte es Reuter noch einmal.

»Würde zeitlich besser passen«, mutmaßte Huth-Balzer.

»Und seine Kindheit? Die hat doch immer was damit zu tun.«

»Darüber wissen wir ja noch gar nichts. Aber generell steigert sich das Risiko von Gewalt gegen Frauen, wenn den Kindern das bereits im Elternhaus vorgelebt wird. Wissen wir aber auch schon ohne Marie, oder?«

»Ja, klar. Lass uns später Christian anrufen. Vielleicht weiß er schon mehr dazu zu sagen.«

Weitere Erkenntnisse hatte der Arbeitstag der Kriminalpolizisten in Trier bis zum Nachmittag nicht gebracht. Doch Reuter hoffte, dass seine, sollte er sagen: privaten Ermittlungen vielleicht noch neue Hinweise bringen könnten. Er hatte sich für achtzehn Uhr mit Mailin in der Mathysmühle verabredet. Sie hatte versprochen, bis dahin wieder einen klaren Kopf zu haben.

Am Abend zuvor hatten sie bei ihr zusammen Musik gemacht und waren bei alten französischen Chansons der Meinung gewesen, dazu passten unbedingt die zwei Flaschen Rotwein, die Reuter am Tag vorher gekauft hatte. Danach hatten sie noch einige alte afroamerikanische Schinken und Mailin einen Bourbon ausgegraben. Er hatte seit dreißig Jahren nicht mehr so hemmungslos gesungen und, ganz bei sich, Soli gezupft. Am Ende hatten sie im wahrsten Sinne des Wortes den Blues – und gerade noch die Kurve gekriegt. Reuter wusste, dass die Vorzeichen für den heutigen Abend anders standen.

Es war im Tagesverlauf wieder deutlich wärmer geworden. Reuter mochte Klimaanlagen weder in Autos noch sonst wo. Aber diesmal war er froh, dass sie in seinem Dienstwagen funktionierte. Auf der Fahrt überlegte er, ob und wie er Mailin die Neuigkeiten mitteilen sollte. Er hatte noch keinen Entschluss gefasst.

Als er den Schotterweg zur Mathysmühle entlangfuhr, zog er eine lange Staubwolke hinter sich her. Die Luft stand im Dhrontal, und die kleinsten aufgewirbelten Teilchen des Wegbelags schienen es ihr gleichzutun. Reuter hatte gehofft, dass wenigstens aus den umliegenden Wäldern etwas kühlere Luft ins Tal strömen würde, doch die Bäume behielten sie für sich. Alles hielt inne, als ob es jegliche Bewegung vermeiden wollte.

Reuter hatte sofort Mailins Rad an der Hauswand entdeckt. Von ihr selbst sah er allerdings nichts. Einen Schlüssel für das Haus hatte sie nicht mehr, seit die Kollegen das Schloss ausgewechselt hatten.

»Mailin? Wo steckst du?« Er bekam keine Antwort und versuchte es noch einmal, diesmal lauter. »Mailin? Bist du hinterm Haus?«

»Hier, im Schatten.« Ihre Stimme klang dünn und verschlafen.

Reuter ging rechts ums Haus. Mailin hatte sich auf einer alten Liege lang ausgestreckt. »Da bist du ja endlich«, sagte sie matt. »Mann, bist du auch so fertig? Nie wieder Bourbon, ich schwöre.«

Michael Reuter grinste breit. Die junge Frau vor ihm war noch blasser als sonst. Daran änderten auch der gelbe Minirock und das offenbar selbst gebatikte grünliche Top nichts. Sie hatte den rechten Handrücken auf ihre Stirn gelegt. Die andere Hand mit den grün lackierten Fingernägeln ruhte auf ihrem Bauch. Ihre hellen Beine hatte sie übereinandergeschlagen, und der schmale rechte Fuß mit den im gleichen Grünton bemalten Fußnägeln wippte leicht. Sie hatte sich an diesem Tag offensichtlich nicht dazu aufraffen können, ihr Gesicht zu schminken, und auch auf Schmuck hatte sie verzichtet.

»Wann bist du denn heute Morgen aus dem Haus? Ich habe deinen Zettel erst nach dem Mittag gefunden. Wenn mein Vater nicht gerufen hätte, hätte ich bestimmt durchgeschlafen.«

»Zu spät. Die Kollegen waren schon alle da, als ich endlich in Trier eingetroffen bin. Und mein Chef hat mich gestern nicht nur einmal versucht zu erreichen.«

»Oh, gibt es denn etwas Neues?«

»Ja, eine ganze Menge.«

Mailin richtete sich mühsam von der Liege auf und schaute ihn erwartungsvoll an. Reuter musste sich entscheiden, was er preisgeben konnte, ohne alle Regeln kriminalistischer Ermittlungen zu brechen. »Wir lagen mit unseren Vermutungen offenbar richtig.«

»Du meinst …«

»Ja, aber hör zu: Das bleibt absolut unter uns, ja? Niemand, und damit meine ich *niemand*, darf nur eine Ahnung davon bekommen, dass ich dir etwas erzählt habe. Versprochen?«

Mailin schaute ihn aufmerksam an. Dann schüttelte sie langsam den Kopf. »Nein, wenn es so ist, behalte es für dich.«

Seine Irritation musste für sie ganz offensichtlich sein, denn sie fuhr fort: »Ich will gar nichts von euren Geheimnissen wissen und dich dadurch in Schwierigkeiten bringen. Es ist okay, ja.« Ihre Stimme wurde leiser. »Es ist eigentlich auch egal, weil Chris, na ja, egal, was passiert ist, es wird ihn …« Ihr Blick war nun auf ihre grünen Fingernägel gerichtet. »Aber wenn alles vorbei ist, werde ich dann erfahren …?«

Reuter wusste, dass noch längst nicht alles vorbei war. Im Gegenteil, wer wusste schon, wo Möringhoff sich mit Felicia Sievers im Moment aufhielt. Unwillkürlich sah er auf und suchte mit seinem Blick die Umgebung ab.

War es auszuschließen, dass er hierher zurückkommen würde und sie vielleicht gerade in diesem Augenblick beobachtete? Nein, das war es ganz und gar nicht. Und was wäre, wenn Mailin ihm zufällig über den Weg liefe oder er sie bewusst aufsuchte? Wie würde sie in ihrer impulsiven Art reagieren, wie er? Was, wenn Möringhoff die Zeugen oder besser Zeuginnen seines Seins beseitigen wollte, bevor er in ein neues Leben flüchtete? Es würde nicht zu der Einschätzung passen, die Nicole ihm vor ein paar Stunden gegeben hatte. Aber wie reagierte jemand, der von allen Seiten verfolgt und zudem emotional völlig aus dem Gleichgewicht geraten war?

»Mailin?«

Sie reagierte nicht, schien ganz in Gedanken versunken.

»Mailin, hör mir bitte zu und versprich mir, nach dem, was ich dir jetzt sagen werde, nicht auszuticken, ja?«

Nun hob sie ihren Kopf und schaute ihn fragend an.

»Wir wissen nicht, was hier passiert ist. Aber …«, er wartete noch einen Moment, den Mailin offenbar benötigte, um gedanklich wieder ganz da zu sein, »... aber es gibt sehr eindeutige Indizien, die darauf hinweisen, dass Chris Mayer noch lebt.«

In Mailin Wends Gesicht schien wie in Zeitlupe alles rund zu werden. Ihre grünen Augen waren weit aufgerissen und starrten Reuter ungläubig an. Ihr Mund war geöffnet, als ob sie etwas sagen wollte, doch fanden die Worte ihren Weg nicht hinaus. Selbst die rot lodernde Mähne legte sich wie ein runder Kranz um ihr Gesicht, als sie ganz langsam ihre Hände an den pausbäckigen Wangen vorbei unters Haar schob und sie dort verharren ließ.

Es kam Reuter wie Minuten vor, wie sie dort so saß, dabei waren es wahrscheinlich nur wenige Augenblicke. Ihre Augen füllten sich mit Tränen. Doch wenn Reuter erwartet hatte, dass sie vor Freude und Erleichterung zu weinen begann, hatte er sich grundlegend getäuscht.

»Dieser Mistkerl«, sagte sie, noch recht leise. Sie schwang ihre Beine von der Liege und schlug mit beiden Händen gleichzeitig auf das ausgebleichte Synthetikgewebe. Einmal, dann noch einmal und noch einmal. Immer schneller, immer heftiger. Dazu kam eine wahre Serie von unschönen Bezeichnungen, die man gewöhnlich keinem seiner Freunde angedeihen lässt. Doch Mailin sah das nun wohl anders. Ihre Stimme wurde lauter, der Ton immer höher und schriller.

Bislang hatte Reuter nur geahnt, welche Energie in dieser recht zierlichen Person steckte, spätestens jetzt wusste er es. Mailin sprang auf, schlug mit den Händen gegen die Wände der Mühle, warf einen nicht festgestellten Fensterladen so heftig zu, dass Reuter sich wunderte, dass das alte Holz nicht in tausend Stücke zerbarst. Wie eine entfesselte Furie trat sie gegen eine halb mit Wasser gefüllte Gießkanne, köpfte mit der Handkante eine Sonnenblume, rannte zu einer alten Emailleschüssel, die ahnungslos auf einer umgedrehten Holzkiste stand, und schleuderte sie wie einen Diskus über den Zaun in die Zucchinipflanzen. Beim Aufprall auf eine keulengroße Frucht der Gemüsestaude ertönte ein dumpfer metallischer Klang.

Jetzt entdeckte Mailin den von Möringhoff selbst gezimmerten Arbeitstisch, der ursprünglich dem Umtopfen von Pflanzen gedient hatte. Sie griff sich die schwarzen Plastiktöpfe und schmiss sie ebenfalls in Richtung Nutzgarten. Durch das geringe Eigengewicht nahmen sie jedoch nicht die gewünschte Flugbahn ein und eierten nur ein wenig durch die Luft, bis sie weit vor dem Ziel ins Gras plumpsten. Mailin schien das noch wütender zu machen, wodurch die vier ziegelroten Gefäße aus gebranntem Ton ihre Form und Funktion dauerhaft einbüßten, weil sich die Konsistenz des alten Mühlsteins als deutlich überlegen erwies.

So ging es weiter, nichts schien vor der Wut einer Mailin Wend sicher zu sein. Das Glockenspiel unter dem Dachüberstand musste genauso leiden wie die kleine Hacke, die statt des sonst in ihr Beuteschema fallenden Unkrauts nun die hölzernen Spitzen des Zaunes attackieren durfte, dabei nach und nach aber alle ihre drei Zinken verlor und letztendlich nach hoher Flugbahn und unzähligen Salti in die hohe Ufervegetation der Dhron abtauchte.

Reuter hatte geahnt, dass Mailin ein wenig Zeit benötigte, um die Wiedergeburt ihres ehemals besten Freundes verarbeiten zu können. Er hatte bald auf die Uhr geschaut und wusste, dass eine gute Viertelstunde vergangen war, bis sie sich nun mit einem um etliche dunkle Grüntöne reicheren Top völlig erschöpft ins dürre Gras fallen ließ. Noch einmal bäumte sie sich auf, um ein lang gezogenes »Schweiiiiin!« aus dem tiefsten Innern ihrer Seele herauszubrüllen. Dann war es ruhig. Noch ruhiger als vorher, wie es Reuter schien.

Er wartete. Eine Minute, noch eine Minute und noch eine Minute. Schließlich sagte er mit ruhiger, sachlicher Stimme: »Wir wissen nicht, wo Mayer oder Möringhoff, wie er eigentlich heißt, sich gerade aufhält.«

Mailin hob den Kopf. Die roten Haare klebten wirr auf ihrem Gesicht. Sie strich sie unwirsch übers Ohr, wo sie diesmal, verbündet mit den anderen nassen Strähnen, sogar blieben.

»Du meinst doch wohl nicht etwa, dass er es wagt …«

»Wo könnte er besser untertauchen, als in der Gegend, die er am besten kennt und in der ihn keiner vermutet?«

Ihre Augen funkelten noch immer. »Wenn der sich hier noch mal hertraut, ich sag dir, das überlebt der nicht. Hat der hier alles nur arrangiert, damit er sich seelenruhig verpissen kann, um dann ... um dann ...« Sie wusste nicht weiter.

»Um dann in Braunschweig seine Tochter zu treffen: Felicia Sievers«, half Reuter nach, ohne zu ahnen, wie Mailin auf diese zweite Neuigkeit reagieren würde.

Sie verharrte, starrte ihn nur mit völlig ungläubigem Gesichtsausdruck an.

»Mailin, wir wissen nicht, was er vorhat«, setzte Reuter langsam wieder an. »Wir wissen allerdings, dass seine Tochter Felicia Sievers seit Donnerstagabend verschwunden ist.«

»Ach du Scheiße!« Der Kraftausdruck kam spontan und leise. »Er hat doch wohl nicht etwa ...?«

»Wir wissen es nicht. Soweit ich meinen Chef verstanden habe, sind die da oben in Norddeutschland gerade ziemlich am Rotieren.«

»Ja, aber ... warum sollte er hierherkommen?«

»Ich weiß es nicht, Mailin. Wir haben hier einen Mann mit zwei völlig unterschiedlichen Persönlichkeiten. Ich kann es momentan überhaupt nicht einschätzen, was er will und wozu er in der Lage ist. Ich meine nur, du solltest ... nicht unbedingt auf seine Rückkehr warten.«

»Bitte? Du meinst das doch nicht im Ernst, oder?«

»Ich habe schon zu viel erlebt und von noch mehr gehört, als dass ich auch nur irgendetwas ausschließen würde. Wir wissen gegenwärtig wirklich noch zu wenig, um die Situation seriös beurteilen zu können.«

Mailin ließ sich wieder ins hohe, trockene Gras zurückfallen und legte sich beide Hände auf die Stirn. Nun schien auch bei ihr langsam das Nachdenken einzusetzen. Nach weiteren Minuten des Schweigens sagte sie: »Sicher weiß ich, dass man sich in einem Menschen total täuschen kann. Aber ich glaub, nein, ich weiß, dass Chris, oder wie er sonst heißt, seiner Tochter nie etwas antun würde. Überleg doch mal: seine Lieder. Da war doch eigentlich nur noch Reue, Verzweiflung, manchmal sogar ein Funken Hoffnung, aber doch keine Spur von Gewalt.«

»Ich hoffe sehr, du hast recht. Aber wenn er jetzt wirklich mit seiner Tochter irgendwo unterwegs ist, ist es schwer zu glauben, dass sie freiwillig mitgegangen ist.«

»Warum?«

»Er hat ihre Mutter vergewaltigt.«

Es dauerte eine ganze Weile, bis Mailin mit zittriger Stimme fragte: »Weiß sie davon?«

»Ja, seit gut vier Jahren.«

»Schrecklich ... Und trotzdem: Wenn sie erkennt, dass er heute nicht mehr der ist, der er bei der Tat war, vielleicht ...« Sie zog ihre Hände von der Stirn übers Gesicht und ballte sie über ihrem Hals zu Fäusten. »Er ist ihr Vater. Sie hat erstmals in ihrem Leben Kontakt zu ihrem richtigen Vater. Selbst wenn er ... Nein, ich weiß nicht, was ich in ihrer Situation tun würde.«

»Wir wissen noch nicht, was in den letzten Tagen und Wochen passiert ist. Aber egal, was es gewesen sein mag, mir wäre erheblich wohler, wenn wir wüssten, wo sich die beiden jetzt aufhalten.« Reuter überlegte. »Wenn er tatsächlich wieder in den Hunsrück zurückkommt, dann sicher nicht in die Mathysmühle. Zumindest nicht gleich. Wo könnte er hin, wo könnte er sich verstecken?«

Mailin hielt die Augen geschlossen. Ihre Hände hatte sie vor Nase und Mund aneinandergelegt, als ob sie betete. Reuter wusste nicht, ob sie noch mit der Wirkung der neuesten Erkenntnisse über ihren ehemaligen Vertrauten kämpfte oder über seine Frage nachdachte.

Nach einer ganzen Weile öffnete sie die Augenlider und murmelte in ihre Handflächen hinein: »Es ist schon ein paar Jahre her. Er war länger als geplant unterwegs gewesen, und ich hatte schon begonnen, mir Sorgen zu machen. Als er schließlich kam, war er bester Laune und erzählte etwas von seiner ganz persönlichen Traumschleife. Als ich nachgefragt habe, meinte er, er habe einen wunderschönen Platz gefunden, an den er sich zurückziehen kann, wenn er vor mir flüchten muss. Ich weiß das noch, weil ich ihn wochenlang mit meinen Fragen gequält habe, wo er gewesen sei. Aber er ist damit nicht rausgerückt.«

»Und du hast keine Ahnung, wo das ungefähr war.«

»Doch, ich habe ein paar Bemerkungen aufgeschnappt und mir auch etwas zusammengereimt, nur … Lass mich mal in Ruhe überlegen, ja? Ich muss einfach nachdenken.«

26

Hochscheid, Samstag, 10. August

Die Luft stand zwischen den alten Moorbirken. Ein Bündel Sonnenstrahlen fiel durch das lückenhafte Kronendach auf die torfige Oberfläche des Bruchwaldes. Im Gegenlicht erstrahlte der Mückenschwarm wie eine sich stetig verändernde Wolke aus unzähligen leuchtenden Punkten. Am vergangenen Abend hatte sie die Fledermäuse beobachtet, wie sie im Dämmerlicht auf Jagd nach den Insekten gingen. Während sie dasaß und den kleinen Säugern bei ihrer Arbeit zusah, hatte allmählich das nächtliche Gemurmel des Waldes angefangen.

Sie hatte es als Kind geliebt, mit ihrem Vater auf Nachtwanderungen durch die dunklen Wälder im Harz zu streifen, und kannte viele der Geräusche: das Herumknuspern der Mäuse im alten Laub, das Schmatzen und Grunzen einer Rotte von Wildschweinen, die in einiger Entfernung an ihnen vorbeistrich, das eintönige Rufen eines Kauzes auf seinem Aussichtsast oder die behutsamen Schritte einer Hirschkuh, die sich vorsichtig ihren Weg durch das lichte Unterholz bahnte. Das alles hatte ihr als Kind eine enge Bindung an ihren Vater gegeben, den sie nie bei seinem Vornamen anreden wollte, weil sie das für ihren Vater unpassend fand. Das hatte sich auch nicht geändert, als Hans und Gertrud ihr schon früh nahebrachten, dass sie nicht ihre leiblichen Eltern waren. Sie waren ihre Eltern, ihre Mutter und ihr Vater, egal, wie es andere sehen mochten.

Jetzt saß sie in einem alten, ehemals blauen Camping-Faltstuhl und betrachtete einen Waldbaumläufer, der behände den knorrigen Stamm einer Eiche wie in einer Spirale hinauflief und nebenbei unglaublich schnell mit seinem dünnen, leicht gebogenen Schnabel nach einem Tier stieß, das sich offenbar trotz der tiefen Furchen der Borke nicht gut genug versteckt hielt.

Es waren jetzt achtundvierzig Stunden vergangen, seit sie am

Eixer See in der Böschung gekauert hatte. Es erschien ihr so weit weg, und eigentlich verstand sie auch jetzt noch nicht, warum sie so gehandelt hatte, so irrational. Nach all den Gedanken, die sie sich vorher über ihre düstere Herkunft gemacht hatte, wäre es doch so einfach gewesen, alles zu beenden.

Sie hatte die Stimme des Kommissars sofort erkannt. Ein Ausruf, ein kurzes, lautes »Hier« hätte gereicht. Vor ihr lag der Mann, der ihre Mutter vergewaltigt und in den Tod getrieben hatte. Der dafür verantwortlich war, dass sie selbst als Waise aufwuchs, auch wenn es ihr an nichts gefehlt hatte – außer an ihren leiblichen Eltern. Den sie in ihren Gedanken und Träumen gehasst hatte wie keinen anderen Menschen auf dieser Welt. Es wäre so einfach gewesen. Doch sie hatte dagesessen, geschwiegen, sich sogar noch geduckt, als der Kommissar stehen geblieben war und in ihre Richtung geschaut hatte.

Dann war er weggewesen, und sie hatte nichts mehr verstanden. Hatte drei Meter entfernt von … von diesem … von ihrem … sie bekam jenes Wort nicht zu fassen, das das einzig richtige war. Stattdessen hatte sie im vertrockneten Gras der Böschung gesessen und sich unvorstellbar leer gefühlt.

Sie wusste nicht, wann sie sich langsam auf ihn zubewegt hatte. Sie wusste nur noch, dass sie angefangen hatte zu weinen; leise, ohne ein Schluchzen, ohne ein Aufstöhnen. Die Tränen waren ungefragt hervorgetreten, weil sie seinen Blick nicht verdrängen konnte, den er ihr noch im Sturz zugeworfen hatte. Ein Blick, so fragend, so traurig, so bittend, so endgültig.

Als die Quelle ihrer Tränen versiegt war, hatte sie ohne jegliche Vorankündigung den völlig unfassbaren Drang verspürt, auf diesen regungslosen Schatten im Nichts des Dunkels zuzugehen. Als ob sie plötzlich keine Wahl mehr hätte. Sie musste es tun. Und als ob das nicht genug gewesen wäre, bekam sie Angst, diesen Menschen, den sie nun mit einer ganz leichten Bewegung ihrer Hand berühren konnte, diesen Menschen, der doch ihr … *verhasster* Vater war, getötet zu haben. So wie sie sich das in ihren schlimmsten Träumen immer vorgestellt hatte. Doch nun hatte sie schreckliche Angst, es tatsächlich getan zu haben.

Wie lange hatte dieses Gefühl ihre Erinnerung aufgefressen? Das Nächste, woran sie sich erinnerte, war, dass sie sich an den Baumstumpf gelehnt, den blutigen Kopf ihres Vaters auf ihren Schoß gelegt und geredet hatte. Mit ihm. Sie redete über ihre leibliche Mutter, die sie so sehr vermisste, für die sie aber keine Trauer empfinden konnte, weil es ihr niemals vergönnt gewesen war, sie kennenzulernen. Sie redete über ihre Kindheit, die so schön und unbeschwert war, bis sich das Wissen, dass ihre Eltern nicht ihre wahren Eltern waren, immer mehr in ihr Bewusstsein schlich und sie verwirrte. Sie redete über die Zeit nach ihrem achtzehnten Geburtstag, nachdem sie die volle Wahrheit erfahren hatte, über das Chaos ihrer Gefühle, über die Schuld, die sie sich am Tod ihrer Mutter gab, und über den Hass, den sie ihrem Vater, dem Vergewaltiger, gegenüber empfand. Und über die Einsamkeit, weil ihre Gefühle keinen für sie jemals real existierenden Adressaten hatten.

Sie hatte gespürt, wie er seine Augen aufschlug, und war doch sofort erschrocken. Es hatte einen Moment gedauert, bis sie verstand, dass er dann ja gar nicht tot sein konnte, dass er lebte. Dass er mit seinen traurigen, flehenden Augen tatsächlich sie anblickte, sie, seine … Tochter, die seinen Kopf, den Kopf des … in ihren Händen hielt. Als er für einen weiteren Moment die Augen wieder geschlossen hatte, war ihr erst richtig gewahr geworden, dass er schwer verletzt war, sie Hilfe holen, jemanden rufen musste.

Sie hatte das Stöhnen gehört, sein Stöhnen. Es war nicht laut gewesen, aber dennoch hatte es sie bis ins Mark getroffen. Ängstlich hatte sie ihn gefragt, ob er Schmerzen habe. Eine völlig unsinnige Frage, hatte sie gleichzeitig gewusst. Doch überraschenderweise lächelte er nur und verneinte kaum wahrnehmbar. Sie hatte gesagt, dass er ins Krankenhaus müsse. Sofort war diese Furcht in seine Augen getreten. Er bat sie, ihn noch nicht wegzubringen, ihm vorher noch zuzuhören und ihm zu erzählen. Sie solle das Auto holen, ihm gehe es gut. Er hatte die Bitte wiederholen müssen, bis sie ihr tatsächlich gefolgt war.

Auf dem Weg zum Parkplatz hätte sie genügend Zeit gehabt,

alles zu überdenken, sich anders zu entscheiden. Doch sie hatte das Auto geholt, immerhin noch so weit nachgedacht, den Verbandskasten mit zu … Chris Mayer zu nehmen, hatte die Platzwunde mit einem Druckverband notdürftig verbunden und war mit ihm den beschwerlichen Weg hinauf zum bereitstehenden Corsa gestiegen. Sie hatte nicht viel sehen können und dennoch gefühlt, welche Kraftanstrengung es für den großen Mann in ihren Armen darstellte. Er musste zu einem Arzt. Doch er hatte das abgelehnt, fast gebettelt, ihnen noch ein, zwei Tage Zeit zu geben, bevor alles andere auf sie einstürzen würde.

Es hatte sie zusätzlich verwirrt. Warum sollte sie das tun? Diesem … diesem Mann eine Chance geben? Er hatte gesagt, dass es vielleicht auch für sie eine Chance wäre, vielleicht ihre einzige, ihn als den kennenzulernen, der er jetzt sei *und* der er gewesen war. Sie hatte ihn angeschrien, was ihm einfiele. Was sie von ihm mehr wissen sollte als das, was sie schon wusste. Ob ihr das nicht reichen müsste, mehr als reichen müsste.

Er hatte darauf keine rechte Antwort gewusst. Nur diese Enttäuschung gezeigt, die schon der Grund gewesen war, weshalb sie sich überhaupt mit ihm getroffen hatte. Hatte sie wirklich nur wissen wollen, ob er ihr leiblicher …? Sie hätte doch einfach das Ergebnis von Mattis abwarten können. Einfach nur noch einen Tag warten müssen, um zu wissen, ob die DNA bewies, was sie vermutete. Nein, sie hatte sich wieder mit ihm getroffen. Wollte sie nicht doch wissen, wer er eigentlich war?

Sie hatte am Straßenrand angehalten und angefangen zu heulen. Ihre Tränen waren durch das Lenkrad auf ihre Knie getropft. Er hatte nur dagesessen und hilflos auf sie herabgeschaut. Als sie sich beruhigt hatte, hatte er es noch mal versucht. Sie inständig beschworen, ihnen diese wenigen Tage Zeit zu geben. Danach würde er sich der Polizei stellen. Es klang weniger wie ein Versprechen, eher wie eine Feststellung.

Sie hatte das Lenkrad fest umklammert gehalten, das wusste sie noch genau. Aber sie hatte nicht gewusst, was sie in dem Moment tun sollte: Krankenhaus? Polizei? Ihre Eltern? Weglaufen? Ihm folgen?

Er drängte sie nicht, sprach nur davon, dass sie jetzt die Gelegenheit hätten, um allein miteinander zu reden. Nur jetzt, um sich wirklich als die Menschen kennenzulernen, die sie seien. Nur jetzt, ohne die Vereinnahmung durch Polizei, Anwälte, Richter, Journalisten, Freunde und Verwandte, die ihnen einreden würden, wie sie einander sehen sollten.

Es war ihr, als ob das Karussell in ihrem Kopf für einen Moment stillstehe. Nur für einen kleinen Moment, der ausreichte, dass sie sich diesem Mann, der nicht abstritt, ihr … *verbrecherischer* Vater zu sein, so nah fühlte, wie es nur zwischen Eltern und Kindern möglich sein kann. Es war der Moment, in dem sie entschied, mit ihm zu fahren. Ihnen beiden diese Chance zu gewähren.

Sichtlich erleichtert hatte er sie darum gebeten, in Richtung Trier zu fahren, danach war er erschöpft im Sitz des Wagens eingeschlafen. Vielleicht hatte er sogar wieder das Bewusstsein verloren. Wie betäubt war sie losgefahren. Ohne nachzudenken, hatte sie wie im Frühjahr die Route über die A 7 genommen. Er war immer wieder wach geworden und wieder eingeschlafen. Sie war nicht müde, gar nicht müde gewesen. Ihre Unsicherheit darüber, was sie da eigentlich machte, blieb, doch ein unbestimmbares Gefühl hatte sie immer weiterfahren lassen.

Bei ihrer ersten Pause auf einem Rastplatz nahe Kassel hatte sie seinen Verband erneuert, erleichtert festgestellt, dass die Wunde nicht so groß war wie vermutet und nicht mehr so stark blutete. Schon zuvor hatte sie an ihre Eltern gedacht und sich sofort die schwersten Vorwürfe gemacht. Sie schickte ihnen schließlich eine Nachricht. Wohl war ihr dabei nicht gewesen. Sie wusste, welche Sorgen sich die beiden machen würden, und hoffte, diese mit der kurzen SMS zumindest etwas mindern zu können. Dann war sie weiter in die Richtung gefahren, die er ihr genannt hatte.

Auf der Fahrt geisterte immer wieder das Wort »Vater« durch ihren Kopf. Sie sah diesen Mann neben sich und wusste nicht, wie sie ihn mit diesem Wort in Einklang bringen sollte. Aber egal, wie sich ihr Verhältnis zu diesem Mann entwickelte, er wäre von nun an da, so viel wusste sie. Wäre nicht mehr das verteufelte Phantom, das neben der verstorbenen Mutter sein Unwesen in ihrer Gedankenwelt trieb.

Gegen acht Uhr morgens waren sie schließlich in Wittlich angekommen. Chris Mayer hatte sie zu einem relativ großen Kaufhaus dirigiert und sie gebeten, einen Einkaufszettel zu schreiben. Die Liste hatte sie erstaunt. Auf ihr hatten neben Lebensmitteln auch ein kleines Zelt, zwei Schlafsäcke, ein Feldbett, ein Gaskocher mit Töpfen, Kleidung für ihn und sie selbst sowie Mückenspray gestanden. Als sie nachgefragt hatte, ob sie nicht zu seiner Mühle führen, hatte er ihr offenbart, dass er ein Versteck kenne. Sie erinnerte sich noch deutlich an den kurzen Dialog, der daraufhin gefolgt war.

»Ich befürchte, wir werden nicht viel Zeit haben. Vielleicht nur ein, zwei Tage. In der Mathysmühle würden sie uns sofort finden. Aber wenn du das lieber möchtest?«, hatte er gefragt.

»Wo fahren wir stattdessen hin?«

»Es ist ein alter verlassener Campingwagen mitten im Wald. Es ist … es ist dort sehr einsam. Ich weiß nicht, ob du das mit … mir …«

»Du meinst, ob ich Angst habe?«

»Ja, es ist … ja schon eine sehr spezielle Situation.« Er hatte sie plötzlich direkt angeschaut und mit schmalen Lippen hinzugefügt: »Du bist dann allein mit dem Mörder deiner Mutter.«

Sie war zusammengezuckt. »Hast *du* sie umgebracht?«

Schnell antwortete er: »Nein, nein, natürlich nicht. Aber … ich habe sie … und nur deshalb … hat sie …« Wieder war diese unendliche Traurigkeit in seinen Augen gewesen, die schließlich jeglichen Zweifel an dem, was sie gerade tat, vertrieb.

»Chris. Ich will von dir alles erfahren, versprichst du mir das? Alles! Das ist der Grund, warum ich hier bin. Ich bin nicht hier, damit ich dir verzeihe, was du meiner Mutter angetan hast.« Sie hatte befürchtet, ihre Worte wären vielleicht zu hart gewesen. Doch ihr Vater hatte nur genickt.

»Ja, du hast ein Recht darauf. Ich werde nichts verschweigen. Und dennoch wäre ich dankbar, wenn du auch etwas von dir erzählen würdest. Das … das war der eigentliche Grund, warum … warum ich den Kontakt zu dir gesucht habe.«

»Ich kann es nicht versprechen«, hatte sie erwidert. Auch das hatte er so hingenommen.

Von rechts schien nun etwas Größeres auf den Moorwald zuzustreben. Felicia konnte es noch nicht erkennen, nahm aber an, dass es Rotwild war. Hier im Waldesinnern waren die Tiere relativ ungestört und deshalb manchmal tagaktiv. Auch das wusste sie von ihrem … *eigentlichen* Vater. Als die Geräusche noch etwas näher kamen und ein junger Rehbock sich unsicher an den Rand der halb offenen Lichtung schob, musste Felicia leise auflachen. Sofort blieb das Reh stehen und schaute mit großen dunklen Augen in ihre Richtung. Dann drehte es sich von ihr weg und trabte zügig wieder in den Wald zurück. Sie liebte solche Begegnungen mit Tieren.

Es musste bereits über zwei Stunden her sein, dass Chris oder Claas, wie er ja eigentlich hieß, sich ins Zelt gelegt hatte. Der Sturz hatte wohl eine schwere Gehirnerschütterung verursacht, von der er sich nur langsam erholte.

Als sie am Vortag hier angekommen waren, hatte sie zunächst doch stark an ihrem Vorhaben gezweifelt. Der Platz lag mitten in einem großen Waldgebiet. Sie waren von der Stadt Wittlich zunächst Richtung Mosel gefahren, hatten das Tal in Bernkastel-Kues gequert, um über ein schmales Bachtal mit engen Serpentinen hinauf in den Hunsrück zu gelangen. An einer Kreuzung, an der etwas verloren ein Museum mit dem lateinischen Namen »Vicus Belginum« lag, waren sie links abgebogen.

Nach einem kurzen Stück auf der Bundesstraße Richtung Mainz hatte Chris sie gleich nach rechts auf einen breiten Weg mitten in den Wald hinein dirigiert. Sie überquerten eine offensichtlich stillgelegte Bahnstrecke, fuhren an einer lang gestreckten, gepflasterten Fläche vorbei, deren Sinn sich Felicia nicht erschloss, passierten eine lange Waldschneise mit einer Hochspannungsleitung und bogen schließlich nach links in einen schmaleren Weg ein. Durch dichten Nadelwald ging es schnurgerade weiter, bis rechts im spitzen Winkel ein Weg abging. Chris bedeutete ihr, langsamer zu fahren. Kurz vor einem älteren Fichtenbestand wies er nach links.

Felicia hatte vor einem zugewachsenen Waldweg, der offensichtlich schon länger ungenutzt war, angehalten. Weil Chris darauf bestand, dass sie mit dem Auto durchkämen, wenn Felicia nur mutig genug fahren würde, gab sie Gas und fuhr mitten in den Wald hinein. Vor einer trotz der sommerlichen Hitze feucht glänzenden Fläche ließ er sie halten. Nachdem sie das Auto unter Zweigen notdürftig versteckt hatten, schlugen sie sich mit ihrem Gepäck noch zweihundert Meter durch das moorige Gelände, bis sie an einem alten vermoosten Wohnwagen ankamen.

Chris war anschließend zu fertig gewesen, um den Ort groß erklären zu können. Er wollte noch das Zelt aufbauen, doch Felicia hatte ihn direkt in den Wohnwagen geschickt und alles andere selbst erledigt. Den Rest des Tages hatten sie vor allem mit Schlafen verbracht.

Als Claas Möringhoff an diesem Tag aufgewacht war, hatte er zwar noch starke Kopfschmerzen gehabt, wirkte aber so weit erholt, dass sie nicht mehr um seine Gesundheit fürchten musste. Das Frühstück war bereits vorbereitet gewesen, als sie sich aus dem Zelt geschält hatte.

»Soll ich erzählen, oder willst du mir Fragen stellen?«, hatte er gefragt. Sie wollte fragen, er antwortete ohne Umschweife.

»Hast du meine Mutter vergewaltigt?«

»Ja.«

»Warum?«

»Ich habe sie in der Disco gesehen. Sie hat mir gefallen, und ich habe es ausnahmsweise gewagt, sie anzusprechen. Sie hat mich aber nur ausgelacht. Wahrscheinlich meinte sie es gar nicht so. Ich fühlte mich aber nicht für voll genommen, habe dann getrunken. Ich weiß nicht, ob es Zufall war oder ob ich sie damals weiter beobachtete. Ich habe jedenfalls bemerkt, wie sie nach Hause aufgebrochen ist, ohne Begleitung. Ich bin ihr gefolgt.«

Claas Möringhoff warf ihr einen unsicheren Blick zu, fuhr aber fort.

»Die Disco war in Edemissen, das ›La Salle‹, ich weiß nicht, ob es das noch gibt. Sie ist ganz allein Richtung Ölheim. Ich … ich war immer noch sauer, weil sie mir einen Korb gegeben hatte, und ich war betrunken. Ich wollte ihr nur etwas Angst machen, ihr einen Kuss abnötigen oder so. Ihr zeigen, dass sie mich nicht ungestraft als den kleinen Assi abspeisen kann. Ich habe seither tausendmal vor meinem geistigen Auge gesehen, wie sie vor mir weglief. Wie ihre Augen immer angsterfüllter wurden, je näher ich kam. Jedes Mal habe ich mich gefragt, warum ich sie nicht habe laufen lassen. Als ich sie erreicht und am Arm gepackt hatte, hat sie noch nicht einmal geschrien. Sie hat mich nur voller Angst angeschaut. Ich wusste plötzlich, wie mein Vater oder mein Bruder sich fühlten, wenn meine Mutter oder meine Schwester sie so anschauten. Ich fühlte plötzlich die Macht über einen anderen Menschen. Ich war der Stärkere, der Angst machen konnte, nicht mehr der kleine Wichser, der sich vor den Großen wegduckte.«

Er schluckte und machte eine Pause. Ihm schien bewusst zu sein, dass die Erklärung keine Entschuldigung war.

»Es war dunkel, wir waren allein. Von der Straße ging ein Feldweg zu einer kleinen Kiesgrube ab. Als sie doch anfing, sich zu wehren, habe ich ihr mit der flachen Hand ins Gesicht geschlagen, zwei-, dreimal. Danach hat sie sich nicht mehr gewehrt, und ich habe sie vergewaltigt.«

Felicia hatte bemerkt, wie seine Stimme sich verändert hatte, während er von seiner Tat berichtete. Sie war immer leiser, kehliger geworden, aber er hatte ohne Unterbrechung geredet, hatte nicht nachdenken müssen. Es war ihr vorgekommen, als ob er sich auf diesen Moment vorbereitet, ihn sogar herbeigesehnt hatte.

»Was hast du danach gemacht?«

»Ich bin zurück nach Edemissen, habe noch ein paar Bier getrunken und bin dann nach Hause.«

»Du hast sie einfach liegen lassen?«

»Ja, benutzt und liegen lassen.«

»Wie konntest du so was tun?«, hatte sie angewidert gefragt. Der Brief ihrer Mutter war in diesem Punkt sehr detailliert gewesen. Sie wusste, dass er die Wahrheit sagte. So war sie nicht geschockt, aber auch jetzt rief die Tat nur Abscheu hervor.

»Ich war kein guter Mensch, Felicia. Die Männer in unserer Familie waren nie gute Menschen. Als ob wir eine Krankheit hätten, die von Mann zu Mann weitergegeben wurde. Wir haben uns geschlagen, wir haben betrogen und geklaut, wir haben vergewaltigt und Frauen wie den letzten Dreck behandelt. Ich kannte es nicht anders. Und ich hatte es bis dahin auch nicht anders vorgehabt.«

»Und was passierte danach?«

»Es war Zufall, reiner Zufall. Ich hatte die Vergewaltigung schon längst verdrängt. An einem Abend habe ich in der PAZ nach Stellenanzeigen geguckt. Ich hatte einen Scheißarbeitstag hinter mir und keinen Bock mehr auf den Job im Walzwerk, mit Schichtarbeit und dem ganzen Dreck. Da bin ich in der Zeitung auf die Todesanzeige gestoßen. Sie war nicht groß, aber ich habe den Namen Elke gelesen, ohne Nachnamen. Ich hatte ihren Namen in der Disco aufgeschnappt, und irgendwie wusste ich sofort, dass sie es war. Das Alter passte. Da war noch dieser Spruch: ›Sie hat sich Gott, dem Allmächtigen, angeboten, um ihre Schuld zu sühnen, damit er ihr in seiner unendlichen Gnade vergebe.‹ Unter ihrem Namen stand nur ›Ihre Familie‹. Als ob die Familie sich ihrer schämte. Ich bin heute überzeugt, die Anzeige diente nur dazu, sie in der Öffentlichkeit an den Pranger zu stellen.«

»Wie hast du von ihrem … Kind … von mir … erfahren?«

»Es war dieses Hamburger Drecksblatt, das den Fall ein paar Tage später ausgegraben hat. Da war die Rede von dem Mädchen, das Elke S. aus P. zur Welt gebracht hatte, bevor sie sich vor den Zug warf.«

»Peter hat mir nie erzählt, wie sie sich umgebracht hat. Ich habe alles aus ihm herausgequetscht, nur das nicht. Du weißt es?«

»Wer ist Peter?« Das war das erste Mal gewesen, dass er nicht direkt geantwortet hatte.

»Peter ist der Polizist, der dich seit zweiundzwanzig Jahren jagt.«

Er hatte die Antwort wie jemand zur Kenntnis genommen,

der mit nichts anderem gerechnet hatte. »Er wird seine Gründe gehabt haben, es dir nicht zu sagen«, sagte er schließlich. »Aber ich habe dir versprochen, alle Fragen zu beantworten. Ich hatte einen Kumpel bei der Polizei, noch aus Fußballertagen, den habe ich darüber ausgefragt. Er hat berichtet, dass sich deine Mutter in einer kalten Nacht auf einer Eisenbahnbrücke bei Peine vor den Zug geworfen hat. Mehr weiß ich auch nicht.«

»Auf der Brücke über den Kanal?« Felicia war selbst überrascht gewesen, wie ruhig, fast distanziert sie das Gespräch geführt hatte. Das änderte sich bei diesem einen Detail.

Sie kannte diese Brücke, war in den letzten Jahren unzählige Male darübergefahren, wenn sie mit dem Zug zwischen Vöhrum und Braunschweig gependelt war. Sie kannte diese Brücke nur zu gut. Immer hatte sie auf sie gewartet und doch nicht gewusst, warum das so war. Nun wusste sie es, nun wusste sie, warum dieses tote Teil aus Eisen ihr etwas mitteilen wollte.

Felicia hatte das Gespräch unterbrechen müssen. Als sie sich wieder gefangen hatte, wollte sie vom Tod ihrer Mutter nichts mehr hören. Jetzt, wo sie auch das letzte Puzzleteilchen gereicht bekommen hatte, war es ihr endlich genug.

Irgendwann hatten sie sich eine Dose Ravioli warm gemacht. Danach berichtete Claas Möringhoff, wie er zunächst für ein paar Wochen nach Griechenland geflüchtet war. Er wollte einfach weit weg, während die anderen gedacht haben mochten, er sei im Urlaub. Ihm sei in dieser Zeit erst richtig bewusst geworden, was er getan hatte, welche Schuld er auf sich geladen hatte.

Felicia hatte gefragt, warum er sich nicht gestellt habe. Er hatte seine Angst eingestanden; vor dem Knast, aber auch vor seinem Vater und seinem Bruder, die daraufhin sicher auch überprüft und vielleicht für ihre Taten eingesperrt worden wären. Am letzten Tag auf der griechischen Insel hatte er beschlossen, alles hinter sich zu lassen, unterzutauchen, es woanders noch einmal neu zu versuchen.

Auf Felicias Frage, ob er bei diesem Entschluss nicht auch an sie gedacht hätte, an das Kind, das er gezeugt hatte, hatte er zugeben, er habe zu dem Zeitpunkt mit einem Kind nichts anfangen können. In den ersten Jahren habe er sich eingeredet, das Kind könne auch von jemand anderem sein. Erst viel später, als er sich einer Therapie unterzogen hatte, habe er gelernt, dass ihn seine Flucht nicht zu einem anderen Menschen machte.

»Du hast eine Therapie gemacht?«, hatte sie nachgefragt.

»Ja, in England. Ich war zunächst nach Bremerhaven in eine Werft gewechselt, von dort nach Southampton. Ich hatte Schiss, dass mich die Polizei oder mein Bruder ausfindig machen würden. In den englischen Hafenkneipen, in denen ich mich herumgetrieben hatte, war es kein Problem, jemanden zu finden, der jemanden kannte, der von jemandem wusste, der einem eine neue Identität verschaffen konnte. So wurde ich zu Chris Mayer. Die Ähnlichkeit der beiden Namen war mir wie eine Fügung vorgekommen.«

»Gab es den Chris Mayer wirklich?«

»Ja, der hatte Ware vom Schiff geklaut und wollte die in Brasilien an den Mann bringen. Bei dem Geschäft ist er irgendwie auf der Strecke geblieben, hat man mir zumindest erzählt.«

»Und die Therapie?«

»Nach ein paar Jahren hatte ich genug von dem Hafen und den ganzen Leuten dort. Ich wollte raus aus diesem Sumpf gescheiterter Existenzen, auch wenn ich mich da ja eigentlich gut einfügte. Ich war immer häufiger in meiner freien Zeit in den Westen gefahren, nach Devon oder Cornwall. Da war alles irgendwie anders. Die schroffe Küste und das weite Meer gaben einem das Gefühl von Freiheit, und die unzähligen Hecken und Steinwälle, die das Land durchziehen, boten auch Schutz und Rückzugsorte. Ich habe mich dort um Stellen bemüht und schließlich eine als Hausmeister in einer kleinen Schule in Boscastle gefunden. Es war meine bis dato beste Entscheidung in meinem verkorksten Leben.«

Immer wieder hatte Claas Möringhoff gelesen, dass Psychologen einem helfen könnten. Er hatte zwei Anläufe gebraucht. Mit dem ersten Therapeuten kam er überhaupt nicht zurecht. »Er nannte mir eine Kollegin. Bei ihr bin ich über Jahre hinweg in Behandlung gewesen. Das hat mich verändert.«

»Willst du mir damit sagen, du bist jetzt ein anderer Mensch und nicht mehr der Vergewaltiger meiner Mutter, der sie in den Tod getrieben hat?«

Sie hatte gespürt, dass sie ihn mit ihrer Aggressivität verletzt haben musste. Doch er hatte ihre aufkommende Wut an sich abprallen lassen, was sie noch zorniger machte. »Soll ich dir jetzt etwa verzeihen, all das, was du ihr und mir angetan hast? Weil du dich ja nun verändert hast? Sind wir deshalb hier?«

»Nein, ich bin immer noch der Vergewaltiger deiner Mutter. Ich bin immer noch der, der sie damit in den Tod getrieben hat. Ich bin und werde es immer sein: der Schuldige.«

Er hatte gewartet, vielleicht darauf, dass sein Eingeständnis sie etwas besänftigte. Aber das vermochte es nicht. Vielmehr war sie an jenem Punkt angelangt, auf den sie seit über drei Jahren zugesteuert war, am Punkt der Abrechnung.

Sie konnte sich nicht mehr an alles erinnern, was sie aus sich herausgeschrien hatte, wie häufig sie mit ihren Fäusten auf ihn eingeprügelt hatte, wie oft und wie lange sie herumgestapft, davongerannt war, er sie aus dem Sumpf ziehen musste, um die nächsten Prügel einzustecken. Erst als sie sah, dass sich sein Kopfverband wieder rot gefärbt hatte, und sie es das erste Mal wieder wagte, in seine geröteten Augen zu blicken, war sie zusammengebrochen. War heulend in sich zusammengesunken und hatte sich für einen Moment nicht gewehrt, als er sie zögerlich in seine Arme nahm. Als sie ihn bat, sie allein zu lassen, war er ohne Widerspruch aufgestanden und hinter den Wohnwagen gegangen.

Die Sonnenstrahlen trafen nun schräg auf die Lichtung und streuten ihr Licht durch die nicht mehr ganz so scharfen Konturen des grünen Daches. Felicia betrachtete sie. Es verging keine Sekunde, kein Augenblick, kein Flügelschlag der hellblauen Libelle mit ihren schwarzen Ringen, die vor ihr über einer Pfütze im Moor dahinschwebte, ohne dass sich etwas veränderte. Nur ist unser Geist nicht immer in der Lage, diese Veränderungen wahrzunehmen und Schritt zu halten, dachte sie.

Wie war das bei ihrem … *schlafenden* Vater? Sie hatte keinen Vergleich zu früher, aber sicher hatte er sich als Mensch verändert, musste er, wenn sie an seine Kindheitsgeschichte dachte und verglich, wie er sich nun ihr gegenüber verhielt. Hatte er eine Chance verdient? Musste *sie* ihm eine Chance geben? Würde *sie* ihm irgendwann sogar verzeihen können?

Nein, zum Verzeihen, dazu fühlte sie sich noch nicht bereit, noch lange nicht bereit. Aber sie wollte mehr über ihn erfahren, ihm eine Chance geben. *Ihr* diese Chance geben.

Die Libelle hielt sich ganz nah vor ihr an dem kantigen Stängel einer Segge fest. Ihr dünner, blau glänzender Körper mit den eng anliegenden, nur aus einem feinen, transparent überzogenen Netz bestehenden Flügeln stand fast senkrecht zur Pflanze. Es war absolut still. Selbst das Wasser schien nicht mehr zu fließen, und der Wind hatte sein leichtes Rauschen im Blätterwald eingestellt. Alles schien für diesen einen Moment innezuhalten, bevor der Fluss des Lebens sich wieder in Bewegung setzte.

27

Peine, Samstag, 10. August

Kommissar Buhle hatte hohe Achtung vor seinem Peiner Kollegen Peter Welge. Er hatte die Situation mit dem wild gewordenen Jan Möringhoff ausgesprochen geistesgegenwärtig und souverän gemeistert.

Sie hatten Eva Möringhoff noch weitere Fragen zu ihren Kindern gestellt, doch unter dem Eindruck des Auftritts ihres Sohnes Jan war sie einsilbig geworden. Sie hatten der verängstigten Frau vorgeschlagen, sich für ein paar Tage eine andere Bleibe zu suchen.

Doch es wurde den Polizisten bald klar, dass Eva Möringhoff niemanden, wirklich niemanden hatte, zu dem sie hätte gehen können. In ein Hotel wollte sie auch nicht. So blieb Peter Welge nur, sie mit tiefen Sorgenfalten auf der Stirn aufzufordern, ihre Tür keinem zu öffnen und am besten auch das Haus nicht zu verlassen. Erschüttert waren sie mit dem Umweg über einen Imbiss, in dem sie sich ihr verspätetes Mittagessen auf die Hand holten, zum Peiner Polizeikommissariat gefahren.

In Peine berichtete Welge seinem Chef Wolfgang Baars von den Ergebnissen der Befragung und dem Vorfall mit Jan Möringhoff. Baars' Miene verfinsterte sich dabei zusehends.

»Der war vorhin hier«, sagte er.

»Wer? Möringhoff?«, fragte Welge ungläubig nach.

»Ja, Jan Möringhoff war hier. Vor 'ner guten Viertelstunde ist er wieder raus.«

»Und was wollte er?«

»Mike hat seine Aussage aufgenommen. Geht zu ihm. Aber ich befürchte nichts Gutes, nach dem, was ihr erzählt habt. Mist, ich komm mit.«

Sie gingen ein Stockwerk hinunter und den langen Behördenflur bis zum letzten Zimmer entlang. Baars klopfte an und drückte fast gleichzeitig die Klinke runter. Genau das hatte sich Buhle in den letzten Monaten aus Respekt vor seinen Kollegen abgewöhnt.

»Hallo, Mike, du hattest gerade Jan Möringhoff hier. Berichte genau, was er wollte.« Baars schien klare Anweisungen gewohnt zu sein, sein Mitarbeiter ebenso. Mike Clemens schaute etwas irritiert auf Buhle und Welge, begann aber sofort zu reden.

»Der Möringhoff war hier, um seinen Bruder zu identifizieren, nach dem ja gefahndet wird«, antwortete er etwas nervös.

»Hat er noch was gewollt?«

»Er hat sich besorgt um seine Mutter gezeigt, weil sein gesuchter Bruder ihr gegenüber immer schon gewalttätig gewesen sei.«

Welge rollte die Augen. Ihm schwante bereits Schlimmes.

»Ja, und was hast du ihm gesagt? Nun lass dir doch nicht jedes Wort einzeln aus der Nase ziehen, Mike!« Baars wurde langsam ungehalten.

»Ich habe ihm gesagt, dass es seiner Mutter gut geht und die Polizei sich bereits um sie kümmert.«

»Na super«, platzte Welge heraus. »Dann weiß er spätestens jetzt, dass ich geblufft habe.«

Buhle sah das erschrockene Gesicht des jungen Kollegen und versuchte zu schlichten. »Peter, ich glaube, das hat er schon beim Blick in die Küche geahnt. Da hat er schon so wissend gegrinst.«

»Ja, aber nun weiß er es. Wir müssen seine Mutter sofort warnen«, sagte Welge verärgert und besorgt zugleich.

»Warte noch«, erwiderte Buhle und wandte sich wieder dem Kollegen Clemens zu. »Hat er noch etwas wissen wollen? Hat er was zu seinem Bruder gefragt?«

»Ja«, antwortete Clemens zerknirscht. »Der machte aber auch einen ganz vernünftigen Eindruck.«

Welge schnaubte und drehte sich weg. Buhle hingegen fragte ruhig: »Was haben Sie ihm gesagt?«

»Dass sein Bruder in Trier verschwunden ist, danach aber hier gesehen wurde und dass wir ihn suchen. Nicht mehr, wirklich.«

Zu den beiden Kommissaren sagte Buhle leise: »Jetzt weiß Jan

Möringhoff, dass er in der Region Trier suchen muss. Offenbar ist er nicht blöd. Er wird also übers Internet schnell auf den verschwundenen C. M. aus Hunolstein stoßen. Die Zeitungen haben davon ausführlich berichtet. Wir müssen wissen, was er von seinem Bruder will. Wir brauchen seine Akten.«

Baars nickte und wirkte immer noch mächtig sauer. »Mike, du besorgst alle Fälle, die mit einem aus der Sippe Möringhoff zu tun haben. Sofort.«

Ohne ein weiteres Wort setzte sich Clemens an den Computer und machte seine Eingaben.

»Müssen wir jetzt auch nach Jan Möringhoff fahnden lassen?«, fragte Baars.

»Wir haben gegen ihn derzeit nichts in der Hand. Aber wir sollten auf jeden Fall wissen, wo er sich gerade aufhält. Ich fahre gleich noch einmal zu seiner Mutter. Hoffentlich ist er nicht schon dort gewesen.« Welge war mit den letzten Worten schon an der Tür. Buhle folgte ihm direkt.

Ihre Sorge war bislang unbegründet gewesen. Dennoch trauten die beiden Polizisten Eva Möringhoffs älterem Sohn alles zu. Welge brauchte eine geschlagene halbe Stunde, bis er die Frau überredet hatte, zumindest für die kommende Nacht mit zu ihm nach Hause zu kommen. Buhle meinte, dass erst die Aussicht, im Haus des Kommissars die CD ihres Sohnes anhören zu können, sie umgestimmt hatte.

Nachdem Welge seine Frau informiert, Eva Möringhoff ihre wenigen Sachen gepackt und Buhle die Lage vor dem Haus sondiert hatte, fuhren sie zunächst zu Welges Reihenhaus in Vöhrum. Anschließend machten sie noch einen kurzen Abstecher nach Eixe. Doch Felicias Eltern hatten keine weiteren Nachrichten von ihrer Tochter erhalten.

Im Kommissariat war mittlerweile ein ganzer Stapel Akten über die Familie Möringhoff eingetroffen. Welge arbeitete die Ermittlungsakten der Fälle Jan Möringhoff durch, während Buhle sich die weniger umfangreichen des Vaters vornahm. Eine Stunde später kamen weitere Unterlagen aus dem Archiv. Es war schon lange dunkel, als sich die beiden Polizisten ein detailliertes Bild der Familie Möringhoff gemacht hatten. Gewalt schien an der Tagesordnung gewesen zu sein. Dazu kamen kleinere Diebstahl-delikte.

»Was schließen wir jetzt daraus?«, fragte Welge müde.

»Ich möchte nicht in diese Familie hineingeboren worden sein«, stellte Buhle fest. So nüchtern, gar abgedroschen diese Phrase klang, so sehr hatte das Schicksal gerade der Mutter ihn emotional berührt. »Das erklärt zumindest, warum Claas Möringhoff keine besonderen Hemmschwellen hatte, Elke Schuhmann zu vergewaltigen.«

»Ja, entschuldigt aber die Tat nicht.«

»Nein, natürlich nicht.«

»Ich meine, wir haben aber auch noch ein anderes Problem«, setzte Welge an. »Sein Bruder Jan wurde bislang nur wegen sexueller Nötigung verurteilt. Eine Verurteilung wegen der Vergewaltigung seiner Schwester erfolgte nicht, weil seine Mutter als befangen galt, die Schwester als Opfer gar nicht greifbar war und weitergehende Beweise fehlten. Das wäre natürlich anders, wenn Claas als Zeuge auftreten würde.«

»Aber die Tat wäre immer noch verjährt.«

»Ja, schon. Wahrscheinlich weiß Jan Möringhoff das auch.« Welge überlegte. »Aber wenn ihm eine Vergewaltigung, sogar die an seiner Schwester, eindeutig nachgewiesen werden könnte, wäre vielleicht die Wiederaufnahme eines anderen, späteren Falles möglich. Er hat sich später noch mehrmals an Frauen vergriffen, nie aber eine Vergewaltigung gestanden. Es war immer Aussage gegen Aussage, und die Richter haben gekniffen. Diese Fälle sind noch nicht verjährt.« Welge räusperte sich.

»Was ich damit sagen will: In Jans Augen könnte das plötzliche Auftauchen von Claas durchaus eine Bedrohung darstellen. Vielleicht wollte Jan deshalb wissen, wo sich sein Bruder aufhält. Auch deshalb sollten *wir* wissen, wo Jan Möringhoff gerade ist.« Er schaute Buhle düster an. »Denk dran: Wenn Jan Möringhoff seinen Bruder findet, findet er auch Felicia. Ich könnte kotzen bei dem Gedanken.«

Peter Welge war aufgesprungen und ans Fenster gegangen. Mit ernstem Blick schaute er hinaus in die Dunkelheit. »Wenn du mich fragst, ist Jan Möringhoff bereits auf dem Weg nach Trier. Ich werde gleich morgen früh die Ortung seines Handys beantragen, der hat sicher so ein Ding. Hoffen wir, dass der Staatsanwalt sofort mitmacht.«

Christian Buhle hatte sich bei Hannah per SMS angekündigt. Sie hatte ihn gebeten, direkt in den Garten zu kommen. Als er durch das frisch gestrichene Holztor eintrat, sah er in der Dunkelheit zunächst nicht viel. Erst beim näheren Hinschauen entdeckte er durch das Blattwerk eines Strauchs eine kleine Flamme, die in einem Windlicht langsam vor sich hin schaukelte. Nur schwach konnte er Hannah im Kerzenschein ausmachen.

»Ah, da bist du ja.« Sie nahm ihre Kopfhörer aus den Ohren; bei jeder Kopfbewegung wippten ihre strubbeligen Haare von einer Seite zur anderen. »Seid ihr vorangekommen?«

»Ja und nein«, antwortete Buhle vorsichtig. Er hatte sich noch lange nicht daran gewöhnt, dass abends tatsächlich jemand auf ihn wartete, der sich mit ihm austauschen wollte. Zudem war er unsicher, was er über seinen Fall weitergeben konnte und was nicht. »Wir sind sicherlich weiter, was die Hintergrundinformationen betrifft. Aber wir wissen noch immer nicht, wo sich die beiden Gesuchten aufhalten. Was hörst du da für Musik?«

Sie lächelte wissend, schaute ihm tief in die Augen und zitierte ihn mit dem Zeigefinger zu sich her. »Komm, mein Geheimnisträger, lass dir erst einmal einen Begrüßungskuss geben. Danach kannst du selbst herausfinden, welcher Musik deine Freundin an einem der wenigen lauen Sommerabende im elterlichen Garten lauscht, während sie auf ihren tapferen Helden wartet.«

Buhle verzog das Gesicht zu einem schiefen Grinsen, setzte sich zu Hannah auf die Bank, gab ihr einen nicht zu langen Kuss und steckte sich gleich darauf einen der kleinen Knöpfe ins Ohr. Er brauchte nur wenige Sekunden. »Katie Melua«, sagte er triumphierend.

»Respekt. Die kennst du?«

»An dem einen Fahrradlied ist man ja im Radio eine ganze Zeit lang nicht vorbeigekommen.«

»Sie singt wunderwunderschön.«

Sie hörten »Faraway Voices« zu Ende, dann »Lilac Wine«. Damit war das Debütalbum der Sängerin zu Ende, und sie nahmen ihre gepolsterten In-Ear-Hörer heraus.

»Schön, nicht wahr?« Hannah sah wirklich verträumt aus.

»Ja, wirklich schön.« Buhle überlegte, wie er ihr die eigentliche Neuigkeit beibringen sollte, die auch sie betraf, kam aber zu dem Schluss, dass er nicht taktieren sollte. Hannah würde so oder so enttäuscht sein.

»Wir haben den Verdacht, nein, Quatsch, wir wissen, dass der gesuchte Engländer und das Mädchen, das er zunächst im Hunsrück und dann hier getroffen hat, Vater und Tochter sind. Sie sind beide untergetaucht, vielleicht ist auch Schlimmeres passiert. Welge meint, dass die Spur zurück in die Region Trier führt.«

»Seit wann wisst ihr das?«

»Sicher erst seit heute Morgen, Hinweise gab es aber bereits gestern Nachmittag.« Er hatte deutlich herausgehört, dass sie wissen wollte, wie lange er ihr solche Dinge vorenthielt.

»Okay«, erwiderte Hannah.

Buhle stellte erleichtert fest, dass sie offenbar nicht den Anspruch hatte, alle Neuigkeiten sofort erfahren zu müssen.

»Ich nehme an, wir müssen meiner Mutter also die Enttäuschung des Jahres zumuten?«

»Wenn du damit meinst, dass zumindest ich nicht bis zum Mittagessen warten kann: Ja, das stimmt leider.«

Er sah, wie betrübt sie darüber war. Nach ein paar Sekunden riss sie sich sichtbar zusammen und lächelte. »Daran muss ich mich gewöhnen, oder?«

»Ich befürchte es. Planungssicherheit ist für Polizisten und ihre Partner ein Fremdwort. Tut mir leid, wirklich.«

»Wann müssen wir los?«

»Peter Welge kommt mit. Ich habe ihn darum gebeten.«

»Das ist der Frühaufsteher, nicht wahr?«

»Ja«, seufzte er. »Wir haben sechs Uhr abgemacht.«

Hannah presste als Antwort ihre Lippen aufeinander. Dann zog sie ihn fest an sich und küsste ihn, wie es verliebte Teenager tun.

***

Murrend hatte sich Hannah auf die Rückbank verkrochen, sich mit einer flauschigen Decke zugedeckt und war bald wieder eingeschlafen. Sie hatten Welge mit fast halbstündiger Verspätung abgeholt, weil Hannahs Mutter nach überstandener Enttäuschung sofort sämtliche Essenssachen zusammengesucht und transportabel verpackt hatte, die Hannah nicht innerhalb einer Zehntelsekunde abgelehnt hatte.

So fuhren jetzt eine Kühltasche mit einem essfertig zerlegten Kaninchen aus artgerechter Haltung des Nachbarn, zwei mal zwei selbst gewickelte und bereits angebratene Kohlrouladen, das letzte Stück Braten vom Kamerun-Schaf von der Weide neben dem Grundstück ihrer alten Schulfreundin jenseits der Bahn und eine Fünfer-Packung *echter* Currywürste vom Metzger aus der Parallelstraße im gefrorenen Zustand im Kofferraum mit. Dazu ein großer Karton mit einem halben Dutzend Einweggläsern, mit Königsberger Klopsen, eingekochten Birnen und Kirschen, einigen Dosen Hausmacherwurst vom Kollegen des Vaters, jungen Kartoffeln, Zwiebeln, Zucchini, Gurken mit rauer Schale und zwei riesigen Salatköpfen sowie ein Korb Zwetschgen.

Zu ihrem eigenen Trost hatte Ursula Sobothy kurzerhand beschlossen, Welges Ehefrau, ihre Besucherin und Yunis Benzer, der offenbar den Sonntag im Haus der Welges verbringen sollte, als Ersatz zum Mittagessen einzuladen. Sie versicherte Hannah mehrmals, für Yunis keinen Speckstreifen in die Rinderrouladen zu legen, auch wenn sie nicht dafür garantieren könne, dass das Fleisch dann auch so zart wie gewohnt sein würde, aber sie natürlich die religiösen Besonderheiten würdigen und berücksichtigen würde, und er statt Wein oder Bier selbstverständlich auch Apfelsaft oder Wasser oder Schorle trinken könne, das habe sie ihm ja schon damals angeboten, als er sie besucht habe, was in der elften Klasse gewesen war, ob sich Hannah nicht mehr daran erinnere? Ihr Vater erinnere sich sicher noch genau daran, als sie mit dem Freund türkischer Abstammung … aber …

So ging es in einem fort. Buhle war leicht genervt gewesen, als sie endlich starten konnten. Hannah hingegen hatte geduldig mitgemacht, obwohl Buhle wusste, dass sie und ihre Mitbewohnerin sich weitgehend vegetarisch ernährten.

Nun waren sie bereits ein gutes Stück auf der Autobahn in Richtung Süden unterwegs. Welge hatte während der Fahrt bislang nur wenig geredet und saß gedankenversunken auf dem Beifahrersitz. Kurz vor Göttingen fragte Buhle ihn, worüber er nachdenke.

»Du erinnerst dich an die CD, die Claas Möringhoff seiner Mutter gegeben hatte?«, fragte Welge.

»Natürlich.«

»Wir haben sie gestern Abend noch bei mir gehört.« Er fuhr sich mit der Hand übers Gesicht. »Das war schon ergreifend. Es waren sehr emotionale Lieder. Unter anderem hat er seine Mutter um Verzeihung gebeten, dass er sie allein zurückgelassen hat. Es war zwar vieles verklausuliert, aber sie wusste sofort, was gemeint ist. Ich musste das Lied viermal hintereinander spielen und habe jedes Mal befürchtet, es würde ihr zu viel werden. Aber es schien für sie eher so etwas wie … na ja, sie war gerührt, wie nur eine Mutter gerührt sein kann, wenn ein Sohn ihr so etwas mitteilt.« Er überlegte einen Moment. »Ich habe eine Kopie der CD griffbereit. Willst du sie hören?«, fragte er Buhle.

»Ja, klar.«

Welge legte die silberne Scheibe ein. Es wurden insgesamt neun Lieder gespielt, während der im Auto keiner ein Wort sprach. Auch danach blieben sie noch eine Weile stumm, bis sie hörten, wie sich Hannah auf der Rückbank die Nase schnäuzte.

28

Trier, Hochscheid, Weiperath, Sonntag, 11. August

Folgte man dem Wetterbericht, würde es vielleicht der letzte heiße Sonntag in diesem Jahr werden. Die Mittagssonne brannte auf den mit Pflaster und Asphalt vollständig zugedeckten Trierer Bahnhofsvorplatz. Obwohl er nur eine halbe Woche weg gewesen war, kam es Christian Buhle wie eine wahrhaftige Rückkehr vor.

In der Zentralen Kriminalinspektion wurden er und Welge von Reuter, Tard und Huth-Balzer begrüßt. Paul Gerhardts stieß gleich nach dem ihm heiligen Sonntagsessen mit seiner Frau hinzu. Zügig brachten sie sich gegenseitig auf den Stand der Ermittlungen.

»So, wie stellt sich nun unsere Ausgangssituation dar?«, begann Buhle vor den konzentriert zuhörenden Kollegen. »Claas Möringhoff ist aller Voraussicht nach mit seiner Tochter untergetaucht und könnte sich hier im Hunsrück versteckt halten. Ob das tatsächlich so ist und wo das sein könnte, wissen wir nicht. Auch nicht, ob Felicia Sievers bei ihm ist und noch lebt, ob sie in Gefahr ist oder nicht. Wir wissen nicht, ob Jan Möringhoff seinen Bruder verfolgt oder nur vorsichtshalber untergetaucht ist oder überhaupt keine Rolle spielt. Wir wissen nur, dass Claas Möringhoff ein Vergewaltiger ist, der sich – vielleicht aus Reue, vielleicht aber auch nur aus Angst vor seiner Verhaftung – unter falscher Identität zunächst in England, später bei uns im Hunsrück aufgehalten hat. Wir wissen, dass sein Bruder Jan Frauen missbraucht und vergewaltigt hat und das vielleicht noch immer tut. Und dass Gewalt in der Familie üblich war und auch Mutter und Schwester davon nicht verschont blieben.«

Buhle wartete, ob einer von den Kollegen etwas hinzufügen wollte. Da keiner etwas sagte, blieb ihm nichts anderes übrig, als laut über die Optionen nachzudenken, die sich im Augenblick darboten.

»Zunächst einmal müssen wir die Mühle im Auge behalten.«

»Das hat Hans Herrmann übernommen. Ich werde ihn nachher ablösen«, sagte Reuter.

»Wieso du?«

»Weil ich mich auch mit Mailin Wend treffen werde. Ich habe ja berichtet, dass sie eine Idee hat, wo ein eventuelles Versteck sein könnte.«

»Aha. Wann triffst du sie?«

Reuter schien über die Formulierung nachdenken zu müssen. Buhle befürchtete schon, dass er sich nun als Mailins neuer Freund outen würde. Doch die Antwort verblüffte ihn fast noch mehr.

»Mailin hält um fünfzehn Uhr auf einer Vielfaltsmesse in ihrem Dorf einen Vortrag über die Pflege von Magerrasen im alten Munilager. Oder so ähnlich.«

»Du meinst ›Querbeet‹?«, fragte Nicole Huth-Balzer. »Da war ich letztes Jahr. Total nett. Wenn ihr noch einmal richtige Ökos sehen wollt, müsst ihr unbedingt dorthin. Wirklich interessant und viele leckere Sachen.« Sie hatte Buhles fassungslosen Blick aufgefangen und hielt sofort inne. »Sorry.«

»Ja, eigentlich müsste sie bis zum Ende dableiben, weil sie mit zu den Organisatorinnen gehört. Aber sie will sich nach dem Vortrag loseisen, um uns zu helfen.« Vorsorglich fügte Reuter hinzu: »Sie kennt ihn schließlich von uns allen am besten, und sie kennt sich auch in der Gegend am besten aus, oder? Es ist immerhin eine Chance.«

Dem konnte Buhle nichts entgegensetzen, auch wenn er nicht wirklich davon ausging. Er hatte momentan auch keine bessere Idee. »Ja, macht das. Vielleicht habt ihr Erfolg. Peter, kannst du noch mal nachfragen, ob mittlerweile Ortungsdaten von Jan Möringhoff da sind?«

Welge nickte, drehte sich sofort um und wählte eine Nummer auf seinem Mobiltelefon an.

»Ich werde später mit Peter in den Hunsrück fahren, Paul sollte die Fahndung hier weiterführen. Und ihr anderen?« Er schaute Sven Tard und Nicole Huth-Balzer an.

Buhle fürchtete nicht, dass seine eigene Ratlosigkeit von den

Kollegen schlecht aufgefasst würde. Nur er selbst hatte ein Problem damit. Er hasste es, wenn er nicht weiterwusste.

»Es macht wohl wenig Sinn, wenn ihr alle auf gut Glück im Hunsrück herumdüst«, meinte Gerhardts.

»Ja«, stimmte Buhle zu. »Sven und Nicole ruhen sich am besten aus und übernehmen dann die Nachtschicht.«

Die beiden jüngsten Polizisten im Raum nickten, wobei Tard sich sogar zu freuen schien.

»Peter und ich gehen kurz etwas essen und folgen dann Mich. Hoffen wir das Beste«, schloss Buhle die Runde.

***

Über den Tag hinweg war es unerträglich schwül geworden. Felicia saß auf dem Campingstuhl und kratzte gedankenverloren an einem Mückenstich. Nur schwer konnte sie sich auf irgendetwas in ihrer Umgebung konzentrieren. In der vergangenen Nacht hatte sie kaum ein Auge zugetan. In ihrem Kopf schien es unaufhörlich zu brummen, sie musste ständig blinzeln, weil es in den Augenwinkeln juckte und brannte, sobald sie an ihnen rieb. Auch bekam sie langsam Hunger, war aber zu kraftlos, um aufzustehen.

Nachdem sie sich am Vorabend beruhigt hatte, war sie wieder bereit gewesen, ihrem … *leiblichen* Vater zuzuhören. Er hatte von sich aus über sein Leben erzählt, hatte nicht mehr nur auf ihre Fragen geantwortet. Immer wieder hatte er betont, wie wichtig ihm die Gedichte, später die Lieder waren, in denen er sich ausdrücken konnte, auch wenn bislang keiner die wirklich wichtigen Lieder gehört hatte.

Später hatte er von den Frauen berichtet, die eine Rolle in seinem Leben gespielt hatten. Es waren nicht viele gewesen. Die Therapeutin in England, eine gute Freundin, die sich aber später in ihn verliebte und ihm nachstellte, was ihn aus Cornwall vertrieb. Er machte keinen Hehl daraus, wie wichtig ihm Mailin Wend als Freundin war, als beste Freundin und Seelenverwandte. Er hatte sich damals bereits damit abgefunden, auch die Mathysmühle verlassen zu müssen, als Mailin sich in ihn verliebte. Doch hatte sie akzeptiert, dass er dies nicht wollte.

»Hattest du seitdem noch einmal eine Beziehung?«, hatte sie ihn gefragt und war über die Klarheit seiner Antwort fast erschrocken gewesen.

»Nein. Wenn ich ehrlich bin, hatte ich nie eine … Liebesbeziehung. Die meintest du doch? Nachdem ich deine Mutter vergewaltigt hatte, habe ich noch bei ein paar Mädchen zu landen versucht. Anders kann ich das wohl nicht nennen. Es ging aber meistens nicht weit. Als ich vom Schicksal deiner Mutter gehört hatte, war es für mich praktisch aus. Ich habe es in England einmal in einem Bordell versucht, aber es ging nicht mehr. Es ist tatsächlich so: Ich habe seitdem mit keiner Frau mehr geschlafen und … das ist so genau richtig, das ist mir schon vor langer Zeit klar geworden. Ich habe damit kein Problem mehr.«

»Du meinst also, dein Frauenproblem gelöst zu haben?«

»Ja.«

Er war also der festen Überzeugung, auch in dieser Hinsicht erfolgreich geflüchtet zu sein. »Und was wäre, wenn du dich doch wieder verlieben würdest?«, hatte sie ihn provoziert.

»Ich bin mir sicher, dass ich das nicht tun werde.«

»Aber die Frauen, die dich lieben, werden verletzt sein.«

»Ja, die Erfahrung habe ich gemacht. Angie und Mailin. Sie haben es beide besser so, glaub mir. Felicia, alle Frauen, die sich auf mich einlassen wollen, werden mein Schicksal zu ihrem werden lassen. Das kann nicht gut sein.«

»Und wie ist es bei mir?«

Er hatte für die Antwort auf diese Frage lange gebraucht, sehr lange. Hier schien er nicht vorbereitet gewesen zu sein, eine unerschütterliche Meinung oder gar Gewissheit zu haben.

»Ich weiß es nicht«, gestand er ein. »Ich … ich habe nie damit gerechnet, dich kennenzulernen. Ich wollte es auch nicht. Ich wollte es deinetwegen nicht. Ich hatte gehofft, du wärst vielleicht darüber hinweg, wüsstest vielleicht gar nichts … darüber. Ich wäre nie auf die Idee gekommen, dir meine Existenz anzutun.«

»Und jetzt sitzen wir doch hier zusammen.«

»Ja, glaub mir, es fällt mir schwer, das zu begreifen.«

»Warum bist du dann nach Braunschweig gekommen?«

»Als du in der Mathysmühle aufgetaucht bist, habe ich gleich etwas gespürt. Es waren deine Augen. Ich habe oft vor dem Spiegel gestanden und in meine Augen geschaut, habe dort eine Antwort gesucht, wenn ich wissen wollte, was mit mir geschehen soll. Was ich mit mir geschehen lassen soll. Es war, als ob ich in deine Augen wie in einen Spiegel geschaut hätte.«

»Mir ging es genauso«, hatte sie leise geantwortet. »Genau so. Auch ich stehe oft und lange vor dem Spiegel.« Diese Erkenntnis, das war ihr später bewusst geworden, war der erste Schritt auf ihren … *ihren* Vater zu gewesen.

»Aber warum hast du es nicht auf sich beruhen lassen?«, hatte sie gefragt. »Warum hast du deinen eigenen Vorsatz gebrochen, wo du dir doch sonst in allem so sicher bist?«

»Ich hatte keine Ruhe mehr, ich musste wissen, ob meine Ahnung richtig war. Ich hatte nicht gewusst, was das in mir hervorrufen würde: der eigenen Tochter vielleicht gegenübergestanden zu haben. Ich brauchte die Gewissheit, ob du das wirklich bist.«

»Und dann?«

»Ich bin nach Braunschweig, habe dich gesucht. Anzurufen habe ich mich nicht getraut. Ich habe dich vor der Uni gefunden und bin dir nach Hause gefolgt.«

»Du hast mich verfolgt?«

»Ja. In mir drängte alles danach, zu wissen, wer du bist.«

»Und weißt du es jetzt?«

»Nein, woher? Ich habe schnell gespürt, dass ich dich noch einmal persönlich treffen muss. Deshalb habe ich dich ›zufällig‹ in dem Laden angesprochen und war froh, als du dich tatsächlich mit mir verabredet hast.«

»Hast du nicht gemerkt, dass … dass ich auch etwas geahnt habe?«

»Zunächst nicht. Erst bei unserem Spaziergang am See, als du plötzlich so verschlossen wurdest. Da habe ich es geahnt, aber … aber ich konnte nicht mehr anders, es war wie ein Sog, in den ich hineingeraten war. Ich wollte immer mehr von dir erfahren.«

»Und das willst du immer noch?«

Er hatte sie mit seinen traurigen Augen angeschaut. Schließlich hatte sie begonnen, über sich zu erzählen. Er hatte sie nicht ein Mal unterbrochen. Als die Morgendämmerung bereits das Kronendach des Waldes in zartes Licht tauchte und sie müde wurde, hatte er Kaffee gekocht. Sie hatte weitergeredet, bis sie beide nicht mehr konnten.

***

Der Rückruf aus Peine hatte Welge im thailändisch-vietnamesischen Bistro in der Bahnhofstraße erreicht, als er sich gerade zwischen »Ped Pat Prig Gäng« und »Ped Pat bei Kapau« entscheiden wollte: Jan Möringhoff hatte sein Handy ausgeschaltet. Doch hatte er kurz vor Mitternacht noch ein letztes Mal versucht, seine Mutter anzurufen. Zu diesem Zeitpunkt war er bereits an Leverkusen vorbei und steuerte auf Köln zu. Alles deutete also darauf hin, dass Jan Möringhoff sich tatsächlich bereits in der Region aufhielt.

Welge entschied sich für gebratene Eiernudeln mit Gemüse. Bereits eine halbe Stunde später fuhr er mit Buhle in Richtung Hunsrück.

***

Michael Reuter hatte es pünktlich zu Mailins Vortrag geschafft. Bei Hans Herrmann in der Mühle war bislang alles ruhig gewesen. Guido Kopp und Julia Felis fuhren Streife, die anderen Kollegen wussten Bescheid. Reuter hatte Herrmann gefragt, ob er noch etwas Zeit habe. Der Polizist hatte nur gelächelt und sich wieder seinem Buch zugewandt.

Nur wenige Leute schienen sich für Mailins Thema zu interessieren, dennoch gingen am Ende des Vortrags drei Arme hoch, die signalisierten, dass der Wissensdurst noch nicht gestillt war.

Reuter hatte nicht viel mitbekommen. Nur dass Schäfer im Allgemeinen und besonders in der Region nette, zumeist aber etwas eigentümliche und nicht immer ganz zuverlässige Partner in Sachen Naturschutz waren. Die Schafe dagegen hatten, wenn sie denn ihren Hunger auf den Flächen zwischen Windkraft-, Photovoltaik-, Biogas-, Pellet- oder sonstigen Anlagen stillten, ihren Beitrag zur Existenz der einen oder anderen seltenen Pflanzenart geleistet, die auf extensiv genutztes Grünland angewiesen war.

Endlich kam Mailin auf ihn zu. »Hallo, hast du noch 'ne Minute?« Sie musste ihm die Antwort angesehen haben, denn sie sagte: »Ist ja gut, ich beeil mich.«

Und schon sah er sie aus der offenen Tür des Holzmuseums rennen. Dank ihrer leuchtend roten Bluse konnte sein Blick ihr zwischen den vornehmlich in gedeckten Farben gekleideten Teilnehmern der Weiperather Vielfaltsmesse folgen. Sie verschwand in dem offenen Torbogen eines weiß getünchten Bauernhauses.

Aus der Haustür daneben trat in dem Moment ein Mann, dessen Nase zwischen einem von Haaren dominierten Gesicht herausragte. Mit seiner langen lockigen Mähne, dem Vollbart und einem grünen Sweatshirt über einer bordeauxroten Hose mit Schlag erschien er wie ein Fossil aus der Zeit, als Reuter noch mit Knüppel und Schild Atomkraftgegnern gegenübergestanden hatte. Nur war das Fossil damals wohl noch gar nicht auf der Welt gewesen.

Weil er nicht wusste, was er sonst machen sollte, folgte er Mailin in die renovierte Scheune. Hinter einer langen Reihe von Bierzelttischen beriet eine recht jugendlich wirkende Frau eine Kundin und behauptete, sechshundert verschiedene Tomatensorten liefern zu können, wovon heute allerdings nur etwa fünfzig ausliegen würden. Reuter schaute sich die Tomaten in den verschiedenen Behältnissen an und war fasziniert: Es gab alle Rottöne, Gelb, Purpur, Lila, es gab sie gestreift, gemasert, geriffelt und natürlich in allen erdenklichen Größen und Formen.

»Na, Herr Kommissar, auf unserer Vielfaltsmesse angekommen?«, hörte Reuter Mailins Stimme hinter sich.

»Kann man die alle essen?«, fragte er.

Mailin lachte so laut, dass die Leute sich zu ihr umdrehten.

Sie rief der Frau hinter dem Stand zu: »Hey, Mela, hier fragt ein potenzieller Kunde, ob man deine Tomaten auch essen kann.«

Die Frau lächelte freundlich und reichte Reuter eine dunkelviolette Frucht. »Probieren Sie ruhig. Die sind nicht gespritzt, die können Sie getrost auch ungewaschen essen. Das ist übrigens mein ›Schwarzer Prinz‹«, fügte sie mit einem Augenzwinkern hinzu.

»Danke«, war alles, was Reuter herausbrachte, als er die Frucht entgegennahm und alle Augenpaare in dem Raum auf sich gerichtet sah. Er musste jetzt hineinbeißen. Das genauso dunkel gefärbte Fruchtfleisch schmeckte angenehm süßlich-aromatisch. Er nahm dankend noch eine und folgte Mailin kauend nach draußen.

»Ich muss nur noch zu Sabine, damit die weiß, wo die Kasse hinkommt, und ich ihr den Schlüssel vom Museum geben kann«, sagte Mailin, als sie wieder in der Sonne standen. »Es wäre aber schon gut, wenn ich gegen sechs, halb sieben wieder hier wäre. Schaffen wir das?«

Wieder schien seine völlig verdatterte Miene Antwort genug zu sein. Mailin seufzte, drehte sich um und war schon wieder in der Menge verschwunden.

Als sie schließlich auf dem Weg zur Mathysmühle waren, teilte Mailin Reuter mit, dass ihr etwas eingefallen sei. Als Chris ihr von seinem Versteck erzählte, habe er angedeutet, dass es ständig gut bewacht sei.

»Zuerst habe ich an das Munilager gedacht, das aber wieder verworfen, weil da viel Betrieb ist. Irgendwann sind mir aber die Figuren von Bruni und Rüdiger eingefallen, die an einer Traumschleife bei Hinzerath stehen. Und ich habe mich an ein Spottlied erinnert, in dem Chris sich von einem Sensenmann bewacht sah.«

In der Mühle wollte sie sich den Text gleich noch einmal anschauen.

29

Hunolstein, Hochscheid, Sonntag, 11. August

Hubert Schabbach war total genervt. Er wollte nach dem Mittag nur schnell noch den allerletzten Rest Brennholz in ofengerechte Stücke schneiden, den er am Vortag nicht mehr geschafft hatte. Er war damit fast fertig gewesen, als er den alten Zaunpfahl mit dem dicken Nagel übersehen hatte. Seine Unachtsamkeit hatte das neue Sägeblatt ein paar Zähne gekostet und ihn so in Rage versetzt, dass er gleich noch einen Haufen Anmachholz hacken musste.

Als er sich wieder abgeregt hatte, wollte er in Ruhe auf seiner Bank vor dem Haus sitzen und ein Sonntagsbierchen trinken. Doch plötzlich setzte eine regelrechte Völkerwanderung hinunter ins Dhrontal ein. Den Anfang machte dieser Kommissar, der bereits die ganze Woche mit der kleinen Mailin rumhing, sodass die Leute schon ausgefranste Mäuler hatten. Kurz darauf kam Hans Herrmann hochgefahren, und Schabbach versuchte, möglichst unauffällig und unschuldig in die entgegengesetzte Richtung zu schauen. Er hatte sich gerade das nächste Stubbi geholt, als ein Corsa mit Hamburger Kennzeichen die Straße hinunterrollte. Den Typ mit großer Sonnenbrille und Käppi konnte er nicht erkennen, doch schien er irgendwas am Kopf zu haben.

Später kam dieser Bulle Buhle mit einem Beifahrer, der auch wie ein Bulle aussah. Die schienen sich aber nicht lange unten aufhalten zu wollen und waren nach einer Viertelstunde schon wieder zurück. Den Schlusspunkt setzte ein ziemlich großer Mann in einem schwarzen, angebeulten 5er BMW. Ihm hatte Schabbach länger hinterhergeschaut, weil ihm der Typ trotz der an diesem Tag offenbar obligatorischen Sonnenbrille irgendwie bekannt vorkam. Aber er war zu schnell vorbei gewesen.

Bevor der verfluchte Engländer hopsgegangen war, hatte es so viel Verkehr in einer ganzen Woche nicht gegeben. Es wurde

Zeit, dass sie endlich mal die Leiche fanden und von ihm aus auch den Mörder. Da er aber so schnell nicht damit rechnete, holte er sich lieber ein letztes Stubbi, bevor er mit seinem Hund noch eine Runde machen würde.

***

Erst hinter Morbach, als er den Anstieg zum Gewerbegebiet HuMos hinaufgefahren war, hatte er begonnen, sich über seine Rückkehr in die Mathysmühle Gedanken zu machen. Er hatte nicht gedacht, das ehrwürdige Gebäude, das über so viele Jahre sein Zufluchtsort gewesen war, noch einmal zu sehen. Was würde ihn dort erwarten?

Er dachte an den großen Blutfleck. Über Monate hatte er sich immer wieder Blut abgenommen, es eingefroren und am Tag seines Abschieds aufgetaut vor der Tür ausgegossen. Anschließend war er vorsichtig mit dem Rücken auf dem Boden nach hinten gerobbt, damit es den Anschein hatte, seine Leiche wäre hinausgezogen worden. Ob die Polizei seine Tricks durchschaut hatte? Ob sie seinen sorgsam gelegten Spuren tatsächlich gefolgt war und Schabbach verhaftet hatte? Es sollte seine letzte Rache gegen diesen Hundsmörder sein, für die er sogar seine geliebte Gitarre geopfert hatte.

Wenn er ehrlich zu sich selbst war, war das mit dem Opfer nur die halbe Wahrheit. Er hatte ein letztes Mal alles, wirklich alles hinter sich lassen wollen, nachdem ihn die Vergangenheit in so konkreter Gestalt einzuholen drohte. Auch die Musik, die ihn eigentlich gerettet hatte, doch mit der er diesen Schlussstrich nicht hätte ziehen können. Deshalb hatte er auch seine Lieder nicht mitgenommen, die ihm jetzt wieder so wichtig waren.

Nachdem er Felicia das erste Mal in Braunschweig angesprochen hatte, hatte sich alles verändert. Er hatte seiner Tochter gegenübergestanden, war sich dieser Tatsache bei jedem Treffen sicherer geworden, hatte gespürt, wie wichtig es ihm war, sie kennenzulernen. Doch bis zu ihrer letzten Verabredung war er immer noch entschlossen gewesen, seinen Plan umzusetzen und endgültig aus Deutschland zu verschwinden. Ein letztes Mal zu flüchten, seine Identität ein letztes Mal zu ändern, den letzten Lebensabschnitt in einem entfernt gelegenen Land zu beginnen, in dem ihn nichts, aber wirklich gar nichts mehr an sein vorheriges Dasein erinnerte. Doch die Überzeugung, mit der er das Dhrontal hinter sich gelassen hatte, war ihm abhandengekommen.

Nach dem Abzweig in Richtung Hunolstein war er am Bauerncafé vorbeigefahren, zwischen den alten Alleebäumen hindurch in den Ort hinein und schließlich die schmale Straße hinunter ins Tal. Da hatte doch tatsächlich Schabbach vor seinem Haus gesessen, wie immer mit einer Flasche Bier in der Hand. Er hätte Felicia fragen können, ob sie etwas über den Stand der Ermittlungen in seinem Fall wusste. Aber dazu waren sie nicht gekommen. Zu intensiv waren ihre Gespräche gewesen, zu bewegend das Wechselbad seiner Gefühle, die er ihr gegenüber nicht zeigen wollte.

Vor der Mühle hatte ein fremdes Auto gestanden. Damit hatte er nicht gerechnet, nicht an einem Sonntagnachmittag. Er beschloss, zurückzufahren und sein Auto an der Dhronbrücke abzustellen, wie es manche Spaziergänger machten, die nur kurz in die Hölzbachklamm hineinlaufen wollten. Da würde ein Auto mit Hamburger Kennzeichen sicher am wenigsten auffallen. Anschließend war er den knappen Kilometer zur Mühle zurückgelaufen und hatte sich dort im Wald versteckt.

Nun suchte er von seinem Platz aus sein altes Grundstück ab. Bald hatte er Mailins Fahrrad hinter dem Mühlengebäude entdeckt. Es schauten nur das Vorderrad und der Lenker hinter der Wand hervor. Mit wem war Mailin in seinem Haus?

Lange brauchte er darüber nicht nachzudenken. Ein zweites Auto, er vermutete das gleiche Modell, kam den Talweg entlang und hielt ebenfalls vor der Mühle. Die zwei Männer hatte er vorher noch nie gesehen. Sie klopften an die Haustür, die von innen geöffnet wurde, und gingen hinein. Seine Unruhe steigerte sich. Waren es Polizisten? Doch was machten die nach zwei Wochen immer noch in seiner Mühle? War Schabbach frei, weil sie nach einem anderen Täter suchten? Aber warum war Mailin dann bei ihnen? Wurde sie als Zeugin befragt oder bereits als Verdächtige vernommen?

Darüber, dass Mailin als Täterin in Frage kommen würde, hatte er sich überhaupt keine Gedanken gemacht. Die Arme, das hatte er ihr nicht antun wollen. Er würde sie bald von diesen Verdächtigungen erlösen. Doch vorher musste er noch an die Lieder herankommen, an seine Lieder, die ihn die ganze Zeit begleitet hatten. Die Lieder, in denen er Abschied genommen, um Vergebung gefleht, ein wenig Hoffnung geweckt, sich selbst kasteit und die Rolle der Opfer und des Täters angenommen hatte. Seine Lieder, die während seines langsamen Sterbens in Cornwall und später im Hunsrück aus ihm entsprungen und ein so wichtiger Teil seiner selbst waren, dass es die schmerzlichste seiner Entscheidungen gewesen war, sie hier zurückzulassen. Doch nun würde er sie holen. Er würde sie seiner Tochter vorspielen und hoffen, dass sie in ihm nicht weiter das Monster sah, das er gewesen war. Vielleicht würden seine Lieder vom Sterben seine Rettung bedeuten.

***

Buhle trat mit Welge in das alte Mühlengebäude ein. »Und, habt ihr was herausgefunden?«, fragte er Reuter ohne Umschweife.

»Mailin sucht gerade in Wanderkarten. Mayer, ich meine, Möringhoff, hat sich wohl häufig Notizen in den Karten gemacht.«

»Ich dachte, sie hätte bereits eine Idee.«

»Hat sie ja auch. Kommt mit hoch.«

Alle drei stiegen die schmale Treppe hinauf und gingen in das Arbeitszimmer des Liedtexters. Mailin kniete auf dem Boden, und ihre grün lackierten Fingernägel fuhren über eine weit ausgebreitete Landkarte. Als die Männer hereinkamen, hob sie den Kopf und strich sich die Haare aus dem Gesicht.

»Ach, ich bin mir nicht sicher«, begann sie ungefragt. »Ich hatte gedacht, es wäre vielleicht im Wald bei Hinzerath. Aber da hat er gar nichts eingetragen. Dafür sind hier«, sie bog ihren Oberkörper weit nach hinten und zog eine weitere Karte zu sich heran, »jede Menge Hütten eingezeichnet.«

»Wo ist das?«, fragte Buhle.

»Das ist da, wo sie jetzt den Nationalpark ausgewiesen haben. Gut, der war erst in der Diskussion, als Chris seine Andeutungen gemacht hat, aber das Gebiet ist doch jetzt bestimmt gut beobachtet, da sind Ranger unterwegs und Wanderer. Das ist kein guter Ort mehr, um sich zu verstecken, oder?« Sie zuckte die Schultern und ließ ihre Arme kraftlos in den Schoß fallen.

»Wo genau sind denn die Eintragungen?« Buhle wollte sich zur Karte hinunterbeugen, sah aber ein, dass er sich am besten direkt neben Mailin Wend hockte. Es war ihr sichtlich unangenehm. Er betrachtete die Landkarte und erkannte verschiedene Symbole, die in großer Zahl darauf eingetragen worden waren.

»Hier, zwischen Erbeskopf und Schwollen und weiter südlich bis Abentheuer«, erklärte Mailin und deutete mit ihrem Zeigefinger ein großes Oval an.

»Das ist ja ein riesiges Gebiet. Wir müssen sofort mit dem zuständigen Forstamt Kontakt aufnehmen. Vielleicht können die weiterhelfen.«

»Ich glaube, das wird nicht einfach. Durch den Nationalpark ist da alles umgemodelt worden. Im Nationalparkamt selbst wird wohl am Sonntag keiner sein. Eher würde ich bei den Rangern nachfragen.«

»Kennen Sie da wen?«

»Nee, das sind alles ehemalige Förster, die jetzt als Ranger durch den Nationalpark streifen und Führungen machen. Ich kenne da keinen.«

»Weiß Hans Herrmann besser Bescheid?«

»Vielleicht.«

Buhle faltete die Karte zusammen und kündigte an, den Morbacher Kollegen an diesem Sonntag leider keine Ruhe zu gönnen. Er verabschiedete sich von Mailin, rang sich sogar ein »Danke« ab und bedeutete Reuter, in der Mühle weiter die Stellung zu halten. Schon war er mit Welge wieder verschwunden.

In der Mühle versuchte Reuter, die Gedanken erneut auf die Suche nach dem Versteck zu lenken. »Du hattest noch etwas von einem Lied gesagt, Mailin. Hast du es schon gefunden?«

»Nein. Mist. Mir sind die Karten eingefallen, und dann habe ich es wieder vergessen.« Sie stand auf und ging zu einem Regal mit Ordnern.

»Ich meine, er hat es hier aufbewahrt. Ein bisschen Geduld, ich suche.« Sie nahm sich den ersten Ordner heraus und begann, ihn durchzublättern.

***

Irgendwann hatte Felicia Sievers die Müdigkeit übermannt. Sie war in den Wohnwagen gegangen und hatte sich schlafen gelegt. Als sie wieder aufwachte, hatte sie jegliche zeitliche Orientierung verloren. Sie ging nach draußen und wurde sofort von den Mücken angefallen. Die Sonne stand schon tief. Sie rief den Namen ihres … *neuen* Vaters, beide Namen, erhielt aber keine Antwort. Um weiteren Attacken der lästigen Blutsauger vorzubeugen, verzog sie sich wieder in den Wohnwagen und wartete dort.

Wo blieb er nur? Er hatte nur schnell zu seiner Mühle fahren und diese Liedtexte holen wollen, die ihm so wichtig waren. Das musste nun schon Stunden her sein. Er hatte doch behauptet, sie sei nur zwanzig Minuten von hier entfernt. Sie nahm ihr Smartphone und schaltete es an. Es waren fünfzehn Nachrichten von ihren Eltern … ihren *wirklichen* Eltern eingegangen. Jede einzelne zerriss ihr Herz. Die beiden mussten vor Sorgen vergehen. Es blieb ihr keine Wahl, sie musste sich melden. Konnte sie ja auch, nach dem, was sie mit dem … *anderen* Vater besprochen hatte.

Bevor er gegangen war, hatte er versprochen, dass er sich der Polizei stellen würde, dass er dieses Versteckspiel so satthabe, dass es endlich an der Zeit sei, zu seiner Tat zu stehen. Auch wegen ihr, seiner Tochter, das sei ihm in diesen Tagen bewusst geworden. Sie hatte gefragt, ob er das wirklich ernst meine. Er hatte es beteuert. Er wolle ihr nur noch diese Lieder vorspielen, hatte er gesagt, sie nur kurz aus seiner Mühle holen. Und danach würden sie nach Trier fahren, noch an diesem Abend, wenn sie es wollte; spätestens morgen früh. Sie hatte ihm geglaubt.

Das Licht in der kleinen Kabine mit den blinden Fenstern wurde immer schwächer. Wo blieb er nur? Oder hatte er …?

Der Gedanke nistete sich immer mehr in ihrem Gehirn ein. Hatte er es sich anders überlegt? Hatte er sie angelogen, diese Lieder nur erfunden? War er jetzt schon über alle Berge und hatte sie hier sitzen lassen, allein in dieser Einöde?

Ihr wurde ganz übel bei diesem Gedanken. Sie hatte doch angefangen, ihm zu vertrauen, nachdem er alles gebeichtet hatte. War das alles nur vorgetäuscht gewesen? Oder hatte er doch Angst bekommen, Angst vor einer Zukunft im Gefängnis, Angst vor der Verurteilung in der Öffentlichkeit? Warum kam er nicht?

Sie kaute einen Fingernagel ab. Das hatte sie schon seit Jahren nicht mehr gemacht. Was, wenn er gar nicht zurückkonnte? Wenn er nicht unbeobachtet in den Wald fahren konnte? Was, wenn ihm etwas zugestoßen war? Sie erschrak bei diesem Gedanken. War ihrem … *gesuchten* Vater etwas zugestoßen, und sie saß hier und machte ihm Vorwürfe?

Ihre Gedanken fingen an zu kreisen, immer schneller und immer verworrener, bis sie den Eindruck hatte, überhaupt nicht mehr zu wissen, was sein konnte und was nicht. Als die Dämmerung endgültig angebrochen war, gab sie sich einen Ruck. Sie beschloss, nicht länger zu warten. Es musste etwas passiert sein, das ihn daran hinderte, zurückzukommen.

Sie nahm ihr Smartphone und schaltete es an. Sofort ertönte ein Signalton, der auf die schwache Akkuleistung hinwies. Dennoch rief sie ihn an. Sein Handy war ausgeschaltet. Schnell schrieb sie noch eine Nachricht an ihre Eltern: »Macht euch bitte keine Sorgen, es geht mir gut. Ich melde mich morgen früh bei euch. Es ist alles gut! Eure Fee«. Anschließend schaltete sie das Gerät wieder aus.

Sie suchte die Taschenlampe, die sie gekauft hatten. Sie funktionierte. Schließlich sprühte sie sich mit dem Mückenspray ein. Sie wollte nun keine Zeit mehr verlieren.

***

Reuter hatte gefühlte Stunden nutzlos rumgesessen, während Mailin einen Ordner nach dem anderen sichtete. Endlich hörte er sie triumphierend rufen; gleichzeitig ging sein Mobiltelefon, und der Name »Buhle« erschien auf dem Display.

»Ja, Christian?«, sprach er in das unsichtbare Mikrofon, während er Mailin den erhobenen Daumen zeigte. »Habt ihr was?«

»Nein, wir haben jetzt bestimmt fünf von diesen Rangern abgeklappert, aber keiner hat etwas Besonderes bemerkt oder kennt eine Hütte unter den Dutzenden, die es in diesem riesigen Waldbereich gibt, die besonders gut als Versteck geeignet wäre. Es wird jetzt dunkel. Die einzige Möglichkeit, die ich sehe, ist, den gesamten Hochwald in der Morgendämmerung mit einer Wärmebildkamera zu überfliegen. Doch ich befürchte, dass wir so eher alle Jäger aufspüren als Felicia Sievers oder die Möringhoffs.«

»Könnte sein. Kriegst du so schnell überhaupt einen Hubschrauber?«

»Das ist noch die ganz andere Frage. Keine Ahnung. Gibt's bei euch etwas Neues?« In Buhles Stimme lag alles, nur nicht der Glaube an eine positive Antwort.

»Nein, noch nicht. Oder vielleicht doch? Gerade als du angerufen hast, hat Mailin etwas gefunden.«

»Aha. Du bist dir sicher, dass es das Einzige ist, was du machen kannst, auf Mailins Eingebungen warten?«

»Hast du eine bessere Idee?«

»Nein.« Buhle klang jetzt müde. »Nein, habe ich nicht. Unterrichte mich bitte sofort, wenn ihr auf was gestoßen seid. Ich denke, ich fahre jetzt zurück nach Trier. Bleibst du über Nacht da?«

»Ja, ich habe mit Hans vereinbart, dass ich hier in der Mühle bleibe und er mich morgen früh wieder ablöst.«

»Gut. Wenn das mit dem Hubschrauber klappt, gebe ich Bescheid«, schloss Buhle.

30

Hunolstein, Sonntag, 11. August

Claas Möringhoff wurde immer ungeduldiger. Nachdem die beiden Polizisten rausgefahren waren, hatte er gehofft, bald in seine Mühle hineinzukönnen. Doch nun war immer noch einer der Kommissare, wie er annahm, zusammen mit Mailin in seinem Musikzimmer. Was machten sie da? Es wurde immer später.

Irgendwann hatten die beiden Licht angemacht, und er konnte beobachten, wie Mailin seine Ordner mit den Liedtexten durchsah. Eine große Beunruhigung kam in ihm auf. Was wollten sie mit seinen Liedern?

Er war jetzt schon Stunden weg. Felicia würde sich sicher Gedanken machen. Sollte er sie anrufen? Er verwarf den Gedanken. Doch in seinem Haus ging nichts vorwärts. Mailin nahm sich einen Ordner nach dem anderen, und der Kommissar stand herum, schaute ihr zu, lief durch den Raum und schien nur zu warten. Auf was wartete er?

Die Nacht brach in den Tälern schneller herein als auf den Hunsrücker Hochflächen. Sollte er zurückfahren und es in der Nacht noch einmal versuchen? Er entschloss sich, doch kurz sein Handy anzumachen. Er bekam umgehend eine Nachricht über einen unbeantworteten Anruf. Felicia hatte es vor einer Viertelstunde bei ihm versucht. Sofort rief er zurück, doch nun war ihr Telefon ausgeschaltet. Er fluchte leise vor sich hin, schrieb ihr eine SMS und machte sein Handy wieder aus. Länger als zehn Minuten würde er nicht mehr warten.

***

»Hier ist es. Chris hat mir das Lied einmal vorgespielt und sinngemäß gesagt, ich solle es bloß schnell wieder vergessen. Damals habe ich gedacht, dass er es eher als Gag angesehen hat, das

Lied, meine ich. Er hatte daraus einen ziemlich gruseligen Blues gemacht.«

Sie schaute wieder auf den Text. »Aber vielleicht war das ja tatsächlich auf sein geheimes Versteck bezogen. Sieh mal.« Sie stellte sich zu Reuter, sodass er mitlesen konnte. »›Versteckt tief im Dickicht, nasskalt ist die Wildnis, verbirgt sich so manches stille Geheimnis.‹ Na ja, er war auch schon mal besser. Aber hier: ›Muss ich auch mal flüchten, nicht weit, doch schnell fort, nimmt er mich sicher auf, geheimnisvoller Ort.‹ So, wo war nun … ah, hier: ›Wenn sie mich suchen irgendwann, wird er mich schützen, Sensenmann.‹«

»Sorry, Mailin, ich weiß wirklich nicht, was du aus diesem Quatsch herauslesen willst.« Reuter war enttäuscht über das Ergebnis seines langen Wartens. Was sollte er seinem Chef nun mitteilen?

»Okay, ich will es dir erklären, auch wenn ich dir nicht versprechen kann, ob es uns weiterhilft.« Mailins Euphorie schien verflogen.

Sie schaute Reuter ernst an. »Als Chris mir von seinem Versteck erzählt hat, war er vorher im Bereich Idarkopf wandern gewesen, nur eben viel länger, als er es angekündigt hatte. Die ›LandZeitTour‹ befindet sich nur ein paar Kilometer davon entfernt. Das ist eine der unzähligen Traumschleifen entlang des Hunsrücksteigs, ein Premiumwanderweg, aber die kennst du ja. Hier haben Bruni und Rüdiger, das sind die beiden Künstler aus Hinzerath, Figuren aufgestellt. Sie stellen Berufe dar, die zur Entwicklung der Landschaft beigetragen haben. Eine Figur ist ein Bauer mit Sense. Also nicht der Tod, wie man vielleicht vermuten könnte. So weit verstanden?«

»Ja«, quälte es sich aus Reuter raus.

»Er schreibt was von ›nasser Wildnis‹. Dort ist es überall nass. Das sind die Quellmulden der Dhron. Die sind auch im Wald, also im ›Dickicht‹. Und sein Geheimnis ist eben die Hütte oder irgendein Versteck. Er schreibt ja sogar direkt etwas von ›flüchten‹, wenn ihn jemand ›suchen‹ würde. Es passt doch alles zusammen.«

War das die Spur, die sich Reuter gewünscht hatte? Nicht

wirklich. Aber es war alles, was sie hatten. Und so ganz unrecht hatte Mailin mit ihrer Textanalyse nicht.

»Und da sollen wir jetzt suchen? Im Wald, in der Dunkelheit?«

»Ja, ich hab auch keine bessere Idee.«

»Wie groß ist das Gebiet?«

Sie nahm die Wanderkarte und zeigte ein Areal zwischen den Orten Hochscheid, Stipshausen, Krummenau und Hinzerath. »Keine Ahnung, klein ist es nicht. Aber ich kenne den Förster von Morbach, vielleicht hat der einen Tipp für uns.«

»Also *einen* Förster kennst du doch?«

Mailin war aufgesprungen und faltete die Karte zusammen. »Was ist nun? Kommst du mit, oder willst du lieber das Haus hüten, wie es dein Chef befohlen hat?«

Reuter seufzte. Er stemmte sich nicht ganz so behände wie die deutlich jüngere Mailin hoch und seufzte noch einmal frustriert. »Dann lass uns fahren, bevor es ganz dunkel wird. Rufst du deinen Förster an?«

»Er wohnt auf dem Weg dorthin. Jetzt ist er sicher zu Hause. Wir fahren vorbei«, bestimmte sie, und Reuter ergab sich.

Sie nahmen den Talweg an der Reinhardsmühle vorbei, weil Mailin sinnvollerweise Taschenlampen und ein paar festere Schuhe von zu Hause holen wollte. Reuter unterrichtete währenddessen seinen Chef von ihrem Versuch, Möringhoffs Versteck zu finden.

Buhle war von dem Unterfangen genauso wenig erbaut. »Und wer ist jetzt in der Mühle?«, fragte er.

Reuter erklärte, er habe Herrmann verständigt, der gleich hinfahren wolle. In Desillusion vereint, beendeten beide das Gespräch.

***

Es war für Claas Möringhoff ein beklemmendes Gefühl, auf die Mathysmühle zuzugehen, in der er als Chris Mayer über Jahre untergetaucht war. Ja, es gab durchaus Zeiten, da hatte er sich hier wohlgefühlt, in der selbst gewählten Einsamkeit, die allein von Mailin unterbrochen wurde. Doch er hatte jetzt keine Zeit mehr für Sentimentalitäten. Felicia wartete.

Er wollte die Haustür öffnen, doch die war verschlossen. Im schwächer werdenden Licht sah er das neu eingebaute Türschloss und fluchte. Er lief ums Gebäude, prüfte ein Fenster nach dem anderen, blieb am Lenker von Mailins Fahrrad hängen, riss es um und rannte weiter. Natürlich war auch kein Fenster nur angelehnt. Kurz entschlossen nahm er eine ungenutzte Bohnenstange, die unter dem Dachüberstand hinterm Haus lag, und stieß damit durch eine Fensterscheibe. Sein Arm schob sich vorsichtig durch das Loch, und er öffnete das Fenster von innen. Mit einem Satz war er auf der Fensterbank und in seiner Wohnküche. Es schien sich nichts verändert zu haben.

In der Speisekammer fand er den kleinen Werkzeugkasten. Er schnappte sich den großen Schraubenzieher daraus, lief zur Treppe und nahm auf der engen Stiege mehrere Stufen auf einmal. Er wusste nicht, wann die anderen wiederkommen würden, und er hatte sowieso schon viel zu viel Zeit vertan.

Mit Schwung zog er das Regal zur Seite. Fast wäre es dabei umgekippt, ihm wäre es egal gewesen. Er schraubte die Fußleiste ab und suchte den Faden. Er war weg. Er legte sich flach auf den Boden und blickte ungläubig in einen schwarzen, leeren Spalt. Es dauerte, bevor er verstand, was er sah: Sie waren weg. Seine Texte waren verschwunden. Er tastete mit den Fingern die schmale Wandöffnung ab, trieb sich einen Splitter unter den Fingernagel, fluchte vor Schmerz und tastete dennoch weiter. Es half nichts. Sie waren weg.

Er sprang auf und machte das Licht an. Es war ihm jetzt egal, ob ihn jemand sehen konnte. Doch es änderte nichts. Er begann, einzeln die Ordner vom Regal zu reißen, die Mailin noch kurz zuvor durchstöbert hatte. Hastig blätterte er sie durch. Nichts. Er wurde rasend, Tränen stiegen ihm in die Augen. Er merkte nicht, wie er zu schluchzen begann. Sein verschwommener Blick suchte nach seinem Computer, doch auch der war weg. Voller Wut schlug er mit der Faust auf den Schreibtisch, immer wieder und wieder. Das konnte nicht sein, das durfte einfach nicht wahr sein.

Claas Möringhoff konnte seine Verzweiflung körperlich spüren. Wer konnte das Versteck entdeckt haben? Die Polizei? Mailin? Wenn Mailin es gefunden hatte, waren die Lieder vielleicht noch nicht verloren, vielleicht noch nicht … entweiht.

»Suchst du was, Bruderherz?«

Claas Möringhoff erstarrte ein zweites Mal. War er jetzt völlig wahnsinnig geworden? Hatte er schon Halluzinationen? Er regte sich nicht und lauschte. Er hörte nichts. Langsam schob er sich von der Tischplatte weg, richtete sich gerade auf und drehte sich noch langsamer um. Es war, als ob er ein Gespenst sähe. Das konnte nicht wahr sein.

»Überrascht? Wir haben uns echt lange nicht gesehen, Claas.«

Jan Möringhoff stand in der Tür und hatte sich mit der linken Schulter betont lässig an den Rahmen gelehnt. Sein Mund zeigte ein schiefes Grinsen, doch Claas sah, dass es keine Freundlichkeit ausstrahlte. Die grün-braunen Möringhoff-Augen blickten durchdringend und böse. Sein Bruder hatte sich nicht geändert, das erkannte Claas sofort.

»Bist du so erfreut, mich zu sehen, dass es dir die Sprache verschlägt, Brüderchen?«

»Was willst du?« Claas' Stimme klang so trocken und spröde, wie sich seine Lippen anfühlten, denen keine Feuchtigkeit mehr aus dem Mundraum geliefert wurde.

»Nichts.« Jan sagte es betont leicht dahin. »Vielleicht ein bisschen mit dir plaudern.«

»Worüber?«

»Über alte Zeiten vielleicht, Brüderchen. Das war nicht gut, einfach so abzuhauen und uns nichts zu sagen. Wir haben uns Sorgen gemacht, dein Vater und ich.«

»Quatsch nicht. Ich war euch doch egal.«

»Aber uns war nicht egal, was du vielleicht anderen erzählen würdest. Warum bist du weg?«

»Was interessiert dich das?«

»Nun, die Polizei sucht dich. Das ist nicht schön. Nicht schön für dich. Aber auch nicht schön für deine Familie, wenn da plötzlich die Bullen herumschnüffeln.«

»Hast du Angst oder was?«

Jan schnaubte. Er verstellte seine Stimme nun nicht mehr. »Weswegen suchen die dich?«, fragte er drohend.

»Geht dich nichts an.«

»Ach, meinst du?« Mit einem unerwarteten Sprung war Jan bei seinem Bruder, packte ihn mit beiden Händen und wirbelte ihn mit solcher Wucht zu Boden, dass Claas die Luft wegblieb. »Verarsch mich nicht. Was wollen die Bullen von dir?«

Claas stemmte sich mit einem Ellenbogen hoch. Sein Kopf begann wieder zu dröhnen. »Eine alte Geschichte.«

»Was für eine Geschichte? Mensch, rede!« Jan tat nur zwei kleine Schritte, schon trat er seinem Bruder gezielt in die Seite.

Claas stöhnte auf. »Hatte nichts mit euch zu tun«, presste er hervor.

»Rede!« Jan Möringhoff spie das Wort regelrecht aus. Er holte zum nächsten Tritt aus.

Claas hob abwehrend den Arm. »Hab 'ne Frau vergewaltigt.«

»Waaas? Das darf doch nicht wahr sein.« Jan stoppte seinen Tritt im letzten Augenblick. Er drehte sich wütend um, trat dafür gegen zwei Ordner, die im Weg lagen, sodass sie quer durch den Raum schlitterten. »Du Arschloch. Damit hetzt du mir tatsächlich das ganze Pack auf den Hals, Scheiße!«

Wieder trat er gegen einen Ordner, dann riss er mit aller Kraft das Regal um, das schräg in das Zimmer ragte. Mit einem lauten Krachen verteilte sich der gesamte Inhalt über den Fußboden.

Claas hatte den großen Schraubenzieher neben sich entdeckt. Ohne zu überlegen, nahm er ihn in die Hand. Beim Aufstehen stachen zwei gebrochene Rippen gegen einen Lungenflügel. Der Schmerz raubte ihm den Atem.

Jan Möringhoff wirbelte herum. Bevor Claas sich überhaupt ganz aufgerichtet hatte, trat ihm sein Bruder mit der Fußspitze das Werkzeug aus der Hand, riss seinen vor Schmerz aufschreienden Bruder hoch und schleuderte ihn zur Seite.

Claas Möringhoff landete mit dem Hinterkopf auf einer Kante des Regals, rutschte langsam nach unten und blieb zwischen den Ordnern mit seinen Liedtexten liegen.

Jan Möringhoff starrte auf seinen regungslosen Bruder, an dessen Kopf sich der schmutzige Verband langsam rot färbte. Er hatte schon so manchen brutal zusammengeschlagen, doch noch nie hatte er einen Menschen getötet. Und jetzt lag sein Bruder leblos vor seinen Füßen.

Nach dem ersten Schock lief er panisch die Stiege hinunter. In seinem Kopf schwirrte alles durcheinander. Er wollte weg. Halt, nein, er musste seine Spuren vernichten.

Er brauchte nicht lange zu suchen, bis er alte Zeitungen, Streichhölzer und sogar drei Packungen Holzanzünder für den Ofen fand. Er knüllte das Papier zusammen, stopfte es unter den Beistelltisch neben dem Sessel, zündete es an und warf noch das Bücherregal darüber. Zum Schluss streute er die Anzünder zwischen die Bücher. Es brannte sofort. Er lief zum angelehnten Fenster, drückte es auf und war mit einem Sprung draußen. Geduckt lief er zurück zu seinem Auto.

***

Trotz der Taschenlampe hatte Felicia eine ganze Zeit lang gebraucht, bis sie am Birkenbruchwald vorbei an den Weg gelangt war, auf dem sie zwei Tage zuvor hergekommen waren. Sie war müde, hatte zu wenig gegessen und war erschöpft von den langen Gesprächen und herumirrenden Gedanken. Sie wusste nicht mehr, ob sie von links gekommen waren oder von rechts. Instinktiv entschied sie sich für rechts. Als sie aber den im spitzen Winkel abgehenden Weg nicht mehr fand, wurde sie unsicher und kehrte um.

Es war zwischen den Bäumen des Waldes fast schon Nacht. Überall knackte oder raschelte es im Dunkeln. Bisher hatte ihr das nichts ausgemacht, sie hatte es geliebt. Doch nun schürte es ihre Ängste. Sie suchte nach diesem spitzwinkligen Weg, an den sie sich erinnerte. Als sie ihn endlich in der grünschwarzen Wand der Bäume gefunden hatte, war sie erleichtert, doch die richtige Richtung genommen zu haben.

Der Weg führte wie mit dem Lineal gezogen geradeaus. Sie

ging immer weiter, stolperte über einen Stein oder einen vereinzelten Ast, der quer auf dem Weg lag, ließ sich aber nicht beirren. Ja, der Weg war lang gewesen, aber so lang? Ihr blieb jetzt keine Alternative. Sie hatte sich entschieden, und zurück würde sie im Dunkeln ohnehin nicht mehr finden.

Sie hatte überlegt, ihr Smartphone wieder anzustellen. Aber es hatte schon beim letzten Mal kaum noch Akkuleistung gehabt. Was sollte es ihr jetzt nutzen?

Sah man von den Stimmen des Waldes ab, war alles völlig ruhig. Warum hörte sie diese verfluchte Straße nicht, auf der sie hergekommen waren? Die musste doch auch an einem Sonntagabend befahren sein. Sie blieb stehen und lauschte. Nichts. Nichts außer einer Rotte Wildschweine, die unweit von ihr durch das Unterholz drängte.

Sie ging weiter. Sie hatte sich entschieden, nicht mehr auf ihren … *verfluchten* Vater zu warten, der sie wieder im Stich gelassen hatte, der wieder davongelaufen war und sein heiliges Versprechen gebrochen hatte.

Nicht weit vor ihr schien es etwas heller zu sein. Sie ging unwillkürlich schneller und gelangte an den breiteren Schotterweg. An der Stelle waren sie …? Sie dachte nach. Ja, hier waren sie links abgebogen, also musste sie sich nach rechts wenden. Der Weg war breiter, und die Baumkronen schafften es nicht, sich über ihrem Kopf zu vereinigen. Sie beruhigte sich etwas. Jetzt konnte es nicht mehr lange dauern, bis sie zur Straße kam.

***

Vielleicht hätte er das letzte Bier auf später verschieben sollen. Hubert Schabbach hatte sich zu spät aufgerafft und ärgerte sich über sich selbst. Er wusste nur zu gut, dass sein Jagdterrier auf viel Bewegung angewiesen war und davon in letzter Zeit zu wenig bekommen hatte. Schabbach stieg trotz der Trockenheit in seine grünen Stiefel, nahm die Leine und holte den Hund aus dem Zwinger. Die ganz große Runde, die er sich für den Sonntag eigentlich vorgenommen hatte, würde er nicht mehr schaffen.

Aber einmal ins Dhrontal hinunter bis zur Reinhardsmühle sollte noch drin sein. Bevor es richtig dunkel sein würde, wäre er wieder zurück.

Den Asphaltweg hinunter ließ er seinen Hund ungern frei laufen. Gerade wo jetzt so viel Betrieb war, bestand die Gefahr, dass ein Autofahrer nicht aufpassen würde.

Unten wollte er vor der Brücke links in den Weg einbiegen. Dann aber sah er den Corsa aus Hamburg, machte den Hund los, dass der sich auf der Wiese erst mal austoben konnte, und ging, um sich das Auto näher anzusehen.

Viel konnte er im Innenraum nicht erkennen. Ein langer Kassenbon fiel ihm auf, eine Deutschlandkarte, obwohl auch ein Navi an der Windschutzscheibe klebte, eine leere Flasche Mineralwasser aus einer Region, die er nicht kannte. Er schaute sich um, sah aber niemanden. Merkwürdig fand er es schon, dass jemand so spät noch hier im Tal herumtrollte. Wenn das Auto nachher noch dastünde, würde er Hans Herrmann anrufen.

Er folgte dem zum Teil ausgefahrenen Weg entlang den Talwiesen. Ab und zu rief er seinen Hund, damit er ihn unter Kontrolle behielt. Plötzlich sah er das zweite Auto, den schwarzen BMW. Das war kein Zufall. Hierher verirrte sich kein Fremder, zumal der Weg vor ihm besser wurde und man durchaus hätte weiterfahren können.

Er schaute über das Tal. Auf der anderen Seite der Dhron stand die Mathysmühle. Er bemerkte Licht im ganzen Haus und dann das bunte Fahrrad von Mailin, das vor der Hauswand lag. War die jetzt im Haus, mit irgendwelchen Fremden?

Er schaute auf das Kennzeichen und auf die Plakette. »Hannover. Wieder eine Stadt aus Norddeutschland«, grübelte er.

Eigentlich wollte er um diese verfluchte Mühle einen Bogen machen, doch irgendetwas stimmte da nicht, da war er sich sicher. Er würde dort vorbeischauen. Er musste nur bei der Reinhardsmühle über die Dhron, dann wäre er gleich da. Er rief seinen Jagdterrier und befahl ihm, jetzt neben ihm zu bleiben.

Nach nicht einmal fünf Minuten hatte er die Reinhardsmühle mit ihren neuen Besitzern passiert. Die Hecken entlang des Weges versperrten ihm die Sicht auf die Talwiesen und die Mathysmühle. Er beeilte sich. Warum, wusste er nicht. Oder machte er sich doch Sorgen um das Mädchen?

Plötzlich hörte er einen lang gezogenen Pfeifton aus Richtung der Mathysmühle. Er beschleunigte seine Schritte weiter, bis er durch eine Lücke zwischen den Sträuchern Sicht auf die alte Mühle hatte. Schnaufend blieb er stehen und schaute genauer hin. Den schrillen Ton konnte er jetzt eindeutig der Mühle zuordnen, aber die Beleuchtung kam ihm merkwürdig vor. In dem Moment sah er eine Gestalt aus einem der Fenster an der Seitenwand springen und wegrennen. Er glaubte seinen Augen nicht zu trauen: Es war der verfluchte Engländer.

Schabbach rannte los. Seine schweren Stiefel trommelten auf dem ausgetrockneten Weg. Jetzt konnte er auch erkennen, was an dem Licht nicht stimmte. Es flackerte und wurde immer heller und heller. Als er das Haus erreicht hatte, zerbarst gerade die Fensterscheibe neben der Haustür, die er vergeblich zu öffnen versuchte. Die ersten Flammen leckten aus dem Fenster.

»Mailin!«, donnerte seine Stimme gegen das Geprassel des brennenden Holzes und den durchdringenden Lärm der Rauchmelder an. Und noch einmal lauter: »Mailin!!!«

Er rannte zu der Seite, aus der er den Scheißengländer springen gesehen hatte. Das Fenster stand offen. Bis hierhin hatten sich die Flammen noch nicht vorangefressen. Er presste mühsam seinen wuchtigen Körper durch die kleine Öffnung und krabbelte mit dem Kopf voran ins Haus. Der Rauch brannte in seinen Augen, und der erste Atemzug erzeugte sofort einen Hustenreiz. Schabbach suchte den Raum nach Mailin ab. Er fand sie nicht. Sie musste oben sein. Was hatte das Schwein ihr angetan?

Die Holzstiege knarrte unter seinem Gewicht. Der Rauch hatte auch hier schon alles vernebelt. Hustend tastete er sich ins Arbeitszimmer vor. Er rief nach Mailin, hielt sich anschließend wieder den Arm vors Gesicht, um sich vor dem Qualm zu schützen. Er stolperte über einen Ordner, dann sah er schemenhaft einen Körper vor sich liegen. Als er sich hinunterbeugte, um ihn aufzunehmen, riss er trotz der schmerzhaften Reizung seine

Augen weit auf. Das konnte doch nicht wahr sein: Da lag der Engländer, den er gerade noch hatte flüchten sehen.

Völlig verwirrt rief er wieder nach Mailin, tastete sich durch den Raum, fand das Mädchen aber nirgends. Er blickte zurück und sah durch die offene Tür, dass der Qualm sich an der Treppe bereits orangerot gefärbt hatte. Er musste raus, es war höchste Zeit, wenn er nicht in dieser verfluchten Mühle verrecken wollte. Er stolperte zurück. Ohne weiter zu überlegen, hob er im Vorübergehen den schlaffen Leib seines Erzfeindes auf.

Die Flammen schlugen ihm auf der Treppe bereits entgegen. Er spürte, wie die Haare an Bart und Kopf angesengt wurden. Die Hitze war schier unerträglich. Der Schrank neben dem offenen Fenster brannte lichterloh. Als Schabbach sich daran vorbeizwängte, schlugen die Flammen auf sein Hemd über. Er fluchte laut auf, warf den Engländer, der auch schon Feuer gefangen hatte, aus dem Fenster und stürzte sich kopfüber hinterher. Die Haut an Arm und Rücken schmerzte. Er wälzte sich über das Gras und erstickte so die Flammen. Der Schmerz wurde dabei noch größer.

Schabbach warf sich auf den Engländer, bis auch dessen brennende Kleidung gelöscht war. Mit letzter Kraft zog er ihn vom Haus weg. In den Geruch des verbrannten Holzes hatte sich der verschmorter Haut gemischt. Erst am Zaun ließ er den mitgeschleiften Körper und sich fallen.

Wütend und schmerzerfüllt tönte sein Schrei durch das ganze Tal.

***

Hans Herrmann hatte sich nach dem Anruf von Reuter beeilt. Er hatte nicht mehr mit einem Einsatz in dieser Nacht gerechnet, und so waren einige Minuten vergangen, bis er wieder ordnungsgemäß angezogen war und seiner Frau seinen erneuten Einsatz gebeichtet hatte. Mit eingeschalteter Rundumleuchte, aber ohne Sirene raste er von Morbach aus über die Hunsrückhöhenstraße nach Hunolstein.

Kurz vor dem Ortseingang ertönte im Polizeifunk die Meldung, dass Feuer nahe der Reinhardsmühle gemeldet worden war. Herrmann gab Gas, schaltete jetzt die Sirene an und fragte nach weiteren Informationen. Die gab es nicht, außer dass ein Bewohner der Reinhardsmühle das Feuer vor zwei Minuten gemeldet hatte. Herrmann forderte gleich den Notarzt mit an, bretterte durch die Ortschaft und hoffte, dass jetzt, zur besten »Tatort«-Zeit, kein Mensch mehr auf der Straße war.

Als er an der Mathysmühle angelangt war, stand sie bereits lichterloh in Flammen. Ihm war sofort klar, dass hier nichts mehr zu retten war. Langsam fuhr er heran, stellte den Wagen in sicherer Entfernung ab und ging auf die Mühle zu. Auf halben Weg kam ihm der Hund von Schabbach laut kläffend entgegen.

»Was machst du denn hier?«, entfuhr es dem Polizisten. Die Erkenntnis, die gleich darauf folgte, quittierte er mit einem lauten »Mist!«. Er rannte los. Das Tor zum Grundstück stand offen. Laut brüllte er gegen die Flammen an. »Hubert? Mensch, Schabbach!«

Links neben sich hörte er ein Stöhnen, dann sah er die zwei riesigen Körper vor dem Zaun liegen. Mit einem Satz war Herrmann da. Hubert Schabbach sah schlimm aus. Seine Haare waren vollständig verschmort, und auf der Haut zeigten sich bereits erste Blasen. Sein Hemd war angesengt. Herrmann wollte nicht wissen, wie es darunter aussah.

»Mailin«, röchelte es aus ihm heraus. »Mailin.« Schabbach versuchte, den Arm zu heben, doch Herrmann legte beruhigend seine Hand darauf.

»Sie ist nicht hier, Hubert, sie ist unterwegs.«

In Schabbachs Augen trat ein kurzer Glanz. Seine Lippen versuchten, ein weiteres Wort zu formen, das Herrmann aber nicht verstand. Stattdessen sah er nach dem anderen Mann, dessen Kopf mit einem blutigen Verband umwickelt war. »Mayer«, entfuhr es Herrmann. Er tastete nach dem Puls am Hals des Mannes. Zum Glück spürte er ihn, wenngleich er sehr schwach war.

»Hast du ihn so zugerichtet?«, brüllte Herrmann und drehte sich so gut es ging von der Hitze des Feuers weg.

»Da war noch einer.«

»Wie, noch einer?«

»Noch ein Engländer«, röchelte der Hüne.

Herrmann brauchte einen Augenblick, um zu verstehen. »Du meinst, da war noch einer, der so aussah wie Mayer?«

»Ja«, stöhnte Schabbach.

»Und was ist mit dem? Ist der noch im Haus?«

»Abgehauen.«

»Hat er den Brand gelegt?«

Schabbach war zu keiner weiteren Antwort fähig.

Hans Herrmann rannte zu seinem Wagen, in der Ferne hörte er bereits die Sirenen der nahenden Feuerwehr. In einem Satz berichtete er der Zentrale von den zwei Schwerverletzten, forderte den Rettungshubschrauber an, der gefälligst auf der Wiese neben der Reinhardsmühle, nicht irgendwo oben landen sollte, und ordnete die Fahndung nach Jan Möringhoff an. Aus dem Kofferraum holte er sein Beil und die Rettungsdecken, rannte zurück zu den Verletzten und zerschlug mit wenigen Schlägen das morsche Holz des Bretterzauns.

Erst als er beide so vorsichtig, wie er es vermochte, auf die andere Seite des Zauns gezogen und die Decken über die geschundenen Körper gelegt hatte, schaute er über die Zaunkante wieder zum Haus hin. Er musste sein Gesicht mit vorgehaltener Hand vor der Hitze schützen.

Ein violetter Schein lief rotierend über das Flammenmeer. Der erste Wagen der freiwilligen Feuerwehr hielt auf der Zufahrt. Herrmann trat ein paar Schritte zurück, deutete auf die Verletzten und fragte nach dem Notarzt. Der sei schon unterwegs, hörte er.

Herrmann entfernte sich von der brennenden Mühle und rief zuerst Buhle, anschließend Reuter an.

31

Hochscheid, Sonntag, 11. August

»Pass mal auf.« Mailin hatte offenbar genug von Reuters genervtem Gemotze. »Von mir aus brauchen wir da jetzt nicht hin. Du kannst wieder auf die Mühle aufpassen, und ich werde im Holzmuseum gebraucht. Denn *die* haben einen Grund, auf mich sauer zu sein.«

»Aber dein Förster hatte ja auch nicht wirklich die zündende Idee, wo das Versteck sein könnte, oder?« Reuter wusste, dass er lieber den Mund gehalten hätte. Aber er war genervt, weil Mailin mit ihren Ahnungen seine Zeit beanspruchte, weil er deswegen von der Mühle weggegangen war und, das war wohl der entscheidende Punkt, weil er keine Ahnung hatte, wie er die Zeit, die Mailin ihm stahl, besser einsetzen konnte. Er war einfach nur sauer, und da wollte er jetzt auch auf Mailin keine Rücksicht nehmen.

»Doch, hatte er.«

»Oh, ich vergaß. Da war ja der alte Wohnwagen vom vorvorvorletzten Jagdpächter, dem alten Udo. Natürlich. Nur leider konnte sich dein Förster nicht mehr so recht erinnern, wo er ihn vor dreiundsiebzig Jahren das letzte Mal gesehen hat.«

»Gut, ich habe genug. Dreh um.«

»Nein, jetzt sind wir gleich da und suchen einen grünen, wahrscheinlich völlig eingewachsenen Wohnwagen im großen dunklen Wald.«

»Du bist echt ein Arsch.«

»Genau, der bin ich, und so fühl ich mich gerade auch, und genau der will ich auch sein.«

Sie hatten gerade den »Stumpfen Turm« gegenüber dem »Vicus Belginum« passiert und fuhren auf der Bundesstraße in das Waldgebiet hinein. »Fahr nicht so schnell, gleich müssen wir rechts abbiegen«, knurrte Mailin.

Reuter ging kommentarlos vom Gas runter. Er erblickte eine breit ausgebaute Einmündung eines Waldwegs und bog dorthin ab. Im Scheinwerferkegel erschienen die Waldflächen bereits wie in tiefste Dunkelheit gehüllt, als sie langsam die Piste entlangrollten.

»So, was hat dein Förster genau gesagt?«

»Er ist nicht *mein* Förster, ja?« Mailin hatte die Arme vor ihrem Körper verschränkt und auch sonst offensichtlich jegliche Lust verloren, diesem missgelaunten, undankbaren Kommissar noch irgendwie entgegenzukommen.

»Komm, jetzt sei mal nicht so motzig.«

»Waaas, *ich* bin motzig?« Sie richtete sich erbost auf. »Ich glaube, du spinnst. Das ist ja wohl das Allerletzte.«

Er hielt an und schloss die Augen. Ja, sie hat recht. Du bist echt ein altes Arschloch. Unzufrieden mit dir selbst und ungerecht zu ihr, dachte er.

Er brauchte noch einen Moment, bis er sich wieder gefangen hatte. Er sah sie an. »Entschuldige. Ich bin einfach sauer, weil wir nicht richtig vorankommen. Es hat nichts mit dir zu tun.«

Sie betrachtete ihn prüfend. »Okay, fahr jetzt weiter. Es hilft nichts, wenn du jetzt auch noch zu jammern anfängst.«

Reuter nickte und fuhr wieder an. »Was ist das?«, fragte er, als sie über die Bahnstrecke hinweg waren, und zeigte nach rechts auf die freie Fläche.

»Das ist die Verladestation Zolleiche.«

»Was wird da denn verladen?«

»Munition.«

»Bitte?«

»Wurde verladen, als es noch das Munilager gab und die Bahnstrecke in Betrieb war.«

»Aha. Das heißt, hier muss es gleich links gehen?«

»Das wusste *mein* Förster ja nicht mehr so richtig. Entweder schon hier oder erst später nach der Hochspannungsleitung.«

»Gut«, Reuter hatte sich nun auf die Suche eingestellt, »dann klappern wir mal alle Wege der Reihe nach ab.«

Sie bogen in den ersten Weg hinter der Verladestation ein

und fuhren weit in den Wald hinein. Es war nichts Auffälliges zu sehen. Reuter wendete gerade wieder, als sein Telefon klingelte. Vor Schreck würgte er den Wagen ab. Als er Hans Herrmanns Stimme hörte, ahnte er schon das Schlimmste. Mit versteinerter Miene hörte er, was Herrmann zu berichten hatte.

»Scheiße, verdammte Scheiße«, brüllte er schließlich in den mobilen Apparat und schlug mit der flachen Hand auf das Armaturenbrett. »Und ich Idiot kurve hier durch den Wald herum. Wir kommen gleich.«

»Nein«, antwortete Herrmann. »Du kannst hier sowieso nichts mehr machen. Schabbach und Mayer werden hoffentlich direkt nach Trier in die Klinik gebracht, da soll sich Christian drum kümmern. Jetzt müssen wir diesen Bruder zu packen kriegen. Kann sein, dass er gerade in deine Richtung unterwegs ist. Stellt euch auf den Parkplatz am Stumpfen Turm und haltet nach einem schwarzen BMW mit Hannoveraner Kennzeichen Ausschau. Ich schicke meine Leute noch raus. Guido und Julia dürften auch bei euch in der Gegend sein.«

»Okay, weiß Mailin, wo das ist?«

»Natürlich weiß sie das«, erwiderte Herrmann. »Aber pass bloß auf sie auf.«

***

Es war nicht so gelaufen, wie Jan Möringhoff es sich gedacht hatte. Claas hätte den Schraubenzieher einfach liegen lassen sollen. Es wäre nichts passiert. Er hatte ihm einfach nur Angst machen und ihn anschließend weit weg in die Pampa schicken wollen. Warum war sein Bruder überhaupt zurückgekommen? Wäre er weggeblieben, wäre noch alles in Ordnung.

Er war erst mal nur ein Stück weit gefahren und hatte sich rückwärts in einen von Hecken gesäumten Seitenweg gestellt. Er musste sich sammeln, durfte jetzt keine Fehler mehr machen und alles versauen. Claas war nun Geschichte, das war einfach so. Wenigstens war er jetzt keine Gefahr mehr für ihn.

Bis Köln musste er es schaffen, dort würde er bei einem Kumpel unterkommen. Der würde ihm auch ein Alibi für das ganze Wochenende geben. Dann gäb's kein Problem mehr. Doch bis dahin durfte er nicht auffallen. Er schaltete sein Navi an und gab Köln ein.

Es dauerte nervig lange, bis er wusste, dass er nahe bei einem Ort mit dem Namen Merscheid stand und es in zwei Stunden geschafft haben würde. Wenn er jetzt nur schnell wegkäme aus diesem Tal und dieser ganzen verfluchten Gegend.

Die Sonne war längst hinter den Hochflächen verschwunden. Er machte sein Licht an und folgte den Anweisungen des Geräts. Über Rapperath gelangte er nach Morbach. Hier war er vor ein paar Stunden entlanggefahren.

Es war eine wahnwitzige Idee gewesen, Claas zu folgen. Was hatte er sich nur davon versprochen? Es war nicht wirklich die Angst gewesen, sein Bruder könnte ihm gefährlich werden. Mit seiner Flucht hatte Claas damals gezeigt, wie er ihn und seinen Vater verachtete. So hatte es Jan Möringhoff all die Jahre über gesehen und ihm nie verziehen. Den wahren Grund für Claas' Flucht kannte er jetzt, doch es war zu spät. Für ihn selbst würde sich nichts ändern. Er durfte nur keinen Fehler mehr machen.

Er gab vorsichtig Gas, hielt die Geschwindigkeitsbegrenzungen ein, überholte moderat einen Kleintransporter und reihte sich wieder hinter einer Limousine ein. Die Strecke war relativ frei. Ab und zu kam ihm ein Auto entgegen. Ihm schien, dass sich sein Puls beruhigt hatte. Wenn jetzt nur noch das Bild von Claas vor seinem Auge verschwinden würde.

Plötzlich erschrak er. Nur ein paar hundert Meter vor ihm war ein Blaulicht angegangen; kurz darauf hörte er bereits die Sirenen. Scheiße, was sollte das? Ohne zu überlegen, riss er das Lenkrad nach rechts, wo ein breiter Weg in den Wald abging. Das Heck des BMW brach aus. Er brachte den Wagen wieder in Position und schaltete gleich darauf das Licht aus. Seine Augen mussten sich an die Dunkelheit gewöhnen. Er ging mit dem Tempo runter.

Hatten sie ihn gesehen? Er musste weiter in den Wald rein. Durch den Rückspiegel sah er das Polizeiauto vorbeirauschen. Sie hatten nichts bemerkt. Und wenn doch? Er musste erst einmal außer Sichtweite, dann würde er überlegen, was er machen sollte. Die Stimme im Navi forderte ihn zum Wenden auf.

»Halt's Maul!« Ein Schlag mit dem Handrücken beförderte das Gerät von der Windschutzscheibe auf den Beifahrersitz. »Idiot«, brüllte er sich selbst an. Er drehte das Navi um und stellte erleichtert fest, dass es noch an war. Wieder ermahnte ihn die Stimme zu wenden. Auf einmal rumpelte es unter ihm. Reflexartig trat er auf die Bremse. Fast wäre er in das Gleisbett einer Bahnstrecke hineingefahren, die den Weg kreuzte.

Das Bremslicht würde man bis zur Straße sehen können, kam es ihm in den Sinn. Mit durchdrehenden Rädern fuhr er wieder an, bog um eine leichte Kurve und wähnte sich in Sicherheit. Er wollte nur in den Wald, abtauchen, bis die Bullen weg waren.

Plötzlich entdeckte er vor sich eine große, grau gepflasterte Fläche, die irgendwo in der Dunkelheit verschwand. Rechts und links erschienen die Silhouetten großer Straßenlaternen. Wo war er hier hingeraten? Er fuhr wieder schneller.

Es war nun zu dunkel, um ohne Licht zu fahren. Fast wäre er gegen einen alten Gittercontainer geknallt, der am Rande der Pflasterfläche stand. Ohnehin schien sie wenige Meter vor ihm zu enden. Es blieb ihm nichts anderes übrig: Er schaltete das Standlicht ein. In dem gelblichen Licht erkannte er rechts eine Ausfahrt, die ihn auf einen Schotterweg führte. Vielleicht käme er hier weiter in den Wald hinein. Oder sollte er besser doch zurück zur Straße?

Er dachte an das Polizeiauto. Hatten sie gerade die Nachricht vom Brand in der Mühle erhalten? Dieser Welge und der andere hatten ihn im Visier. Aber waren die Bullen so fix? Waren sie jetzt schon auf der Suche nach ihm?

Er durfte nichts riskieren, musste aus ihrer Schusslinie. Langsam fuhr er weiter in den Wald hinein. Auf dieser seltsamen Fläche wollte er auf keinen Fall bleiben.

***

Felicia bewegte sich jetzt sicherer auf diesem breiten Weg. Es war auch ruhiger um sie herum, als ob den Tieren dieses bisschen mehr an Zivilisation schon unbehaglich wäre. Langsam wurde ihr kühl. Warum hatte sie nicht an eine Jacke gedacht? Sie erinnerte sich, dass sie überhaupt keine dabeihatte. Sie schlang ihre Arme um den Körper. Ohne die nach vorn gerichtete Taschenlampe lag der Weg dunkel vor ihr.

Sie blieb stehen und stellte rasch fest, dass ihre Augen den hellen Belag nach einer Weile gut von der übrigen Umgebung unterscheiden konnten. Sie schaltete die Taschenlampe aus und ging ohne Licht weiter. Das war wesentlich besser als das dauernde Schwenken des Lampenlichts, und sie konnte sich ein wenig wärmen.

Mit Mühe versuchte sie, ihre Gedanken allein auf die rettende Straße irgendwo vor ihr zu fokussieren. Nur nicht mehr an … ihn denken. Es konnte nicht mehr weit sein. Schon kam es ihr vor, als ob sie erste Motorengeräusche hörte, sie wurden leiser, dann wieder lauter. Es hörte sich fast so an, als ob die Geräusche auf sie zukämen. Konnte es sein, dass er doch noch …?

Sie schaute angestrengt nach vorn. Zwischen den Bäumen schienen zwei matte Lichter auf sie zuzutanzen. Hatte er es sich anders überlegt? Oder war ihm nur etwas dazwischengekommen? Das Auto fuhr nicht schnell. Jetzt rollte es um die leichte Kurve und kam direkt auf sie zu. Er war also zurückgekommen, und sie stand jetzt hier und musste ihm erklären, warum sie nicht länger gewartet hatte. Würde er es verstehen?

Das Auto blieb stehen. Sie hob den rechten Arm und winkte zaghaft in seine Richtung. Er hatte nur das Standlicht angeschaltet. Konnte er sie in der Dunkelheit denn überhaupt sehen? Sie nahm die Taschenlampe, schaltete sie an und winkte wieder, diesmal schneller. Nichts passierte. Sie hielt den Strahl der Lampe nun in die Richtung des stehenden Wagens. Ihre Hände begannen zu zittern. Das war nicht sein Auto. Das Auto hier war schwarz.

Noch ehe sie zu einer Bewegung fähig war, leuchteten die Scheinwerfer grell auf. Um sich vor der Flut der gleißenden

Strahlen zu schützen, riss sie ihren Arm vor die Augen. Sie war geblendet, konnte nichts mehr sehen. Sie hörte, wie der Motor aufheulte und die Reifen auf dem losen Schotter durchdrehten.

Jan Möringhoff hatte zunächst vermutet, ein Tier vor sich zu haben. Es war nur ein Schemen auf dem Weg, den er eher erahnte als sah. Dann hatte das Tier sich irgendwie komisch bewegt, und er hatte genauer hingeschaut. Das war doch unmöglich. Stand da etwa jemand? Jetzt, in der Nacht, mitten im Wald? Das konnte doch einfach nicht wahr sein.

Schließlich hatte diese Person auch noch mit einer Taschenlampe gewinkt, als ob sie ihn zu sich rufen wollte. Rief sie um Hilfe? Er wollte niemandem helfen, schon gar nicht jetzt. Er hatte das Fernlicht eingeschaltet. Er wollte sehen, wer das war, und selbst nicht erkannt werden, falls der Strahl der Taschenlampe bis zu seinem Gesicht reichen sollte.

Vor ihm stand eine junge Frau. Er registrierte auf die Schnelle, dass sie zu dünn bekleidet war und zerzaust aussah. Mehr sah er nicht, weil sie ihr Gesicht hinter ihrem Arm verbarg. Doch egal, wer sie war, er durfte nichts riskieren, schon gar nicht durfte ihn jemand hier sehen und später wiedererkennen. Er brauchte keine Zeugen. Er legte den Gang ein und trat aufs Gas.

***

Reuter berichtete Mailin in kurzen Sätzen, was mit der Mühle, mit Schabbach und Claas Möringhoff geschehen war. Selbst in der Dunkelheit nahm er wahr, wie blass sie mit einem Schlag wurde. Er wollte das Auto gerade wieder starten, als er abrupt innehielt.

»Was ist?«, fragte Mailin. Ihre Stimme zitterte.

»Ich glaub, ich habe da hinten was gesehen.«

»Ja, ich auch. Was ist das?«

»Zwei Lichter von einem Auto. Da, jetzt verschwindet es in den Wald.«

»Meinst du, das ist Chris' Bruder?«

»Keine Ahnung.«

Reuter schaltete das Licht auf Standlicht runter und startete den Wagen. Er fuhr, so schnell es ging. Als sie endlich am Hauptweg angelangt waren, machte er das Licht ganz aus und lenkte den Wagen langsam um die Kurve. Durch die Blätter der Bäume konnte er rote Rücklichter erkennen. Er tastete sich weiter voran.

»Wenn ich gleich rausgehe, bleibst du im Auto, klar? Und falls irgendetwas schiefgehen sollte, haust du sofort ab und holst Hilfe. Hast du verstanden?« Reuters Stimme ließ keinen Widerspruch zu.

»Ja«, antwortete Mailin leise und tonlos.

Die roten Rückleuchten strahlten grell, es mussten die Bremslichter sein. Das Auto stand also. Sie waren jetzt bis auf hundert Meter heran.

Reuter sah, wie die Bremslichter erloschen und stattdessen die Rückfahrtleuchten angingen. Er hörte Reifen durchdrehen und das Auto rückwärts auf sie zuschießen. Instinktiv schaltete er sein Fernlicht an und wollte gerade nach hinten ausweichen, als er sah, wie der Wagen vor ihnen ins Schleudern geriet und in voller Fahrt in den tiefen Seitengraben krachte.

Reuter kuppelte aus, ließ den Motor aber laufen. »Du bleibst hier drinnen«, befahl er Mailin. Er nahm seine Pistole, bevor er ausstieg.

Mit vorgehaltener Waffe lief er auf den schwarzen BMW zu. Er hatte keinen Zweifel, dass Jan Möringhoff am Steuer saß, und da er mit dem Heck aufgeprallt war, musste er nicht zwangsläufig verletzt sein. Er näherte sich dem Auto jetzt vorsichtig von hinten.

Noch ein paar Schritte, und er konnte durch das Seitenfenster Möringhoff erkennen. Er schien bei dem Aufprall hart mit dem Kopf aufgeschlagen zu sein. Blut hing an der Scheibe und in seinem Gesicht. Reuter versuchte, die Fahrertür zu öffnen, doch die klemmte.

Er hörte, wie hinter ihm eine Autotür zuschlug, drehte sich um und sah Mailin auf sich zulaufen. »Verdammt, du solltest im Auto …«

Sie war schon an ihm vorbeigerannt. Erst jetzt bemerkte er Felicia Sievers, die schwankend im Halbdunkel des Weges stand. Doch da war Mailin schon bei ihr und hielt sie fest in ihren Armen.

32

Trier, Montag, 12. August

Der Polizeiapparat lief an diesem Montagmorgen auf Hochtouren.

Nachdem in der vergangenen Nacht noch alle drei Verletzten im Krankenhaus in Trier versorgt worden waren und sich schnell herausstellte, dass bei keinem Lebensgefahr bestand, hielten sich nun Buhle und Welge bereit, um sie zu befragen, sobald die Ärzte dies zuließen.

Welge nutzte die Zeit, um seinen Chef in Peine ausführlich zu informieren. Gleiches galt für Buhle in Trier, nur kam hier noch die Staatsanwältin Klara Haupt hinzu, und die Pressekonferenz am Mittag musste vorbereitet werden.

Mailin hatte angeboten, Felicia Sievers bei sich aufzunehmen. Aber sie wollte in der Nähe ihres Vaters sein und nicht im Hunsrück bleiben. Am frühen Morgen waren bereits ihre Adoptiveltern aus Eixe eingetroffen. Hannah hatte sich um sie gekümmert und die Familie in einem Hotel untergebracht.

Reuter und Tard hatten sich nach wenigen Stunden Schlaf bereits frühmorgens in der ZKI eingefunden, um die Ermittlungsakten aufzuarbeiten. Ihr Chef und die Staatsanwältin würden sie noch einsehen wollen, bevor sie vor die Presse traten. Gerhardts unterstützte sie dabei.

Euphorisiert und voller Adrenalin, spürte keiner den Schlafmangel und die Anstrengungen der letzten Tage. Paul Gerhardts hatte es bei der morgendlichen Lagebesprechung auf den Punkt gebracht: »Ich bin jetzt über vierzig Jahre in dem Laden und über dreißig bei der Mordkommission. Es ist mein erster Mordfall ohne einen Toten.«

Seine Worte sollten die Erleichterung aller Beteiligten über den glimpflichen Ausgang des Falls ausdrücken. Deshalb hatte er bewusst zwei Dinge unterschlagen. Zum einen den Selbstmord von Elke Schuhmann vor über zwanzig Jahren und zum anderen, dass es sein letzter Fall sein sollte.

Nacheinander wurden alle befragt: Felicia Sievers, Hubert Schabbach, Jan Möringhoff und zum Schluss auch sein Bruder Claas, der nach den diversen Anschlägen auf seinen Kopf die meiste Ruhe benötigte. Es ergab sich rasch ein schlüssiges Bild, zumindest was die Ereignisse der letzten zweieinhalb Wochen betraf.

Was den Mordversuch von Jan Möringhoff an seinem Bruder und die Brandstiftung anging, war die Beweislage nicht zuletzt dank des Zeugen und Lebensretters Hubert Schabbach eindeutig. Die Aufarbeitung des Falls Elke Schuhmann und der zahlreichen weiteren Vergehen von Jan Möringhoff würde sicher noch viel Zeit beanspruchen, doch nicht mehr in der Zuständigkeit der Trierer Kripo liegen.

Claas Möringhoffs Delikte beschränkten sich auf Urkundenfälschung im Zusammenhang mit seiner falschen Identität und fielen in die Zuständigkeit eines anderen Kommissariats. Die Vergewaltigung an Elke Schuhmann würde von den Peiner Kollegen zwar bearbeitet und endlich auch abgeschlossen werden, lag aber jenseits der Verjährungsfrist. Für Möringhoff würde sie keine juristischen Folgen mehr haben.

Der ereignisreiche Tag endete spät und für die einzelnen Ermittler an unterschiedlichen Orten. Michael Reuter zog es nach Weiperath. Er wollte sich unbedingt bei Mailin Wend für sein Verhalten am Vortag entschuldigen. Nicole Huth-Balzer war bei Marie Steyn eingeladen. Paul Gerhardts und Sven Tard hatten sich nur einen ruhigen Abend zu Hause gewünscht.

Christian Buhle und Peter Welge waren bei Hannah und Steff zum Grillen eingeladen.

Als sie endlich eintrafen, war alles schon angerichtet. Neben dem Couscous-Salat und einem Nudelsalat mit getrockneten Tomaten und Mozzarella waren Ofenkartoffeln, Baguettes und Dips vorbereitet. Im Garten saßen bereits Hannah und die Familie Sievers, denen die Erleichterung anzusehen war.

Unterm Schwenkgrill war Glut, und auf dem Rost drehte eine Aluschale mit Gemüse und Schafskäse neben einigen Würstchen und zwei einsamen Steaks ihre Runden. Hans Sievers hatte sich bereit erklärt, das Grillen zu übernehmen, während die drei Frauen bei Rotwein und Riesling um den kleinen Gartentisch saßen. Steff, die alles vorbereitet hatte, machte sich noch zurecht. Die ruhige, friedliche, geradezu idyllische Atmosphäre ließ nicht erahnen, was in den einzelnen Köpfen noch vor sich ging.

Die Stadt hatte sich schon ihre Schlafdecke für die Nacht übergezogen, als sich die Grillrunde auflöste. Peter Welge würde am nächsten Tag mit dem Zug nach Peine zurückkehren. Hans und Gertrud Sievers wollten noch zwei Tage bei ihrer Tochter in Trier bleiben. Felicias Antwort auf die Frage, ob sie dann mit nach Hause führe, kam zögerlich.

»Ich weiß es noch nicht. Ich werde es davon abhängig machen, wie es … meinem Vater geht«, sagte sie leise und schaute dabei zu Hans Sievers. Der lächelte tapfer, konnte aber nicht verhindern, dass seine Augen feucht wurden.

Epilog

Hunolstein, Freitag, 21. November

In dem kleinen Veranstaltungssaal des Hunolsteiner Bauerncafés waren nahezu alle Sitzplätze besetzt. Es herrschte eine ruhige, erwartungsvolle Stimmung unter den Zuhörern, wie sie sich einstellt, wenn der Beginn eines Konzerts kurz bevorsteht. Die Trierer Polizisten saßen geschlossen in einer Reihe und waren sicherlich von allen am angespanntesten.

Mailin Wend und Michael Reuter traten durch die Eingangstür ein und schritten im Mittelgang durch die Stuhlreihen zur kleinen Bühne. Erster, noch zaghafter Applaus füllte den Saal. Buhle spürte das Lampenfieber seines Kollegen, als er mit kurzer Verbeugung auf dem Barhocker Platz nahm. Mailin begrüßte das Publikum, wünschte allen einen intensiven, nachdenklichen, aber auch schönen Liederabend mit Texten von Chris Mayer und setzte sich an das E-Piano. Sie kündigte das erste Lied an: »Der Tod und das Mädchen«, Musik von Franz Schubert, Text von Matthias Claudius und Chris Mayer.

Das Lied begann mit einem traurigen Klavierspiel, bevor Mailins Stimme einsetzte, die das Mädchen darstellte. Danach wurde die Klavierbegleitung gespenstig ruhig, und Reuter, der aufgestanden war, sang den Tod mit tiefer, furchterregend langsamer und dunkler Stimme.

Der Tod und das Mädchen

Vorüber, ach, vorüber!
Geh, wilder Knochenmann.
Ich bin noch jung, geh, Lieber!
Und rühre mich nicht an,
Und rühre mich nicht an.

Gib deine Hand, du schön und zart Gebild!
Bin Freund und komme nicht zu strafen.
Sei gutes Muts! Ich bin nicht wild,
Sollst sanft in meinen Armen schlafen.

Komm rüber, ach, komm rüber!
Bleib stehen, Knochenmann.
Ich bin gestraft, halt, Lieber!
Doch rühr mich noch nicht an,
Doch rühr mich noch nicht an.

Gib deine Hand, du schön und zart Gebild!
Bin Freund und komme nicht zu strafen.
Sei gutes Muts! Ich bin nicht wild,
Sollst sanft in meinen Armen schlafen.

Nimm mich rüber, ach, nimm mich rüber,
Bleib gnädig, Knochenmann,
Ich will nicht mehr, komm, Lieber,
Und rühre mich jetzt an,
Und rühre mich jetzt an.

Die ersten beiden Strophen waren die des Originals. Claas Möringhoff, der für seine Lieder das Pseudonym Chris Mayer beibehalten wollte, hatte die zweite Strophe als Refrain wiederholt und zwei weitere Verse für die Stimme des Mädchens hinzugefügt. Buhle kannte den Text. Doch als das Lied nun auf der Bühne vorgetragen wurde, musste er mehr als einmal schlucken.

Vorsichtig schaute er über seine Schulter zurück zum Eingang. Dort stand dicht an den Türrahmen gelehnt Felicia Sievers. Als sich Buhle nach dem zweiten Lied, »Abschied«, wieder umdrehte, war sie verschwunden.

Er wusste, dass Mailin und Michael Reuter mit Rücksicht auf Felicia lange überlegt hatten, ob sie das Projekt durchführen sollten. Aber Felicia hatte ihre uneingeschränkte Zustimmung gegeben und in langen Gesprächen im Gefängnis auch ihren Vater davon überzeugt. Für das Konzert war sie extra aus Braunschweig gekommen, hatte aber schon vorbeugend in Frage gestellt, ob sie alle Lieder durchstehen würde. Nach Buhles Beobachtung war das offensichtlich nicht der Fall.

Das gut einstündige Konzert wurde, wie es Mailin angekündigt hatte: intensiv, nachdenklich und schön. Den Schlusspunkt setzte das Lied »I Will Survive«, im Original von Gloria Gaynor, zu dem Chris Mayer im Gefängnis einen neuen Text geschrieben hatte. Es handelte von seiner Hoffnung, die er wiedererlangte, nachdem er seine Tochter kennengelernt hatte. Die ersten Zeilen lauteten:

Als ich dich kommen sah, war ich noch nicht so weit
zu glauben, dass die Sonne jetzt auch für mich wieder scheint.

Die gängige Melodie und der positive Text schienen das Publikum von aller Anspannung zu befreien. Christian Buhle schaute noch einmal zurück zur Eingangstür. Felicia war zurückgekehrt. Ein noch unsicheres Lächeln spielte um ihre Lippen, als sie seinem Blick begegnete.

Carsten Neß
TOD IM MOSELTAL
Broschur; 352 Seiten
ISBN 978-3-89705-881-1

»Ein in seiner Perfidität packender Plot, interessante Charaktere, bekannte Schauplätze: eine ziemlich fesselnde Mischung.«
Inga Scholz, Trierischer Volksfreund

»Neben dem Lokalkolorit bewegt sich der Thriller auf psychologischem Terrain. Die Hochspannung hält bis zur letzten Seite an, die Dialoge und Handlungsmotive der Protagonisten machen jeweils auch sehr nachdenklich. Kompliment, Herr Neß!«
Maria Panzer, Lesart, Unabhängiges Journal für Literatur

www.emons-verlag.de

Carsten Neß
KEIN TOD WIE DER ANDERE
Broschur; 400 Seiten
ISBN 978-3-95451-093-1

»Eine vielschichtige Geschichte, unglaublich dicht erzählt und bis zum letzten Wort fesselnd.« Top Magazin Trier